# DE VROUWENHANDELAAR

Gemeentelijke Bibliotheek
Beveren
Uitleenpost
Haasdonk

D1437615

*Van dezelfde auteur verschenen eerder:*

De Maniak
De Saboteur
De Wreker
De Slachter
De Psychopaat
De Beul
De Pyromaan
De Kinderlokker

# RIDLEY PEARSON

# DE VROUWEN-
# HANDELAAR

Gemeentelijke Bibliotheek
Beveren
Uitleenpost
Haasdonk

the house of books

*Oorspronkelijke titel*
The First Victim
*Uitgave*
Hyperion, New York
Copyright © 1999 by Ridley Pearson
Copyright voor het Nederlandse taalgebied © 2000 by The House of Books,
Vianen

*Vertaling*
Hugo en Nienke Kuipers
*Omslagontwerp*
Sjef Nix
*Omslagdia*
ZEFA

All rights reserved.
Niets uit deze uitgave mag worden verveelvoudigd en/of openbaar gemaakt door
middel van druk, fotokopie, microfilm of op welke andere wijze ook, zonder voor-
afgaande schriftelijke toestemming van de uitgever.

ISBN 90 443 0080 6
D/2000/8899/87
NUGI 331

Tijdens het voorbereiden van het schrijven van *De Kinderlokker* en *De Vrouwenhandelaar*, kwam ik erachter dat er in China elk jaar ongeveer 40.000 baby's van het vrouwelijke geslacht in weeshuizen worden geplaatst. Deze roman draag ik op aan de New Hope Child and Family Agency te Seattle, en aan alle soortgelijke instellingen over de hele wereld.

# Dankzegging

Deze roman werd geredigeerd door Leigh Haber van uitgeverij Hyperion, die geen enkele kritiek verdient – zo die er al mag zijn – maar alle lof verdient voor zijn aanmoedigingen, raadgevingen en het verbreden van mijn horizonnen. Bedankt, Leigh.

Ook dank aan Al Zuckerman voor zijn redactionele adviezen en zijn literaire vertegenwoordiging.

De auteur wenst verder de volgende professionals te bedanken die hem bij het schrijven van *De Vrouwenhandelaar* hebben geholpen: brigadier van politie Donald Cameron; patholoog-anatoom dr. Donald Reay; de oceanograaf dr. Alyn Duxbury; vrienden bij de FBI en bij de gemeentepolitie van Washington D.C., alsmede de leden van de Capiton Police Force.

# 1

## Puget Sound, Washington

Het kwam van het noordelijk deel van de Stille Oceaan alsof het op een heksenbezem vloog: het staartje van de tyfoon Mary die in Japan honderdzeventien mensen had gedood, in Siberië zesduizend mensen dakloos had gemaakt en op de westelijke Aleoeten voor het eerst in tweeënzestig jaar overstromingen had veroorzaakt. Het zweepte het open water van de oceaan met zijn stormwinden van honderdveertig kilometer per uur soms wel tien meter op, dumpte zeven centimeter regen per uur en kwam bulderend in de richting van Victoria Island, de San Juan Islands en de grootste riviermond in Noord-Amerika, die op kaarten de Puget Sound werd genoemd. Het ging op weg naar de stad Seattle, alsof het zijn koers van een kaart had afgelezen, en veroorzaakte de grootste aanslag op multiplex en spaanplaat die Seattle ooit had meegemaakt.

In de enigszins beschutte wateren ten westen van Elliott Bay, één zeemijl voorbij de vaste scheepvaartroutes die de East Waterway-haven van Seattle voeden, werd de pikdonkere nacht onderbroken door het felle licht van boordschijnwerpers. Bij helder weer reikten die lichtbundels tot meer dan een halve mijl, maar in de naargeestige zondvloed die aanvankelijk Mary had geheten kwam het licht nog geen honderd meter ver. De *Visage*, een containerschip, rees en daalde op golven van vijf meter, en de regen roffelde op dekken die vijftien meter hoog met containers waren beladen. De Aziatische bemanning volgde de bevelen op van de bootsman, die met een megafoon op een bovendek stond en riep dat ze het schip in gereedheid moesten brengen.

Het kolossale schip stampte en slingerde van bakboord naar stuurboord en dreigde zijn topzware lading in zee te dumpen. Al over een afstand van driehonderd mijl was de bemanning door de razende Mary geteisterd, drie onmogelijk lange dagen en nachten. Ze hadden bijna niet kunnen slapen en sommigen hadden niet kunnen eten. Alle uren van de dag en de nacht waren ze aan het werk geweest, hadden ze geprobeerd de honderden containers die op het dek stonden aan boord te houden. In het begin van het noodweer was een container losgebroken. Hij was als een baksteen van zeven ton over het stalen dek gegleden en had het been van een nietsvermoedend bemanningslid zodanig verbrijzeld dat de scheepsverpleegkundige geen botten meer kon vinden die hij kon zetten, alleen zacht vlees waar het scheenbeen en de knie hadden gezeten. Drie bemanningsleden hadden zich aan de bakboordreling vastgebonden, waar ze bij elke deining van het schip groene gal uitkotsten. Er waren maar vier bemanningsleden beschikbaar voor de overdracht die nu zou plaatsvinden.

De sleepboot met lichter, op twintig meter afstand aan stuurboord van de *Visage*, kwam dichterbij. De vaartuigen hadden vage rode en groene boordlichten, een enkele witte vlek bij de boeg van de sleper, en twee felle halogeenlampen hoog in de gele kraan die met kettingen op het midden van de lichter was vastgezet. De sleepboot en lichter verdwenen in een golfdal en doken even later weer op, om vervolgens opnieuw weg te zakken in het schuim. De kraan stak zo onheilspellend en onnatuurlijk omhoog als een olieplatform. In dit noodweer was het in feite ondoenlijk om de lichter aan het containerschip vast te maken, maar beide kapiteins hadden genoeg motivatie in hun portefeuille om het evengoed te proberen. Als de twee uiteinden van een wip gingen de vaartuigen beurtelings op en neer. De kraan wees als een gebroken vinger naar de pikzwarte wolken. Radioverkeer was verboden. Er flitsten seinlichten, het enige contact tussen de twee kapiteins.

Ten slotte kwamen de schepen in deze gevaarlijke dans zo dicht bij elkaar dat de bemanning van het containerschip, dat weer eens op weg naar boven was, de hijskabel te pakken kon krijgen. Korte tijd waren de lichter en het containerschip door die bungelende stalen kabel met elkaar verbonden, maar ze verloren hun greep op de kabel en de lichter verdween in de volgende golf. Het duurde twintig minuten voordat ze de stalen kabel opnieuw te pakken hadden.

De vaartuigen deinden naast elkaar op de hoge golven, en met elke nieuwe golf nam de speling in de hijskabel gevaarlijk af. De uitgeputte matrozen van de *Visage* werkten zich uit de naad om de container van dek te krijgen. Tot op de laatste man vroegen ze zich af of dit de extra beloning waard was die hun was beloofd.

Toen het moment van uitwisseling aanbrak, trok de kraan de kabel strak en maakten de matrozen de kettingen los waarmee de container op het dek was gehouden. Lijnen van lieren op beide vaartuigen probeerden de bungelende container enigszins stabiel te houden, want als hij te heftig ging zwaaien, bestond het gevaar dat de lichter kapseisde. Toen de eerste van die vier lijnen knapte, zakte de contai-

10

ner, die boven de leegte van schuim tussen lichter en schip hing, meteen een heel eind opzij. Boven het oorverdovende gieren van de wind en het brullen van de zee uit was het gedempte maar onmiskenbare geschreeuw van menselijke stemmen in de container te horen.

Een bemanningslid sloeg een kruis en keek naar de hemel.

Een tweede lijn knapte. Een derde.

De container zakte nog veel meer opzij en gleed uit het tuig waarmee hij aan de hijskabel was vastgemaakt. Hij plensde in het water, verdween onder de golven en kwam als een opduikende walvis weer boven.

De kapitein van de *Visage* blafte zijn commando's. De krachtige twee schroeven begonnen rond te tollen. Om te voorkomen dat de container tussen de twee vaartuigen werd verpletterd, bewoog het gigantische schip zich naar bakboord, van de lichter en de kraan vandaan.

De kapitein van het containerschip gaf opdracht de schijnwerpers te doven en het schip verdween weer in de storm, op weg naar de scheepvaartroute waar het thuishoorde.

Achter het schip, in haar kielzog, deinde de verlaten container, galmend van menselijke kreten en angstgeschreeuw, op de hoge golven in de duisternis, overgeleverd aan de grillen van zee en wind.

# 2

Op de avond van dinsdag 10 augustus, toen de staart van tyfoon Mary tot weinig meer dan een stortregen was afgezwakt, dobberde in de woelige groene wateren en witte schuimkoppen van de Puget Sound een roestoranje container. De copiloot van een vliegtuig dat van een testvlucht naar het veld van Boeing terugkeerde, zag hem en nam meteen contact met de kustwacht op. Zo'n los ronddrijvende container was geen zeldzaamheid, maar de kustwacht ging er meteen op af, want zo'n ding vormde een gevaar voor de scheepvaart, vooral nu het al donker begon te worden. 'Metalen ijsbergen' werden ze genoemd. De bergingsactie kreeg een nog dringender karakter toen de patrouilleboot van de kustwacht de half gezonken container had bereikt en er menselijke kreten te horen waren. Op dat moment ging er een telefoontje naar de politie van Seattle.

De piano klonk beter dan ooit. Voor een aftandse oude vleugel in een rokerige comedy-bar, waar niemand enige aandacht aan het instrument schonk behalve de rechercheur van Moordzaken die er momenteel achter zat en met zijn grote handen en dikke vingers een sombere weergave van *Blue Monk* ten gehore bracht, had het instrument een aards en mild geluid, precies zoals jazz en blues moesten klinken. De tonen vloeiden uit Lou Boldt zonder dat hij er bewust mee bezig was. Zijn meer dan veertig levensjaren klonken in zijn spel door, al zijn jaren met een baan waarin de dood een te grote rol speelde.

Boldt richtte zijn pianospel op de tafel waar zijn vrouw en vrienden zaten. Als zijn vijfjarige zoon en driejarige dochter erbij waren geweest, zou hij iedereen die voor hem telde in deze ene ruimte bij elkaar hebben gehad: Elizabeth, zijn lieveling, echtgenote en metgezel; Doc Dixon, de patholoog-anatoom van het district die het grootste deel van Boldts meer dan twintig jaren bij de politie van Seattle zijn vriend was geweest; John LaMoia, die Boldts plaats als chef van Misdrijven Tegen Personen had ingenomen; Bobbie Gaynes, de eerste vrouwelijke rechercheur van die eenheid; Daphne Matthews, forensisch psychologe en vertrouwelinge; Bernie Lofgrin van het lab, met zijn brillenglazen als colaflessenbodems en zijn lach als een lekkende ballon.

Hij hoefde geen emoties te bedenken als hij speelde. Liz' lymfoom was al een heel jaar in remissie en Boldts Happy Hour-optreden, die avond in Bear Berensons *The Joke's On You*, had zich tot een geïmproviseerde viering van haar vooruitgang ontwikkeld, een humor die alleen de vrouw van een politieman kon verdragen maar die Liz zelfs op prijs kon stellen. Morbide humor hoorde bij het dagelijks leven van deze groep mensen, en hoewel Liz niet helemaal bij de anderen paste, waren ze voor haar een soort familie, zoals ze dat ook voor haar man waren.

Hoewel weinigen van hen erboven verheven waren om Liz met haar uiterlijk te plagen toen haar haar door de kankerbehandeling was uitgevallen, of met de hasj die ze rookte om haar eten te kunnen proeven, was er eigenlijk niemand die echt over iets praatte. Niemand had het erover dat Boldts nieuwe kantoorbaan een probleem voor hem was, dat hij ernaar hunkerde om een paar rubberen handschoenen aan te trekken en weer het echte recherchewerk te doen. Ook praatte niemand over het feit dat Liz' artsen haar langdurige remissie niet hadden verwacht en ook niet konden verklaren. Die artsen zouden zeggen dat ze beter nog drie tot vijf jaar met het opentrekken van de champagnefles konden wachten. Maar Liz zelf had er alle vertrouwen in: ze gaf God de eer van haar genezing, en Boldt vertelde haar niet hoe hij daarover dacht. Hij had het gevoel dat hij en Liz hun oude geluk weer moesten opbouwen, maar daar sprak hij ook niet over. Die avond sprak niemand over iets. Ze maakten grappen. Ze dronken. Ze dronken nog wat meer.

Toen de piepers begonnen af te gaan, leek het op iets dat bij een komische sketch hoorde, alleen wist iedereen meteen dat het iets ernstigs moest zijn, want het lab, de patholoog-anatoom en Moordzaken werden tegelijk opgeroepen.

LaMoia klapte zijn GSM dicht en zei: 'Het is een scheepscontainer. Hij drijft in de baai. Er zitten mensen in die schreeuwen. Nog in leven. De kustwacht sleept hem naar de wal.'

'Nog in leven,' zei Liz hem na, terwijl het hele gezelschap, behalve Daphne Matthews, naar de uitgang liep. Die woorden betekenden meer voor haar dan voor alle anderen aan de tafel.

Liz keek verrast toen ze zag dat Daphne achterbleef.

'Ze hebben me niet nodig,' legde Daphne uit.

'Nou, ik wel,' antwoordde Liz, al zweeg ze daarna. Dat laatste bracht Daphne in verwarring en maakte haar nieuwsgierig.

Toen clubeigenaar Bear Berenson de jukebox aanzette, botste de popmuziek met de stemming die door Boldts pianomuziek was gecreëerd.

'Hij begrijpt het niet,' zei Liz tegen Daphne. Ze bedoelde Boldt. 'Dat bidden. Hij kan niet accepteren dat ik genezen ben door iets buiten het ziekenhuis.'

'Dat komt door zijn achtergrond,' zei Daphne, die het niet prettig vond om Liz uit te leggen hoe haar man in elkaar zat. 'Als hij geen rechercheur was, zou hij op een lab werken. Dat weet je toch?'

'Ja, dat weet ik,' beaamde Liz. 'Maar het is meer dan dat. Hij geeft het geen kans. Het maakt hem gek.'

'Hij is blij dat je gezond bent, of dat nu door het een komt of door het ander.'

'Hij vertrouwt het niet. Heeft hij er met jou over gesproken?'

'Nee,' loog Daphne. Zij en Boldt waren ooit meer dan vrienden geweest, zij het heel korte tijd. Ze wilde de diepere vriendschap beschermen die ze nu hadden.

'Hij zegt niets,' ging Liz verder, 'niet rechtstreeks, maar ik weet dat hij wacht tot het zwaard valt. Niet dat hij dat wíl – dat zeg ik niet! Natuurlijk niet! Alleen, hij gelóóft er niet in. Het is voor hem ondenkbaar dat een gebed... dat God zoveel macht kan hebben, zulke dingen kan bewerkstelligen.' Ze zette de vuile glazen voor de serveerster bij elkaar.

'Hij gelooft het niet,' herhaalde Liz. Ze keek naar de deur, alsof hij daar nog was.

'Zal ik met hem praten?' bood Daphne aan.

'Het is niet iets wat je iemand kunt aanpraten.'

'Hij moet het van alle kanten horen,' merkte Daphne op.

'Hij moet dit van binnenuit horen, Daphne. Dat is de enige manier waarop het begrijpelijk wordt, de enige manier waarop het weerklank kan krijgen. Zeker bij hem.'

Liz pakte Daphnes hand vast en gaf er een kneepje in.

Daphne voelde de koude vingers van die vrouw in haar warme handpalm en bedacht hoe snel de dingen konden veranderen. Er was een tijd geweest dat ze niets liever wilde dan dat Liz haar man zou verlaten. Nu was ze blij dat Liz nog leefde. 'Je bent een heel bijzondere vrouw,' zei ze, terwijl er een lichte huivering door haar heen ging.

Boldt stond versteld van de leegte in de haven bij avond. De brede straten en pakhuizen waren volkomen verlaten. Kolossale hijskranen verhieven zich langs de waterkant, afstekend tegen dofgrijze wolken die het schijnsel van de lichten in de stad weerkaatsten. Het deed Boldt aan het technisch Lego van zijn zoon denken, dat momenteel de achterste hoek van de huiskamer in beslag nam.

Een warme, zwoele zomerbries trok door de lucht, beladen met zilt schuim, zodat degenen die op het optakelen van de container stonden te wachten hun ogen halfdicht moesten knijpen en zich half naar de landkant moesten afwenden. Boldt had erg kort haar, en dat paste eigenlijk niet bij zijn verder zo professorale uiterlijk – de verkreukelde kaki broek en zijn favoriete tweed jasje, kaal op de ellebogen en mouwen. Met zijn op elkaar geklemde kaken en kaarsrechte houding leek hij ook een man die serieus zijn werk wilde doen. Als hij in gedachten verzonken was, zijn ogen wazig en vreemd genoeg toch strak op iets gericht, waren er niet veel mensen die hem aanspraken. Hij genoot terecht het respect van iedereen die met hem samenwerkte. Dat respect had hij verdiend met zijn aandacht voor details en procedures. Wat vele anderen bij de politie alleen maar met de mond beleden, bracht hij in praktijk. Hij sprak soms op politiecongressen en voor criminologiestudenten over de rol van moordslachtoffers als getuigen. *Het slachtoffer spreekt*, zijn lezing over dat onderwerp, was uitgetypt en op Internet gezet.

Boldt mopperde tegen LaMoia dat de kustwacht er lang over deed om de container te bergen. De kreten gingen al die tijd door. Boldts geduld was bijna op.

LaMoia had de afgelopen zeven jaar aan Boldts zijde gewerkt. Hij had in zijn schaduw gestaan, had alles bestudeerd wat hij deed en had bij zijn promotie niet alleen de strepen van de man gekregen, maar ook zijn bureau en kamer. LaMoia had altijd een scherpe vouw in zijn spijkerbroek. Zijn overhemden waren kraakhelder, zijn haar zat perfect en zijn cowboylaarzen glommen. Hij had minder aandacht voor Boldt dan voor zijn laarzen – gloednieuwe laarzen die hem een maandsalaris hadden gekost. Het zilte schuim begon hem kwaad te maken. Hij ging steeds weer op zijn tenen staan om zijn laarzen uit de waterplassen te halen.

'Je speelde vanavond hartstikke goed,' zei LaMoia.

'Ben je mijn reet aan het likken?' vroeg Boldt. 'Waar ben je op uit, John?'

'Ik wil deze nieuwe laarzen droog houden,' bekende LaMoia.

'Nou, ga dan maar. Ik dek je wel.' Nu Boldt inspecteur was, werd niet van hem verwacht dat hij in het veld opereerde. Officieel had La-Moia de leiding van deze zaak, zij het onder Boldts directe supervisie. Beide mannen wisten dat. Boldt had er een hekel aan. Ondanks zijn twintig jaar ervaring werd van hem verwacht dat hij in vergaderkamers werkte, niet op straat. Onder een andere hoofdinspecteur zou hij misschien wat meer speelruimte hebben gekregen, maar Sheila Hill hield zich strikt aan de voorschriften. Hill, beklimster van de carrièreladder en een vrouw met veel connecties in het korps, was niet iemand die je tegen je in het harnas moest jagen. 'Je moet wel opschieten,' zei Boldt. 'Ze kunnen dat ding nu ieder moment omhoogkrijgen en openmaken.' LaMoia stond op de afdeling bekend om zijn nonchalante houding en zijn bereidheid om een praatje te maken met elke vrouw die hij tegenkwam.

'Goed, Lou.' LaMoia draafde naar zijn brandweerrode Camaro uit 1968 terug en het politiekordon sloot zich weer om de pers tegen te houden. Televisieploegen waren al aan het filmen.

De rechercheur ging weg. De komende momenten was dit een zaak van Boldt.


'Polly zit vast in het verkeer. Ze redt het niet. We hebben je nodig.'

'Rustig nou, Jimmy,' zei Stevie McNeal in de telefoon.

Jimmy Corwin was een van de beste producers van het televisiestation, maar hij stond constant onder hoogspanning. Stevie vond dat zijn energie aanstekelijk was, zelfs door de telefoon. Hij stelde voor dat ze een live-segment van Polly overnam. Als presentatrice koos Stevie haar reportagework met zorg uit.

'Waar gaat het om?' vroeg ze.

'De kustwacht heeft een scheepscontainer gevonden. Er komen menselijke kreten uit. Channel 7 brengt er al beelden van. We willen je binnen tien minuten voor de camera hebben.'

'Je stelt het landelijk beschikbaar.'

'Natuurlijk.'

'Dat moet je me beloven, Jimmy.' Als het landelijk beschikbaar werd gesteld, zou ze aanbiedingen kunnen krijgen.

'Als we het stuk zien, zullen we beslissen...'

'Nu! Je legt je nu vast of ik...'

'Goed. Afgesproken.'

'En het is mijn follow-up, mijn verhaal.'

'Dat betekent originele segmenten voor ons, niet alleen de kliekjes van vijf uur.'

De telefoon kraakte en het raam flitste blauw op in het weerlicht van een naderende onweersbui. 'Zeg maar tegen de ploeg dat ik eraan kom.'

De kustwacht had opblaasboten aan de container vastgemaakt terwijl hij naar de wal werd gesleept. Diezelfde opblaasboten hielden de stalen doos nu drijvende.

Terwijl de kreten van binnenuit doorgingen, klommen zwemmers op de container en maakten de kabels aan alle vier hoeken vast. Een leider gaf het teken en de krachtige dieselmotor van de kraan begon hard te grommen. De kabel slingerde en trok zich strak, en een zuil van leigrijs uitlaatgas steeg uit de roestige kraan op. Het verzonken eind van de container kwam uit het zwarte water, dat uit elke barst liep, en de kreten werden scheller, sneden door de lucht en joegen huiveringen langs Boldts ruggengraat. Er ging een gejuich onder de werkers op toen de container helemaal los kwam van het water en, bungelend in de lucht, door de kraan naar het droge werd gebracht. Boldt juichte niet mee. Zijn neus werkte op volle kracht. Hij nam zijn notitieboekje en keek hoe laat het was. *Dood lichaam*, noteerde hij naast de cijfers.

Er kwam een man door het politiekordon. De agenten gingen voor hem opzij toen hij zijn legitimatiebewijs liet zien. De man had brede schouders en aan zijn zelfvertrouwen was te zien aan welke sporten hij in zijn studententijd had gedaan, terwijl zijn goedkope pak als het ware het stempel 'federaal agent' droeg. Brian Coughlie stelde zich voor als de INS-onderzoeker die met deze zaak was belast. Als je zijn hand schudde, was het net of je een stok vastpakte.

Boldt kende niet veel agenten van de INS, de immigratiedienst, en zei dat ook. Hij voegde eraan toe: 'Blij dat je ons komt helpen.'

'Als je de deuren opendoet, zul je een aantal illegalen aantreffen dat ergens tussen de vijftien en de zeventig ligt. Waarschijnlijk zijn alle volwassenen Aziatische vrouwen, tieners en twintigers, want die zijn geschikter voor de illegale ateliers en hoerenhuizen, waar ze allemaal terecht zouden zijn gekomen. Die containertransporten zijn al meer dan een jaar een doorn in ons oog. Ik ben blij dat we er eindelijk eentje vinden waar nog iets in zit.'

'Een deel van dat iets is dood,' zei Boldt, die zich een beetje aan Coughlies arrogantie ergerde. Hij zag Coughlie vragend kijken en tikte tegen zijn eigen neus.

'Denk je?' vroeg Coughlie. 'Die dingen komen tamelijk rijp aan, dat kan ik je wel vertellen.'

'Dood,' zei Boldt. 'En dat maakt de andere inzittenden tot getuigen.'

'Je probeert je al naar voren te dringen, inspecteur?' vroeg Coughlie rustig. 'Voordat je het vergeet: dit zijn illegale immigranten, dus mijn baas zegt dat dit van ons is. Ik pik ze op en neem ze in federale hechtenis. Als je ze bij ons thuis wilt opzoeken om een babbeltje met ze te maken, hebben we daar geen problemen mee. Maar dan moet jouw baas het eerst wel even regelen met mijn baas. Ja? Intussen stappen deze bezoekers – nou ja, de levenden – in een federale wagen, en niet in een wagen van jullie.'

'En de doden?'

'Die mogen jullie houden,' zei Coughlie. 'Kun je je daarin vinden?'

'Zolang jullie ze maar bij de rest van jullie gedetineerden vandaan houden. Ik wil niet dat ze verhalen horen, dat ze gecoacht worden.'

'We maken ze schoon, scheren ze kaal en geven ze hun eigen draadgazen kooien,' zei Coughlie. '*No problémo*. Barak K. Ons detentiecomplex maakt deel uit van wat vroeger Fort Nolan was. Ken je Fo-No?'

'Ik weet dat het bestaat.'

'Je golft?'

'Nee,' antwoordde Boldt.

'Jammer. Ze hebben daar een geweldige achttien. Onderhouden op kosten van de belastingbetaler. Jij en ik – we hadden beter bij het leger kunnen gaan. Er gaat niks boven hun pensioenpakket.'

LaMoia kwam op een drafje aangelopen. Boldt stelde hen aan elkaar voor. LaMoia schudde Coughlie de hand maar deed dat met een gezicht alsof hij per ongeluk een kleverige fles honing had vastgepakt.

'We hebben de competentieproblemen helemaal uitgewerkt,' zei Boldt om LaMoia gerust te stellen.

'Er is iemand dood,' merkte LaMoia op.

'Daar waren we al achter.'

LaMoia greep in zijn jaszak en haalde er plastic handschoenen en een tube Vicks-Vapor uit.

Boldt nam de tube over nadat LaMoia een streepje onder zijn neus had gesmeerd. Hij gaf de tube door aan Coughlie, die hetzelfde deed. Sommige dingen kon je gewoon niet missen.

Toen de container eindelijk met een zware metaalschaar was opengemaakt, daalde er een diepe stilte over de omstanders neer. Negen Chinese vrouwen – halfnaakt, broodmager en zwak – werden een voor een in klaarstaande ambulances geholpen. Sommigen lopend, sommigen op een brancard.

Drie vrouwen kwamen er in lijkenzakken uit.

Coughlie stelde Boldt voor een paar dagen te wachten voordat ze met ondervragingen begonnen. 'Ik heb het erger meegemaakt, inspecteur. Maar ik heb ze ook in betere conditie gezien.'

'Weet je, bij ons op de afdeling,' vertelde LaMoia aan Coughlie, 'maak je niet vaak mee dat de slachtoffers opstaan en weglopen.'

'Drie van hen deden dat niet,' merkte Boldt somber op.

'Terwijl we bij mij op de afdeling,' legde Coughlie uit, 'niet gewend zijn ze in een vurenhouten kist naar huis te sturen.'

Stevie McNeal arriveerde per taxi en werd door twee leden van de cameraploeg opgevangen. Een van hen gaf haar een paraplu en een draadloze microfoon, de ander legde de camerapositie uit. Stevie liep regelrecht naar het gele afzettingslint dat ze niet mocht passeren, en passeerde het toch.

'Hé!' riep een zwarte geüniformeerde agent met een jong, jongensachtig gezicht. 'U mag niet…'

Stevie bleef staan, keek de man aan en gaf hem even de tijd om haar te herkennen.

'O,' zei hij.

Ze keek hem in de ogen, zette net genoeg kracht achter haar vastbesloten gezicht en zei: 'Wie heeft de leiding?'

'LaMoia,' antwoordde hij gehoorzaam. 'Maar de inspecteur is er ook.' Hij wees naar een groepje silhouetten.

Ze ging naar LaMoia, Boldt en Coughlie toe. Er waren niet genoeg ambulances. Enkelen van de illegalen, gehuld in brandweerdekens, kregen water te drinken. Overal waren mensen in uniform, van de politie en van de kustwacht.

'Dit is afgezet terrein,' zei LaMoia. 'De pers moet aan de andere kant van het lint blijven.'

'Er gaan daar wilde geruchten, adjunct-inspecteur. Sommigen hebben het over een seriemoordenaar, anderen zeggen dat het illegalen zijn.'

'Illegalen,' antwoordde Coughlie. Stevie keek hem recht in de ogen. Hij droeg een legitimatiebewijs van de INS.

'We komen binnenkort met een verklaring,' onderbrak Boldt hen.

Stevie vroeg zich af wie ze moest bespelen. Toen vroeg ze aan de man van de immigratiedienst: 'Is dit nou een zaak van u of van de politie?'

'Of u het nu gelooft of niet, in deze zaak werken we samen,' antwoordde Coughlie.

'En wie heeft de leiding van dit harmonieuze gebeuren?'

Een van de lijkenzakken werd door een team van de patholoog-anatoom weggedragen.

'Niet klaar voor *prime time*,' grapte LaMoia.
'We komen binnenkort met een verklaring,' herhaalde Boldt.
Stevie knikte. Ze kon plotseling geen woord uitbrengen.

# 3

Ze ontmoetten elkaar op een heldere, zonnige augustusmiddag in het International District. Het intense, magische zonlicht zette elk gebouw, elke boom en elk mens in een schitterend gouden schijnsel. Stevie McNeal was te vroeg. Dat was ongewoon voor haar, misschien zelfs uniek. Ze was een en al opwinding.

Ze had zich voor deze gelegenheid eenvoudig gekleed: spijkerbroek, zwartkatoenen T-shirt, een nieuwe kaki safari-overgooier die ze kort geleden had gekocht. Ondanks haar Amerikaanse voorouders sprak ze nog met een vaag Brits accent. Dat kwam door het importbedrijf van haar vader.

House Of Hong, een dim-sum-restaurant aan een verhoogd gedeelte van de Interstate 5, was gevestigd in een betonnen, blokvormig gebouw met een groot rood plastic bord op het dak, zodat iedereen het kon zien. Het bescheiden parkeerterrein, waarvan het asfalt gebarsten was en hier en daar omhoogkwam, was omgeven door een vervallen draadgazen hek, dat als vlaggensnoeren aan roestige kromme stijlen hing. Binnen werd Mandarijnen-Chinees gesproken. Toen Stevie de ober in die taal begroette, was hij duidelijk verrast door haar perfecte uitspraak. Hij leidde haar naar een tafel waar een Chinese vrouw met haar rug naar de deur zat.

Melissa was Chinees, zesentwintig jaar oud, en bezat een eenvoudige schoonheid, meer uitstraling dan puur uiterlijk. Ze droeg een wit, eigenlijk voor mannen bestemd button-down-overhemd en een spijkerbroek, en haar enige sieraad was een horloge met rubberen band dat extra knoppen voor tussentijden had. Ze zwom iedere dag drieduizend meter in het YWCA en liet haar haar ongewoon kort knippen omdat het dan beter onder haar badmuts paste.

'Je ziet er goed uit, Kleine Zuster,' zei Stevie.
'En jij ook.'
'Ik stel het op prijs dat je op zo korte termijn kon komen.'

'Ik wil je altijd graag ontmoeten. Dat weet je,' zei Melissa. 'En nog kans op werk ook? Wat zou beter kunnen zijn?'

'Ik heb gewoon geen vertrouwen in mannen die om geheime ontmoetingen vragen, zelfs niet in mannen die belangrijke informatie te koop aanbieden.'

'Als ik had doorgemaakt wat jij hebt doorgemaakt...' zei Melissa.

Een jaar eerder had Stevie meer dan drie maanden last van een stalker gehad. Toen de particuliere beveiligingsdienst die het televisiestation ten slotte inhuurde de man eindelijk te pakken kreeg, bleek hij al meermalen voor aanranding, verkrachting en kidnapping gearresteerd te zijn, al was hij nooit veroordeeld.

Er kwam een serveerster naar hen toe. Ze bood dampende, verse dim sum in een bamboeschaal aan. Melissa weigerde beleefd. Ze haalde een stenoblok uit haar handtas en legde het op het witte linnen tafellaken. Alles op zijn plaats: dat was Melissa. 'Nou?' zei ze.

Stevie legde het uit. 'Hij beweert over informatie te beschikken in verband met die container die aan land is gebracht. Jij houdt van verhalen waar je je tanden in kunt zetten. Het is geen documentaire, maar...'

'Nee, echt, ik stel het op prijs. Als je freelancer bent, neem je wat je kunt krijgen.'

'Je weet dat ik heb aangeboden je aan een baan bij het tv-station te helpen.'

'Dat weet ik,' zei Melissa. 'Als ik echt een baan bij het station heb verdíend, ligt het anders.' Ze hadden dit wel al tien keer besproken. 'We zijn in hetzelfde huis opgegroeid. We brachten onze weekends met elkaar door, onze vakanties. Maar als jij je beroemdheid gebruikte om mij aan een baan te helpen...'

'Ik begrijp het heel goed.'

'Zelfs dit geeft me geen goed gevoel,' zei Melissa. Ze bedoelde het restaurant.

'Jij bent hier geknipt voor. Je bent Chinees en je bent freelancer. Als die kerel iets heeft wat de moeite waard is, wie zou dan geschikter zijn om dit verhaal te doen?' voegde Stevie eraan toe. 'Trouwens, wat een geweldig excuus om op kosten van het station te lunchen!'

Melissa grijnsde en knikte. Ze werd weer ernstig en zei: 'Je hebt al zoveel voor me gedaan. Ontken het maar niet. Als ik maar een tiende kon terugdoen...'

'Wat heb je aan iets als je er geen gebruik van maakt? Dit zijn mijn vijftien minuten van roem. Als jouw minuten komen – en ze zúllen komen – reken ik erop dat je mij er ook een beetje van laat profiteren.'

'Dat zit er niet in.'

'Dat moet je niet zeggen. Je productiewerk is het beste wat er is. Je

zult het zien. Een verhaal als dit... Als het goede informatie blijkt te zijn... Dit kan voor jou de grote doorbraak worden.'
'Ik hou mijn adem nog niet in.'

Als enige westerse man in het restaurant viel de man die ze verwachtten meteen op toen hij binnenkwam. Hij was kalend, te dik, had de neus en de wangen van een drinker en had blijkbaar een voorkeur voor slechtzittende, goedkope colbertjes. Verder had hij zweetdruppels onder zijn ouderwets lange bakkebaarden en op zijn ook al rode nek. Hij keek een beetje aarzelend het restaurant in en herkende toen Stevie. Ze gaf hem een teken, en hij ging zitten en keek behoedzaam naar Melissa. Tegen Stevie zei hij: 'Je ziet er anders uit dan op de tv.'
'Je telefoontje,' zei Stevie. Hij was geen man met wie ze wilde lunchen. Ze bestelde een ijsthee en wilde dat deze ontmoeting zo snel mogelijk voorbij was.
'Je ogen? Je haar? Ik weet het niet.' Hij veegde met een servet van het restaurant over zijn gezicht en keek of er een ober kwam. Hij bestelde een Cape Cod, een wodka-cranberry en wees ook het aanbod van eten van de hand.
Melissa gebruikte haar kennis van het Chinees om te vragen of ze met rust gelaten konden worden. Zo kwam er tenminste een eind aan de telkens oprukkende dim sum.
'Ik kijk elke avond naar je. Het nieuws.' Hij dempte zijn stem als een samenzweerder. 'Jij leek me precies degene die ik moest benaderen, weet je.' Hij wierp weer een blik op Melissa.
'Ze werkt met me samen,' verduidelijkte Stevie. 'Laten we het over dat aanbod hebben.'
'Ik ben boekhouder bij de staat Washington.'
'Ik dacht dat je voor Seattle werkte,' zei ze.
'De staat. Ik controleer de voorraden van een stuk of zes diensten van de staat, alles van wegpylonen tot bijvoorbeeld faxapparaten.'
'Wat boeiend,' zei ze.
'We kunnen je volgen,' zei Melissa om het goed te maken.
'Dit is een groot verhaal,' zei hij.
'Dan moeten we het misschien maar eens horen,' moedigde Melissa hem aan.
Hij legde zijn hand even op Stevies hand en trok zich instinctief terug. 'Misschien heb ik de verkeerde gebeld,' zei hij.
'Misschien,' beaamde Stevie. 'Als je me nog eens aanraakt, krijg je peperspray als lunch.'
Hij verontschuldigde zich. 'Ik heb nog nooit zoiets gedaan: iets aan de pers vertellen. Ik voel me daar niet bij op mijn gemak.'
'Je telt wegpylonen,' zei Stevie, die zich enigszins van haar onbehagen herstelde. 'Voel je je daar wel bij op je gemak?'

'Wat tel je nog meer, meneer...' Melissa probeerde zijn naam uit hem te trekken.

Hij veegde weer over zijn gezicht. Zijn tanden waren verkleurd van het roken. 'Weten jullie hoe bioscopen bijhouden hoeveel popcorn ze verkopen?'

'Popcorn?' gooide Stevie eruit. 'Je wou me een gouden tip over popcorn in bioscopen geven?'

'Ze tellen niet hoeveel popcorn ze maken, want je hebt maar een paar maïskorrels nodig om een beker popcorn te maken, en je kunt ook nooit goed schatten hoeveel korrels er in een beker gaan... en daar komt nog bij dat ze op het eind van de avond, of tussen de voorstellingen door, het spul dat ze niet hebben verkocht gewoon weggooien.'

'Zeg... Luister nou eens...'

'Ze tellen de zakken, of de bekers,' zei Melissa.

'Precies! De eigenaar, de bedrijfsleider, houdt het aantal zakken bij dat gebruikt is. Ze houden bij hoeveel zakken er zijn gebruikt – klein, medium, groot – en zoveel geld moeten de personeelsleden op het eind van de avond in de kassa hebben. Zo simpel ligt het. Is er geld tekort, dan moeten de personeelsleden het bijpassen, en dus letten de personeelsleden erg goed op die zakken. Met limonadebekers is het niet anders. Precies dezelfde methode. Het aantal bekers dat per avond is gebruikt, bepaalt hoeveel geld er in de kassa moet zijn.'

'Zakken en bekers,' herhaalde Stevie een beetje nieuwsgierig.

'Op de DMV – de Dienst Motorvoertuigen – zijn het de laminaten. Het aantal plastic laminaten dat door elke afdeling gaat. Tegenwoordig zit er tekst in het plastic van de laminaten. Op die manier kunnen politieagenten vervalsingen eruit pikken: "Dienst Motorvoertuigen Staat Washington", staat er. Dat laminaat maakt een rijbewijs geldig. Het is erg belangrijk voor...'

'Vervalsers,' vulde ze aan.

Hij keek de twee vrouwen beurtelings aan.

'We luisteren,' zei Melissa, en ze begon aantekeningen te maken. Ze wierp een blik op Stevie. Melissa's ogen waren intense, zwarte speldenprikken van opwinding. Stevie voelde dat er een warme golf door haar heen ging.

'Het is een van mijn taken de DMV-laminaten bij te houden. Als er laminaten worden afgekeurd, tellen ze ook mee, anders zouden de cijfers nooit kloppen.'

'Vervalste rijbewijzen?' zei Stevie. 'Wat hebben die nou met die container te maken?'

'Vraag je eens af waarom de staat zou willen dat ik die laminaten tel. Waarom zouden we die moeite doen? Ze kosten de staat twee komma zes cent per laminaat. Zelfs als het er een paar honderd zijn, hebben we het toch over een waarde van drie of vier dollar.'

22

'Drie- of vierhonderd,' herhaalde Melissa, en ze noteerde het.

'Ik kan je niet goed volgen,' zei Stevie. 'De staat Washington verspilt mankracht?' vroeg ze, een beetje geïnteresseerder. 'Is dat je verhaal?'

'Het gaat om de identiteitsbewijzen,' zei Melissa.

'Wat is de straatwaarde van een vervalst identiteitsbewijs?' vroeg Stevie.

'Nu begrijp je het!' zei de man. 'Welke waarde zou jíj aan een vervalst rijbewijs toekennen?'

'Ik weet het niet,' zei ze. 'Het hangt ervan af of het tieners zijn die sigaretten willen kopen of illegalen die hun vrijheid proberen te kopen.'

'Zeker, daar hangt het van af,' beaamde de man.

Ze dacht nog even na. 'Tweehonderd?'

'Vijfhonderd?' vroeg Melissa, toen de zwetende man Stevie alleen maar grijnzend aankeek.

'Wat zou je zeggen van vijfendertighonderd pér rijbewijs?'

Stevie spuwde wat ijs in haar thee terug. 'Wat?'

'Juridisch verblijf is de eerste stap in de richting van een werkvergunning. Een werkvergunning is de eerste stap in de richting van een verblijfsvergunning. Een verblijfsvergunning leidt tot...'

'Naturalisatie.'

Hij grijnsde. 'Het is een groot verhaal. Zie je wel?' Toen zei hij: 'Ik heb een naam.'

'Hoeveel?' vroeg Stevie.

'Vijfduizend,' antwoordde hij zonder aarzeling.

Stevie kuchte een lachje uit. 'Wij zijn niet van *Nightbeat*. Niet van *Hard Copy*. Vijfhonderd.'

'Misschien kan ik beter *Nightbeat* bellen.'

'Dat is een interlokaal gesprek,' zei Stevie.

Dat leverde haar een lachje op. 'Het is je haar, hè?' zei de man. 'In de show heb je het anders.'

'Het is geen show,' antwoordde Stevie. Ze had het opeens koud. Ze hield niet van dat soort fans. 'Het is een journaal. Een nieuwsuitzending.'

De man dacht even over het aanbod na. 'Duizend,' zei hij toen.

'Vijfhonderd vooruit. Nog eens vijfhonderd als we het gebruiken.'

'Denk je dat ik je mijn naam ga noemen? Een manier om me te vinden?'

'Je hebt ons verteld dat je boekhouder bij de staat Washington bent,' zei Melissa. 'Denk je dat we je niet kunnen vinden?'

'Ik verbind aan mijn medewerking de voorwaarde dat jullie dat niet doen... dat jullie me met rust laten. Jullie laten mij erbuiten.' Hij zweeg even. 'Ik hou van mijn baan.'

'Vijfhonderd, als onze producer akkoord gaat,' herhaalde Stevie. 'Melissa hier zal je het geld brengen. Jij geeft haar de naam van de DMV-ambtenaar bij wie het aantal laminaten niet klopt. Als we het materiaal gebruiken, krijg je nog eens vijfhonderd. Als je ons wilt bellen om afspraken te maken voor ontmoetingen, is dat prima. Geef me twee uur de tijd om het aan mijn producer voor te leggen.'

'Ik doe liever zaken met jou,' zei hij. 'Dit is niet persoonlijk bedoeld,' zei hij tegen Melissa.

'Het is Melissa's verhaal, niet het mijne. Ik ben presentatrice, geen verslaggeefster. Laat jij ons ons werk doen en doe jij het jouwe.'

'Jij was de verslaggeefster die de reportage over die container maakte,' merkte hij op.

'Wij houden ook van onze banen,' zei Melissa. 'Laat ons ons werk doen.'

Enkele minuten later verliet hij het restaurant. Hij liet een spoor van goedkope eau de toilette achter.

Zodra hij weg was, bestelden ze iets te eten.

'Je had het over vijf segmenten van twee minuten,' zei Melissa. 'Een overzicht van de containertragedie, die DMV-zwendel als dat waar blijkt te zijn, en een stuk over het detentiecentrum en wat illegalen te wachten staat als ze zijn opgepakt.'

'Ja.'

'Ik heb daar geen probleem mee, maar als het tot een groter verhaal leidt – als ik die vervalste rijbewijzen met legale illegalen in verband kan brengen, als ik de mensen kan noemen die erachter zitten, moet ik zeker weten dat je me blijft steunen, dat niemand anders me opzij duwt en het van me afpakt.'

'Ik zal die iemand niet zijn,' zei Stevie. 'Dat is zo ongeveer alles wat ik kan beloven. Zolang ik erbij betrokken ben, pakt niemand dit van ons af.'

'Dat is redelijk. En als het politiek wordt?'

'Ik ga hiermee door tot waar het maar heen leidt, tot waar jij het maar heen leidt, Kleine Zuster. Intussen hou ik de dialoog op gang – het verhaal levend – door iedereen te interviewen die hiermee te maken heeft: de INS, de politie, de gedetineerden, wie dan ook.'

'En als Corwin niet wil dat het die kant op gaat?' vroeg Melissa.

'Wat deden we toen Su-Su niet wilde dat we iets deden?' vroeg Stevie.

'Toen deden we een beroep op je vader,' antwoordde Melissa.

'Als Corwin barrières opwerpt, passeer ik hem gewoon en neem ik contact op met New York. Ik heb nog genoeg connecties over.'

'Dat zou je doen?'

'Ik ben bereid dat te doen. Voor dit verhaal.'

'Voor dit verhaal of voor mij?' vroeg Melissa.

'Het verhaal.'

'Omdat ik...'

'Ik ken je principes,' onderbrak Stevie haar. 'Dit is geen aalmoes. Eerlijk waar. Als er iets in blijkt te zitten, en je wilt erachteraan, dan steun ik je. Als je undercover wilt gaan, steun ik je – maar alleen als het om ontmaskering gaat, geen uitlokking. Dat is alles.'

'Dan zijn we het eens,' zei Melissa, die helemaal niet over haar beloning had gesproken. 'Jij krijgt het verhaal. Ik krijg creatieve autonomie.'

'Ja,' beaamde Stevie. 'We zijn het eens.'

# 4

LaMoia bracht het voorlopig rapport van de patholoog-anatoom over de drie Chinese illegalen die in de container waren gestorven. Het rapport was weliswaar in wetenschappelijke termen gesteld maar bleef in het onzekere, een cryptische verwarring die het rechercheonderzoek naar de drie sterfgevallen niet echt verder hielp. De illegalen waren gestorven aan ondervoeding en uitdroging, 'verergerd door symptomen die consistent zijn met die welke worden veroorzaakt door een virulente influenzastam die nog niet geïdentificeerd is'. De aanhalingstekens maakten nog eens duidelijk dat Doc Dixon niet bereid was duidelijke conclusies te trekken – in ieder geval niet in het stadium van het voorlopig rapport. Verder stond er in het rapport dat de lijken na de dood kneuzingen hadden opgelopen, waarschijnlijk omdat ze op de deinende zee heen en weer waren gerold. Er waren weefselmonsters naar de CDC-laboratoria in Atlanta gestuurd, in de hoop dat het influenzavirus kon worden geïdentificeerd. Toen Boldt las hoe ver de ondervoeding en uitdroging waren gegaan, zag hij een vage mogelijkheid van een aanklacht wegens 'verregaande onverschilligheid ten opzichte van menselijk leven' tegen de kapitein en bemanningsleden die de container hadden vervoerd. Dat zou tot gevolg hebben dat de zeelieden het op een akkoordje met justitie gooiden en de namen noemden van degenen die voor de mensensmokkel verantwoordelijk waren. Hij begon een strategie te zien die niet veel verschilde van de strategieën die bij drugshandel en georganiseerde misdaad werden gebruikt. Wat hem vooral opviel, was dat Doc Dixon veel belangstelling had voor die ongeïdentificeerde griepstam. Daarom was het rapport ook in opzettelijk vage, zorgvuldig gekozen woorden gesteld. Dixon hield zich op de vlakte. Hij wilde eerst het CDC-rapport zien.

Voor Boldt leidde de snelste weg naar de naam van dat schip, naar de kapitein en de bemanning, via de illegalen zelf – de passagiers – de negen vrouwen die de reis hadden overleefd en momenteel door de immigratiedienst werden vastgehouden.

Fort Nolan was geen legerbasis meer. Alleen de golfbaan van het fort had de bezuinigingsgolf en de sluitingen van bases in het eind van de jaren tachtig overleefd. De politiek vond het blijkbaar geen probleem om een paar honderd burgerbanen en duizend militaire banen af te schaffen, maar een golfbaan met achttien holes mocht onder geen beding worden opgeofferd. Het resultaat daarvan was dat officieren, in actieve dienst of gepensioneerd, nog regelmatig aan het shanken, hooken, pitchen en putten waren op maar honderd meter afstand van de voormalige kazerne, waar momenteel straatarme Aziaten en Mexicanen zaten die de pech hadden gehad door de INS, de immigratiedienst, te worden opgepakt. De gelukkigen onder hen vonden een baantje als terreinknecht of caddy en genoten een beperkte vrijheid. Ze brachten hun dagen buiten het prikkeldraad door en kregen soms een fooi.

De snelle verbouwing van de basis door de immigratiedienst was een zegen voor de leveranciers van omheiningen in Seattle geweest. Boldt bracht zijn dienstauto, een Chevrolet Cavalier, bij de poort tot stilstand. Hij en Daphne lieten hun insignes zien en zeiden waarvoor ze kwamen. Ergens in de verte sloeg een man in een kaki broek en een groen shirt een mooi boogballetje op de green. Advocaten en ambtenaren reden Fort Nolan in en uit, maar twee mensen van de politie waren duidelijk iets nieuws, want de bewaker bestudeerde hun insignes aandachtig. Hij vroeg Boldt om binnen het hek te stoppen en voerde toen een telefoongesprek. Vervolgens kregen ze een te vaak gefotokopieerde kaart van het complex, waarop de bewaker vlug wat pijltjes zette. Met Daphne als navigator volgde Boldt de aangegeven route.

'Zou John niet bij ons moeten zijn?' vroeg Daphne. 'Sterker nog, zou jij niet op het bureau moeten zijn, en John hier?'

'Hij heeft de leiding. Hij heeft de geneugten van het kantoorwerk,' antwoordde Boldt.

'Handelen wij in strijd met onze rang, inspecteur?'

'Hill en ik zijn het oneens over de functieomschrijving,' zei Boldt. 'Laten we het daarop houden.'

'Wil zij het daar ook op houden? Zou jij hebben getolereerd dat Phil Shoswitz in het veld opereerde?'

'Dit ligt anders.'

'Waarom? Omdat jij het bent, en niet Shoswitz?'

'Precies.'

'Ken je de term "koppig"?'

'Ken jij het woord "ervaring"?' vuurde hij terug.

'Jazeker. En het is mijn ervaring,' zei ze, 'dat jij en Hill allebei koppig zijn. Een van jullie moet inbinden – en zij heeft een hogere rang dan jij, inspecteur.'

Boldt drukte zijn lippen op elkaar en stopte langs de trottoirband. Ze wierp hem een ijzige blik toe.

De spreekkamer was Spartaans ingericht. Er stonden alleen twee langgerekte metalen tafels met formicablad en daaromheen metalen stoelen met versleten plastic kussens. Aan de muur hingen ingelijste portretten van de president en de regiodirecteur van de INS, Adam Talmadge. De tolk was een Japans-Amerikaanse vrouw van in de veertig, een meter vijftig lang, inclusief schoenen met hoge hakken, eenvoudig maar stijlvol gekleed.

De gedetineerde was jong en uitdagend op een zwijgzame manier. Haar hoofdhaar en wenkbrauwen waren geschoren, zodat ze een wezen uit een andere wereld leek. Ze droeg een vaak gewassen spijkerbroek, een dun spijkershirt en geen beha. Haar blauwe rubbersandalen tikten in een gestaag, aanhoudend ritme op de grijze betonvloer.

Boldt maakte een kom van zijn hand en fluisterde tegen Matthews: 'Herken je haar?'

'Nee,' antwoordde Daphne. 'Maar ik heb alleen foto's gezien.'

'Ja? Nou, ik was erbij, en ze... Ik weet het niet.' Boldt werkte de formaliteiten af. Via de tolk probeerde hij uit te leggen dat de politie niet van plan was de vrouw of een van haar metgezellen in staat van beschuldiging te stellen. Toen zei hij, met zijn pen in de aanslag, tegen de tolk: 'Vertelt u haar dat we de naam willen weten van het schip dat de container vervoerde.'

De tolk antwoordde: 'Dat krijgt u nooit uit haar los. Als ze u dat vertelde, zou ze niet alleen zichzelf in gevaar brengen, maar ook haar familie hier en thuis. Misschien had meneer Coughlie u op de hoogte moeten stellen voordat...'

'Wilt u de vraag vertalen?' onderbrak Boldt haar.

'Wacht!' zei Daphne, die de tolk waarschuwend zag kijken. Ze fluisterde in Boldts oor.

Hij haalde zijn schouders op en liet het aan haar over. 'Ga je gang.'

Daphne sprak de gedetineerde aan. 'U hebt veel geld betaald om naar dit land te worden gebracht. Als we dat geld nu eens voor u te-

rug kunnen krijgen? Als we die schuld nu eens kunnen opheffen?'
Boldt schreef voor Daphne op zijn blocnote: *slim*.
De Chinese vrouw antwoordde via haar tolk: 'Ja. Wij betalen geld om naar Amerika te worden gebracht. Wij in Amerika. Ja?'
'Ze kan zo in een reclamespotje voor mensensmokkelaars,' mompelde Boldt.
Daphne gooide het over een andere boeg. 'Als we nu eens kunnen regelen dat u legaal in de Verenigde Staten kunt blijven? Zou u ons dan helpen?'
De tolk merkte op: 'Ik wil niets met met die zwendel te maken hebben.'
'Welke zwendel?' vroeg Daphne.
'De INS gaat nooit akkoord met zo'n afspraak. Hebt u met meneer Coughlie gesproken? Natuurlijk niet! Brian Coughlie maakt nóóit zulke afspraken.'
'Hoe krijgen ze dan informatie van deze mensen?' vroeg Boldt.
'Hoort u eens, ik ben maar de tolk, maar ik wil dit wel zeggen: ik heb nog nooit geprobeerd een afspraak met een vrouwelijke gedetineerde te maken. Dat gebeurt gewoon niet. Iedereen gaat ervan uit dat de vrouwen niets weten. Ze worden zelden of nooit ondervraagd. De mannelijke gedetineerden, de bendeleden die soms worden opgepakt – de coyotes – dat is een heel ander verhaal. Maar wat de vrouwen betreft, is Fort Nolan alleen maar een groot busstation waar alle bussen naar huis gaan.'
'Dan heeft ze des te meer reden om met ons samen te werken,' zei Boldt. 'We geven haar een kans om haar zegje te doen.'
'Maar u bepaalt niet waar ze heen gaat. Dat bepaalt de INS. Dat bepaalt meneer Coughlie.'
De Chinese vrouw keek heen en weer tussen haar tolk en Boldt, die zo langzamerhand een hekel aan Coughlie begon te krijgen.
'Wilt u het aanbod van de inspecteur vertalen?' zei Daphne beleefd. 'Als we ervoor zorgen dat ze een verblijfsvergunning krijgt en haar geld terugkrijgt, wil zij ons dan de naam van het schip en bijzonderheden over de reis geven?'
De tolk sprak snel en met nauwelijks ingehouden woede. De gedetineerde luisterde aandachtig, reageerde verrast en keek toen aandachtig naar Boldt en Daphne. Na een lange aarzeling schudde ze haar hoofd.
'Waarom?' zei Daphne. 'Waarom laat ze zich zomaar het land uitzetten?'
De tolk antwoordde: 'Omdat...'
'Niet u,' snauwde Boldt. 'Zij!'
Toen de Chinese vrouw de vertaalde vraag hoorde, schudde ze opnieuw met haar hoofd.

De tolk probeerde het opnieuw bij Daphne. 'Voordat ze hun land verlaten, wordt hen verteld dat de Amerikanen geen woord houden. Als ze praten, zullen hun familieleden, hier in Amerika en in China, eronder lijden. Voor een Chinees is familie alles. Het is een grote schande om een familielid in gevaar te brengen.'

Boldt keek de tolk aan. 'De mensen die haar geld hebben aangepakt, hebben haar bijna vermoord. Drie anderen zíjn door hen vermoord. Er zullen nog meer mensen sterven. Misschien familieleden van haar die ook de overtocht naar Amerika proberen te maken. Betekent dat dan niets voor haar?' Hij aarzelde, boog zich naar voren en waarschuwde: 'Zegt u tegen haar dat we haar als medeplichtige aan die misdrijven arresteren, als ze niet meewerkt.' Nu keek ook Daphne op. Hij ging verder: 'Zegt u tegen haar dat als ze wordt veroordeeld ze niet het land wordt uitgezet maar de rest van haar leven in een gevangenis vol moordenaars, drugsverslaafden en dieven zal doorbrengen. Precies dat. Precies die woorden, alstublieft.'

Alle kleur was uit het gezicht van de tolk weggetrokken. Ze keek Daphne smekend aan.

Maar Daphne knikte Boldt toe.

'U zou dat niet doen,' protesteerde de tolk.

'Geen woord meer van u,' zei Boldt, 'alleen de woorden die van haar of van een van ons komen. Geen commentaar meer. Drie vrouwen zijn dóód,' herhaalde hij met luide stem, en nu drong zijn ernst ook tot de gedetineerde door. 'En nu vertalen!'

De tolk sprak tegen de vrouw, die verbleekte zodra de gevangenis ter sprake kwam. Nadat ze Boldt lang en onderzoekend had aangekeken, keek ze haar tolk aan, die begon te grijnzen toen ze het antwoord hoorde.

'Wat?' vroeg Boldt geërgerd. 'En ik wil het woord voor woord.'

De tolk deed haar werk. De Chinese gedetineerde glimlachte voor het eerst zonder haar hand voor haar mond te houden. Haar voortanden ontbraken.

'Wat?' herhaalde Boldt geërgerd.

De tolk antwoordde: 'Ze zei dat u Amerikanen grote gevangenissen moeten hebben.'

# 5

De volgende dag gaf de boekhouder die als tipgever fungeerde Melissa voor vijfhonderd dollar de naam Gwen Klein. Hij vertelde dat ze op het kantoor van de DMV, de Dienst Motorvoertuigen, in Wallington werkte. Melissa zat veertien uur achter in haar busje, uitgerust met een zware professionele videocamera. Ze zat de hele tijd klaar om opnamen te maken. Ze maakte opnamen van Klein die haar kantoor verliet en naar winkels ging, van Klein die haar kinderen van de crèche haalde, van Klein die naar de supermarkt ging. Haar eerste 'rapportagebezoek' legde ze af in Stevie McNeals luxueuze penthouse. Ze aten er een paar salades bij die Stevie telefonisch had besteld. De wijn was een Archery Cummit Pinot. Stevie dronk veel, Melissa bijna niets.

'Zo ongeveer het enige dat ik te melden heb, is dat haar man in een gloednieuwe pick-up rijdt en dat er zo te zien een nieuw dak op het huis zit.'

'Extra geld,' zei Stevie.

'Of een familielid dat doodging of een royale bank. Hij is timmerman. Zij is ambtenares. Die wagen waar hij in rijdt, kost dertigduizend dollar, en nieuwe daken zijn niet goedkoop.'

'Laten we uitzoeken hoeveel hij voor die wagen heeft betaald,' stelde Stevie voor.

'Ja, dat zou ons helpen als we haar onder druk willen zetten.'

'Ze zal niet met ons praten,' zei Stevie. 'Niet zolang we geen harde bewijzen hebben.'

'Rijbewijzen zijn klein. Ze zou ze overal kunnen afgeven.'

'Blijf dan dicht bij haar,' stelde Stevie voor.

'Ik kan dichtbij blijven, maar ik kan me niet aan haar vastplakken.'

'Natuurlijk wel.'

'Niet als ik ook nog opnamen moet maken. Zeker niet met die camera. Hij is zo groot als een schoolbus.'

'Ik zal zorgen dat je een digitale krijgt,' zei Stevie. 'Daar is een aktetas voor. Die gebruiken we altijd als we undercover-reportages doen. Je kunt er overal mee naar toe.'

'Dat zou zeker helpen.'

'Maar we gaan niet naar geváárlijke plaatsen,' zei Stevie tegen haar. 'Vergeet dat niet.' Melissa had haar hele leven al risico's genomen.

'En als we in een dag of twee niets positievers ontdekken?' vroeg Melissa.

'Dan krijgt onze vriend van de dim sum zijn tweede betaling niet.'
'En de vrouwen in die container? Vergeten we die?'
'Je moet jezelf dit niet aandoen.'
'Wat niet?'
'Dat je je zo opwindt. Dat je de wereld wilt verbeteren.'
'We kunnen twee dingen doen,' zei Melissa ongeduldig zonder op Stevies bezorgdheid in te gaan.
'Journalistiek 101. We kunnen haar voor de camera confronteren met wat we weten. Of we kunnen iets laten gebeuren.'
'Journalistiek 101?' protesteerde Stevie. 'Sinds wanneer? Die confrontatie, goed. Maar haar in de val lokken?'
'Als je geen nieuws kunt vinden, moet je nieuws maken,' citeerde Melissa.
'Zo ben jij niet, dat weet je zelf ook wel. Nieuws maken? Nieuws vervalsen? Zo ben jij niet! Corwin misschien wel, maar jij niet.'
'Niet nieuws maken – nieuws opzoeken. We vragen haar om een vals identiteitsbewijs,' stelde ze voor.
Stevie stond van de bank op en liep door de kamer. 'Dat komt gevaarlijk dicht bij uitlokking.'
'Wie was het die zei: "Echt nieuws wordt nooit gevonden, maar blootgelegd?"' merkte Melissa op.
'Je moet mijn woorden niet uit hun verband trekken.'
'Er zijn in die container drie vrouwen gestorven. De anderen moesten al hun kleren uittrekken. Ze zijn ontluisd en van top tot teen geschoren en gaan binnen een week met een vliegtuig naar China terug. Als ik Klein benader en ze biedt aan me een rijbewijs te verkopen, hebben we haar precies waar we haar hebben willen. Dan is ze van ons. Ze leidt ons naar de volgende sport van de ladder of...'
'We chanteren haar?'
'We zetten haar onder druk.'
'Wat heb jij toch?' vroeg Stevie.
'Jij hebt me ingehuurd om een stuk te maken.'
'Ik heb je ingehuurd om een spoor te volgen. Dat is heel iets anders.'
'Voor mij niet.'
'Sinds wanneer niet?'
'Kijk eens naar mij. Kijk naar mijn gezicht. Als jij en je vader er niet waren geweest, had ik ook in die container kunnen zitten. Die vrouwen zijn van mijn leeftijd en nog jonger! Wou je van ze weglopen omdat we een beetje harder moeten werken om het verhaal te krijgen?'
'Zie je nou wat er met jou aan de hand is?' zei Stevie.
'Met mij? Als dit verhaal nu eens goed genoeg is om in het hele land te worden uitgezonden?' Ze verhief haar stem. 'Misschien hebben we verschillende motieven, maar we willen allebei dit verhaal.'

'Daar gaat het niet om.'

'Waar het om gaat, is dat er drie vrouwen dood zijn en dat er iedere week opnieuw vrouwen binnenkomen. Waar het om gaat, is dat die vrouwen op een erbarmelijke manier naar Amerika zijn gebracht, waardoor ze zijn gestorven,' zei Melissa. 'De politie ziet het als moord. Dát is het verhaal waar het mij om gaat: dat degenen die hier achter zitten, worden gestraft. En ik zal je wat vertellen: ik ben bereid om de regels een beetje naar mijn hand te zetten als dat in het belang van de zaak is. Als Klein me een vervalst identiteitsbewijs verkoopt, is dat haar probleem.'

'Als we het verkeerd aanpakken is het ook ons probleem, Kleine Zuster. Die mensen...'

'Zie je wel? Welke mensen? Wie? Daar gaat het nou juist om!'

'Zullen we een beetje geduld oefenen? Je bent hier nu anderhalve dag mee bezig. Blijf haar volgen. Als je iemand wilt om je te helpen, kan ik...'

'Nee! Dit is ons verhaal, van jou en mij. Van niemand anders!'

'En ik heb de leiding,' zei Stevie nadrukkelijk. 'Hou haar in de gaten. Eén dag is nog niets.'

'Zeg dat maar tegen de vrouwen die in die containers opgesloten zitten.'

'Geduld.'

'Ja, goed.' Melissa snoof.

'Ik zal zorgen dat je een digitale camera krijgt. Dat zou je toch helpen?'

Melissa begon te stralen. 'Dus je wilt dit ook!'

'Natuurlijk wil ik het, Kleine Zuster. Ik ben er toch zelf mee naar je toe gekomen? Maar we praten het uit. We werken het samen uit. We moeten onze persoonlijke motieven opzij zetten. Ik wil dat dit...'

'Ja, ja,' onderbrak Melissa haar. 'Je hoeft me niet altijd te bemoederen, weet je.'

'Oude gewoonten laten zich niet gauw uitroeien.'

'Help me aan die camera.'

'Werk met me samen,' zei Stevie. 'Als team,' stelde ze voor.

'Als team,' zei Melissa haar na.

De volgende dag en een deel van de daaropvolgende dag zat Melissa Chow ongeduldig in haar bruine busje. Ze volgde Gwen Kleins bewegingen en legde ze op de videoband vast, van huis naar de supermarkt en voor de tweede keer in drie dagen naar een autowasserij.

In de loop van de ochtend kreeg Melissa een telefoontje van Stevie.

Stevie vertelde haar: 'Een vriendin van me die bij een kredietbeoordelingsbureau werkt, zegt dat er geen leningen zijn verstrekt voor

de Dodge 4x4 die op Joe Kleins naam staat. Hij heeft hem ook niet geleast.'
'Waar blijft die camera die je beloofde?'
'Luister je wel?'
'Ze hebben hem in volledige eigendom?' vroeg Melissa. Ze keek naar Kleins achterlichten. De wagen stond in de automatische auto-wasserij.

Stevie zei sarcastisch: 'Dat is een beetje ongewoon voor een echt-paar dat volgens de belastingen een gezamenlijk inkomen van ze-venenzestigduizend per jaar heeft.'
'Een beetje ongewoon?' riep Melissa uit. 'Dat is bijna onmogelijk. Het is een wagen van tweeëndertigduizend dollar.'
'Er is nog meer. De Kleins hadden zeven jaar lang een debetsaldo van in totaal vier- à vijfduizend dollar op hun creditcardrekeningen. In de afgelopen anderhalf jaar hebben ze dat allemaal afbetaald.'
'Nou, als we verder niets vinden, kunnen we dreigen de Kleins bij de belastingen aan te geven.'
'Daar ga je weer,' zei Stevie.
'We moeten proberen vooruit te denken.'
'Dat moet je niet doen. We moeten blijven waar we zijn.'
'Jij bent niet degene die een typisch Amerikaanse moeder overal heen moet volgen, van de supermarkt naar de...'
Toen Melissa haar zin niet afmaakte, vroeg Stevie of de verbinding was uitgevallen.
'Ik ben er nog,' bevestigde Melissa. 'Ja, dat was me ontgaan. En het ligt zo voor de hand.'
'Kleine Zuster?'
'Ken je die trucposters met allemaal kleuren en patronen, en als je er lang genoeg naar kijkt, verschijnt er plotseling een driedimensio-naal beeld?'
'Wat is je ontgaan?' vroeg Stevie.
'Ze heeft twee dagen geleden haar auto gewassen. Ik bedoel, waar was ik met mijn gedachten? Ik zat hier op precies dezelfde plek! Over ziende blind gesproken!'
'Wat is je ontgaan?' herhaalde Stevie.
'Ze rijdt door. Ik moet gaan,' zei Melissa. De verbinding werd ver-broken.

# 6

Boldt zat op een warme vrijdagavond op de achterveranda. De kinderen waren naar bed en hij wachtte op Liz. Naast hem stond de diaprojector al klaar, gericht op het enige gladde witte oppervlak dat beschikbaar was, de deur die vroeger naar de ruimte had geleid die nu de bijkeuken was. Die deur was dichtgeverfd. De laatste tijd voelde hij zich vaak net als die deur: dichtgeverfd, klemgezet.

Hij had de projector ook in de huiskamer kunnen zetten. Er was daar een muur die grotendeels wit was als je de ingelijste aquarellen weghaalde, maar Sarah zou wakker worden van het geklik van de projectorcassette, want ze sliep net zo licht als haar vader, en als ze eenmaal wakker was, duurde het wel een uur voordat ze haar weer in slaap kregen. Daarom stond de apparatuur hier op de rieten tafel, met de gele Kodak-doos ernaast. Boldt knipperde met zijn ogen om te proberen het mysterie van de vuurvliegjes op te lossen: hij wist nooit of hij echt vuurvliegjes zag of dat die witte lichtvlekjes voor zijn ogen alleen maar een teken van zijn totale vermoeidheid waren.

'Ik denk dat we vuurvliegjes hebben,' zei hij tegen Liz toen ze eindelijk bij hem kwam zitten.

'We moeten Miles nog instoppen voordat we gaan slapen. Wil je me daaraan herinneren?'

Het riet kraakte toen ze ging zitten. Boldt zou willen dat ze tien kilo zwaarder was. Hij wilde dat die rieten stoel het uitschreeuwde als ze erin plaatsnam, in plaats van alleen maar te kreunen.

'Ik heb altijd gedacht dat we geen vuurvliegjes hadden. We wonen al zes jaar in dit huis en ik kan me niet herinneren dat ik er ooit een heb gezien.'

'Ik zie geen vuurvliegjes,' zei ze.

'Geef het even de tijd,' zei hij. 'Daar bij de schutting.'

Ze keek naar de projector. 'Als we meer cassettes kochten, hoefden we niet steeds nieuwe dia's te laden.'

'We gebruiken hem niet vaak genoeg om een extra cassette te kopen.'

'We kunnen de dia's ook op video laten zetten.'

'Wat doen we dan met de projector?' vroeg hij.

Ze keek de tuin in. 'Ik zie ze niet.'

'Daar was ik al bang voor.'

'Waar gaan we naar kijken?'

'Op haar vijfenzeventigste verjaardag heeft mijn moeder ieder van ons dia's van oude familiefoto's gegeven.'

'Ik kan me die foto's herinneren.'
'Ja.'
'Oude, oude familiefoto's.'
'Ja. Dat zei ik.' Hij zette de projector aan en zorgde dat hij een scherp beeld kreeg. Op de overgeschilderde deur verscheen een vrouw met grijs haar.
'Ik hou van zomeravonden,' zei ze. 'De houtskool in de lucht, het pasgemaaide gras. Je moet het nooit vanzelfsprekend vinden dat zulke dingen er zijn.'
'De moeder van mijn moeder,' zei hij. 'Ze stierf in haar slaap. Ik heb haar als kind gekend. Ze had een zachte huid en kleren die naar mottenballen roken. Haar haar was net suikerspin. Maar wat vooral in mijn geheugen is blijven hangen, is dat ze in haar slaap is gestorven.'
'Dat is de rechercheur in jou. Het interesseert je altijd meer hoe iemand is gestorven dan hoe hij heeft geleefd.'
Hij vond dat geen prettige opmerking. Hij had het gevoel dat ze zich zou verontschuldigen, en dat wilde hij niet, al wist hij niet waarom. 'Ik vind het vreemd dat ik me dat van haar herinner.'
'Hoe is je grootvader gestorven?'
'Geen idee. Dat hebben ze me nooit verteld, denk ik. Hij was de eerste die de overtocht maakte. Hij bracht ons naar Amerika.' Hij liet snel een stuk of tien dia's passeren. Liz wilde bij een paar daarvan dat hij stopte, maar hij werkte ze af met de vastbeslotenheid van iemand die wist waar hij heen ging.
Hij kwam uit bij een sepiakleurige foto. Een jongen van een jaar of achttien stond bij de kluit van een kolossale omgevallen boom. 'We waren Pools,' zei hij. 'Mijn vader noemde ons Europeanen.'
'Dit heeft met die container te maken,' constateerde Liz. 'Met die vrouwen die zijn omgekomen.'
Boldt liet nog twee dia's van zijn grootvader passeren. 'Op een gegeven moment zijn we allemaal een oceaan overgestoken,' merkte hij op. 'Jouw familie kwam in het begin van de negentiende eeuw. De mijne in de Eerste Wereldoorlog. Denk je dat onze voorouders nu ook nog binnen zouden komen? Met al die kwalificaties en vereisten waaraan je moet voldoen?'
'Je moet jezelf dit niet aandoen.'
'Officieel stierven ze aan ondervoeding, maar volgens Dixie speelde er ook een soort griep mee. Als ze langer hadden geleefd, zou de griep ze hebben gedood. Vind je dat niet ironisch?'
Ze wees. 'Ik geloof dat ik er een zag!' Ze boog zich naar voren. 'Ik heb nooit gedacht dat we vuurvliegjes hadden.'
'Niet daar. Dat is die kerstverlichting die ze nooit weghalen.' Hij trok de cassette weg, zodat er een felwitte rechthoek op de oude ge-

verfde deur achterbleef. Liz sprong met het enthousiasme van een klein meisje uit de stoel en maakte handschaduwen van vliegende vogels. Ze droeg shorts. Haar benen waren bruin maar te dun. Ze maakte een eendenkop en haar stem veranderde in die van Donald Duck. Donald vertelde hem dat hij te veel piekerde. Twee jaar voor haar ziekte zou ze nooit zo overeind zijn gesprongen. In dat soort dingen was ze onvoorspelbaar geworden. Hij wist niet meer wat ze ging doen. Ze liet zich geen enkel moment van blijdschap ontnemen. Ze greep al die momenten aan. Hij benijdde haar om die vrijheid, om haar jeugdig enthousiasme. Zij was niet meer dichtgeverfd.

'Het idee, je kerstverlichting het hele jaar te laten hangen!' zei ze.

'Er zou een gemeenteverordening moeten zijn.'

'Altijd de politieman.'

Hij vulde de cassette met dia's van een vakantie die ze jaren geleden hadden gemaakt.

'Als je opa nooit naar Amerika was gekomen, zouden wij hier nu niet zijn,' zei ze.

'Dat zit me dwars, geloof ik. Als die vrouwen waren blijven leven... In ieder geval nog een tijd. Dan hadden ze een legitieme kans op vrijheid gehad.'

'Ze hebben een ander soort vrijheid gevonden,' zei ze.

Hij ging daar niet op in. Daar wilde hij het absoluut niet over hebben.

# 7

'Wat weten we?' vroeg Boldt aan LaMoia, al voordat de man was gaan zitten. Boldts kantoor was in een kunstgalerie veranderd, met een expositie van vingerschilderijen en kleurpotloodtekeningen van zijn dochter Sarah en zijn zoon Miles. Hij was erg aan elke afzonderlijke tekening gehecht en had titels voor de meeste bedacht. De wetenschappers hadden het mis als ze zeiden dat de wereld om een as draaide – de wereld draaide om zijn twee kinderen.

'Ik ben achter die textielbalen aan geweest. Het hele weekend heb ik met mensen van de haven en de douane gepraat, of ik zat met mijn neus in de gouden gids. Dat is iets wat jij bent vergeten, Lou. Toen je inspecteur werd, kreeg je je weekends terug.'

'De polarfleece,' zei Boldt.

'Ja, de balen die we tegelijk met de lijken uit de container hebben gehaald,' antwoordde LaMoia.

Boldt sprak met een groot maar op niets gefundeerd vertrouwen, want eigenlijk was hij alleen maar aan het raden. 'Er is geen vrachtbrief voor die balen. Er zijn geen gegevens over een container met dat nummer. Er is geen importeur bekend.'

'Twee van de drie goed. Niet slecht, Lou.'

'Waar ging ik in de fout?'

'Officiéél is er geen importeur die we met die container in verband kunnen brengen,' verbeterde LaMoia. 'Geen papieren – nee, dat klopt. Maar onofficieel?' Als LaMoia iets rechtzette – en dat gebeurde nogal vaak – genoot hij ervan om het uit te spinnen, als een schooljongen die een oude grap doorvertelt die hij net voor het eerst heeft gehoord. Bernie Lofgrin van het forensisch lab had dat ook. Wat ze in één regel konden vertellen, werd een lezing van tien minuten. Boldt voelde zich niet geroepen hem aan te sporen en wachtte rustig af. 'Toen ik die container niet kon thuisbrengen, besloot ik er op straat naar te laten informeren. Zoiets moet je heel voorzichtig aanpakken. Heel rustig. Dat is een kunst op zich, weet je.' Hij hengelde naar een complimentje.

'Ja,' beaamde Boldt.

'Het is net als het liefdesspel: je begint heel rustig en laat de dingen zich vanzelf ontwikkelen.'

'Zou je in de loop van de dag nog ter zake kunnen komen?'

LaMoia knipperde niet eens met zijn ogen. Hij stond op het toneel; hij was aan het optreden. Niets kon hem uit zijn evenwicht brengen. 'Dus zonder dat ik er een echt punt van maakte, liet ik uitlekken dat we geïnteresseerd waren in iemand die polarfleece met containerladingen tegelijk bestelt. Ja? Ik weet dat het niet Eddie Bauer of REI is, want daar heb ik al contact mee opgenomen. En als het om zulke hoeveelheden gaat, kan het ook geen klein winkeltje zijn. Dus wat doe je dan?'

'John!' Boldt sprak met stemverheffing.

'Het was geen verklikker, Lou. Als ik een goede verklikker had gehad, had ik mijn Monopoly-magie op hem kunnen uitproberen, weet je. "Verlaat de gevangenis zonder betalen", of iets in die trant. Ja? Dan had ik een naam kunnen vinden, een contactpersoon, iets wat concreet genoeg is om het bij de keel te grijpen en het een beetje te verstikken. Ja?' Hij hield op met praten. Hield daarmee op en stond daar maar, wachtend op een of andere reactie van zijn inspecteur, die onbewogen genoeg bleef om iemand die naar hem keek te laten geloven dat hij ter plekke in die stoel was overleden. Boldt wilde niet bewegen. Hij wachtte. LaMoia nam dat alles in zich op en begreep ten slotte dat hij degene was die het eerst met zijn ogen moest knipperen. 'In zekere zin vind ik dat we contact met IO moeten opnemen voordat zij contact met ons opnemen. Dat bespaart ze de moeite.'

De initialen IO – Intern Onderzoek – liet de nekharen van zelfs de eerlijkste en integerste dienders recht overeind staan. Die afdeling kon je carrière blokkeren, je salarisuitbetalingen stopzetten en ervoor zorgen dat je maandenlang steeds weer met juristen van de politievakbond moest overleggen. LaMoia bedoelde dat hij iets had gevonden wat hen beiden in de gevarenzone kon brengen. De implicatie was duidelijk – ze hadden met georganiseerde misdaad te maken.

Corruptie golfde als een griepvirus door politiekorpsen en andere overheidsdiensten. Het sloeg van de een op de ander over, ongeacht rang, ras of sekse. En zoals bij een besmettelijke ziekte ook gebeurt, werden maatregelen genomen om het virus uit te roeien of op zijn minst de werking te minimaliseren, zodra de griepgolf binnen de desbetreffende populatie epidemische proporties had aangenomen. Er werden een paar zondebokken gevonden en aan de kaak gesteld, terwijl de anderen in het geheim verder gingen.

In de loop van de meer dan twintig jaar dat Lou Boldt bij de politie was, had hij altijd zelfs de schijn van ongepast gedrag vermeden. Soms had hij daar bijna een fulltimebaan aan gehad. Hij stond als een schildwacht bij de poort, altijd waakzaam. Hij zou nooit een collega aan Intern Onderzoek verraden, maar hij zou ook nooit compromitterend politiewerk accepteren. Hij vermeed ieder contact met personen van wie bekend was of vermoed werd dat ze banden met de georganiseerde misdaad onderhielden, zelfs met een paar van zijn eigen superieuren in het korps. Er hoefde maar een vaag gerucht de ronde te doen en Boldt voegde de naam al aan de lijst in zijn hoofd toe.

Eigenlijk kon hij zich die luxe niet permitteren. Rechercheurs van Misdrijven Tegen Personen hadden impliciet behoefte aan fundamentele kennis over – en contacten met – elementen van de georganiseerde misdaad, zoals de Chinese triaden, de Russische maffia en alle andere benden die de laatste jaren begonnen waren de kruimels – misdrijven op straatniveau – op te pikken die de grote organisaties lieten liggen: drugs, prostitutie, autodiefstal en kleinschalig gokken. Terwijl de Russische gangsters de bordelen in hun greep hadden, beheersten de kleinere organisaties het tippelen; terwijl de Chinese triaden de cocaïne en heroïne met bootladingen tegelijk het land in smokkelden, zorgden de kleinere bendes voor de distributie. Elke groep had zijn eigen activiteiten, en meestal lieten ze de andere groepen met rust. Alleen op straatniveau, het bendeniveau, was dat niet het geval. Daar moesten vurige loyaliteit en romantische ideeën weleens plaatsmaken voor een straatoorlog waarin tieners en twintigers dood op straat bleven liggen.

Als je werd uitgenodigd voor een gesprek met iemand van wie bekend was dat hij met zulke organisaties samenwerkte, kon dat de kus des doods betekenen – een of/of-aanbod waarin een bedreiging van je familie, je leven, je carrière of je aspiraties kon zijn vervat. Er waren maar weinig politiebeambten die zich niet onder druk lieten zetten. Boldt wist dat hij in veel opzichten kwetsbaar was, maar dat vooral zijn kinderen een geschikt doelwit voor zulke mensen waren. Hij zou nooit geld accepteren, en ook geen promotie, maar als de gezondheid en het welzijn van Miles en Sarah op het spel kwamen te staan, wist hij dat hij één van twee dingen moest doen: terugslaan of toegeven. Elke politieman wist in welke opzichten hij kwetsbaar was. Boldt, wiens dochter al een keer was bedreigd, was op zijn hoede.

Het privé-telefoonnummer van een politieman werd nooit aan iemand bekendgemaakt en kwam nooit in de telefoonboeken. Sommigen logen tegen hun buren over hun beroep, zowel om hun gezin te beschermen als om te vermijden dat ze als scheidsrechter bij kleine ruzies werden gehaald. Steeds weer moesten ze compromissen ontwijken, corruptie vermijden. Het vergde een constante, enorme waakzaamheid van de kant van elke politiebeambte, Boldt niet uitgezonderd. Toen het telefoontje van Mama Lu kwam, bleef hij even stil zitten. Het was een moment waarvoor hij het grootste deel van zijn carrière bang was geweest.

LaMoia was de boodschapper. Ze waren naar de koffiekamer op de vijfde verdieping gegaan. Boldt deed de deuren dicht en maakte een kop thee voor zichzelf klaar.

'Nou, er is dus een meisje met wie ik een tijdje omging. Ze heet Peggy Wan.'

'Vrouw,' verbeterde Boldt. 'Laten we dat tenminste hopen.'

'We konden het goed met elkaar vinden. Niet dat het van lange duur was.'

'Niet dat dat nieuws is,' zei Boldt.

'Maar we bleven vrienden. Interesseert dit je?' vroeg LaMoia.

'Als het tot iets leidt. Als het de Nieuwe Avonturen Van Die-en-Die zijn, heb ik daar vanmorgen geen behoefte aan. Jij laat een heel spoor van Peggy Wans achter, John. Ik hoop voor jou dat er ooit nog iemand komt die echt iets voor je betekent.'

'Omdat ik nou toevallig niet zo nodig naar het altaar hoef… Goh, Lou, ik wist niet dat het jou iets kon schelen.'

Boldt aarzelde net iets te lang om het luchtig te houden. 'Ja,' zei hij. 'Het kan me iets schelen.'

LaMoia verstijfde. Zijn glimlach verdween en zijn ogen vonden een stofje in de achterste hoek van de kamer. Zijn onderlip trilde onder zijn snor.

'Nou, vertel me eens over Peggy Wan,' zei Boldt.

LaMoia had nog even tijd nodig om zich te herstellen, om het jongensachtig enthousiasme, het arrogante zelfvertrouwen terug te krijgen dat zijn handelsmerk was. 'Nou, Peggy schijnt een nichtje van Mama Lu te zijn – al hebben de meeste Aziaten wel erg veel ooms en tantes, als je begrijpt wat ik bedoel. En misschien verklaart dat waarom Peggy – God zegene haar zijdezachte achterste – de weg van andere LaMoia-veroveringen ging. Een beetje te strak om de kraag, als je begrijpt wat ik bedoel. Als ik met haar was blijven omgaan, had ik al gauw met Mama Lu zelf moeten dansen – snap je? En dan had ze me niet meer losgelaten.'

'Dus in het beroemdste adressenboekje van Seattle staat een streep door Peggy's naam.'

'Maar blijkbaar wil Peggy me een wederdienst bewijzen...'

'De legende leeft voort,' zei Boldt.

'... want gisteravond hoorde ik van haar. Ze belde me thuis op. Dat betekent dat ze mijn nummer van het toestel heeft overgenomen, want ik heb het nooit aan haar gegeven.'

'Het toestel op het nachtkastje, ongetwijfeld.'

'En nu wil ze een ontmoeting regelen tussen jou en haar tante.'

'Míj?'

'Dat zei ik ook tegen haar.'

'Mama Lu?'

'Precies.'

'O, shit.' Het gebeurde niet vaak dat Boldt vloekte. 'Waarom ik?' protesteerde hij.

'Daar kan ik geen antwoord op geven. Zij wel, denk ik, en dat zal ze vast wel doen.'

'Jij gaat met me mee.'

'Ik ben niet uitgenodigd.'

'Doet er niet toe. Als we met zijn tweeën zijn, gaat het anders toe.' Boldt dacht even na. 'Alleen als je het wilt. Ik wil je niet onder druk zetten, John. Ik wil je niet tot iets dwingen... Je weet wel.'

'Ja, dat weet ik. Maar ik vind het goed. Als je wilt dat ik daar rondhang, dan doe ik dat.'

'Misschien hangen we allebei,' waarschuwde Boldt onheilspellend.

Voor de Koreaanse kruidenierszaak stonden twee pezige, lenige mannen. Ze rookten sigaretten zonder filter die naar brandende autobanden roken. Twee mannen die nergens heen gingen. Ze droegen nylon trainingsbroeken die ruisten toen ze in beweging kwamen om

LaMoia en Boldt door de hordeur van de winkel naar binnen te volgen. Een meeuw die door de straat vloog, gevangen door de huizenrijen, klaagde hard. Het International District besloeg een terrein van zo'n veertig huizenblokken ten zuiden van het stadscentrum en even ten noorden van de industriële woestenij tot aan Boeing Field. Het District, met weinig interessante architectuur en weinig belastingdollars, ontleende zijn kleur alleen aan de energieke mensen die er woonden.

'Ik ben LaMoia,' zei de adjunct-inspecteur, toen hij zich naar het ontvangstcomité had omgedraaid. 'Dit is Boldt. Ze verwacht ons.'

De gezichten van de mannen waren kalm en onbewogen, totdat een van hen knikte. Zijn nek was zo stijf dat het gebaar meer op een buiging leek.

Boldt boog naar de man terug.

'Dat doe je alleen bij Japanners, Lou,' mompelde LaMoia. 'Dit zijn Chinezen.'

De kruidenierszaak rook naar gember en verhitte olie. De indeling was in flagrante strijd met de brandweervoorschriften, want er bleef geen vierkante centimeter onbenut: luiers en papierwaren reikten tot het honderd jaar oude metalen plafond, waar een met stof aangekoekte schoepenventilator langzaam ronddraaide en stukken spinrag als feestversiering met zich mee trok.

Ze werden door de ongelooflijk volgestouwde slagerijafdeling geleid, waar een broodmagere grootmoeder een Chinees mes als een bijl in een stuk rundvlees sloeg. Hoe verschrompeld en zwak ze er ook uitzag, haar glimlach straalde niets dan goedheid uit en haar ogen flirtten met hen.

'Ik denk dat ze je aardig vindt,' zei LaMoia toen ze een krakende houten trap door een smalle opening beklommen.

'Ik hoop het,' antwoordde Boldt. Hij was niet voorbereid op wat hij nu te zien kreeg. Mama Lu had het postuur van Orson Welles. Ze droeg een lichtrode kamerjas en had weelderig zwart haar dat in vlechten tot haar middel hing. Omringd door stapels boeken en een enkele zwarte telefoon met draaikiesschijf, zat ze in een oorfauteuil onder de gebloemde kap van een staande lamp, die als een haardroger achter haar stond. Vergeelde rolgordijnen waren dichtgetrokken om ieder beetje zonlicht buiten te houden, en een hardnekkige airconditioner deed zijn best in het enige raam dat niet was afgedekt. Door dat raam keek je uit over Elliott Bay en de eilanden daarachter.

Met vingers zo snel als de tong van een kikker greep Mama Lu in een glas water, en ze had haar gebit in haar mond voordat haar gasten zich hadden voorgesteld. Toen ze sprak, kwam de galmende bariton ergens uit de diepten onder haar aanzienlijke boezem, die als een rotspartij uit haar lichaam naar voren stak. Aan haar stemgeluid te horen had ze al lange, lange tijd gerookt. Misschien rookte ze nog steeds, tenzij de groene zuurstoffles die in de hoek stond meer dan een siervoorwerp was.

'U vereert me met dit bezoek,' zei ze in redelijk goed Engels.

'Het wordt gezegd,' begon Boldt, 'dat mevrouw Lu's familie erg groot is: moeder van velen, vriendin van allen. U hebt grote bijdragen aan onze politiesportvereniging geleverd, en aan de brandweer en de ziekenhuizen, en daarvoor zijn deze stad en haar bevolking u erg dankbaar.'

'Wij zijn allen één familie, ja?'

'Ik wou dat meer families zo zorgzaam waren als die van u, Grote Dame.'

'Ya-Moia, u bent vriend van Peggy Wan.'

'Ja, mevrouw Lu.'

'Ze zeggen u eerlijk man. Deze man bij u, meneer Both, hij eerlijk man?'

'Ik ken geen man die eerlijker en beter is dan hij.'

'Dat zegt veel, Ya-Moia.'

LaMoia maakte een lichte buiging.

'Vertel me over onderzoek, meneer Both,' zei ze. Ze zei niet welk onderzoek.

'Chinese immigranten worden als honden behandeld. Ze worden hierheen gebracht in grote metalen dozen, als kennels, zonder water, zonder eten. Het is onmenselijk en er moet een eind aan komen.'

'Als iemand van een monster wegvlucht, is hij bereid te lijden.'

'Maar deze mensen betalen hiervoor.'

'Mijn grootvader en ik reisden meer dan een maand op de bodem van een vrachtschip, zonder zonlicht, zonder frisse lucht. Mijn grootvader betaalde daar veel geld voor. Dingen zijn niet anders in deze tijd. Mijn volk vlucht al vele generaties voor de Rode Chinezen.'

'Mensen komen op veel manieren dit geweldige land binnen, sommigen legaal, anderen niet,' zei Boldt. 'Het is niet aan mij om daarover te oordelen. Maar in die container zijn drie vrouwen gestorven. Jonge vrouwen die hun leven nog voor zich hadden. Iedereen die daarbij betrokken is, gaat naar de gevangenis. Iedereen. Ze zullen in metalen dozen terechtkomen, net als hun slachtoffers. Degenen die met de politie samenwerken, zullen de lichtste straffen krijgen.'

Mama Lu bewoog niet, vertrok geen spier. Ze zat als een stuk steen op haar gecapitonneerde troon, een en al licht. Alle vriendelijkheid was van haar gezicht verdwenen. 'Ja,' zei ze nadrukkelijk langzaam. 'Ik ben met u eens.'

Boldt verbaasde zich daarover en sprak uit wat hij al had voorbereid. 'De jonge vrouwen die het overleefden, willen niet met ons samenwerken. Ze willen ons niets vertellen.'

'Ze bang voor u. Met goede reden, denk ik. Politie in China niet als politie hier. Maar er zijn anderen. Deze kinderen, hun families, in beide landen, zullen lijden als zij met u samenwerken.'

'En úw familie.'

'U geeft mij veel te veel eer, meneer Both,' zei ze. Haar accent was plotseling minder zwaar, en haar stem klonk zachter en tegelijk strenger. Haar harde ogen richtten zich op Boldt en lieten hem niet los. 'Ik heb geen invloed op die kinderen.' Ze haalde diep adem en zei: 'Drie zijn gestorven. Ja. Erg triest. Maar vertelt u me dit: hoeveel sterven als ze achterblijven?'

'Ik ben alleen verantwoordelijk voor Seattle, Grote Dame,' zei Boldt.

'Ik zal navraag doen,' zei ze, en ze knikte weer met haar grote hoofd. 'Laat een oude dame kijken wat ze kan vinden.'

'Het schip dat verantwoordelijk is,' zei Boldt. 'Dat zou een goede plaats zijn om te beginnen.'

'U reist in het duister, meneer Both. Beweegt u langzaam. Het duister bevat veel onzichtbare gevaren.'

'Het duister wijkt uiteindelijk voor het licht.'

'Niet altijd. Vraagt u aan politieman Tidwell. Maar ik zal u helpen. In ruil daarvoor u vertelt mij over vooruitgang van onderzoek en u houdt mijn goede naam uit pers. Zo moe van de leugens.'

'We zijn allemaal moe van de leugens.'

'Chinees bloed stroomt door mijn aderen, meneer Both. Deze drie waren mijn zusters, mijn kinderen.'

'Uw klanten?' durfde hij te vragen.

Ze grijnsde. 'U bijt hand die u voedt?'

'Als ik genoeg honger heb,' antwoordde hij.

Ze bracht haar zachte dikke hand omhoog en hield hem even in de lucht alsof ze verwachtte dat hij hem zou kussen. Toen woof ze even om hen weg te sturen.

Boldt stond op, en LaMoia volgde zijn voorbeeld.

'Ik dank u, mevrouw Lu,' zei LaMoia.

'Wees aardig voor Peggy Wan, Ya-Moia. Zij mijn nichtje.' Ze richtte haar aandacht weer op Boldt en zei: 'Beweeg langzaam. Het duister bevat veel uitdagingen. Misschien ik bied wat licht.'

'Dank u.'

'U kunt bezoeken wanneer u wilt, wanneer u mij iets te zeggen hebt. U altijd welkom.'

Boldt maakte onwillekeurig een buiging. Toen keek hij op en grijnsde naar haar.

Toen ze weer op straat waren, een eind van de Koreaanse kruidenierszaak vandaan, zei LaMoia: 'Ben je gek geworden, Lou? In feite beschuldigde je haar.'

'Ik maakte mijn verdenkingen duidelijk.'

'Ja, duidelijk was het.'

'Als ze slim is, geeft ze ze aan ons. Ze zullen haar er nooit bij betrekken, niet met haar invloed. Dan zouden ze het in het huis van bewaring nog geen week uithouden. Als ze ons de informatie over dit transport geeft, overkomt haar niets.' Toen vroeg Boldt: 'Wat was dat over Tidwell?'

'Kun je je Tidwell herinneren? Van Georganiseerde Misdaad?'

'Met pensioen?'

'Met pensioen! Hij ging 's morgens een eindje joggen en kwam op een brancard terug. Al zijn botten waren gebroken. Hij zei dat hij door een auto was aangereden. Dat moet dan een auto met vier poten zijn geweest. Hij werd afgekeurd omdat hij niet goed meer kan lopen.'

'Mama Lu?'

'Weet je nog, die vrachtwagen met die Mexicanen achterin? Gestikt in uitlaatgassen? Het schijnt dat Mama Lu een van de eigenaren van dat transportbedrijf was. Dat was Tidwells zaak voordat hij dat ongeluk kreeg.'

'Probeer je me te waarschuwen, John?'

'Zij wel. Dat staat vast,' zei hij nadrukkelijk en met wijd open ogen. De leren zolen van zijn struisvogelleren laarzen smakten met elke grote stap hard op de trottoirtegels. Hij zei tegen Boldt: 'Ik wil je alleen maar duidelijk maken dat je moet luisteren. Of anders zou ik mijn verzekeringen nog maar eens nakijken, als ik jou was.'

## 8

Melissa pakte de digitale camera van Stevie aan. Ze kreeg er twee erg kleine cassettes en een extra batterij bij. Ze praatten in een hoek van de nieuwsstudio van KSTV, waar overal om hen heen voorbereidingen werden getroffen voor de live-uitzending van *News Four at Five*. Toen Stevie haar de cameratas gaf, voelde ze zich geroepen om Melissa te waarschuwen. 'Dit is geen vrijbrief om de zaak in eigen handen te nemen.'

'Dat begrijp ik.'

'Doe niet zo nonchalant.'

'Ik begrijp dat je dat moet zeggen. Je moet jezelf en het station beschermen.'

'Dat is het helemaal niet. Ik wil jou beschermen.'

'Je moederinstinct?' vroeg Melissa.

'Je vertelt mij steeds van tevoren wat je gaat doen.'

'Natuurlijk.'

'Ik meen dit, verdomme!'

'Mevrouw McNeal?' riep de floor director. 'Twee minuten.'

Stevie wuifde geërgerd naar haar. Ze keek Melissa aan en voorzag moeilijkheden. 'Jij bent iets van plan, hè? Ik ken die blik.'

Melissa schudde haar hoofd.

'Wat zei je over die autowasserij?' vroeg Stevie.

'Dat was maar een ingeving. Een beeld is duizend woorden waard, en ik heb wat goede beelden. Je zult het zien.'

'Wanneer?' drong ze aan.

'Bij de munttelefoon hoorde ik hem over het kerkhof praten,' fluisterde Melissa.

Er ging een golf van huiveringen door Stevie heen. 'Wie, hem? Welk kerkhof?'

'Mevrouw McNeal?' riep de floor director.

'Ik kom!' snauwde Stevie. Toen ze zich omdraaide, was Melissa al bezig de studio uit te lopen. Stevie wist dat ze achter haar aan moest gaan, dat ze haar moest tegenhouden. Melissa liep met oogkleppen op, als het op haar werk aankwam. 'Wacht!' riep ze.

'Zestig seconden!' riep de floor director.

'Ik bel je vanavond,' vormde Melissa geluidloos met haar lippen, waarbij ze haar hand als een telefoon tegen haar oor hield.

'Bel me!' eiste Stevie, die nog steeds in de verleiding kwam om van de presentatiedesk weg te lopen en haar jongere zuster tegen te houden. 'Ik blijf op tot je belt.'

Een stagiaire hield de deur voor Melissa open, en ze keek nog een laatste keer om en glimlachte naar Stevie. Opnieuw hield ze haar hand bij haar oor: ze zou bellen.

'Dertig seconden! Op uw plaatsen, alstublieft.'

Stevie liep met tegenzin naar de presentatiedesk. Het misselijke gevoel in haar maag werd nog erger. Als ze dat interview met het hoofd van de immigratiedienst niet op haar programma had staan, zou ze er misschien tussenuit zijn geknepen. Maar nu ging ze op haar presentatiestoel zitten en keek ze het script door, terwijl de geluidsman haar aansloot.

De temperatuur in de studio was een graad of dertien, een concessie aan de gecomputeriseerde elektronica. De floor director, die het opnamescript las, droeg een katoenen trui. Achter de presentatiedesk was de atmosfeer wel verhit, want een stagiaire had Stevie koffie met echte suiker in plaats van kunstmatige zoetstof gegeven. Stevie schoof de kop agressief opzij en keek een laatste keer in haar eigen script. Hoe vaak dit team zich ook op een uitzending voorbereidde, het bleef een gespannen aangelegenheid. De voortdurende pogingen van *News Four at Five* om in de race om de regionale journaalkijker een Nielson-rating van één te houden joegen de temperatuur steeds weer omhoog.

Stevies medepresentator, William Cutler, had meer aandacht voor zijn uiterlijk op de monitor dan voor het script. Billy-Bob, zoals Stevie hem noemde, was erg actief als doorknipper van linten en spreker op lunches – de honoraria die hij voor dergelijke nevenactiviteiten ontving interesseerden hem veel meer dan het nieuws.

Ze bekeek zichzelf een laatste keer op de monitor. Ze was zevenendertig en de camera vleide haar nog. Haar haar glansde en hing tot op haar schouders, en haar hemdje was een beetje laag uitgesneden, een beetje bloot, een beetje smakeloos, maar precies goed voor de producers en hun dierbare kijkcijfers. Dankzij die kijkcijfers had ze een geweldig contract met een royale onkostenrekening, waaronder ook haar Town Car met chauffeur en haar luxe appartement met vijf slaapkamers vielen. Een promotiecontract met Nordstrom leverde haar een immense garderobe op, en dat alles in ruil voor een vijf seconden durende vermelding op de aftiteling. De roombleke huid van haar chirurgisch bijgewerkte boezem en haar ongedwongen houding hadden haar in een *Newsweek*-artikel over normvervaging bij regionale televisiestations een beschrijving als 'openlijk seksueel' opgeleverd. Ondanks alle kritiek bleven de kijkcijfers voortreffelijk. Het enige dat die cijfers in gevaar kon brengen, was Billy-Bobs libido. Er gingen geruchten over middelbareschoolmeisjes, drugs en feestjes die de hele nacht doorgingen. Als Billy-Bob zijn rits niet dichthield, kon *N4@5* in de problemen komen.

'Vijftien seconden,' riep de floor director, die tussen de twee robotachtige camera's stond. De draden van haar koptelefoon sleepten achter haar aan. Ze hield een met de hand geschreven briefje omhoog om beide presentatoren aan een extra item – 'blz. B-36' – te herinneren dat niet in het vooraf geprinte script stond.

'Haar!' schreeuwde William Cutler, kijkend op de monitor.

De studiokapster sprong het toneel op terwijl de floor director bleef aftellen. 'Tien seconden!' De kapster, die een streepje zweet op haar bovenlip had, trok zorgvuldig een borstel door Cutlers gelakte kapsel en speelde met een ontsnapte lok.

'Idioot! Wat ben jij, een hondentrimster? Geef op!' Cutler rukte de borstel uit haar hand en streek de lok weg.

'Negen... Ontruim de set... Acht...' telde de floor director af. Er klonk geen spoor van bezorgdheid in haar stem door. Het waren professionals, stuk voor stuk.

De kapster ging voor de camera vandaan en een norse Cutler bekeek zich nog eens in de spiegel. Toen gooide hij de borstel achter de jonge kapster aan.

'Vier... drie... twee...'

Stevies gezicht begon te stralen toen ze in de camera keek. Ze leefde voor dit moment: honderdduizenden kijkers die gespitst waren op ieder woord dat ze zei. Aan de andere kant zat Melissa's veel te grote ijver haar dwars. De vooraf opgenomen stem zei in haar oor: 'En nu Seattles meest bekeken nieuwsteam, Stevie McNeal en William Cutler en *News Four at Five*.'

Stevie las de tekst voor die over het beeldscherm gleed, haar glimlach perfect als een plaatje, haar stem een klein beetje hees en sensueel, haar ogen zacht en op camera 2 gericht. Jammer genoeg was het nieuws er 'om de tijd tussen de reclamespotjes op te vullen'. Een mentor had haar dat uitgelegd toen ze in New York werkte en nog op de sprong van verslaggeefster naar presentatrice hoopte.

*Betrokkenen bij het onderzoek naar de scheepscontainer vol illegalen die uit de Puget Sound is opgevist, zeggen dat rechercheurs van de afdeling Moordzaken van de politie van Seattle minstens een van de overlevenden hebben ondervraagd. Die ondervraging zou vooral een poging zijn geweest om de betrokkene in ruil voor gunsten tot het verstrekken van informatie te brengen. De politie zou over weinig of geen sporen beschikken.*

Er waren beelden te zien van de berging van de container en van de in dekens gehulde vrouwen die naar ambulances werden geleid.

*Uit het voorlopig sectierapport met betrekking tot de eerste van drie vrouwen die tijdens de overtocht zijn gestorven, zou blijken dat het slachtoffer aan een natuurlijke doodsoorzaak is gestorven, namelijk ondervoeding en uitdroging, al lijkt het waarschijnlijk dat deze condities het gevolg waren van verwaarlozing door de kapitein van het schip. Het onderzoek zou er nu op gericht zijn het schip dat de container vervoerde te identificeren, alsmede de kapitein van dat schip. News Four at Five brengt later in deze uitzending een live interview met Adam Talmadge, regionaal directeur van de immigratiedienst.*

William Cutler nam het met zijn zelfverzekerde stem over. Hij bracht verslag uit van een moord die 's middags in Madrona was gepleegd. Een arme stumper was om het leven gebracht in een ruzie om een parkeerplek. De twee presentatoren deden beurtelings hun gruwelijke, hopeloze verhalen. Ze probeerde de ergste onderwerpen aan Billy-Bob over te laten, maar toen die illegalen in een met rioolslib aangekoekte container uit zee waren gevist, in de steek gelaten door een hebzuchtige rotschoft, had ze zich daarin vastgebeten. Alle stations, radio en tv, openden er nog steeds mee. De landelijke netwerken hadden belangstelling, vooral door de beelden van Stevies eerste reportage. Het was groot nieuws en het maakte haar ook groot. En als je zo'n vuurtje eenmaal aan het branden had, legde je er alles in wat maar branden wilde. Zij en Melissa mochten over de uitvoering dan van mening verschillen, over het uitgangspunt waren ze het eens: dit was een verhaal dat verteld moest worden. En het moest levend worden gehouden, anders viel er niets meer te vertellen. Het openbaar ministerie hoopte de gedetineerden als getuigen in een moordproces vast te houden, maar als dat niet doorging, zouden de illegalen het land worden uitgestuurd, terug naar het leven dat ze waren ontvlucht. Uit het oog was uit het hart. Stevie beschouwde het als haar werk om het verhaal in de publiciteit te houden, terwijl Melissa op zoek was naar mensen die voor het drama verantwoordelijk waren. Bij verhalen over corruptie, ziekte en dood kwam je niet vaak in de gelegenheid om een misdaadbende die mensen exploiteerde aan de kaak te stellen. Deze ene keer kon haar werk tot iets meer uitgroeien dan tijdvulling tussen reclamespotjes. Maar dan moest ze er wel voor zorgen dat het publiek geboeid naar het verhaal bleef kijken. Ze zag dat als een persoonlijke uitdaging.

Na een inleiding door Billy-Bob las Stevie zes regels van de Tele-PrompTer – brand in een crackhuis – en leunde toen in haar draaistoel achterover, want er volgde een opgenomen reportage.

De floor director wees naar camera drie. Hij bracht zijn hand omhoog als degene die bij autoraces met het vlaggetje zwaait. De hand ging naar beneden en Stevie las voor uit het script dat over het beeldscherm gleed.

*Blijf bij* News Four at Five *voor een exclusief interview met Adam Talmadge, directeur van het regiokantoor Noordwest van de immigratiedienst, gevestigd in* Seattle. *Wij zetten ons onderzoek naar illegale immigranten voort in* Hoge Zeeën, Hoge Risico's. *We komen terug na deze onderbreking.*

Het televisiescherm ging over op reclame. De omzet was in het derde kwartaal met eenendertig procent gestegen. Stevie kende de cijfers.

'Vrij!' riep de floor director. 'Stevie, huiskamer! William, camera twee over zestig.'

Adam Talmadge droeg een donker pak, een wit button-down-over-hemd en een blauwe das met rode adelaarskoppen. Zijn schoenen waren verzoold maar hadden een mooie glans. Hij had het meeste van zijn haar nog, krullend met een lichtgrijze vleug en kort geknipt, en hij had indrukwekkende zwarte wenkbrauwen en heldere blauwe irissen, als vers ijs. Toen hij Stevie de hand schudde, keek hij haar vriendelijk maar gereserveerd aan. Zijn ogen bleven geen seconde op haar anatomie rusten, zoals de ogen van sommige mannen deden, en ze stelde meteen vast dat hij veel ervaring met media-optredens had. Ongetwijfeld had Talmadge zijn eigen plannen met dit interview. Eigenlijk had ze om een interview met Coughlie gevraagd, die momenteel buiten beeld in een kunststof stoel zat toe te kijken, maar Talmadge had besloten het zelf te doen.

'Alles klaar?' vroeg Stevie aan haar gast.

'Het is me een genoegen,' zei hij.

De arm van de floor director kwam omhoog om met veel gezag omlaag te zwaaien.

'*News Four at Five* heeft de eer Adam Talmadge te ontvangen, regiodirecteur Noordwest van de immigratiedienst. Welkom.'

'Blij dat ik er ben, Stevie.'

'De immigratiedienst is de poort waardoor elke legale immigrant dit land moet binnenkomen,' zei ze. 'De dienst heeft ook haar eigen onafhankelijke, federale politiekorps aan onze grenzen, in zeehavens en op vliegvelden. Hoeveel personen houdt u hier in Seattle en omgeving per jaar vast?'

Talmadges teint verried dat hij een lage golfhandicap had. 'We hebben het afgelopen kalenderjaar ongeveer tweeëntwintighonderd personen vastgehouden, maar laat me zeggen…'

'Dat zegt veel,' onderbrak Stevie hem, en daarmee gaf ze de toon van het interview aan. Ze zou voorkomen dat Talmadge afdwaalde en de richting van het gesprek ging bepalen, zoals hem dat door de mediacoaches was geleerd. 'En ongeveer hoeveel van hen komen per container of schip?'

'Misschien een derde tot de helft.' Hij wierp een blik op Brian Coughlie, die buiten beeld zat toe te kijken.

'Dus van degenen die worden vastgehouden, komen zevenhonderd tot duizend illegale immigranten – politieke vluchtelingen – dit land als verstekelingen of menselijke lading of slaven binnen.'

'Niet meer dan tien procent van alle illegale immigranten is politiek vluchteling,' verbeterde hij.

'En welk percentage van de illegale immigranten wordt door uw dienst aangehouden?'

'Dat kunnen we niet nagaan.'

'Een schatting?' vroeg ze.

'Als we vijftig procent te pakken krijgen, mogen we blij zijn.'

'Nog geen tien procent van de drugs die dit land binnenkomen, wordt ontdekt,' daagde ze hem uit, oplezend uit haar aantekeningen.

'Waarom zouden uw resultaten veel hoger liggen?'

'Drugs kunnen in een skistok worden verstopt, of ze kunnen een maand op de bodem van de oceaan liggen, of boven een bos uit een vliegtuig worden gedropt. We hebben hier met mensen te maken,' zei hij.

'Dus als uw tweeëntwintighonderd vijftig procent zijn, zijn er ruwweg vijfduizend illegalen die elk jaar via het noordwesten in de Verenigde Staten komen. En toch ligt het landelijke cijfer eerder in de buurt van de driehonderdduizend, nietwaar?'

'De meerderheid daarvan – zo'n tachtig procent – komt over onze zuidgrens.'

'Mexico.'

'Ja, uit Mexico.'

'En hier bij ons komen de meeste illegale immigranten uit Azië?'

'Dat klopt.'

'Chinezen?'

'Een groot percentage komt uit China. Ja. En uit Vietnam. Indonesië.'

'Politieke vluchtelingen,' zei ze om op haar eerdere punt terug te komen.

Talmadge drukte zijn lippen op elkaar en hield zijn hoofd schuin. 'We gaan zorgvuldig na welke personen legitieme aanspraak op politiek asiel kunnen maken.'

'En toch heeft het Congres kort geleden bepaald dat gedetineerde illegalen niet meer dan negen dagen de tijd krijgen om de status van politiek vluchteling te verwerven. Dat is toch zo?'

'Zes werkdagen,' verbeterde hij.

Ze probeerde niet te laten blijken dat ze de periode met opzet langer had gemaakt om die verbetering van hem uit te lokken.

'En daarna worden ze gedeporteerd en teruggestuurd naar hun land van herkomst – ongeacht het lot dat hun daar wacht.'

'Dat is meestal de procedure, ja.'

'En om de status van politiek vluchteling te verwerven moeten die personen, die vluchtelingen, kunnen bewijzen dat ze gefolterd zijn.'

'Gefolterd is een groot woord. Lichamelijk of geestelijk mishandeld,' verbeterde hij.

'Als ik het goed begrijp,' ging ze verder, 'krijgen geselecteerde INS-agenten een speciale training die zelf ook onder kritiek van het Capitool en de psychiatrische wereld is komen te staan. Hoeveel ondervragers met zo'n speciale training heeft uw dienst?' vroeg ze.

'Drie,' antwoordde Talmadge met opnieuw een blik op Coughlie.

'Het is maar een klein percentage – misschien tien procent – van alle illegalen dat politiek asiel aanvraagt.'

'Dus u staat achter het nieuwe beleid?' probeerde ze.

Talmadge hoefde niet over zijn antwoord na te denken. 'Het Congres heeft een van de grootste veranderingen in de Immigration Act sinds meer dan honderd jaar tot stand gebracht. Onze grenzen zijn daardoor gastvrijer geworden dan ze in meer dan zeventig jaar zijn geweest, terwijl onze dienst veel minder papierwerk hoeft te doen en veel efficiënter kan werken. Wat die mensen betreft die deze misdaden tegen hun medemensen begaan, kan ik alleen maar zeggen dat zulk gedrag niet door deze overheid wordt getolereerd, en ook niet door de INS. We zullen de verantwoordelijken vinden en we zullen ervoor zorgen dat ze in de gevangenis belanden. Ik moet daaraan toevoegen dat de politie van Seattle momenteel actief onderzoek doet naar de drie sterfgevallen aan boord van die container. Laat dit duidelijk zijn: de zwarte handel in menselijke lading is verleden tijd. De eersten die bereid zijn deze handel aan de kaak te stellen, zullen zelf niet worden vervolgd. De rest gaat naar de gevangenis.'

Op dat moment begreep Stevie waar het Talmadge om begonnen was. Hij had de uitzending gebruikt om informanten op te roepen.

De floor director gaf Stevie een teken, en ze maakte vlug een eind aan het interview.

'Vrij!' riep de floor director. 'William, camera twee, twee minuten.'

Talmadge stond op en maakte zijn microfoon los. Hij veegde zijn mond af alsof hij had zitten eten.

Brian Coughlie kwam naar Stevie toe. 'Goede vragen.'

'Vage antwoorden,' zei ze.

Talmadge glimlachte strak en liep naar de uitgang. Het was duidelijk dat hij Coughlie aan zijn zijde verwachtte.

'Dineren?' vroeg Coughlie haar.

'Nee, dank je,' antwoordde ze.

'Een interview zonder camera? "Een betrokkene bij het onderzoek?"'

'Nu word je warmer,' zei ze.

'Ik kan specifieke gegevens verstrekken,' bood hij aan.

'Ik bel je,' zei Stevie.

'Goed,' zei hij.

Hij stak zijn hand uit en ze schudden elkaar de hand. Coughlie hield die van haar iets langer vast dan nodig was. Ze vond dat geen prettig gevoel. Ze wilde niet flirten om aan een verhaal te komen. Ze draaide zich om en liep naar de presentatiedesk en terwijl ze dat deed, wist ze dat Brian Coughlie naar haar keek.

# 9

Er waren zeven jaren verstreken sinds Boldt met professor Byron Rutledge van de faculteit Oceanografie van de University of Washington had overlegd. Rutledge, fysisch oceanograaf en al erg lang aan de faculteit verbonden, was een kenner van de getijdenstromingen in de Puget Sound, en hij had Boldt eens geholpen met een moordonderzoek waarin een lichaam door die stromingen aan land was gespoeld. De Puget Sound, de grootste riviermonding van Noord-Amerika, kent ongewone maar ook erg goed voorspelbare getijden en stromingen, waaronder enkele van de snelste oppervlaktestromingen in het westen van de Verenigde Staten.

Rutledge had een normaal postuur. Met zijn zorgvuldig bijgehouden Abraham Lincoln-baard, ijsblauwe ogen en eeuwige pijp zag hij eruit als een ouderwetse zeerob. Zijn kantoor lag bezaaid met papieren. De meeste horizontale oppervlakken waren bedekt met grafieken, kaarten en rapporten. Aan de muren hingen gravures van vierkant getuigde schepen, brigantijnen en walvisvaarders. Er hingen ook een schoolbord en een rek met kaarten die als zonwering konden worden opgehesen.

'Weet u,' zei Rutledge met een rokerige stem, 'ongeveer een jaar nadat u en ik samenwerkten vroeg een officier van justitie uit het district Skagit me om daar aan een ander lijk te werken. Ik vond het schitterend werk, al schaam ik me bijna om dat te zeggen. In Bowmans Bay, ten westen van Deception Pass, was het lijk van een vrouw gevonden, ongeveer zoals dat lijk van u op het strand. Deze vrouw bleek door haar man van de Deception Pass-brug te zijn gegooid.'

'Dat leidde tot een veroordeling, nietwaar?' vroeg Boldt, die zich het sensationele proces kon herinneren.

Rutledges tanden, verkleurd van het pijproken, leken op een rottend paaltjeshek. 'U zit tegenover de getuige-deskundige van het openbaar ministerie. Die jongen heeft zichzelf aan een cel voor eenendertig jaar geholpen. Zijn advocaten gingen in hoger beroep en trokken mijn bevindingen in twijfel, maar ze verloren opnieuw.' Hij had een aanstekelijke glimlach. 'En deze keer,' zei de man, die al door de telefoon met Boldt had gesproken, 'is het dus een scheepscontainer.' Hij knikte. 'U zou niet geloven hoeveel containers er daar in open water drijven. Ze zijn een belangrijke oorzaak van averij op zee. Daar kunnen de verzekeraars van meepraten.'

'Uw mensen hebben de gelegenheid gehad om de container te bekijken,' zei Boldt.

Rutledge knikte. 'Hebt u de gegevens voor me meegebracht?'
Boldt schoof een stuk papier over het bureau. 'Gewicht van de container, aantal mensen erin, gewicht en geschat volume van de rollen stof.' Hij voegde eraan toe: 'Die stof zat verpakt in visquine van zes millimeter.'
Rutledge tuurde over de rand van zijn leesbril. 'U wilt graag weten van welk schip die container afkomstig was.'
'We hebben het schip nodig om bij de vrachtbrief te komen,' zei Boldt. 'Hebt u bij uw inspectie nog iets ontdekt?' Boldt had geregeld dat Rutledge een bezoek aan de container kon brengen.
'Het stonk nogal,' zei Rutledge. 'Geen chemisch toilet aan boord.'
'Nee.'
'Kun u zich voorstellen hoe het is om veertien dagen zo te leven, van de ene naar de andere kant van de oceaan?'
'Iets specifieks?' herhaalde Boldt.
'Open water drukt zijn stempel op iedereen en alles waarmee het in contact komt. De wateren van het noordelijk deel van de Stille Oceaan vertonen grote verschillen met het meer brakke riviermondwater in de Sound,' begon de professor. 'Dat is toe te schrijven aan het zoete water uit de tientallen rivieren en zijrivieren binnen die achttienhonderd vierkante kilometer. De rivieren stromen zo snel de monding binnen dat de monding zoet blijft, ondanks het hogere zoutgehalte van het oceaanwater in het buitenste rechte eind en ten westen van Vancouver Island. Daarom treffen we in de Puget Sound enkele honderden planten- en diersoorten aan die alleen in riviermonden voorkomen, micro-organismen die tot tweehonderd kilometer naar het noorden of zeventig kilometer naar het westen niet te vinden zijn. Weet u nog, kikkervisjes kweken in de biologielessen van de vijfde klas en dan zien hoe snel de wanden van het aquarium bedekt waren met schuim? Hetzelfde gebeurt in de Sound of in de oceaan. Je kunt zo zien dat een schip langere tijd op één plaats is blijven liggen – de algen en zeepokken maken zich er snel van meester. Die algen worden voorafgegaan door bacteriën en diatomeeën die zich binnen zes uren na onderdompeling aan de scheepswand beginnen te hechten. Een plas, een zoetwatervijver, een riviermond, de oceaan, dat doet er niet toe. Er staat een lange voedselketen in de rij voor het buffet. En zo beschikken oceanologen over een spoor dat ze kunnen volgen.
Zoals een entomoloog de insecten op een lijk kan bestuderen,' ging Rutledge verder, 'zo kan een oceanoloog micro-organismen en algen op de romp van een schip – of zelfs een container – bestuderen en op grond daarvan vrij goed inschatten hoe lang dat oppervlaktemateriaal ondergedompeld is geweest, en in welk soort water.'
'Een klok?' vroeg Boldt gespannen.

'Ja, zoiets. U hebt onze studenten een erg waardevolle excursie bezorgd, gevolgd door even waardevolle laboratoriumproeven. Ik ben blij met die gelegenheid.'

'En hebben ze iets ontdekt?' vroeg Boldt.

'Wat slijm is voor de een, is een goudmijn voor de ander,' antwoordde Rutledge. Hij zweeg een ogenblik om Boldt in spanning te laten. 'Miljoenen kleine organismen hechten zich in een voorspelbare volgorde aan de ondergedompelde zijkanten en bodem van uw container vast. Wat deze mariene bacteriën, diatomeeën en bijbehorende larven ons vertellen, is dat de container in brak water heeft gelegen – om preciezer te zijn, hij heeft zestien tot twintig uur in het centrale bassin van de Sound gelegen. Niet langer, niet korter. De accumulatie van koolwaterstoffen die zich vanaf het wateroppervlak aan de zijkanten van de container hechten, vertelt ons dat hij gedurende ongeveer de helft van de tijd scheef in het water heeft gedreven – ongeveer vijftien graden – en dat hij vervolgens, ongeveer op het achtste uur, extra water heeft binnengekregen, waardoor hij tegen de tweeëntwintig graden ging overhellen, terwijl de diepgang met een meter toenam.'

'Dat kunnen we gebruiken? Zestien uur?'

'Ja, dat blijkt uit de aanwezigheid van diatomeeën en zeepoklarven die zich aan de bacteriële kolonies hebben gehecht. Al het werk dat door de studenten is gedaan, is tweemaal gecontroleerd. Zestien tot twintig uur. Zo lang heeft die container in het water gelegen.'

'Niet langer, niet korter,' herhaalde Boldt, terwijl hij aantekeningen maakte. 'Heel misschien hebt u dit onderzoek gered.'

'We zijn nog niet klaar.'

'Nee?'

Rutledge keek Boldt aan. 'We hebben zorgvuldig naar die balen polarfleece gekeken, en naar de manier waarop ze zijn verpakt. En dat biedt een interessante mogelijkheid.'

'Ik luister.'

Rutledge ging verder. 'Als het nu eens nooit de bedoeling was dat deze specifieke container een haven bereikte? Als het nu eens de bedoeling was dat hij op zee werd overgedragen? Zo'n overdracht is uiterst gevaarlijk. Uw organisator heeft daar rekening mee gehouden. Hij bouwde een verzekering in door die balen als inwendige drijfmiddelen te gebruiken voor het geval dat er water in de container kwam. Die balen zijn in feite grote ballonnen.'

'Hij was er al eens eerder een kwijtgeraakt?' Boldt zag Rutledge kijken.

'Laat ik me ertoe beperken dat ik niet in die container zou willen zitten, zelfs niet in kalm water, zelfs niet als er genoeg drijfmiddelen in zaten om te voorkomen dat hij zonk. Als ze dit in het noodweer probeerden dat we laatst 's nachts hebben gehad...' Hij maakte zijn gedachte niet af.

'Als ze het in die storm hebben geprobeerd,' zei Boldt, 'kunt u me dan vertellen wáár?'

Rutledge wees naar het papier dat Boldt hem had gegeven en zei: 'Dit zijn de coördinaten van de plaats waar hij is gevonden?'

'De eerste is een schatting, aangegeven door het vliegtuig dat hem zag. De tweede is van de kustwacht: exacte tijd en GPS-locatie van de onderschepping.'

Rutledge liep naar zijn kaarten. Hij droeg een verkreukelde kaki broek en leren bootschoenen, net als Boldt. Rutledge, een kenner van de wateren van de Puget Sound, wees bijna meteen naar een plek op de kaart van de oppervlaktestromingen. 'Hij is hier voor het eerst gesignaleerd en hier opgepikt,' zei hij, en hij bewoog zijn vingertop een paar centimeter naar het westen. 'De wind, het gewicht, en de snelheid en de richting van stromingen zullen allemaal van invloed zijn geweest op de weg die de container heeft afgelegd. Ik kan u geen exacte locatie geven. We werken met perioden van vier uren. Wat ik wel kan doen, is de waarschijnlijke route over een periode van zestien tot vierentwintig uur, voorafgaand aan de signalering, als het ware omgekeerd afleggen tot ik bij de vermoedelijke plaats van de overdracht ben gekomen. We hebben satellietbeelden van die storm en meteorologische gegevens van oppervlaktewinden, getijdenkaarten en stromingsinformatie voor alle diepten. Massa's gegevens.'

'Dus als ik een lijst krijg van alle containerschepen die twintig tot achtenveertig uur nádat deze container is gesignaleerd in de haven aankwamen...'

'En die kunt u van de havenautoriteiten krijgen,' stelde Rutledge voor.

Boldt volgde de redenering tot de logische conclusie. 'Als u me een waarschijnlijke locatie kunt geven waar ze de poging tot de overdracht hebben gedaan, kunnen we misschien voorspellen welke van de binnengekomen containerschepen omstreeks dat tijdstip in de omgeving van de Sound zijn geweest.'

Rutledge knikte en zei: 'Sinds we de vorige keer samenwerkten, zijn veel gegevens in de computer gezet. Kunt u zich het model in het Science Center herinneren?'

Een aantal jaren geleden was Boldt een middag bezig geweest Rutledges voorspellingen uit te testen op een model van de Puget Sound. In dat model waren de getijdenstromingen en de ziltheid van het water verwerkt. Het was toen gebleken dat Rutledges voorspellingen perfect waren. 'Natuurlijk.'

'Dat is weg. Het gaat nu allemaal met computers, en die zijn veel nauwkeuriger. De computeranalysegroep kan ons waarschijnlijk precies vertellen welke weg de container heeft afgelegd.' Hij wees naar een plek op de kaart van de oppervlaktestromingen. 'Ik denk dat ze hier ergens hebben geprobeerd de container over te dragen.' Hij richtte zijn aandacht op een stapel gebonden boeken naast zijn bureau en koos na een blik op de kaart het derde van de stapel. Het boek bevatte onnoemelijk veel gecomputeriseerde kaarten, allemaal met een tijdstip en een datum. Op de kaarten waren gebogen pijlen en cijfers te zien, die blijkbaar de richting en snelheid van getijdenstromingen aangaven. Rutledge keek nog eens op de wandkaart en bladerde toen een aantal bladzijden verder in het boek. Toen gebruikte hij zijn gekromde wijsvinger met lange platte nagel om een lichte curve te beschrijven en trok hij met zijn lippen aan zijn niet brandende pijp, zodat die floot. 'Hier ergens, denk ik.' Hij liep naar de wandkaart en zei: 'We laten het nog eens precies door de computers uitrekenen. Die houden ook rekening met de windcondities en dat maakt de schatting nauwkeuriger.' Hij wees zelfverzekerd op de kaart. Rutledge behoorde tot een tijd en een generatie die niet alles aan computers overliet. 'Maar welk schip het ook was dat die container verloor, en welke idiote kapitein ook zo krankzinnig was om uitgerekend in die nacht te proberen die container over te dragen, hij deed het daar op die plek.' De man beschreef met zijn vinger een boogje op de kaart, een heel eind van de plek vandaan die Boldt zou hebben geraden. Hij zei: 'Hij was minstens een mijl van de scheepvaartroutes vandaan.'

'Zouden we daar iets aan hebben?' vroeg Boldt zich hardop af.

'De radar op de schepen,' zei Rutledge, plotseling opgewekt. 'De havendienst zal hem ook wel op de radar hebben gehad, maar andere scheepskapiteins hadden hem vast en zeker op de radar. Praat u maar eens met de officieren van de wacht van de schepen die daar in de buurt waren. Die moeten hem heel goed in de gaten hebben gehouden, want als zo'n schip buiten de scheepvaartroutes komt, wekt dat nieuwsgierigheid. En gelooft u me, zo'n nacht ben je niet zomaar vergeten. De officieren op de brug…' Hij trok weer aan zijn pijp. 'Die kunnen u vast wel vertellen wie of wat daar was.'

# 10

In de totale duisternis die Melissa omhulde moest ze zich bewegen met de behoedzaamheid van een blinde. Dit was geen karwei meer, maar een missie, en toen ze daar zachtjes en geruisloos door het donker liep, trokken haar gespannen zenuwen zich tot een strakke knoop in haar borst samen. Ze werd inmiddels geheel en al beheerst door het gevoel dat ze onrecht moest bestrijden.

Er doemde een grijze opening als een raam voor haar op, en ze ging er voorzichtig naar toe, naar voren schuifelend met kleine bedachtzame stapjes, de riem van haar camera over haar hals en schouders. Deze opening gaf toegang tot een dalende transportband van gebarsten zwart rubber. Die transportband was in minstens tien jaar niet gebruikt en rook verschrikkelijk zuur. Ze maakte haar een meter zevenenvijftig lange en zevenenveertig kilo zware lichaam zo klein mogelijk en glipte door de opening en over de transportband omlaag. Het verontrustende geluid van machinerieën werd steeds luider, kwam steeds dichterbij. Haar angst manifesteerde zich als een scherpe pijn in haar slapen en prikte in haar turende ogen. Die angst had niet alleen te maken met de situatie waarin ze verkeerde, maar ook met het feit dat ze Stevie niet had gebeld en ook verder haar instructies volkomen had genegeerd – en dat terwijl ze, hoe kwaad ze zich soms ook op Stevie maakte, een groot vertrouwen had in de instincten en ervaring van haar oudere 'zuster'. Ergens niet te diep in haar binnenste voelde ze zich een kind dat haar ouders ongehoorzaam was. Ze wist nu dat ze op zijn minst een voice-mail voor Stevie had moeten inspreken om haar te vertellen waar ze was en wat ze van plan was. Dat ergerlijke gevoel dat ze iets verkeerds had gedaan, bleef haar kwellen, en intussen werden de geluiden van de machines steeds luider, werd de ruimte boven de transportband steeds nauwer en de lucht steeds viezer.

Ze probeerde de totale paniek op een afstand te houden door een aantal keren diep adem te halen. Ze pakte haar mobiele telefoon, maar zag opnieuw dat ze geen verbinding had. Ze kon niet naar buiten bellen.

Helemaal aan het eind van de transportband keek ze vanuit de hoogte in een enorme ruimte, waar het gebulder van de machines pijn aan de oren deed. Beneden haar zwoegden tientallen – misschien wel meer dan honderd – vrouwen aan kolossale industriële naaimachines. Ze bracht de camera in gereedheid en maakte zich nu vooral zorgen om de slechte belichting. Ze maakte wat opnamen en wilde net verdergaan toen ze bedacht dat ze een plaats moest vinden waar ze dit bandje kon verstoppen. Op weg naar buiten kon ze het dan weer meenemen. Als ze op een gegeven moment moest vluchten en haar camera moest achterlaten, zou ze later tenminste nog dit bandje kunnen ophalen, en dan kon ze bewijzen dat dit illegale atelier bestond. Terwijl ze bezig was met het maken van de opnamen, kon ze de gedachte dat ze betrapt kon worden niet helemaal uit haar hoofd zetten. Ze had dat risico sterk vergroot door naar binnen te gaan.

Hoewel de zoeker van de camera aangaf dat ze te weinig licht had, maakte Melissa toch opnamen van de mensonwaardige condities beneden – uitgemergelde vrouwen, hun hoofd kaalgeschoren, torenhoge balen textiel als muren om hen heen, de lucht vervuld van nevelig stof. Het enige licht in de ruimte kwam van kleine, zwakke gloeilampen die aan de naaimachines waren vastgemaakt. De Aziatische vrouwen werkten verwoed door. Sommigen naaiden, anderen stonden aan snijtafels, weer anderen maakten pakketten van de voltooide producten. Twee Chinese mannen die door de ruimte patrouilleerden, hadden een soort gummiknuppels bij zich – waarschijnlijk waren het bendeleden. Er ging weer een golf van angst door haar heen: die Chinese bendes stonden bekend om hun meedogenloosheid.

Ze zoomde in om te proberen de sfeer vast te leggen. Uitgeputte gezichten, drijfnat van het zweet; het koortsachtige tempo; de spanning doordat die bewakers er waren.

Door de lens volgde ze een beenketting tussen een naaimachine en de rauw geschuurde enkel van een van de vrouwen. Ze ging van de ene machine naar de andere, van vrouw naar vrouw. Ze waren niet allemaal geketend, maar het waren er genoeg om duidelijk te maken hoe ver de bewakers gingen om ontsnappingen te voorkomen en de discipline te handhaven. Als slaven, dacht ze.

Als ze hun eigen naaisters aan kettingen legden, wat zouden ze dan met een ongenode, nieuwsgierige journaliste doen? Misschien zou ze nu terug moeten gaan. Ze had al ongelooflijke opnamen gemaakt.

Maar ze had het verháál nog niet. Ze wilde gefilmde interviews met de illegalen, beelden van de erbarmelijke leefomstandigheden die ze vast en zeker zou vinden, als ze nog even doorging. Ze was journaliste, geen cameravrouw. En dit moment kon beslissend zijn voor haar hele carrière.

Ze ging door zoals ze zich had voorgenomen en verwijderde het bandje uit de camera om het zo goed te verstoppen dat niemand het zou vinden voordat ze het kwam halen. Vervolgens ging ze verder over de loopbrug die over de enorme ruimte heen leidde. Ten slotte kwam ze bij een lange corridor die via metalen trappen naar het geluid van stromend water afdaalde.

Ze zocht zich op de tast een weg naar een stalen deur, waarvan de kruk was verwijderd om te voorkomen dat de vrouwen aan de andere kant hem konden gebruiken om weg te komen. Maar toen ze haar oog bij het gat hield waar de kruk had gezeten, begreep ze dat het nog een andere functie had – het gaf de bewakers de kans om in een doucheruimte te gluren.

Ze telde vijf vrouwen in totaal, naakt en ontdaan van al hun lichaamshaar. Misschien was deze ruimte vroeger voor opslag gebruikt – geen afvoerputjes of kranen, alleen stukken tuinslang met plastic douchekoppen die aan buizen langs het plafond hingen. De vrouwen – eigenlijk nog meisjes – stonden dicht bij elkaar, huiverend in het dunne stroompje water, hun zacht gefluister nauwelijks hoorbaar. Melissa boog zich opzij en zag een zesde vrouw die de wacht hield. Melissa's kant van de metalen deur was met twee grote grendels afgesloten. Met één oog bij het gaatje in de deur wachtte Melissa op haar kans om naar binnen te gaan. Omdat ze Chinees sprak, kon ze deze vrouwen interviewen. En toen kwam er een veel gewaagdere gedachte in haar op. Als ze nu eens een van hen werd? Als ze nu eens met hen leefde? Met hen werkte? Als ze hier nu eens een hele dag en nacht kon doorbrengen? Wie zou één extra Chinese vrouw tussen honderden anderen opmerken? Ze grijnsde van voldoening. Haar aandacht was niet meer op de douchende vrouwen gericht, maar op een stuk zeep en een roze plastic scheermes die op de richel recht tegenover haar lagen. Ze wist wat haar te doen stond.

59

# DINSDAG 18 AUGUSTUS

## 1 DAG VERMIST

# 11

Om twaalf uur die dinsdagavond begon Stevie McNeal zich zorgen te maken. Ze was een typisch nachtmens en het kwam vaak voor dat ze pas ophield met werken en zichzelf in slaap las als de nieuwe dag al was begonnen. Melissa daarentegen was een ochtendmens en ging dan ook bijna altijd vroeg naar bed. Melissa had die avond niet gebeld, zoals ze had beloofd. Omdat ze niet in haar flat opnam, en evenmin op haar mobiele telefoon, geloofde Stevie dat ze verdachten aan het volgen was. Stevie maakte zich grote zorgen.

Ze nam het zichzelf kwalijk dat Melissa niet belde. Ze had zich niet zo bazig moeten opstellen toen ze die boekhouder ontmoetten. De twee vrouwen kenden elkaar erg goed en Melissa kon uit Stevies houding hebben afgeleid dat ze alles op alles moest zetten om een goed product af te leveren. De afgelopen drie jaar had Stevie er bij haar 'kleine zuster' op aangedrongen dat ze een baan bij het televisiestation zou aannemen. Dan zou ze een regelmatig inkomen hebben en hoefde ze niet meer met de misplaatste trots en onbetaalde rekeningen van een freelancer door het leven te gaan. Maar Melissa had de uitgestoken hand niet willen aanpakken, deels omdat het Stevies hand was en deels omdat ze haar werk niet wilde compromitteren met een hoop waardeloze reportages omdat de hoofdredacteur zo nodig de tijd tussen de reclamespotjes moest opvullen. Stevie had heimelijk bewondering voor de hoogstaande principes van de vrouw – achteraf had ze haar eigen carrière veel te snel gecompromitteerd door altijd de eerste baan te accepteren die haar werd aangeboden – maar daarom maakte ze zich nu niet minder zorgen.

Om één uur die nacht belde ze beide nummers opnieuw, en nu begon ze ook piekerend heen en weer te lopen. Melissa was erg trots op haar professionele geheimhouding. Ze had eens drie weken onafhankelijk aan een milieustuk gewerkt voordat ze Stevie eindelijk vertelde waar het over ging: zalmstroperij door Indianen – alsof Stevie anders meteen een camerateam op het verhaal zou hebben gezet. In de week nadat de boekhouder de informatie over de DMV had laten uitlekken, had Melissa eigenlijk niets anders aan Stevie verteld dan dat ze Gwen Klein volgde. Afgezien van de financiële informatie die ze over het echtpaar hadden verzameld, had ze verder niet veel uitgangspunten.

Ten slotte viel Stevie in slaap, moe van de zorgen. Toen ze wakker werd, belde ze vanuit haar bed meteen Melissa's nummer, maar opnieuw kreeg ze het afschuwelijke geluid te horen van een telefoon die maar overging. Ze sloeg haar fitness-oefeningen over, liet de vier kranten liggen die ze 's morgens altijd op haar gemak doornam, keek niet naar het ononderbroken geluidsbehang van CNN dat ze altijd de eerste paar uur van de dag op haar televisiescherm had, en ging regelrecht naar Melissa's flat aan Pioneer Square, een flat waarvan ze het huurcontract ook had ondertekend en waarvan ze een reservesleutel warm in haar hand had.

De flat leverde haar niets op. Ze drukte beneden op de zoemer, ging toen met haar sleutel het gebouw binnen, klopte op de deur van 5B en ging naar binnen toen Melissa niet opendeed. Het was een bescheiden tweekamerflat met een kleine woonkamer annex eetkamer. Er was een lelijk uitzicht op een zijstraatje en de lucht kon niet door de flat heen trekken als de ramen openstonden, wat trouwens niet het geval was. Juist doordat er een enigszins muffe lucht hing, wist Stevie dat Melissa er een tijdje niet was geweest. Melissa was gek op frisse lucht; deze mufheid sprak boekdelen. Stevie vond verse levensmiddelen in de koelkast en een propvolle vuilnisbak.

Plotseling voelde het allemaal gevaarlijk aan, zoals het besef dat het geluid beneden niet de hond is omdat de hond naast je bed ligt. Dit was niet zomaar een lege flat, dit was een flat waar al heel wat uren niemand was geweest. Het bed was niet opgemaakt – Melissa had altijd haast. Er stond een tandenborstel in het drinkglas op het aanrecht en daar schrok Stevie nog meer van dan van al het andere in de lege flat. Schone tanden waren voor Melissa een obsessie. Dat die tandenborstel daar stond, betekende dat Melissa geen geplande reis maakte.

Haar maag trok zich pijnlijk samen. Ze voelde zich enorm schuldig en verliet de flat met een waas voor ogen. Allerlei mogelijkheden joegen achter elkaar aan door haar hoofd. Op welk moment moest ze openlijk reageren? Op welk moment moest ze naar de politie of Brian Coughlie van de INS gaan en om hulp vragen? Op welk punt kon ze gewoon ontspannen en diep ademhalen, en erop vertrouwen dat Melissa achter een groot verhaal aan zat en niet in de gelegenheid was om te bellen? Dat misselijkmakende gevoel wilde haar niet loslaten, een massa angst en verwarring.

Stevie klom weer in het zadel, de presentatiestoel die een beetje opveerde toen ze ging zitten. Ze bekeek de roze bladzijden van het script voor het journaal van *N4@5*, maar om de een of andere reden kon ze zich niet concentreren en was ze steeds haar plaats in de tekst kwijt.

'Dertig seconden!' riep de floor director.

Het dagelijks ritueel was een tweede natuur voor haar geworden, maar op die dag voelde het onnatuurlijk aan, alleen omdat Melissa niets van zich had had laten horen. Ze was tegelijk kwaad en bezorgd. Dat telefoontje was nooit gekomen. Hoe onafhankelijk ze allebei hun leven ook leidden, ze hadden elkaar altijd gebeld wanneer ze dat hadden beloofd. Altijd. Ofwel Melissa wilde iets duidelijk maken over de manier van leven waarvoor ze had gekozen – ofwel ze verkeerde in moeilijkheden.

Stevie wist dat Melissa's ambitie soms geen grenzen kende. Ze had de vurige wens Stevies succes te evenaren. Ze hoopte altijd de vonk te laten overspringen die haar eigen carrière kon opstuwen, die ervoor kon zorgen dat iedereen met haar zou willen werken. Stevie nam het zichzelf kwalijk dat ze Melissa had aangemoedigd achter het verhaal aan te gaan, en dat ze haar die digitale camera had gegeven zonder goed te weten wat voor undercover-werk Melissa wilde gaan doen. Als Melissa inderdaad achter de illegalen aan zat, had Stevie eigenlijk geen reden om vanwege één uitgebleven telefoontje alarm te slaan bij de autoriteiten. Ze probeerde zichzelf te overreden om geduld te oefenen, maar eigenlijk was dat niets voor haar. Ze wilde de dingen zelf onder controle hebben, en Melissa had zich daaraan onttrokken.

'Vijftien seconden iedereen! Mevrouw McNeal, bent u erbij?'

Stevie forceerde een professionele glimlach en keek weer in het script.

'Tien… Negen…'

Stevie gaf Melissa nog één nacht. Daarna moest de politie worden ingelicht, verhaal of geen verhaal.

'Vier… Drie… Twee…'

Boven op de camera recht tegenover haar begon een rood lichtje te branden. Stevie hoorde zichzelf spreken toen ze de tekst oplas, maar ze had geen idee van wat ze zei.

# 12

Voor de man op de achterste rij van de pornobioscoop was het of de tijd werd vertraagd toen de grote Mexicaan naast hem luidruchtig zijn neus in een papieren zakdoekje snoot en het zakdoekje vervolgens op de vloer gooide. Het was al een risico om hier met die man te zijn, en hij was alleen gekomen omdat het onvermijdelijk had geleken.

'Nou, wat is er zo belangrijk?' vroeg hij aan Rodriguez.

'De telling klopt niet.'

'Een ontsnapping?' Dat zou niet de eerste keer zijn.

'We hebben er eentje te veel.'

'Te veel?'

'Dat zeg ik,' zei de ander. 'Een ontsnapping kan ik wel aan, dat weet je. Maar dit?'

'Je hebt verkeerd geteld.'

'Ik heb die telling zes keer gedaan. We hebben er eentje te veel.' Rodriguez' stem klonk ruw en schor. Hij rochelde de hele tijd slijm op, een vulgair en walgelijk geluid.

'Nou, het kan niet.'

'Het kan wél,' sprak Rodriguez hem tegen.

'Weet je wel wat je zegt? Zijn ze allemaal Chinees?'

'Ja.'

'Heb je ze uitgekleed?'

'Natuurlijk.'

'En ze zijn geschoren?'

'Tot op de laatste kut.'

'Dan heb je niet goed geteld. Dat is de enige verklaring.'

'Vorige week was er niet eentje te veel. Ik heb zes keer geteld.'

'Dat zei je al.'

'Het is maar dat je het weet.'

'Nu weet ik het.' Het idee zat hem dwars, maar dat liet hij niet aan Rodriguez blijken. Het was zijn werk om zich zorgen te maken – meestal deed Rodriguez alleen maar wat hem gezegd werd. De telling was fout; zo simpel lag het. 'Misschien heeft een van de vrouwen in quarantaine… Misschien kwam je daardoor verkeerd uit met je telling,' merkte hij op.

'Die heb ik goed meegeteld. Dat zeg ik toch – vorige week deden we de telling en toen klopte het wel.'

'Maak dan gebruik van je verkliksters. Misschien kun je iets ontdekken.'

'Goed.'

'Zeg tegen je jongens dat ze hun ogen open moeten houden.'

'Dat heb ik al gedaan.'

'Nou, doe het dan opnieuw,' snauwde hij, en hij had meteen spijt van die toon. Hij schoot er niets mee op als hij Rodriguez kwaad maakte.

De grote man nieste weer. Ditmaal vergat hij het papieren zakdoekje helemaal.

# DONDERDAG 20 AUGUSTUS

## 3 DAGEN VERMIST

# 13

Boldt greep de witte rubberen rand vast van de *Boston Whaler*, een platboomde polyester skiff die door de havendienst als motorsloep werd gebruikt. Het bootje deinde in het zware kielzog van een passerende veerboot. LaMoia had geen enkele hinder van die beweging. Hij was opgegroeid op de wateren van Narragansett Bay. Meeuwen volgden hoog boven de schuimende achtersteven van de veerboot. Ze doken in het kielzog naar de zoutjes en popcorn die hun werden toegegooid door onnadenkende toeristen, die de kustvogels meer kwaad dan goed deden. De kapitein van de *Visage* had geweigerd naar de wal te komen om zich te laten ondervragen. Hij was woedend op de autoriteiten, omdat zijn schip naar de haven was teruggeroepen. Terwijl het politieke en juridische pingpongspel in alle hevigheid doorging, gaf Boldt de havendienst opdracht de *Visage* te vertellen dat twee politiemannen uit Seattle aan boord zouden komen om bemanningsleden te ondervragen.

Boldt vermoedde terecht dat de grootste vijand van een kapitein op de grote vaart niet de kustwacht of de havendienst was, of een rechercheur van Moordzaken, maar de tijd. Hij wilde niet nog langer wachten tot hij het anker kon lichten, en hij wilde ook geen bemanningsleden achterlaten. Door Duxbury's gegevens naast het schepenregister van de havendienst te leggen en het radarpersoneel van de havendienst te ondervragen hadden ze kunnen constateren dat de *Visage* het schip in kwestie was. Het schip was een heel eind van de scheepvaartroutes vandaan geweest in de nacht van de storm, een nacht waarin elke navigatieofficier gespannen naar zijn radarscherm had zitten kijken om zonder incidenten in de haven te komen. De *Visage* had meer dan drie uur geen radioberichten uitgezonden – onverklaarbaar in zo'n drukke scheepvaartzone en met zulk noodweer. De radarman van de havendienst herinnerde zich dat hij op het scherm zag dat het schip naar de zuidelijke scheepvaartroute terugkeerde, maar dat het toen nog steeds geen radiocontact opnam. Kort voordat het licht werd, was het schip op de route teruggekomen, zodat alle schepen die erachter zaten vaart moesten minderen en dus extra vertraging opliepen en des te meer van de storm moesten verduren – iets wat niemand vergat.

Boldt en LaMoia beklommen een lawaaierige stalen ladder die aan zware kettingen hing, gevolgd door een bemanningslid dat vermoedelijk achter hen bleef om hen op te vangen als ze uitgleden. De scherpe geuren van een schip dat drie weken op de oceaan was geweest – zeewier, diesel en een scherpe metalen roestlucht die achter in Boldts mond bleef hangen, als de geur van bloed op de plaats van een misdrijf. Hij greep de ketting vast, bracht zich in evenwicht en keek achterom naar de kust en de schitterende skyline van Seattle.

De liefde voor die stad trok zijn borst samen. Zijn hele leven had hij deze stad gediend en hij dacht er nu over om daarmee op te houden. Nu hij vierenveertig was, met meer dan twintig jaar politiedienst voor de boeg, dacht hij steeds vaker over een baan in de particuliere sector. Ze spraken er nooit over, maar Liz' kankerbehandeling had hen in financiële moeilijkheden gebracht. Dat kwam niet door de doktersrekeningen – die werden betaald door de verzekering van de bank waar ze werkte – maar doordat ze nu al meer dan een jaar geen dubbel inkomen hadden. De bank had haar volledige salaris voor een 'vakantie' van drie weken doorbetaald en betaalde haar sindsdien nog maar een kwart zolang haar 'verlof' duurde. Maar door hun levensstijl, met een werkster en een crèche voor de kinderen, ging er meer uit dan er binnenkwam. Zelfs Boldts bevordering tot inspecteur had de kloof niet kunnen overbruggen. Hij dacht er serieus over om een baan bij een beveiligingsbedrijf te nemen, want dan zou hij bijna twee keer zoveel verdienen als nu bij de politie. Hij had al een afspraak voor een gesprek, al had hij dat niet aan Liz verteld.

Omdat de kapitein van de *Visage* 'aan de wal' en dus niet beschikbaar was, moest hij zich tot de bemanning beperken. Hij kreeg een lijst van vijftien namen van de bootsman, een Griek met weinig tanden en een gelooid gezicht. Boldt en LaMoia verdeelden hun krachten. Boldt werd benedendeks door smalle gangetjes, waarvan het grijze staal hem aan gevangenissen deed denken, naar een ontspanningsruimte met een grote projectie-tv en een enorme videobibliotheek geleid.

Na een half uur van frustratie was er niet veel van Boldts geduld over. De eerste twee bemanningsleden hadden geen woord Engels gesproken. Ze hadden Boldt geantwoord in een taal die als iets uit de Balkan klonk. Het derde bemanningslid, volgens de lijst een dekknecht, een jongeman met een stoppelbaard en donkere ogen waarin een zekere angst schitterde, kwam vermoeid naar binnen sjokken en sprak dezelfde buitenlandse taal als zijn medeschepelingen.

'Engels,' beval Boldt. Hij wist dat minstens één persoon op dit schip de taal sprak – de internationale taal van de zee en een vereiste van de kustwacht. De jonge dekknecht schudde zijn hoofd en begon weer in zijn moedertaal te babbelen.

Op dat moment viel Boldts blik op de wand met videobanden. Het waren allemaal Engelstalige video's en hij zag de Super Bowls en de NBA-kampioenschappen. Hij zei tegen de dekknecht: 'Michael Jordan! Dat is nog eens een basketballer!' Hij zweeg. 'Maar Sean Kemp is een betere schutter.'

'Welnee!' protesteerde de jongeman.

Boldt gaf geen krimp. Hij zei: 'Kemps jumpshot? Dat kan Jordan niet meer.'

'Hij is de beste spe...' De jongen hield zich in toen hij Boldt zag grijnzen.

'Weet je dat het hier een misdrijf is om te weigeren met de politie mee te werken? Ik kan je laten opsluiten.'

De ogen van de jongen werden groot. Hij schudde zijn hoofd alsof hij het niet begreep.

'Je denkt dat ik het tegen de anderen zeg? Is dat het? Denk je dat ik iets zou zeggen? Wat zou ik eraan hebben om een mogelijke getuige aan het licht te brengen?'

'Ik getuig niet,' zei de man.

'Je bent dekknecht. Dat staat hier. Je bent de laatste drie weken aan dek geweest. Hong Kong. Hawaii. Drie weken met die container. Je weet over welke container ik het heb.'

De bovenlip van de jongen begon te glimmen. 'De reis die duurde langer dan verwacht. Het noodweren.'

Boldt wist nu wat de oorzaak van de ondervoeding en uitdroging was. 'Hoeveel langer dan verwacht?'

'Normaal is tien dagen. Deze keer twee keer zoveel.'

'De mensen in de container?'

De jongen schudde zijn hoofd.

'Ik kan je hier in Seattle vasthouden. Het schip vertrekt zonder jou.'

'Er was niets wij konden doen. Hij was dicht gesloten.'

'Op slot.'

'Ja, op slot.'

'Maar je hoorde ze?'

De jongeman keek argwanend achterom en schudde weer met zijn hoofd, een inmiddels bekende reactie.

'We hebben wetten over liegen tegen de politie.'

'We horen ze. Is erg, al het huilen. Op slot,' bevestigde hij. Hij sloeg een kruis.

'Eten? Gaven jullie ze te eten?'

Opnieuw schudde de jongeman van nee.

'Water?'

Opnieuw.

'Jullie hoorden ze,' drong Boldt aan. Hij herinnerde zich de schelle kreten en het koortsachtige gebonk. 'En jullie deden niets?'

De ogen van de man werden wazig onder de diepe rimpels die extra diep leken doordat zijn hoofd bijna helemaal kaal was geschoren. 'De kapitein,' mompelde hij.

'Ja.' Boldt greep dat meteen aan. 'De kapitein.' De kapitein, die ongetwijfeld geld had gekregen; de kapitein, die de connecties had om de overdracht te kunnen regelen; de uiterst belangrijke kapitein. 'Jullie kregen extra geld vanwege die container.'

De man keek hem kwaad aan.

'Hoeveel keren eerder?'

'Nee. Niet ik. De anderen, ja. Niet ik. Dit mijn eerste reis met *Visage.*'

'Geen eten, geen water.' Boldt aarzelde. 'Er zijn mensen gestorven. Drie mensen zijn gestorven. Begrijp je dat?'

Een klein knikje, het eerste van de man.

'Moord. Je kent het woord "moord"?'

Geschrokken ogen. Lippen vochtig van een nerveuze tong. Een vaag knikje.

'Ik arresteer jóu,' zei Boldt.

'Nee!' protesteerde de man.

'De kapitein,' stelde Boldt voor.

Tegenzin in zijn ogen. Zijn rug verstijfde. Toen liet hij berustend zijn schouders zakken en mompelde: 'De kapitein wil container niet open. Hij zegt: "Zee haalt trucs uit met oren."'

'Het is bloedgeld,' zei Boldt. 'Dat begrijp je toch?'

Hij knikte.

'De gevangenis,' zei Boldt.

Hij knikte weer. 'De kapitein, hij praat niet met u.'

'Dat zullen we nog weleens zien.'

'Hij praat niet. Nee. En ik? Ik zeg niets over hem. Gevangenis?' Hij haalde zijn schouders op. 'Beter dan iets over deze kapitein zeggen.'

Boldt stelde zich bemanningsleden voor die 'op zee vermist' werden. Hij zag lichamen in de middernachtelijke golven van de oceaan dobberen en in de zwarte duisternis verdwijnen. Bemanningsleden die de kapitein trouw bleven omdat ze betaald werden voor hun diensten, waren trouw uit angst. Een zwijgende kapitein. Hij zag een hoge muur tegenover zich.

'De overdracht in dat noodweer. Er ging iets mis. Vertel me daarover.'

'Hoge zee.'

'Jullie verloren de container?'

'Wij? Nee! De anderen op de lichter. Die lichterkapitein heeft hersens van baby. Kan niet met lichter. Hun toren, niet van ons! Zij verloren dat ding, niet wij!'

'Hun kraan?' vroeg Boldt. 'Bedoel je dat met toren?' Hij maakte een gebaar om een hijskraan uit te beelden en demonstreerde het ten slotte met zijn pen.

De dekknecht knikte heftig. 'Kraan op lichter.'

'Ja, natuurlijk.' Boldt vroeg zich af hoeveel combinaties van kraan en lichter er voor zulke mensen beschikbaar waren. Hij zag een kleine mogelijkheid voor een onderzoek. 'Er ging iets mis met de kraan?'

'Niet veel schuld van kraan. Zee te hoog. Beide kapiteins idioten om proberen. Maar proberen.'

'De kraan liet de container vallen?'

'Nee. Nee. Niet kraan. Lijnen knappen.' Hij bewoog zijn gelooide handen in een kring, alsof hij een bal van klei maakte. 'Container draait. Valt in water.'

'En jullie kapitein probeerde hem uit het water te krijgen?'

De man gaf geen antwoord. Hij staarde met doffe ogen terug.

'Hij probeerde het níet,' zei Boldt.

De man bleef stoïcijns zitten. Hij had geen antwoorden.

'Ga nu maar,' zei Boldt tegen hem.

De man keek stomverbaasd op.

'Ga maar,' herhaalde Boldt, 'voordat ik van gedachten verander.'

De jongeman liep vlug de kamer uit. Hij trok de stalen deur met het bekende holle *dunk* van een celdeur achter zich dicht.

Op grond van eerdere gesprekken met de havendienst wist Boldt dat dit onderzoek niet alleen een kwestie van jurisdictie was geworden maar dat ze ook nog moesten bewijzen dat er een misdrijf was gepleegd: op de vrachtbrief van het schip zou de container niet voorkomen, en daar zou in ieder geval niet vermeld staan dat de lading uit mensen bestond. En ook als kon worden aangetoond dat de *Visage* de container had vervoerd, kon de kapitein altijd nog beweren dat hij in de storm verloren was gegaan en dat hij nooit iets over de inhoud had geweten. Een schip bevatte honderden containers – honderden geheimen – en de inhoud stond wel op een lijst maar werd nooit door kapitein of bemanning gecontroleerd. De douane inspecteerde nog geen tien procent van de binnenkomende containers. Maar als ze konden bevestigen dat de container aan boord van de *Visage* was geweest, moest Boldt proberen de vrachtbrief te pakken te krijgen. Als er papieren voor de container waren, zou daarop de verzender vermeld staan.

De tijd, realiseerde Boldt zich, bleef zijn beste wapen. Als hij met oponthoud dreigde en voorkwam dat het schip kon uitvaren, kon hij de kapitein misschien dwingen mee te werken. Als ondersteuning had hij de bevoegdheid van de INS om beslag te leggen op schepen die voor het vervoer van illegalen waren gebruikt. Dat deden ze regelmatig, zoals de DEA dat ook deed.

Hij pakte zijn spullen bij elkaar en liet LaMoia komen. Alles draaide om de tijdfactor.

Boldt had de zaak al half aan Talmadge uitgelegd toen die de verantwoordelijkheid, en het telefoongesprek, aan adjunct-directeur Brian Coughlie delegeerde en Boldt helemaal opnieuw kon beginnen. Het bleek dat Coughlie belast was met veldoperaties, onderzoekingen en de behandeling van de illegalen. Hij had ook meer ervaring met het beslag leggen op schepen.

'Je zou dus graag een praatje met de kapitein maken,' vatte Coughlie het samen, 'en je wilt hem onder druk zetten om hem zo ver te krijgen.'

'Jullie hebben het gezag om beslag te leggen op het schip of het zelfs verbeurd te verklaren. Dat hebben jullie al vaker gedaan.'

'We doen het de hele tijd. Maar ik moet wel een goede aanleiding hebben.'

'Wat zou je zeggen van een verklaring van een bemanningslid?'

'Goed, maar niet geweldig. De bemanning koestert altijd wrok tegen de kapitein. Verder nog iets?'

'Je kunt hem met verbeurdverklaring dreigen,' moedigde Boldt aan.

'Ja, dat kan ik,' beaamde Coughlie.

'En?'

'Misschien is de kapitein dom genoeg om erin te trappen.'

'Jij denkt van niet.'

'Hoor eens,' zei Coughlie. 'We zouden veel sterker staan als jullie hem arresteerden. Zo'n druk zouden wij zelf niet kunnen uitoefenen. Sommigen van die lui gokken, anderen hoereren, en zuipen doen ze allemaal. Als die kerel voor iets kan worden vervolgd, kan niemand ons van intimidatie beschuldigen. Het internationale recht is niet makkelijk.' Hij aarzelde even, en toen Boldt niets zei, ging Coughlie verder. 'Zeg, vroeger gooiden we het op een akkoordje met de illegalen – ze praatten, wij hielpen ze een beetje – maar dat is zo'n gedoe, zo'n tijdverspilling, dat we het niet meer proberen. Tegenwoordig sturen we ze gewoon naar huis terug. Retour afzender. We krijgen te veel problemen met het internationale recht.'

Boldt besefte dat Coughlie de details van zijn eigen ondervraging in Fort Nolan kende. De tolk? De gedetineerde zelf? Het idee dat Coughlie al van een van Boldts ondervragingen wist, zat hem dwars. Die federale diensten hadden het altijd achter hun ellebogen!

'Laat me naar die kapitein informeren,' bood Coughlie aan. 'Ik heb veel contacten in de haven. Er is vast wel iemand die hem heeft gezien. Als ik weet waar hij is, kunnen jullie hem in de gaten houden en op een misstap hopen. Als jullie toeslaan, zou ik graag willen dat jullie eventuele informatie die jullie verkrijgen aan mij doorvertellen.'

'Daar ga ik me akkoord.' Maar hij wist niet waarom hij het zei.

# 14

Stevie McNeal, die meer aandacht gewend was dan ze op het politiebureau kreeg, zat ongeduldig in een oncomfortabele stoel op de receptie van Misdrijven Tegen Personen, naast een administratieve afdeling waar vrouwen van Latijns-Amerikaanse, Aziatische en Afrikaanse afkomst druk bezig waren achter computers.

Ze herinnerde zich LaMoia van de berging van de container. Luchthartig, arrogant en een rokkenjager, als ze op haar mensenkennis mocht afgaan. Alsof ze zich nog niet genoeg vernederd voelde, had ze het deprimerende gevoel dat ze zich opnieuw zou moeten voorstellen.

'Stevie McNeal,' zei ze, hoezeer ze daar ook van walgde.

'Dat weet ik,' zei hij. 'We hebben elkaar vorige week ontmoet. Dat zult u wel vergeten zijn.'

'Maar ik weet het nog.' Met die ene opmerking palmde ze hem in. Ze vond het handig van zichzelf dat ze hem zo kon bespelen. Hij bekeek haar grondig – van top tot teen met een paar tussenstops – voordat hij haar uitnodigde te gaan zitten. In de hele kamer begonnen mensen naar hen te kijken. Soms had het zijn voordelen om een beroemdheid te zijn.

Ze zei: 'Ik werk samen met een freelance journaliste, die me helpt bij een project. Zij doet het loop- en camerawerk. Ik doe de voiceovers. Het is een project waar veel onderzoek aan vastzit en dat tot een ontmaskering moet leiden. Ik heb het contact met haar verloren. Ik wil dat u haar vindt.'

'Het zou niet eerlijk zijn als ik zei dat ik een fan van u was, mevrouw McNeal. Niet altijd. Maar ik ken uw werk. Ik neem die serie over illegalen op – om mezelf op tv te zien,' zei hij glimlachend, 'en ook om eventuele sporen op te pikken die u misschien te bieden hebt.'

'Ze heet Melissa Chow. Chinese van geboorte. Een meter zeven-envijftig. Zevenenveertig kilo. Ovaal gezicht, kleine neus. Ik heb fo-to's.' Ze gaf ze aan hem.

LaMoia bekeek de foto's. 'Ze is alleen maar een collega?'

'We zijn zusters. Het is een lang verhaal. We zijn samen opge-groeid. Mijn vader haalde haar uit China toen ze nog klein was, en we adopteerden haar. Ze is familie, en nu doet ze dit werk voor me en is ze ineens verdwenen.'

'Hoe lang is ze verdwenen?' vroeg LaMoia.

'Dat weet ik niet precies. Ik heb haar maandag voor het laatst ge-zien.'

'Het is nu donderdag.'

'Dank u voor de informatie,' zei Stevie. 'Ik leende haar een van de digitale camera's van het station en stuurde haar op haar verhaal af. Daarna heb ik het contact met haar verloren.'

'We kunnen een foto van haar in onze patrouillewagens zetten. We kunnen de formaliteiten in gang zetten,' gaf hij toe. 'Maar het mees-te onderzoekswerk hebt u waarschijnlijk al gedaan: collega's, familie-leden, kennissen, buren bellen. Als u iets had ontdekt, zou u hier niet zijn.'

'En ik ben hier nu.'

Hij maakte een aantekening. 'We zullen navraag doen bij pandjes-huizen.'

'U denkt dat ze de camera heeft verkócht?' vroeg ze ongelovig. 'Hebt u enig idee van wat er aan de hand is? Melissa heeft haar neus in iets gestoken waar ze hem niet in had moeten steken, en nu is ze verdwenen. Dat is het. Dat is alles. We moeten haar vinden, en snel.'

'Laten we opnieuw beginnen,' stelde hij voor. 'Ze werkte aan uw serie? Over de illegalen?'

'Ze trok een tip na die ik daarover had gekregen.'

Hij boog zijn hoofd en keek haar veelzeggend aan.

'Ik weet niet precies hoe ver ze was gekomen, wat ze ermee ging doen.'

'We moeten precies weten waar ze aan werkte,' drong LaMoia aan.

'Er was een man die ons informatie aanbood,' legde Stevie voor-zichtig uit.

'Zijn naam?' vroeg LaMoia.

'Hij wilde anoniem blijven. Dat heb ik gerespecteerd. We hebben elkaar in een restaurant ontmoet.'

'Zijn naam,' herhaalde LaMoia, met zijn pen boven het papier.

Stevie vroeg zich even af hoeveel ze hem zou vertellen, en zei toen: 'Als ik u die naam geef, spoort u hem op en dan zijn we hem allebei kwijt. Ik denk niet dat iemand daar iets mee opschiet.'

LaMoia zei: 'En als uw "bron" nu ook eens verantwoordelijk is voor haar verdwijning? Heb u daar bij stilgestaan?' Hij zweeg even. 'Mevrouw McNeal, ik zie dingen waarvan zelfs u als journaliste niet zou dromen. Het is mijn werk om haar zo snel mogelijk te vinden. Ik heb ieder stukje informatie nodig dat ik kan krijgen.'

Stevie legde een map op het bureau. 'Foto's, achtergrondinformatie, handschriftvoorbeelden. Vind mijn zuster, verdomme, of ik waarschuw u: dan is uw onbekwaamheid mijn volgende verhaal.' Daarna stond ze op en liep het politiebureau uit. Op de een of andere manier zou ze hen zover krijgen dat ze haar hielpen.

# VRIJDAG 21 AUGUSTUS

## 4 DAGEN VERMIST

# 15

Het telefoontje kwam een uur voor zonsopgang, een tijdstip waarop de meeste mensen, ook Lou Boldt, in diepe slaap verzonken waren. Huize Boldt, met twee kinderen, leek afwisselend op een dierentuin en een speelgoedfabriek. Vloeren en planken waren bedekt met pluchen beesten, Lego-bouwsels, poppen en actiefiguren. Liz ging meestal meteen na de kinderen naar bed, want dan had ze geen energie meer. Eenmaal in bed, las ze in de bijbel en in een boek dat ze haar studieboek noemde. Ze deed dan 'haar werk'. Ze noemde het lymfoom niet meer bij de naam – ze noemde het haar 'uitdaging' en geloofde dat ze in remissie bleef omdat ze een schepsel Gods was. Boldt wist niet wat hij daarover moest denken en hield zijn mond maar. En wat er ook achter zat, het leek goed te gaan met Liz, al wist niemand of dat tijdelijk of voorgoed was – hoewel Liz vurig in het laatste geloofde. Het had ook niet zoveel zin dat hij zich druk maakte om de oorzaken. Voorlopig vond hij haar voortdurende remissie een goed teken.

Boldt nam met een slaperige stem de telefoon van het nachtkastje op. Om Liz niet te storen zette hij het gesprek in de keuken voort. Aan de andere kant van de lijn vertelde de centrale hem over een lijk dat met het gezicht omlaag in het kanaal op de grens van Freemont en Ballard had gedreven, een stuk beschermde waterweg van anderhalve kilometer lang, waar bemanningsleden van vissersboten uit vijf landen de havenkroegen met hun klandizie vereerden. Het slachtoffer was Lo Wan Chang, de kapitein van de vrachtvaarder *Visage*.

Binnen tien minuten nadat hij de telefoon had neergelegd, was Boldt in zijn Chevrolet Cavalier op weg naar de plaats van het misdrijf.

Boldt was er eerder dan de vleeswagen – de smaragdgroene vrachtwagen van de patholoog-anatoom waarin lijken werden vervoerd – en vulde zijn plastic theekopje nog eens voordat hij naar de twee geüniformeerde agenten ging die op de oorspronkelijke melding waren afgegaan en die de plaats van het misdrijf volgens de voorschriften hadden afgezet. Het was inmiddels lichter geworden. De kade waar het lichaam was gevonden, bevond zich op loopafstand van een stuk of vijf bars en kamers die per uur verhuurd werden. Het was een vervallen deel van de haven, met half verrotte pieren, wit van de meeuwenpoep. Er hing een scherpe geur van zeewier, motorolie en de uitlaatgassen van een politiewagen waarvan de motor draaide om de schijnwerpers te laten branden. Die schijnwerpers waren gericht op het lelijke doorweekte lichaam van de kapitein dat op het gebarsten, verweerde asfalt lag.

De politieagent wees. 'Die grote kerel daar zag het lijk toen hij op weg was naar zijn boot. Hij zegt dat hij met zijn gezicht omlaag dreef, ongeveer hier.' Hij liep een eindje van Boldt vandaan en wees naar een ruimte tussen pier en schip. 'De zijkant van zijn hoofd was helemaal ingedeukt. Misschien is hij uitgegleden. Er zit hier wat bloed.'

Inderdaad zat er een dertig centimeter lange veeg van iets donkerbruins op de romp van de houten vissersboot. 'Het zou kunnen,' beaamde Boldt, die er weinig voor voelde om het sterfgeval aan een ongeluk toe te schrijven en ook niet wilde geloven dat het tijdstip toevallig was. Als de kapitein had gepraat, als hij het met Boldt of Coughlie op een akkoordje had gegooid, als hij had geprobeerd om onder de verantwoordelijkheid voor de container en de dode illegalen uit te komen, zouden er mensen zijn geweest die hem dood wilden hebben. Boldt vroeg zich af of zijn eigen openhartigheid tijdens de ondervragingen aan boord van het schip tot de dood van de kapitein had geleid. 'Er ligt een polaroidcamera in mijn kofferbak. Zou je een paar foto's willen maken?' vroeg Boldt aan de agent. Hij gaf hem de autosleutels. 'En ga de buurt rond. Misschien kun je getuigen vinden.'

'De mensen hier in de buurt die willen práten?' zei de jonge agent sarcastisch.

Boldt kon zijn frustratie niet langer inhouden. 'Doe nou maar wat ik zeg.' Het was niet eens zozeer het dode lichaam dat hem dwarszat, of het feit dat ze een mogelijke getuige hadden verloren – het was de beslissing die hierachter zat, de snelheid waarmee iemand in actie was gekomen, en het besef dat deze mensen hem een stap voor waren, dat ze wisten wat hij ging doen. Afgezien van zijn eigen team en de INS had alleen Mama Lu gehoord dat hij de kapitein van het schip wilde ondervragen, al had degene die de kapitein opdracht had gegeven de container te vervoeren natuurlijk ook wel begrepen dat de man uiteindelijk zou worden ondervraagd. Misschien was hij niet alleen in actie gekomen om die ondervraging te voorkomen maar ook om toekomstige scheepskapiteins duidelijk te maken dat ze absoluut hun mond moesten houden.

Boldt moest steeds weer denken aan wat LaMoia over die rechercheur had verteld die arbeidsongeschikt was geworden nadat hij een illegalenzaak had onderzocht. Deze mensen waren keihard. Hij hoefde alleen maar naar het opgezwollen gezicht van de kapitein te kijken om daaraan te worden herinnerd. Hij dacht aan Sarah en Miles en Liz. Misschien was deze zaak het niet waard dat hij risico's nam. Misschien was dat het andere motief achter de moord. Misschien was het de bedoeling dat hij zijn eigen gezicht daar op de kade zag liggen.

De forensische wetenschap – de verantwoordelijkheid van Bernie Lofgrins afdeling Wetenschappelijke Identificatie – had de afgelopen twintig jaar zoveel vooruitgang geboekt dat de procedures die bij de plaats van een lichaam in acht werden genomen helemaal opnieuw waren opgesteld. Het sporenonderzoek was een uiterst nauwgezette aangelegenheid geworden, waarbij gebruik werd gemaakt van fotografie en video en waarbij de fysieke omgeving van het lijk zorgvuldig in stand werd gehouden. Omdat alles ook nog zorgvuldig moest worden gedocumenteerd, kon een grondig onderzoek van de plaats van een moord gemakkelijk twee tot drie uur in beslag nemen, en in dit geval ging er inderdaad zoveel tijd in zitten.

Aan het begin van het derde uur kreeg Boldt te horen dat de hele bemanning van de *Visage* slapend op het schip was aangetroffen en door de kustwacht werd vastgehouden om door de politie te worden ondervraagd. Hij verwachtte dat ze elkaars perfecte alibi's zouden ondersteunen, maar LaMoia zou ze toch allemaal ondervragen. Als er iemand was die mensen aan het praten kon krijgen, was het John.

Om zeven uur hadden de plaatselijke televisiestations hun camerateams ter plaatse. Er waren nog een stuk of vijf andere verslaggevers, en verder waren er de mensen met een morbide nieuwsgierigheid die je altijd op de plaats van een moord tegenkwam. Een kijkfestijn. Een openbaar spektakel. Een politieke nachtmerrie, als journalisten het verband met de container legden en erop gingen hameren dat de politie de georganiseerde misdaad niet meer onder controle had. Boldt zou dat nog dagen te horen krijgen.

Alsof zijn gedachten werden gelezen, zei een stem achter hem: 'Ik weet niet hoe het met jou is, maar voor ons wordt dit een public relations-nachtmerrie.'

Boldt draaide zich om en schudde Brian Coughlie de hand.

'Als ze eenmaal verband hebben gelegd tussen hem en de *Visage*, is het mis,' zei Boldt. 'De bemanning is opgepakt.'

'Dat hoorde ik,' zei Coughlie, die Boldt daarmee liet weten dat hij over indrukwekkende contacten beschikte. LaMoia had de bemanning bijna in het geheim opgepakt. 'Dat is een van de dingen waarover ik met je wilde praten. Wij hebben de tolken – misschien kunnen we dat werk met elkaar delen. Wij kunnen het ook voor jullie doen, als je dat liever hebt.'

'We redden ons wel,' zei Boldt. Daarmee wees hij beide voorstellen van de hand.

'Het kan mijn schuld zijn geweest,' zei Coughlie, en hij liet die opmerking even in de lucht hangen. 'Ik heb navraag naar hem laten doen, zoals je vroeg. Misschien had ik dat niet moeten doen.'

De man zei dat alsof hij het had ingestudeerd, en dat zat Boldt dwars. De hele Coughlie zat hem trouwens dwars. Die federale diensten hadden altijd geheime motieven.

Coughlie keek naar de zwarte lijkenzak en zei: 'Misschien kon hij ons een naam geven.'

'Mama Lu?'

'Vijf jaar geleden misschien. Maar nu? Nee, ik denk het niet. Niet dat ze geen grote invloed heeft. Natuurlijk heeft ze die. Maar macht? Dat denk ik niet. We hebben haar twee of drie jaar lang intensief in de gaten gehouden. Jullie ook – GM.' Hij bedoelde Georganiseerde Misdaad. 'Telefoon afgeluisterd, financiën doorgelicht, undercoverwerk. Het heeft ons niks opgeleverd. We hebben het twee keer met een jury van onderzoek geprobeerd. In beide gevallen werd het een fiasco. We kijken nog weleens in die richting, maar niet zo intensief. Ze heeft vrienden in hoge kringen.'

'Ik zou haar niet uitsluiten.'

'Wees voorzichtig.'

'Dat zeggen ze dan,' zei Boldt.

'Doe me een lol en laat mij met de bemanningsleden praten als jullie ze hebben afgewerkt. Misschien komen wij iets te weten.'

Dat was een compromis waarmee Boldt kon leven.

De twee mannen schudden elkaar de hand.

Bij het weggaan vermeed Coughlie de pers. Hij dook soepel onder het afzettingslint door en rende vlug naar zijn auto. Toen de journalisten op hem af kwamen rennen, reed hij al.

Boldt gebruikte die afleiding om opdracht te geven de lijkenzak in de vleeswagen te laden. Als er door de dood van de kapitein een signaal werd uitgezonden, was het een eenvoudig signaal: mensen die hierbij betrokken waren, zouden sterven.

Hij hoopte vurig dat hij niet zelf op de lijst stond.

# 16

Nog geen vierentwintig uur nadat ze Melissa als vermist had opgegeven, nam Stevie, die zich steeds meer zorgen maakte en zich ook steeds schuldiger voelde, de zaak in eigen handen. Ze besloot naar Melissa's flat terug te keren en nog wat grondiger te gaan zoeken.

Op deze zaterdagavond krioelde het op Pioneer Square van een mengeling van studenten, toeristen, zwervers en politie. Je kon daar alles kopen, van een flesje bijzonder bier tot een Perzisch tapijt. Stevie reed met haar BMW 325i een paar straten door en zette hem in een parkeergarage. Toen ze het korte stukje naar het plein liep, vroeg ze zich af waarom Melissa voor zo'n luidruchtig, druk, toeristisch deel van de stad had gekozen. Ze verschilden zoveel van elkaar en hadden toch zo'n nauwe band. Voor Stevie betekende elk wandelingetje over straat de kans dat ze met haar kijkers in contact kwam – vreemden die haar zagen en een handtekening wilden of met haar wilden praten. Ze had een hekel aan dat aspect van haar werk.

In de hoop herkenning te vermijden trok ze een spijkerbroek en T-shirt aan en gebruikte ze geen make-up. Met haar hoofd omlaag baande ze zich een weg door de menigte naar Melissa's flat.

Ze beklom de stoep, drukte op de bel en maakte de buitendeur open. Ze sjokte de trappen op, maakte de deur van Melissa's flat open en ging naar binnen. De deur viel achter haar in het slot, en het enige geluid dat ze nu nog hoorde, was het monotone ritme van de muziek uit een rockclub. Ze nam uitgebreid de tijd om de vissen te voeren. 'Is er iemand?' riep ze wanhopig uit. Opnieuw viel het haar op hoe bewoond de flat leek. De slaapkamer zag eruit alsof er de vorige nacht nog iemand had geslapen – overal kleren. Die tandenborstel die in dat drinkglas op wacht stond deed haar nog het meest pijn, en het viel haar nu ook op hoe vreemd het was dat zo'n klein, onbelangrijk voorwerp zoveel duidelijk kon maken. Haar verdriet drukte als een gewicht op haar neer. Het was een hunkering die haar geen moment verliet, een verlangen om helemaal opnieuw te beginnen, om een tweede kans te krijgen. Er was niemand die haar smeekbede verhoorde, alleen een gegalm in haar oren en een holle leegte in het midden van haar borst, alsof ze vlinders in haar buik had maar dan op een onaangename manier. Ze dwaalde door de kleine flat, koortsachtig van spanning, en begon ten slotte kasten open te trekken en achter meubelen te kijken. Dat laatste leverde haar iets op. Achter de bank trof ze een deel van de elektronische apparatuur van het tv-station aan, aangesloten op de stopcontacten in de muur. Het was de svhs-apparatuur die Melissa in het busje had gebruikt, inclusief de twee batterijen die je aan je broekriem kon hangen. Stevie trok de stekkers eruit, doorzocht de apparatuur en vond drie videobanden. Op de eerste twee stond 'Klein' en op de derde stond 'autowasserij'. Alleen al de aanblik van dat handschrift joeg weer een golf van angst door Stevie heen. Op dat moment had ze wel tien primeurs willen ruilen voor een veilige terugkeer van Melissa.

Ze keek naar de boekenplank en zag een porseleinen pop met een barst in de wang. De ogen van de pop keken haar recht aan. Haar emoties werden haar te veel.

*Het licht van de middagzon glansde op de muren en op het gips van de kroonlijsten en verblindde de man die in de houding stond op het schilderij boven de haard. Het rook in de kamer naar Vaders tabak, terwijl buiten de zon met enige moeite door stof en uitlaatgassen heen kwam, altijd datzelfde doffe tarwegele licht, nooit een stralend licht als in Zwitserland. Chinezen leken altijd omringd te zijn door stof, werden erdoor verteerd.*

Het vroegrijpe jonge meisje met haar krulhaar in een roodsatijnen lint hield haar porseleinen pop vastbesloten tegen zich aan gedrukt, alleen in de weelderig ingerichte zitkamer. Ze wachtte tot ze werd voorgesteld. Stephanie wilde niet dat het andere meisje hier kwam wonen. Ze wilde Su-Su en Vader helemaal voor zich alleen. Vader had de kamer nog maar enkele minuten eerder verlaten, vergezeld door twee van zijn staffunctionarissen en een ambassademedewerker, met achterlating van die zoete rook. Het leek wel of Vader altijd door iemand werd vergezeld.

Ze hoorde de voordeur opengaan. Su-Su riep haar naam vanuit de hal, maar Stephanie gaf geen antwoord. Laat ze me maar vinden, *dacht ze.*

'Juffrouw Stephanie?' riep Su-Su opnieuw, terwijl de deur van de kamer openging. Su-Su was ongeveer half zo groot als Vader. Ze liep met kleine korte pasjes en als ze glimlachte, drukte ze in feite alleen maar haar lippen op elkaar. Ze sprak zacht en met een zwaar Chinees accent. Ze kon ook Frans spreken en muziek lezen. Stephanie had geen idee wat het was om een moeder te hebben, maar Su-Su kwam er waarschijnlijk erg dichtbij. Vader mocht haar ook graag. Hij raakte haar soms aan, licht, vluchtig; dan drukte ze haar lippen op elkaar en bloosde ze. Su-Su had zelf een zoon. Het meisje zou haar nichtje zijn en een nieuw thuis nodig hebben. Dat stond Stephanie niet aan. Ze had geen zin om dingen te delen.

De grote witte deur zwaaide langzaam open. Aan Su-Su's zijde stond een klein meisje met ravenzwart haar, recht afgeknipt ter hoogte van haar schouders en met lokken die tot aan de scherpe strepen van haar wenkbrauwen hingen. Het meisje hield haar eigen zijden jurk vast. Ze had vuurrode wangen en grote ogen van verwondering. Eerst nam ze de prachtige kamer in zich op en toen, een seconde later, Stephanie zelf – haar satijnen strikken, haar jurk en haar pop. Op dat moment veranderde alles.

'Juffrouw Stephanie, mag ik Su-Su nichtje Mi Chow aan u voorstellen? Uw vader zegt we noemen haar Melissa.' Su-Su sprak het kleine meisje in het Chinees aan en Stephanie verstond ieder woord. Su-Su was een goede lerares. 'Dit is Stephanie, je grote zuster.'

Het gezicht van het meisje straalde en vulde de kamer met licht.

'Welkom, kleine zuster,' zei Stephanie in haar beste Mandarijns. De meisjes giechelden tegelijk.

Stevie pakte vlug de tapes op en draafde, ongeduldig om ze te bekijken, de flat uit en de chaos van Pioneer Square in. Ze kon niets anders doen dan zich in de mensenmassa storten, en het duurde maar even of ze hoorde: 'Hé, Tina! Kijk eens wie dat is!' Er naderden voetstappen achter haar en een man trok ruw aan haar elleboog. 'Channel Four, nietwaar? We kijken elke avond naar u!'

Ze bleef op een hoek staan en keek over een paar hoofden naar het voetgangerslicht, vurig hopend dat het op groen zou springen. 'Channel Four, nietwaar?' herhaalde de kalende man.

'Ja,' zei ze, de bandjes dicht tegen zich aan gedrukt. Er was nog iemand anders; er keek iemand naar haar. Ze kon het voelen.

Het licht sprong op groen.

Stevie baande zich vlug een weg over de straat – recht naar voren. Ze keek paranoïde achter zich. Het leek wel of ieder gezicht naar haar keek. De paniek steeg in haar op. Ze herinnerde zich eraan dat ze de bandjes had. Vermoedelijk zouden die haar iets vertellen.

De parkeergarage was op twee blokken afstand en kwam steeds dichterbij. Ze ging vlugger lopen.

Toen ze nog een half blok te gaan had, begon ze in een langzaam joggingtempo te lopen, en opnieuw hoorde ze voetstappen achter zich. Dezelfde fan? Iemand anders? Ze wilde het antwoord niet weten.

Het was een parkeergarage waar je van tevoren moest betalen. Dertig minuten eerder, om tien uur die avond, was het loket gesloten. Er hing een ketting voor de ingang en de uitgang werd bewaakt door een paar naar boven wijzende bandenprikkers.

Bijna rennend ging ze de zwak verlichte garage in, de bandjes stevig onder haar arm, haar mond bitter en droog, haar hart bonkend. Ze wilde thuis zijn, beschermd door een portier, twee deursloten en een alarmsysteem. Overal zou ze liever zijn dan in deze onbewaakte garage in de binnenstad.

De voetstappen volgden haar de garage in en waren toen opeens niet meer te horen – of was het allemaal maar verbeelding van haar geweest? Ze durfde een blik achterom te werpen en hield van schrik haar adem in toen ze het silhouet van een man snel naar haar toe zag komen.

Een beroving? vroeg ze zich af.

'Wacht!' De mannenstem galmde tegen de betonnen muren. Ze was bij haar auto aangekomen en klungelde met de afstandsbediening om de deuren van het slot te halen. Ze viste naar de peperspray die ze in haar tasje had.

Achter haar flapten schoenen op het beton. Het klonk als handengeklap.

Ze trok de deur aan de bestuurderskant open, gooide de bandjes op de passagiersplaats en liet zich, de peperspray naar buiten gericht, achter het stuur zakken.

'Mevrouw McNeal!' De stem was dichterbij en kwam haar opeens bekend voor. 'Ik ben John LaMoia.'

Ze keek op naar het zwetende gezicht van de man.

'Ik observeerde de flat,' legde hij uit. 'De verdwijning staat boven aan onze lijst.'

'U joeg me de stuipen op het lijf.'

'Ik wilde uw naam niet roepen in die menigte.' Hij keek naar de passagiersplaats en zag de drie videobanden in hun plastic doosjes. 'Ik zag u niet met die banden de flat binnengaan.'

'Ik heb een sleutel. Ik voer haar vissen.'

'Die vissen kijken naar video's?'

Melissa's bandjes waren van haar alleen. Ze zou ze eerst bekijken en dan eventueel doorgeven. Voor haar gevoel brandden de bandjes een gat in de zitting. Ze trok de deur dicht, draaide het sleuteltje om en liet de ruit zakken.

LaMoia sprak haar zachtjes toe. 'Zeg, dit blijft onder ons, maar dit onderzoek naar illegalen begint erg onaangenaam te worden.'

'Die scheepskapitein,' zei ze. 'Daar zijn we ondanks u achter gekomen.'

'Het zou voor iedereen veiliger zijn als u me die video's gaf – ze zijn toch van haar? Van Melissa? U moet erg voorzichtig zijn met die mensen.'

'Als u die bandjes wilt, loopt u meteen tegen het eerste amendement op de grondwet op. Dit zijn nieuwsbandjes.'

'Ik had eigenlijk op uw medewerking gehoopt. We willen toch hetzelfde? Haar vinden?'

'Leuk geprobeerd,' zei ze.

'Ik moet weten wat er op die bandjes staat,' smeekte hij. 'Het is voor Melissa belangrijk dat ik die bandjes zie.'

'We spreken elkaar nog,' zei ze. Ze liet haar ruit omhoogkomen. LaMoia boog zich naar haar toe, maar zijn woorden waren niet te verstaan omdat het glas ertussen zat.

Toen ze de garage uitreed, legde ze haar hand even op de bandjes. Ze pakte ze op en liet ze op de vloer voor de achterbank vallen. Er was geen enkele veilige plaats voor die bandjes. Er was nergens een veilige plaats.

# ZATERDAG 22 AUGUSTUS

## 5 DAGEN VERMIST

# 17

Bobby Gaynes kwam zonder te kloppen Boldts kamer binnen en trok een stoel bij. Haar inspecteur zette een potloodteken in de marge van het rapport dat hij aan het lezen was.

Hij keek op en zag de tekening van zijn zoon aan de glazen wand tussen zijn kamer en de gang hangen. Die hing daar om kleur toe te voegen, om de grijze monotonie te doorbreken die een binnenhuisarchitect aan het hele gebouw had opgelegd. Die tekening hing daar ook om hem te herinneren aan wat echt belangrijk was. Het zelfportret van zijn zoon fladderde een beetje doordat twee rechercheurs haastig langs de deur liepen.

'Zeg het maar,' zei Boldt, die van tevoren wist dat het over huurkranen zou gaan. Nu ze de *Visage* waren kwijtgeraakt aan een moord die waarschijnlijk als een ongeluk zou worden afgedaan, had Boldt die tak van het onderzoek nagenoeg opgegeven. Gaynes had in zijn opdracht onderzoek gedaan naar huurkranen en mogelijke connecties met de lichter die had geprobeerd de container in volle zee aan boord te nemen.

'Je hebt gewoon geen kraan in eigendom,' zei Gaynes. 'Het is niet iets wat je in je garage hebt staan. Je huurt ze of je least ze.' Ze keek in haar aantekeningen. 'Hier en in Tacoma zijn vijf bedrijven die materieel verhuren waarmee je een container kunt optillen.'

Boldt had haar persoonlijk naar Moordzaken gehaald. Daarmee had hij voor het eerst de seksebarrière doorbroken. Het was niet gemakkelijk voor haar geweest. Ze had tegen de uitdagingen moeten opboksen, had zich steeds weer moeten bewijzen, maar ze koesterde geen enkele wrok. Ze behoorde tot de beste rechercheurs van de vijfde verdieping. Volgens de nieuwste aanval op haar was ze lesbisch en had ze een relatie met een ontslagen vrouwelijke rechercheur. Het stof was nog niet gaan liggen.

'Er wordt een vrouw vermist. Nog wel een journaliste.'

Ze keek hem verwonderd aan. 'Als je een van die kranen wilt huren, heb je een borg nodig, allerlei verzekeringen, noem maar op.'

'Ze deed onderzoek naar iets wat met die containers te maken heeft,' zei hij. 'Mijn superieuren springen uit hun vel. De pers verscheurt ons namelijk levend als haar iets is overkomen en we haar niet op tijd vinden.' Hij voegde eraan toe:'Dat is hun standpunt. Voor ons geldt dat we met een vermiste zitten die dit onderzoek misschien had kunnen openbreken.'

'Lou?'

'Ik wil het kort en bondig,' zei Boldt. 'Hebben we gegevens over een kraan die in de nacht van die storm verhuurd was?'

'De papieren om het te bewijzen? Nee. Een huurkraan? Misschien. Ik heb wat mankracht nodig.'

'Als je overuren aanvraagt, dan heb je ze!' Hij hield niet van zijn nieuwe rol als bestuurder, personeelsbegeleider en strafuitdeler – allemaal dingen die van een inspecteur werden verwacht. Vaak voelde hij zich net een bureaula tussen zijn hoofdinspecteur, Sheila Hill, en de adjunct-inspecteurs en rechercheurs die onder hem werkten.

'Op het derde adres dat ik probeerde, een bedrijf dat Geribaldi's Equipment heet, werd de kerel achter de balie erg zenuwachtig toen ik over kraanverhuren begon waarvoor contant betaald was en geen papieren waren ingevuld. Hij zweette peentjes toen ik hem uitlegde hoe justitie over medeplichtigheid denkt. Hij ging met me naar buiten. Hij zei dat er op de ochtend van die storm misschien een telescoopkraan was verdwenen waarvan hij zeker wist dat de verhuur niet in de boeken voorkwam. Toen hij diezelfde kraan probeerde te verhuren, bleek hij namelijk niet op het terrein aanwezig te zijn. De bedrijfsleider gaf hem de schuld – maar zei ook dat hij zich geen zorgen hoefde te maken. Hij zei dat de papieren waarschijnlijk gewoon waren zoekgeraakt.'

'Dus we kunnen niet bewijzen dat er een kraan verhuurd is,' drong Boldt aan. 'Wat is het goede nieuws?'

'Ik heb de naam van de manager: Zulia. Misschien kunnen we kijken of er de laatste tijd wat extra geld op zijn bankrekening is gestort. En ik zou graag zijn huis in de gaten willen houden, en het kraanverhuurbedrijf, en zijn banktransacties. Daar kan ik wel een paar jongens bij gebruiken. Misschien kunnen we een praatje met hem maken in de Box.'

'Goed, laten we dat doen.'

'Eerst moeten we hem vinden. Hij is onverwachts op vakantie gegaan.'

'Een verhuurbedrijf is een gemakkelijk doelwit voor diefstal,' zei Boldt. 'Al dat materieel dat buiten staat. Dan heb je bescherming nodig.'

'Mama Lu?' vroeg Gaynes. Ze kon altijd veel beter dan anderen raden wat Boldt dacht.

'Als ze wil dat iemand wordt gevonden,' zei Boldt, 'is het alleen maar een kwestie van tijd.'

'In dat geval zou je onze vermiste journaliste kunnen noemen.'

'Goed idee.'

'Als je een wereld van ellende zoekt, moet je die deur openmaken,' zei LaMoia, die hen vanuit de deuropening onderbrak. 'McNeal heeft videobanden uit de flat van dat meisje gehaald. Ik denk dat die banden van belang zijn voor mijn onderzoek. Ze heeft geen zin om ze met ons te delen en beweert dat ze een beroep op het eerste amendement doet als we ze in beslag willen nemen.'

'We proberen het evengoed,' zei Boldt. 'Zoek een rechter die vlak voor zijn herverkiezing staat. Laat die maar een oplossing vinden.'

'Tijdverspilling,' vond LaMoia.

'Goed, dan werken we aan de kranen,' gaf Boldt toe. 'Mama Lu is een zakenvrouw. Ze weet wanneer ze haar verlies moet accepteren. Ze wil niet dat we alle bendeleden voor ondervraging naar het bureau brengen. Dan lijdt ze gezichtsverlies.'

'Ze snijdt ook kelen door, Lou,' waarschuwde LaMoia. 'Tenminste, dat doen haar soldaten.'

'Regel een ontmoeting,' zei Boldt.

'Dit lijkt me niet zo verstandig,' klaagde LaMoia.

'Regel het,' herhaalde Boldt op scherpe toon.

De tekening ritselde toen LaMoia de kamer verliet.

'Je hebt toestemming voor surveillance,' zei Boldt tegen Gaynes. 'Regel het met Speciale Operaties.'

'Dank je, Lou.'

Boldt aarzelde en vroeg: 'Kun je je een beetje redden met die... die geruchten?'

'Prima.'

'Echt waar?'

Ze haalde haar schouders op. 'Ik voel me een beetje belaagd. Er komen dingen opzetten – beschuldigingen. Ik doe er iets aan. En dan komen er nieuwe dingen. Je zou moeten zien hoe ze soms naar me kijken.'

'Je geniet bescherming, dat weet je toch?' zei hij. 'De gouverneur heeft die wet ondertekend.'

Die opmerking zat haar niet lekker.

Boldt voegde er vlug aan toe: 'Ik wilde niet suggereren...'

'Dat wilde je wel!' zei ze woedend, en ze kwam uit haar stoel. 'Natuurlijk wilde je dat!' Ze draaide zich om en stormde de kamer uit.

# 18

Mama Lu zat in dezelfde fauteuil als toen ze de vorige keer kwamen. Alleen droeg ze deze keer een andere jurk: een patroon van talingen met zwart borduurwerk. Ze had hem als een zwarte handdoek om zich heen geslagen. Haar lange zwarte vlecht viel zo zwaar als de staart van een paard over haar schouder.

LaMoia had willen meekomen, maar Boldt had dat geweigerd, want hij wilde niet de indruk wekken dat ze haar probeerden te intimideren.

Hij kwam meteen ter zake. 'Uw invloed als zakenvrouw en als weldoenster van deze stad strekt zich ver uit. Nee, schudt u niet uw hoofd – we weten allebei dat het waar is. Laten we eens veronderstellen dat iemand die illegalen het land in brengt het te riskant vindt om de lading aan wal te zetten. In plaats daarvan besluit hij de overdracht op zee te laten plaatsvinden. Om dat goed te kunnen doen zou hij een sleepboot, een lichter en een kraan nodig hebben. Wij van de politie hebben een bedrijf gevonden dat daar geschikt voor lijkt. Het is ons probleem dat degene die volgens ons die kraan heeft verhuurd niet op zijn werk is verschenen.'

'Ik bezit enkele nederige kruidenierswinkels, meneer Both...'

'En vier wasserettes, een bioscoop, een limousinebedrijf, een hotel...'

'Enkele investeringen, dat is alles! Wie vertrouwt nog een bank?'

'Geribaldi Equipment. Het verhuurbedrijf. De bedrijfsleider heet Zulia. Als hij werd aangemoedigd om met de politie samen te werken...'

'Als een goede staatsburger,' opperde ze.

'Ja – uit de goedheid van zijn hart. Het zou ons de moeite besparen om de financiële gegevens van hem en zijn bedrijf door te nemen. De cashflow. Betalingen.'

Ze trok haar voorhoofd samen en boog zich een heel klein beetje naar voren. Ze nam haar vlecht in haar beide dikke handen.

'Onze forensische accountants zouden dan geen reden hebben om de gegevens te bestuderen,' zei Boldt.

'Alleen een dwaas steekt een draak met de gedachte dat hij hem zal doden.'

Draak – met een hoofdletter D? – vroeg hij zich af.

'Om een draak te doden moet je zijn hoofd afhakken of in zijn hart steken.' Hij zweeg even. 'Als het moet...'

Ze grijnsde. Haar ogen verdwenen in de plooien van haar huid. 'Hoe scherp is uw zwaard, meneer Both?'

'Zulia noemt een naam. Hij gaat naar huis.' Hij zweeg even. 'Iedereen is blij.'

'Niet degene wiens naam is genoemd.'

Boldt grijnsde. Hij kreeg het plotseling benauwd in de kamer. 'De drie vrouwen die in die container zijn gestorven, waren ziek. Ze stierven aan ondervoeding en uitdroging omdat de kapitein weigerde ze eten en water te geven. Door het slechte weer duurde de overtocht langer en de kapitein liet ze gewoon doodgaan.'

'Je oogst wat je zaait,' zei ze, en Boldt voegde weer een naam aan zijn lijst van moordverdachten toe. De kapitein van de *Visage* had geen gebrek aan vijanden.

'Als die meisjes eenmaal in dit land zijn, zijn ze goed voor de economie. Kamermeisjes in hotels, serveersters in bars.'

'Illegale ateliers, prostitutie,' voegde hij eraan toe.

Hij zocht naar de mens achter die donkere ogen, want hij wilde weten in hoeverre ze erbij betrokken was, maar hij zag niets. Ze zat daar zo onbewogen als de beste rechters.

Een ogenblik was hij ervan overtuigd dat deze vrouw niet bij de sterfgevallen betrokken was. Toen ze glimlachte, ontglipte dat moment hem, alsof hij een nat stuk zeep te pakken probeerde te krijgen.

'Ze zeggen dat onwetendheid een zegen is, meneer Both. Misschien is dat waar.'

'Als hij hun eten en water had gegeven, zouden ze in leven zijn gebleven. Er was geen enkele reden waarom ze zouden sterven.'

'De man niet meer bij ons. We moeten hem zijn zonden vergeven.'

'Hem misschien wel. Maar niet de anderen.' Hij keek haar aan en zweeg even. 'Keurt u zo'n behandeling van uw mede-Chinezen goed?'

'Een onderwerp waarover veel te zeggen zou zijn.'

Hij aarzelde even en zei: 'Er wordt een Chinees-Amerikaanse vermist. Een televisiejournaliste. Ze deed onderzoek naar die container. Als ze haar kwaad doen, zijn ze dwazen. De macht van de media is veel groter dan die van een politiekorps. Gelooft u me.'

De vrouw trok haar gezicht helemaal samen. Als dit geen nieuws voor haar was, was ze een goede actrice.

'Als iemand ons zou helpen die vermiste vrouw te vinden, zou de politie haar dankbaar zijn. En de media ook.'

Ze grijnsde en knikte en keek vastbesloten naar hem terug. 'Ik begrijp het.' Er viel een stilte tussen hen in. 'Weest u voorzichtig, meneer Both. Ook de aardigste mensen krijgen weleens een ongeluk.' Ze voegde eraan toe: 'En vertrouwt u niemand. Zelfs mij niet.' Ze glimlachte weer, nu breder. Ze was haar gebit vergeten. Toen zag hij hen beiden in een spiegelende ruit rechts van haar, allebei grijnzend.

# MAANDAG 24 AUGUSTUS

## 7 DAGEN VERMIST

# 19

Op maandagochtend – precies een week nadat Melissa voor het laatst was gezien – haalde Ernest Zulia, bedrijfsleider van Geribaldi's Equipment, het ochtendnieuws door in duizenden stukjes uiteen te springen. De schokgolven plantten zich tot in het hoofdbureau van politie voort.

Boldt ontmoette hoofdinspecteur Sheila Hill in haar kantoor. Hill kon op haar veertigste nog steeds mannen doen omkijken. Ze wist hoe ze zich met haar atletische lichaam moest kleden en voelde zich er niet boven verheven om haar benen als afleidingsmiddel te gebruiken. Ze las Boldt stevig de les over Zulia's dood, maar Boldt liet zich niet op zijn kop zitten.

'De Zulia-operatie was teruggefloten, Sheila,' klaagde Boldt. Hij herinnerde haar aan wat zijn rechercheur hem enkele minuten geleden had verteld. 'We hadden een team dat Geribaldi's Equipment in de gaten hield, en dat kreeg opdracht daarmee te stoppen.' Hill had die opdracht gegeven. Bobbie Gaynes had opdracht gekregen met de surveillance te stoppen. Daarmee was ze LaMoia en Boldt gepasseerd, want die waren geen van beiden van haar beslissing op de hoogte gesteld. Het was niet iets waarvan hij haar regelrecht kon beschuldigen, maar ze wisten allebei hoe het zat. Hij begreep heel goed dat ze hem bij zich had laten komen om de schade voor zichzelf te beperken. Hij wist ook dat ze weliswaar allerlei excuses voor haar beslissing kon bedenken, maar dat ze de surveillance waarschijnlijk uit een combinatie van bezuinigingen en politiek had afgelast. Ze had het natuurlijk niet prettig gevonden dat LaMoia niet met haar over de surveillance had overlegd en had haar gezag uitgeoefend om te laten zien wie de baas was. Maar nu zat ze weer met een lijk. De media legden meteen het verband tussen dit lijk en de scheepskapitein en de container – een politieke hete aardappel. Jammer genoeg dacht Boldt dat er meer meespeelde dan je op het eerste gezicht zou denken. LaMoia was een jaar geleden met Hill naar bed geweest. Hij had zich door primitieve instincten laten meeslepen en dat was erg onverstandig van hem geweest. Op het eind had zij de overhand behaald en had ze bijna zijn carrière vernietigd. De verstandhouding tussen die twee was altijd vreemd gebleven – LaMoia had nog steeds grote moeite met de breuk en Hill had uiteindelijk geprobeerd zich met hem te verzoenen. Meestal verwende ze hem, en meestal negeerde hij haar, zijn hoofdinspecteur. Boldt was de enige die van de verhouding wist, al hadden veel anderen een vermoeden. Als LaMoia een fout maakte, kreeg Boldt als zijn inspecteur dat te horen – maar de laatste tijd gebruikte Hill hem meer als een soort huwelijksadviseur. Ze wilde LaMoia terug. Als iemand op zijn kop kreeg omdat het onderzoek niet goed verliep, was het Boldt.

Ten tijde van het 'ongeluk' had Zulia op een vorkheftruck met propaanaandrijving gezeten, zoals hij volgens zijn werknemers elke ochtend deed. De explosie joeg vlammen van honderd meter hoog de lucht in, en een derde van Geribaldi's machinepark en het grootste deel van het magazijn werden totaal verwoest. Voor het eerst sinds een serie brandstichtingen een aantal jaren geleden vond de politie geen enkel spoor van het slachtoffer. Samen met de brandweer doorzochten ze het puin, in de hoop wat botsplinters te vinden.

'Je vindt het niet prettig dat John het onderzoek leidt zonder met jou te overleggen,' zei Boldt zonder omhaal. 'Dat begrijp ik.'

'We moeten hier iets aan doen,' zei ze. Ze keek hem streng aan maar wilde niet met hem over haar relatie met LaMoia praten. Ze liet het aan hem over om een uitweg te vinden. Eindelijk vond hij een compromis.

'Die verdwenen televisiejournaliste, Melissa Chow,' zei hij, 'is een veel dringender zaak dan iemand als Zulia. Als Zulia eenmaal op zijn werk was gekomen, hadden we hem zo kunnen oppikken.'

'Ga verder,' moedigde ze aan.

'Die journaliste kwam de illegalen op het spoor en was opeens verdwenen. Niet alleen zou ze over informatie kunnen beschikken die voor het onderzoek van belang is, maar bovendien staat het leven van een jonge vrouw op het spel. Ze is al een week verdwenen.'

'En dus hevelden we mankracht over,' zei ze alsof het een feit was. Zijn redenering stond haar wel aan.

Boldt zweeg. Hij had haar het bot toegeworpen; hij hoefde het niet samen met haar op te kauwen. Toen Boldt nog adjunct-inspecteur was, was hij bijna nooit bij zulke onderhandelingen betrokken geweest. Dat was ook een reden waarom hij het niet leuk vond om inspecteur te zijn. Politiek. Hij werd er misselijk van. Het veldwerk – actief onderzoek – was een veel zuiverder omgeving.

'Haar verdwijning kan in verband staan met de dood van twee belangrijke getuigen in deze zaak,' zei Boldt. 'Ze is van groot belang voor ons.'

'Dat is ze zeker,' beaamde Hill. 'We hebben onze mensen op die verdwijning gezet.'

'Ik zou dit buitenshuis niet vertellen. We willen haar niet in nog meer gevaar brengen.'

'Ik begrijp het. Dus ga ermee door,' zei ze.

Boldt, LaMoia en Gaynes ontmoetten elkaar achter gesloten deuren, met vingerverfschilderijen om hen heen.

'Zaterdag zei ik tegen Mama Lu dat we graag een praatje met Zulia wilden maken,' zei Boldt. 'En zie nu wat de maandagochtend brengt.'

'Ik zou die kant niet op gaan, Lou,' waarschuwde LaMoia. 'We kunnen ons beter concentreren op de videobanden die McNeal uit de flat van die vrouw heeft gehaald. Dat is bewijsmateriaal – als we een rechter kunnen vinden die het daarmee eens is.'

'Veel succes,' zei Gaynes schamper.

'Ik "ga" die kant niet op,' klaagde Boldt. 'Ik word daarheen geleid.'

'Het was een professionele moord,' zei Gaynes tegen LaMoia. 'Zulia ging elke ochtend op diezelfde vorkheftruck zitten. Ze wisten precies wat ze deden.'

'Iemand heeft tegen hem gezegd dat hij gerust weer aan het werk kon gaan,' merkte Boldt op. Hij dacht nog steeds dat Mama Lu erbij betrokken was.

'Er zijn een hoop professionele moordenaars die niets met Mama Lu te maken hebben,' zei LaMoia.

'Waarom verdedig je haar steeds?' klaagde Boldt.

'Ik verdedig haar niet,' wierp LaMoia tegen. 'Ik wil alleen geen voorbarige conclusies trekken. De man van wie ik mijn werk heb geleerd,' zei hij, en hij bedoelde Boldt, 'zei altijd dat het belangrijk was om de sporen te volgen, naar het slachtoffer te luisteren.'

Boldt knikte. 'In de afgelopen vier dagen zijn twee potentiële getuigen gedood. Ze houden grote schoonmaak, werken de losse eindjes af. Misschien is Mama Lu te gemakkelijk, en misschien is ze hier te goed voor, maar je hebt gelijk als je zegt dat we de sporen moeten volgen,' gaf hij toe. 'Ik luister.'

'Misschien heb ik me te druk gemaakt bij Geribaldi's,' zei Gaynes. 'Iedereen die daar werkt, wist daardoor dat we met Zulia wilden praatten.'

'Goed, dan ondervragen we de werknemers,' zei Boldt. 'Wat nog meer?' vroeg de leraar.

'Buurtonderzoek,' antwoordde LaMoia.

'Op zoek naar nog meer ongerechtigheden in de buurt?'

'En die verdwenen vrouw?' vroeg LaMoia.

'Volgens Hill heeft ze onze hoogste prioriteit,' antwoordde Boldt.

LaMoia zei niets. De boodschap was duidelijk: Boldt veegde zijn eigen straatje schoon.

'Laten we McNeal bewerken,' zei Boldt. 'We hebben haar medewerking nodig.' Aan de andere kant van het glas ging het geroezemoes van Moordzaken gewoon door, zoals in een stad altijd verkeersgeluiden te horen zijn. 'Als we Chow vinden terwijl ze nog in leven is,' zei Boldt hoopvol, 'kunnen we die illegalenzaak misschien helemaal opengooien.'

'Ze leeft nog,' zei Gaynes, en ze liet deze woorden even tot hen doordringen. 'Anders hadden we haar lichaam al gevonden – net als die andere lichamen. Die kerels zijn niet verlegen. Ze willen iets duidelijk maken. Ze willen niet dat iemand over deze dingen praat. Maar als ze nog leeft, en als ze haar hebben, en ze weten wat ze van plan was, dan moge God zich over haar erbarmen. Dan zal ze misschien willen dat ze dood was.'

'Neem nou van mij aan dat we die videobanden moeten zien,' zei LaMoia. 'Als we geen rechter kunnen vinden, kunnen we McNeal misschien overhalen...'

'Daffy,' zei Boldt. Matthews kon zelfs een slang bepraten.

'Hoe dan ook, we moeten die videobanden hebben.'

# 20

Stevie bekeek de videobanden die ze uit Melissa's flat had meegenomen. Het was een pijnlijke, soms zelfs verschrikkelijke ervaring. Ze bekeek ze nu al voor de vierde keer. Melissa's enthousiasme was in de kleine ruimte van het busje duidelijk te horen geweest, al had ze voorzichtig moeten fluisteren. Op de eerste beelden was het gebouw van de Dienst Motorvoertuigen te zien. Melissa was het hele blok rondgereden en had het gebouw van alle vier kanten gefilmd, en op het parkeerterrein aan de achterkant kwam Gwen Klein voor het eerst in beeld. Ze kwam van haar werk, een kleine, stevig gebouwde vrouw met een doorsnee uiterlijk.

Klein liep stijfjes en zonder enige gratie. Melissa en haar camera volgden haar naar de supermarkt, en naar de Shoreside School, een crèche, waar Klein een jongetje en een iets ouder meisje oppikte. Gevolgd door Melissa's busje, reden ze naar een houten huis met een klein voortuintje en een Direct TV-satelliet op het pas vernieuwde shinglesdak.

Op de video versprong de tijd naar 18:37 uur. Melissa had bijna twee uur zitten wachten tot er iets gebeurde. Een pick-uptruck kwam aanrijden en parkeerde – de pick-up waarvan Stevie al wist dat hij van Kleins man was en dat er contant voor betaald was. Om 20:21 uur, bijna tachtig-dertig op de band, vertrok het busje met Gwen Klein achter het stuur. Bij elke start en stop van de videoband voelde Stevie zich een beetje onbehaaglijker, een voyeur, een spionne. De volgende beelden toonden een vervallen autowasserij, maar er was nergens een bord of een naam te zien. De achterlichten van het busje schitterden haar als felle rode oogjes toe: Kleins voet op de rem. Het busje bleef de hele cyclus in de automatische wasserij staan en reed toen weg, naar huis terug. Melissa volgde het. Het busje parkeerde om 21:07 uur bij het huis. De band veranderde in een grijs waas. Stevie spoelde snel door naar het eind om zich ervan te vergewissen dat haar niets was ontgaan.

Ze schonk zich een glas sap in, deed het tweede bandje in het apparaat, spoelde het terug en begon het af te spelen. Nu ze Melissa's monoloog met de camera zat af te luisteren, had Stevie het gevoel alsof ze in iemands dagboek zat te lezen. Melissa zou de bandjes hebben bewerkt tot er een paar korte opnamen overbleven en een bijbehorende tekst hebben geschreven – een tekst waarvan Stevie zou willen dat ze hem had, een tekst die de betekenis van de beelden zou kunnen verklaren of er continuïteit aan zou kunnen verlenen. Als journaliste had Melissa die opnamen gemaakt in de hoop er in de toekomst een verhaal van te maken. Stevie wilde dat verhaal nu hebben, maar in plaats daarvan kreeg ze alleen wat losse kreten van de cameravrouw te horen, terloopse opmerkingen als 'Dat is de wagen van haar man' en 'Ze was niet lang in die winkel, maar ze kan iemand daar binnen de valse rijbewijzen hebben gegeven'.

Het tweede videobandje liet zien hoe Klein 's morgens op de Dienst Motorvoertuigen aankwam. Met een bekertje koffie in haar hand stak ze het parkeerterrein over. Er waren beelden van publiek dat kwam en ging. Eerst zag je de mensen van grote afstand, maar toen zoomde de camera in en kon je gezichten zien. Blijkbaar had Melissa zich verveeld en had ze maar wat opnamen gemaakt, want het was Stevie een raadsel waarom ze zich anders op die gezichten zou concentreren. Ze kwam in de verleiding om snel door te spoelen, maar bleef toch alles bekijken, zoals ze steeds had gedaan, want je kon nooit weten of er een bekend gezicht bij was – de boekhouder die contact met hen had opgenomen, een politicus? Ze wist niet naar wie of wat ze uitkeek; ze wist alleen dat dit de opnamen waren die Melissa had gemaakt voordat ze de kleinere digitale camera in bruikleen kreeg. Waarschijnlijk waren het deze beelden die Melissa ertoe hadden gebracht een stap te ver te gaan.

Stevie was ervan overtuigd dat de tijd in haar nadeel werkte. Ze moest absoluut zien wat haar kleine zuster had ontdekt. Ze spoelde snel door naar het eind van band twee en stak de derde en laatste band in het apparaat.

Band drie begon met vertrouwde beelden: opnieuw verliet Klein de DMV kort na vier uur in de middag, ditmaal in een gestage motregen die hevig genoeg was om zo hard op het dak van het busje te trommelen dat het duidelijk te horen was. De boodschappen verschilden alleen in die zin dat ze naar andere adressen ging – naar de dierenarts voor een grote zak voer, naar een drugstore naast een stomerij, naar dezelfde crèche om de kinderen op te halen. Melissa bleef gedurende de hele opname zwijgen. Haar enthousiasme van de vorige dag was getemperd. Het geluid van haar ademhaling was als een vreemd achtergrondgeluid te horen, zoals wanneer je een minnaar zacht hoort snurken. Klein keerde naar hetzelfde huis terug. Ditmaal was de pick-uptruck haar voor geweest. Het beeld schudde doordat Melissa in het busje bewoog om de camera af te zetten.

Deze onderbreking op de band leidde tot duisternis, regen die hard op het dak trommelde, als duizend kleine voeten die van een sporthal wegrenden. De klok tikte door tot na half negen. Toen liep een donkere gestalte in regenkleding, van Kleins postuur, haastig naar het busje en stapte in. Melissa begon zacht te spreken, en Stevie kon zich voorstellen hoe ze door de zoeker van de camera tuurde. 'Ik dacht wel dat je nu in actie zou komen,' zei ze onbegrijpelijk genoeg. Het busje werd gestart. 'De show begint,' zei Melissa. Het busje reed achteruit. Het scherm flikkerde en werd zwart.

De scène ging onmiddellijk over in beelden van dezelfde autowasserij die Stevie al op dat andere bandje had gezien. De opnamen, gemaakt vanuit een andere positie, lieten de betonnen bunker van de autowasserij zien, met één enkel achterlicht. Door de ruit, waar je van buitenaf niet doorheen kon kijken, hoorde je het trommelen van de regen op het dak van het busje, maar je hoorde ook duidelijk een auto claxonneren. Stevie dacht dat het busje dat geluid maakte, al zou ze dat niet met zekerheid kunnen zeggen.

Pas toen Klein – of wie het ook was die in die regenkleding met capuchon gehuld was – uit de betonnen bunker te voorschijn kwam, dat ene achterlicht nog brandend, en pas toen die persoon door de regen liep en de camera hem of haar volgde en zich op een vervallen bouwkeet op de achterste helft van het terrein concentreerde, drong tot Stevie door dat Klein in de régen naar een autowasserij was gereden. Had Melissa dat niet gezegd? Had ze niet iets over een autowasbeurt in de regen gezegd? De gestalte liep naar de bouwkeet, sloeg hard op de deur en riep ten slotte zo hard dat de camera in het busje het kon opvangen.

Melissa fluisterde zachtjes: 'Goed zo, meisje... Kom thuis bij mama.'

Na de strijd met de regen en de deur van de bouwkeet liep de vrouw in de regenkleding naar het busje terug en reed ze weg. Ze kwam naar het busje met de camera toe en reed er vlak voor langs. Stevie zette de band stop en draaide hem een paar keer terug. Toen ze haar hand naar haar glas sap uitstak, merkte ze dat ze alles al had opgedronken. Ten slotte speelde ze de opnames plaatje voor plaatje af: het naderende busje, de voorruit waarin zich het licht van een straatlantaarn spiegelde, een gezicht achter het stuur, nog net herkenbaar: Gwen Klein. Ze keek naar de teller van het apparaat – ze wilde dat beeld terug kunnen vinden. Toen liet ze de band verder gaan.

Melissa was bij de bouwkeet gebleven. Daaruit bleek weer eens dat ze een echte onderzoeksjournaliste was, met een goede neus voor een verhaal. Volgens de tijdmeter waren er twintig minuten verstreken toen de deur van de bouwkeet openging. Een grote gestalte van een man, te donker om duidelijk te zien te zijn, rende door de regen. De camera zwenkte over het huizenblok, langs winkels die in de regen en duisternis niet te herkennen waren. En daar, in de hoek van het beeld, verscheen Melissa's profiel. Melissa was vlug naar het raam gegaan om naar buiten te kijken en de man te volgen. Stevie hield haar adem in.

'Een bar,' zei Melissa tegen de camera. Ze bewoog voor de lens langs, ditmaal naar de achterkant van het busje, terwijl de camera gewoon bleef draaien. Even later werd de opname onderbroken. Stevie zag een grijs waas en golvende kleurenkronkels.

Een korte opname van diezelfde man die door de regen rende, naar de bouwkeet terug. Volgens de tijdmelder waren er vijf minuten verstreken. Weer een onderbreking. Middernacht, donderdag 13 augustus. Het busje reed nu; de camera keek door de voorruit. 'Hij is in een bus gestapt,' zei Melissa bij wijze van commentaar. Het busje maakte rechtsomkeert, met een waas van lichten en gebouwen dat Stevie ergerde omdat het zo snel ging dat ze niets kon herkennen. Toen zag ze een stadsbus voor het busje rijden, en even later besefte ze dat Melissa de bus volgde. De achtervolging leidde door een straat, maar omdat de camera nog op en neer schokte, kon Stevie niets van die straat onderscheiden. Toen kwamen ze langs een oprit van de Interstate 5 die Stevie waarschijnlijk zou kunnen terugvinden. De bus nam een aantal afslagen, stopte hier en daar, reed weer verder, en al die tijd bleef de camera draaien. Deze achtervolging duurde al twintig minuten toen Stevie gemakkelijk kon zien dat ze door de binnenstad reden. De bus reed in noordelijke richting over Third Avenue, op de voet gevolgd door het busje. Bij elke halte stopte Melissa ook en keek ze of de bewuste persoon uit de bus stapte. 'Nee...' zei ze. 'Ik zie hem niet.'

De bus begon weer te rijden. Het busje volgde.

Een huizenblok ging voorbij, en nog een blok. Stevie voelde de spanning in haar borst, voelde hoe er een luchtbel in haar keel bleef steken. Melissa's vastbeslotenheid was zelfs via het videoscherm nog tastbaar. Ten slotte zwenkte de bus opzij en reed de bustunnel in. Het busje volgde, tot Melissa besefte dat ze niet naar binnen kon gaan. Ze vloekte hardop en het beeld werd donker.

Dat was het laatste beeld van de band; die stadsbus die een tunnel inreed die alleen voor bussen bestemd was. De camera zakte omlaag en gaf nog net even een beeld van Melissa achter het stuur te zien. 'Die verrekte camera is te groot...' mompelde ze in zichzelf, haar laatste woorden die op de band waren opgenomen.

Nu begreep Stevie waarom Melissa graag een digitale camera had willen hebben – iets lichts en draagbaars, gemakkelijk mee te nemen. Aan dat verzoek was de maandag daarop voldaan. Misschien was ze van plan geweest diezelfde man nog een keer te volgen. Misschien was ze zelfs in de bus gestapt of als voetganger de bustunnel ingegaan.

*Misschien... Misschien... Misschien...* Stevie kwam in de verleiding om het sapglas door de kamer te gooien, maar ze zette het weer neer en schonk zich nog eens in. Zoals elk goed spoor wierpen de videobanden net zoveel vragen op als ze antwoorden verschaften. Ze kon de adressen van autowasserijen in de gouden gids opzoeken en ze een voor een afrijden. Ze hoopte dat die specifieke autowasserij in de gouden gids stond, maar dat was helemaal niet gezegd. Ze kon een heleboel van dat soort wilde pogingen doen, of ze kon zich als een journaliste gedragen en ter zake komen. Stevie had hoofdpijn, voelde de druk van de tijd die te snel voorbijging, ging diep gebukt onder Melissa's verdwijning, vooral omdat uit de video-opnamen was gebleken dat ze op een agressieve manier achter het verhaal aan was gegaan. En nu zocht ze haar heil in wat ze het beste kon: journalistiek. Het verhaal begon met Gwen Klein. Zo simpel lag het.

Het was druk bij de Dienst Motorvoertuigen. De kunststof stoelen waren bezet door een dwarsdoorsnede van de verschillende populaties in de stad. Stevie droeg een honkbalpet en hield haar hoofd omlaag, want ze wilde niet herkend worden terwijl ze door de enorme ruimte dwaalde. Van de zeven loketten waren er vier in gebruik. Stevie oogstte nogal wat woedende blikken toen ze de rijen negeerde en regelrecht naar voren liep, waar de lokettisten ieder een klein naamplaatje hadden. Op het bordje in het derde loket stond: *Hallo! Ik ben:* G-W-E-N. Stevie prentte dat gezicht in haar geheugen, die Ierse neus, die recht afgeknipte lokken als een strakke blonde waterval. Gwen Klein was niet zuinig geweest met bruine lipstick en lichtpaarse oogschaduw. Haar hooghartige, intolerante houding straalde niets dan gewichtigheid uit. Ze had een normaal postuur en ingevallen schouders. Stevie bleef net lang genoeg in de rij staan om dat alles in zich op te nemen. Toen deed ze alsof haar geduld op was en liep ze weer naar buiten.

Om zeven over vier die middag ging de achterdeur van het gebouw open en liepen werknemers, onder wie Klein, naar hun auto en reden weg. Dat alles vertoonde een griezelige overeenkomst met wat Stevie op Melissa's band had gezien. Klein haalde haar kinderen uit de crèche en leidde Stevie naar 118th Street NW en een drukke buurt met kleine houten huizen. Het busje stopte bij nummer 1186. Moeder en de twee kinderen stapten uit de auto en gingen hun huis binnen.

Omdat het bijna tijd voor *News Four at Five* was, zat er niets anders voor Stevie op dan snel naar de studio te rijden en haar plicht voor de camera te doen. Maar haar gedachten bleven bij 1186 118th Street NW, en na de uitzending ging ze meteen naar dat adres terug.

Om zeven uur was haar geduld op. Ze stapte uit haar auto en liep naar de voordeur. Ze kon niet langer op antwoorden wachten.

Stevie sloeg hard met haar knokkels op de deur en hoopte daarmee haar houding en haar intentie aan de bewoners duidelijk te maken, vooral omdat de deur zowel over een bel als over een koperen klopper beschikte.

Tot haar opluchting was het Gwen Klein zelf die opendeed. Klein herkende Stevie meteen, en haar gezicht begon eerst te stralen – de opwinding van de ontmoeting met een beroemdheid – maar verstrakte bij de gedachte dat ze onder de aandacht van de media was gekomen. Ze ging een stap terug en pakte de rand van de deur vast.

'Alstublieft. Het is een persoonlijke kwestie,' zei Stevie.

'Ik heb de pers niets te zeggen!'

De deur begon dicht te zwaaien. Stevie gebruikte haar enige wapen. 'Als u die deur dichtdoet, kampeert er de eerstvolgende veertien dagen een cameraploeg in uw voortuin.'

De deur bleef half open staan. Even later kwam Gwen Klein naar buiten, buiten gehoorsafstand. Ze trok de deur bijna dicht. Vervolgens sloeg ze haar armen ter hoogte van haar middel over elkaar, alsof ze het koud had.

'Mevrouw Klein, ik ben hier niet om u van iets te beschuldigen, en ik mag ook geen tijd verliezen.' Ze wilde Melissa's verdwijning niet noemen, niet aan iemand als Klein, die misschien valse rijbewijzen leverde maar verder waarschijnlijk weinig van de hele operatie wist.

Maar Klein was degene met wie ze moest beginnen. Melissa was met die vrouw begonnen. Zij zou dat ook doen.

'Ik weet niet wat u...'

'En bespaart u me betuigingen van onschuld en onwetendheid. Daar heb ik geen tijd voor. We weten allebei precies waarom ik hier ben, en als u dit anders wilt aanpakken, draai ik me om en loop ik weg en dan hebt u uw kans verspeeld.'

'Mijn kans waarop?' Gwen Klein, zwijgzaam en met een wezenloos gezicht, wachtte nerveus af.

'Volgt u het nieuws?' vroeg Stevie, en dat leverde haar diezelfde doffe blik op. 'Weet u van die scheepskapitein die verdronken is? De kapitein die verantwoordelijk was voor het transport van die container met illegalen? De dood van die man was geen ongeluk, mevrouw Klein.' Ze dempte dramatisch haar stem en zei: 'U moet onder ogen zien dat hij vermoord is. Vermoord omdat iemand niet wilde dat hij door de politie werd ondervraagd, of door de immigratiedienst, of door wie dan ook. Luistert u wel?' Kleins ogen werden glazig en dromerig, alsof ze dwars door Stevie heen keek.

'Hoe lang duurt het voordat degene die u voor die rijbewijzen betaalt op het idee komt dat u ook een risicofactor bent?'

Kleins mond zakte open. Toen ze haar kin naar voren stak om te spreken, was Stevie haar voor.

'Ik wil het hele verhaal. De waarheid, van begin tot eind. Wie contact met u opnamen, wat ze u aanboden, hoe het in zijn werk ging, hoe lang het al aan de gang is. Als,' zei ze met nadruk, 'u bereid bent dat in alle openheid en eerlijkheid aan me te vertellen, ben ik bereid uw miezerige leven en uw verkeerde beslissingen te vergeten. U hebt kinderen.' De vrouw huiverde. 'Ik ben hier niet gekomen om het allemaal aan uw kinderen te vertellen, en aan uw buren, uw baas.'

'Maar hoe weet u...'

'Dat doet er nu niet toe. Het gaat om de waarheid. Dat is het enige waar het om gaat. Ik moet de waarheid weten. Als u me de waarheid vertelt, ga ik weg. Dan vergeet ik uw naam. Begrijpt u wat ik u aanbied? Ik kan een beroep op het Eerste Amendement doen om u te beschermen. Wat denkt u dat zíj u zullen aanbieden? Wat denkt u dat ze die scheepskapitein hebben aangeboden?'

Het hoofd van de vrouw kwam met een ruk omhoog. Ze keek naar links en rechts, alsof ze bang was dat de buren of anderen haar zagen. Ze keek Stevie in de ogen. Haar eigen ogen waren hard en koud. Toen zei ze: 'Niet hier. Niet nu. U móet weggaan.' Ze liep achteruit het huis weer in. Haar hand tastte blindelings naar de deur.

'Ik moet antwoorden hebben,' waarschuwde Stevie, 'anders gooi ik uw hele leven open in uw voortuin. Onderschat me niet.'

'Niet hier.'

'We zullen praten.'

De deur ging verder dicht.

Stevie ging sneller praten. 'We móeten praten. U moet partij kiezen. Voor mij of voor hen?'

De deur sloeg dicht. Een volle minuut later trok Gwen Klein een gordijn opzij en keek ze naar Stevie, die nog op de stoep stond. Klein zou Stevies aanbod met haar man willen bespreken, dacht Stevie, en dus zou ze haar deze nacht geven. Eén nacht. Intussen zou Stevie doen alsof ze wegging. Ze stapte in haar auto en reed weg. Ze reed het blok rond, deed haar lichten uit en parkeerde. Het zou een lange nacht worden.

# 21

'Ik zeg je, dat meisje, zij dom en zij bang.' De Mexicaan sprak opzettelijk met een gedempte stem, ondanks het luide gekreun van genot op het grote scherm. Hij sprak met een afgemeten latino-mix: een zwaar accent en veel grammaticafouten. Hij was al een tijdje ziek. In de pulserende flikkering van licht waren op verschillende rijen van de bioscoop zes silhouetten te zien. Ze zaten allemaal een eind van elkaar vandaan, ver van de twee mannen die in het midden van de achterste rij zaten.

Het licht dat door het scherm werd teruggekaatst viel op het profiel van de andere man, die zijn rechter schoenzool lostrok van wat het ook maar voor plakkerigs was dat daar op de vloer zat, gemorste frisdrank of iets anders. Hij wendde zijn gezicht van het felle scherm af, van de onuitsprekelijke daden die door de twee naakte vrouwen op de korrelige film werden uitgebeeld. Hij zag de noodzaak er wel van in dat ze elkaar op zulke plaatsen ontmoeten – per slot van rekening had hij zelf deze keuze gemaakt – maar dat betekende niet dat hij het leuk moest vinden. Hij bleef met een zachte, kalme stem spreken, want hij hield er altijd rekening mee dat iemand hen misschien probeerde af te luisteren. 'Ik kan die journaliste wel aan. Onze vriend zal tot rust komen.' Hij noemde nooit namen, nooit. Hij kende alle trucs die de politie gebruikte. Hij vertrouwde niemand. 'Laten we het hoofd koel houden. Ook dit waait wel over.'

'Het maakt je kapot.'

'Niets maakt iemand kapot. Een paar hobbels op de weg, dat is alles. Dat kun je met iets van deze omvang verwachten. Zulke dingen gebeuren. Er is geen enkele reden om in paniek te raken.'

'Wat je bedoelt, jij journaliste aankunnen?' vroeg de Mexicaan.

'Niet op die manier. Laten we nou gewoon het hoofd koel houden,' moedigde de andere man hem aan.

'Ik doe het meisje?'

'Beslist niet. Het komt wel goed met haar.'

'Ik zeg je, zij komt niet goed. Erg angstig. En midden in onweer ook nog. Helemaal geen hersens.' Hij wees naar het scherm. 'Dit? Dit is enige meisjes doen goed.'

Hij voelde hoe zich knopen in zijn kaakspieren vormden, als harde noten. Hij zei tegen zichzelf dat hij tot rust moest komen. 'Ik geef toe, het is geen ideale situatie. Het was een verkeerde beslissing van haar om naar jou toe te komen. Dat is jammer. Maar ze gaat gewoon door met de afleveringen. Let maar op. Als ze terugkomt, zeg je tegen haar dat wij voor de journaliste zorgen, dat alles goed komt.'

'En als ze niet komt terug? Als ze niet komt naar aflevering?'

Er heerste geen moment stilte in de bioscoop. De tieners met hun bleke huid op het scherm vulden ieder moment met opgewonden gehijg, overdreven gelik of gekir van genot. De andere man wachtte een uitzonderlijk wilde climax af en fluisterde toen tegen de Mexicaan: 'Als we problemen met haar krijgen, moeten we daar een oplossing voor vinden.'

'Dat klinkt beter. Ik zeg je... Midden in verdomde onweer!'

'Maar we overleggen eerst, jij en ik. Zij is niet de enige die verkeerde beslissingen neemt. Geen brandende vorkheftrucks meer. *Comprendo?*'

De Mexicaan drukte zijn lippen op elkaar. De man schoor zich onregelmatig, waste zich onregelmatig en had het gebit van een oud paard. 'Hobbels op de weg... voor auto? Dat soort hobbels?'

'Het is een uitdrukking. Dat is alles.'

'Nee, ik snap het. Hobbels op de weg. Ik snap het.' Trots op zichzelf, stak hij zijn vlezige hand in de koude popcorn en stopte zijn mond ermee vol. Hij hield de andere man de zak voor. Met zijn mond vol zei hij: 'Blijf je voor volgende film?'

Hij keek naar rechts. De stoel was leeg.

# DINSDAG 25 AUGUSTUS

## 8 DAGEN VERMIST

# 22

Toen Brian Coughlie, directeur Operaties van de INS, de immigratie-dienst, door de portier van haar appartementengebouw werd aange-kondigd, droeg Stevie McNeal alleen een badstoffen ochtendjas. Haar haar was net uitgekamd en nog nat. Ze had zich een uur later dan gewoonlijk uit haar bed gesleept, nadat ze het huis van de Kleins tot twee uur die nacht had geobserveerd. Ze keek op de kleine zwart-witmonitor van de beveiligingsinstallatie naar Coughlie. Hij stond met de portier te praten alsof ze oude vrienden waren. Zijn hele hou-ding zat haar dwars – veel te nonchalant, joviaal, op zijn gemak, maar dan wel met de slinksheid van een beroepspokeraar. Coughlie was voor een deel acteur. Voor een groot deel, als ze het goed zag. Ze vond het maar niets dat hij onaangekondigd naar haar toe kwam. Dat grensde aan schending van de privacy of intimidatie – de federale op-sporingsdiensten die zich met de media bemoeiden. Toen schoot haar te binnen dat als ze dit goed speelde, ze de rollen misschien kon om-keren en informatie uit hem los kon krijgen.

Om dat te bereiken zou ze zelf ook moeten acteren – ze zou moe-ten doen alsof ze niet van hem walgde. Ze zei tegen de portier dat ze zou bellen zodra ze klaar was en genoot ervan dat ze de situatie weer onder controle had.

Ze schoot een spijkerbroek aan, voegde er een topje en een wit T-shirt aan toe. Het was niet de bedoeling dat ze met zichzelf te koop liep. Ze wilde niet dat hij zich iets in zijn hoofd haalde.

Een paar minuten later stond hij midden in haar royale huiskamer van het uitzicht te genieten. Ze vroeg zich af hoe iemand met een ambtenarensalaris zich voelde als hij door zo'n rijkdom werd om-ringd, hoeveel jaloezie en woede er bij hem meespeelden, in hoever-re de oude kloof tussen pers en politie niet uit ideologie maar uit geldnijd voortkwam. Ze kon zich zijn houding wel voorstellen: de sterfgevallen in de container en Melissa's veilige terugkeer beteken-den weinig of niets – het zoveelste dossier dat kon worden gesloten.

Wat bracht iemand er eigenlijk toe om voor de INS te gaan werken? vroeg ze zich af. Wat voor iemand bood zich aan om grenswachter te worden?

'Mooi uitzicht,' zei hij, alsof van hem werd verwacht dat hij een compliment maakte.

'De aard van uw bezoek, meneer Coughlie?'

'Brian.' Hij betastte een uitgehouwen stuk zwarte steen dat een vriend van haar uit Egypte had meegebracht. Hij hield het onderste-boven en bewonderde het voetstuk. Toen hield hij haar een kleine folder voor. Ze pakte hem aan. 'U vroeg Adam Talmadge hiernaar: technieken die we bij onze ondervragingen gebruiken.'

'Ik vroeg hem naar die training om politieke gevangenen en fol-terslachtoffers eruit te pikken.'

'Ondervragingen van politieke vluchtelingen,' verbeterde hij. 'Wij zijn niet de schurken, mevrouw McNeal.'

'Jullie maken deel uit van het systeem... *Brian*. En het systeem is een deel van het probleem.'

'Weet u welk probleem ik met dat standpunt heb?' Zijn stembui-ging suggereerde dat er een vraagteken achter die woorden moest komen. 'Op iets neerkijken is niet hetzelfde als iets onder ogen zien.'

'Een lesje in perspectief?'

'Zouden u en uw camerateam er iets voor voelen om een bezoek aan Fo-No te brengen, ons detentiecomplex in Fort Nolan? Een kans om met eigen ogen te zien hoe we werken?'

'Het onder ogen zien. In het juiste perspectief?'

'Ja.'

'En wat geef ik in ruil?' vroeg ze argwanend.

'Niets.'

'En dat moet ik geloven?'

'Klinkt het alsof ik u iets wil verkopen? Bent u altijd zo sceptisch?'

'U kwam hier om een foldertje te brengen en me toegang tot uw detentiecomplex aan te bieden? Ik moet geloven dat u voor Sinter-klaas wilt spelen?'

'Moeten we ons als vijanden opstellen? Vertelt u me eens waar-om.'

'U kunt mijn medewerking niet kopen,' waarschuwde ze. 'Een fol-der en een bezoek aan Fort Nolan, en dan moet ik u iets teruggeven – een verhaal achterhouden, u vertellen wat mijn bronnen zijn – waar is uw baas op uit?'

'We zouden het over Melissa Chow kunnen hebben.'

'Daar hebben ze u over verteld?'

'Een vermist persoon die vermoedelijk met illegale buitenlanders in verband stond?' vroeg hij retorisch. 'U zult graag willen dat de po-litie ons erbij haalt, gelooft u me. En de FBI en de politie van het dis-trict King. Er is sprake van een speciale eenheid. Het is ons werk om die vrouw te vinden.'

'Uw werk? Ja, misschien wel.' Ze dacht even na.

'Laten we het over die "klokkenluider" hebben.'

'O... Goed. Ik snap het,' zei ze sarcastisch. 'Geweldig.'

'U begrijpt het echt?'

'Zij konden die naam niet uit me los krijgen, en nu mag u het proberen.'

'U wilt toch dat ze wordt gevonden?' Hij ontkende haar beschuldiging niet. 'We moeten die kerel ondervragen. Hij kan ons aan bijzonderheden helpen, aan gegevens die u ons niet kunt geven.'

'Of gaat het om de videobanden?' vroeg ze. 'Dat is het, hè? Ze hebben u gestuurd om die videobanden bij me los te praten. Nou, vergeet het maar.' Ze had er meteen spijt van dat ze die banden ter sprake had gebracht, want hij werd een beetje roder en zijn gezicht verstrakte. Blijkbaar had hij er nog niet van gehoord.

Hij herstelde zich snel. 'Die videobanden zijn erg belangrijk voor ons.'

'Dat wil ik wel geloven,' zei ze.

'Wat staat erop? Mensen? Gebouwen? De container? Het schip?'

'Leuk geprobeerd.'

'Hoeveel wilt u op het spel zetten?' onderbrak hij haar. 'Uw vriendin is verdwenen. De kapitein van het schip is vermoord. Wilt u de volgende zijn?'

'Bedreigt u me?'

'Ik probeer u alleen maar bang te maken,' zei hij. 'Hoor eens, dit is mijn beroep – onderzoek doen naar bendes van mensensmokkelaars, de Chinese maffia, de andere bendes. Misschien kunt u het zich moeilijk voorstellen, maar heel misschien heb ik daar een beetje meer ervaring mee dan u. En wat uw paranoia betreft... Ik werk niet zoals de politie werkt. Ik heb geen enkele reden om uw bronnen bekend te maken, of wat er op die videobanden staat. Ik heb een netwerk van informanten en verklikkers. Waarschijnlijk krijg ik wel negentig procent van mijn informatie van hen. Zou het in mijn belang zijn om mijn bronnen bekend te maken? Uw bronnen? Mijn mensen zouden me daarna niet meer vertrouwen. Denk daar eens aan! Hebt u enig idee wat het is waar u onderzoek naar doet? Nee, dat hebt u niet. Ze hebben uw vriendin laten verdwijnen, mevrouw McNeal. Denk daaraan! Wat kan er met u gebeuren als u gaat rondneuzen?'

'Ik zal die folder doorlezen. Bedankt voor uw komst.'

Hij liet zich niet afschrikken. Blijkbaar voelde hij zich verplicht om haar te vertellen hoe het in elkaar zat. Ze wilde hem weg hebben. 'De overgrote meerderheid van de illegalen komt over de Mexicaanse grens – en dan heb ik het ook over Aziaten en Oost-Europeanen. De meesten zijn bij aankomst minstens de helft schuldig van het bedrag dat ze moeten betalen om het land in te worden gesmokkeld – vijf- tot tienduizend dollar. De mannen worden naar werkkampen voor illegalen gebracht, de meisjes gaan naar bordelen en illegale ateliers. Ze worden in dienst gehouden tot ze het verschuldigde bedrag hebben verdiend. Dat is niet zo mooi.'

Was Melissa daar? vroeg ze zich af. In een bordeel of atelier? Ze kromp ineen. 'Probeert u me te vertellen dat iemand Melissa tot een seksslavin heeft gemaakt?'

'Die containerschepen gaan beide kanten op, mevrouw McNeal. Als u overal uw neus in steekt... Met uw uiterlijk komt u waarschijnlijk in Syrië terecht, als eigendom van een prins. Is dat haar natuurlijk? Blonde vrouwen zijn meer waard.'

'Bedreigt u me?' vroeg ze verbaasd.

'Wat hebt u toch?' vroeg hij. 'Ben ik de vijand?'

'Bent u dat?'

Aan de andere kant van de enorme ruiten daalde een straalvliegtuig in de onmetelijke hemel. Het toestel verdween achter Brian Coughlie en kwam aan zijn andere kant weer te voorschijn, als een goocheltruc.

'Als journalist vraag ik me af wat je voor iemand moet zijn om bij de INS te gaan werken.'

'O ja?' zei hij. 'Dat is grappig, want als federaal agent vraag je je af wat je voor iemand moet zijn om rechercheonderzoeken te saboteren en er leuke stukjes voor het journaal van te maken.'

'Niemand saboteert u.'

'U ging Adam Talmadge te lijf alsof hij de vijand was,' merkte hij op. 'U schijnt te vergeten dat het ons werk is om die mensen te redden.'

'Ze te redden of ze te deporteren?'

'Ik heb het systeem niet uitgevonden,' zei hij.

'U doet alleen uw werk?' vroeg ze sarcastisch.

Hij werd rood en wendde zich woedend af. Hij sprak tegen de navigatielichten van het straalvliegtuig dat naar Boeing Field afdaalde. 'Een pragmatist zou zeggen dat het mijn werk is om mensen een kans op een nieuw leven te geven; een pessimist zou zeggen dat het mijn werk is om de dromen van andere mensen te vernietigen. Ik leef daarmee. Net als u. De pers verwoest meer levens dan ik ooit zal doen.'

'En wat heeft Melissa aan dat alles?'

'Daar kan ik mee helpen.'

Ze waarschuwde hem opnieuw: 'Ik maak mijn bronnen niet bekend. En dat zou u ook niet doen – dat hebt u zelf gezegd.'

'Vertrouw me,' zei hij.

Ze knikte vaag en fluisterde: 'Daar werk ik aan.'

# 23

Lou Boldt en John LaMoia stonden bij de zwarte kuil van het graf op de begraafplaats, keken naar beneden en namen in zich op wat ze zagen. Het slachtoffer was een Aziatische vrouw – een Chinese. Ze was naakt. Haar tenen, borsten en met zand bedekte gezicht staken uit de modder en het zand die door de stortregens waren weggespoeld. Haar hoofd was kaalgeschoren. Boldt voelde de vertrouwde huivering die hij altijd voelde wanneer hij met de dood in contact kwam.

Ze was in een gat in de grond gelegd dat voor een kist was gegraven. Iemand had gehoopt dat die kist boven op deze vrouw zou komen te liggen, zodat ze voor altijd in anonimiteit begraven zou zijn.

LaMoia schreeuwde bevelen en trok daarmee de aandacht van alle aanwezige politiemensen. Boldt kon zijn blik niet van de vrouw in het graf wegnemen. 'Waar blijft de technische recherche? Vergroot het afgezette terrein. Het lint moet om de hele begraafplaats heen. Ik wil de verklaring van de grafdelver die haar heeft gevonden. Ik wil dat iemand Stevie McNeal hier heel rustig naar toe haalt. En ik wil niet dat er over de radio nog een woord over deze zaak wordt gezegd. Begrepen?' Boldt keek LaMoia aan en zei met een normale stem: 'Waarom is ze zo bleek? Vind jij dat ze er normaal uitziet?'

LaMoia riep op scherpe toon naar twee geüniformeerde agenten: 'Haal ergens een dekzeil! Laten we een gordijn ophangen waar de camera's niet langs kunnen kijken. Iedereen die geen handschoenen draagt, mag parkeerbonnen schrijven tot volgend jaar Kerstmis!' Dat kreeg ze in beweging.

Toen Doc Dixon een paar minuten later arriveerde, werd hij in de groeve geholpen. Boldt gaf hem maar enkele seconden de tijd en vroeg toen: 'Hoe lang is ze dood?'

Dixons diepe, doffe stem was niet goed te verstaan. 'Mag ik een minuut de tijd hebben?'

'Vind je dat ze er normaal uitziet?' vroeg Boldt.

Dixon droeg een windjack, een grijze flanellen broek die onder de knieën vochtig was en een paar 'lab walkers' – leren schoenen met opvallend dikke zolen. 'Ik vind dat ze er nooit normaal uitzien. Geef me een minuut de tijd,' herhaalde hij.

'Ze is te bleek,' herhaalde Boldt voor zijn collega's. 'En de borsten zijn helemaal zwart rond de tepels. Hoe komt dat?'

Dixon deed bijna nooit kortaf tegen Boldt, maar nu snauwde hij: 'Mag ik even?'

Hij liet Dixon aan het slachtoffer werken, en die riep ten slotte uit het gat: 'Voetzolen als olifantenhuid. Ik denk dat ze begin twintig is. Op de linkerenkel sporen van ligaturen.'

Daphne Matthews verscheen. Het team... dacht Boldt. Ze droeg een trenchcoat die tot haar enkels reikte en had een open paraplu bij zich. Toen ze naast Boldt kwam staan, viel het hem zoals altijd op hoe aantrekkelijk ze was.

'Daar heb je de dierentuin!' schreeuwde een agent vanuit de verte om voor de komst van de media te waarschuwen. De regen begon nog harder te vallen.

'Hou die afzetting intact!' schreeuwde LaMoia. 'Niemand komt erlangs, behalve McNeal.'

In de kuil praatte Dixon in een dicteerapparaat dat hij in zijn vlezige hand hield om het tegen de regen te beschermen.

LaMoia vroeg zachtjes aan Boldt: 'Waarom ligt ze daar begraven?'

'Om haar te verstoppen,' antwoordde Boldt. Hij keek op naar de zee van grafstenen.

Daphne ging erop in. 'Als er één ligt, kunnen er nog meer liggen.'

'Nog meer?' riep LaMoia uit.

'Bezoeker!' schreeuwde een agent, en hij wees naar een naderende paraplu.

'McNeal,' zei LaMoia.

'Sinds wanneer is identificatie op de vindplaats de procedure?' klaagde Daphne. 'Dit is niet eerlijk tegenover haar. Heeft iemand aan háár gedacht?'

'Ik heb dit geregeld,' zei Boldt.

Ze keek hem aan. 'Het lijk moet worden schoongemaakt en in het lijkenhuis aan de andere kant van een ruit worden gepresenteerd. Dát is de procedure. Een lijk dat in een modderige kuil wordt gevonden?'

'Ze is journaliste,' zei LaMoia. 'Ze kan het wel aan.'

'De pers straffen? Zit dat erachter?'

'Wat erachter zat,' zei Boldt, 'is dat we zo gauw mogelijk willen weten met wat en wie we te maken hebben.'

Daphne liep de naderende vrouw vlug tegemoet. 'Hoor eens,' zei ze, al kon ze McNeal niet vertragen. 'We kunnen dit over een paar uur in de binnenstad doen. Het hoeft niet nu... niet zo. Er is veel modder. Het gezicht... Het is niet zo goed zichtbaar.'

McNeal knikte, maar bleef in de richting van het graf lopen.

'U beschermt me?' vroeg Stevie. 'Waartegen?'

'Het is een afschuwelijk gezicht. Als het uw vriendin is... die journaliste...'

'Dan moet ik het weten,' zei Stevie. Ze bleef bij de anderen staan en sloeg haar armen over elkaar. 'Dank u,' fluisterde Stevie tegen Daphne. Ze keken elkaar aan en Daphne begreep dat ze ermee zou doorgaan.

Stevie liep naar het graf toe. LaMoia stelde haar aan Boldt voor, en die zei: 'Het spijt me dat de locatie niet zo gunstig is.'

Stevie keek hem aan. Ze was nog niet in staat om naar het lichaam in dat graf te kijken.

'Ik hoor al jaren over u,' zei ze onder de paraplu.

'Niet allemaal slechte dingen, hoop ik,' antwoordde Boldt.

Ze aarzelde en zei: 'Nee, helemaal niet.' Toen schuifelde ze naar de rand van het graf. Haar schoenen zakten in modder, zand en grind. Ze keek een ogenblik recht voor zich uit, haar ogen nat van tranen. Toen kneep ze haar ogen dicht, boog haar hoofd en deed langzaam haar ogen open. Haar gezicht was beheerst en onbewogen.

'Het is haar niet,' zei ze met een diepe zucht. Ze draaide zich om en liep weg. 'Het is haar niet,' herhaalde ze voor iedereen die het kon horen.

# 24

Brian Coughlie nam de telefoon in zijn kantoor op. Hij ergerde zich aan de onderbreking, totdat hij de stem herkende.

'Ik ben het,' zei Stevie McNeal in de hoorn.

Coughlie voelde een jongensachtig gefladder in het midden van zijn borst. 'Hallo,' zei hij.

'Stoor ik?'

'Nee, nee,' loog hij. Liegen was dagelijks werk voor hem.

'De politie heeft een onbekende dode vrouw op Hilltop gevonden. Hoofdhaar en wenkbrauwen afgeschoren. Ik dacht dat je het misschien wilde weten.'

Hij was geschokt door haar telefoontje. Hij wist niet wat hij moest zeggen.

Stevie ging verder: 'Het was de bedoeling dat ze onder de kist zou worden begraven. Misschien had Melissa die manier van begraven ontdekt.'

Coughlie herinnerde zich Rodriguez' waarschuwing dat Stevie een bedreiging voor hen vormde. Zo wilde hij niet over haar denken. Hij zag haar meer als iemand die hij voor hun doeleinden kon gebruiken. Daarin werd hij nu door dit telefoontje gesterkt.

'We zouden informatie uitwisselen,' zei ze. 'De politie wil ons niets vertellen. Alle bijzonderheden die je kunt ontdekken... Ik zou het op prijs stellen.'

'Nou en of.' Hij was niet van plan haar ook maar enige informatie te geven. 'Je zou erover denken om die video's met me te delen.' Als ze dat niet gauw deed, zou Rodriguez bij haar moeten inbreken.

'Misschien kunnen we iets regelen,' zei ze.

'Ik bel je nog,' zei hij.

'Ik wacht erop.'

# 25

Hoewel de procedure vereiste dat een rechercheur bij de sectie van een moordslachtoffer aanwezig was, was dat voor de rechercheur in kwestie vaak een wrede, ongewone straf. Boldt zag het nut van strenge procedures inzake bewijsmateriaal heel goed in, maar vond het evengoed tijdverspilling voor zijn mensen, want zo'n sectie kon uren duren. Hij en zijn afdeling hadden, net als alle andere moordzaken-afdelingen in het land, manieren gevonden om onder het vereiste uit te komen – ze gingen naar de sectie, maar waren er niet van begin tot eind bij en lieten het meeste hak- en snijwerk aan de mensen in witte jassen over. Maar hoe weinig tijd je ook bij de patholoog-anatoom of een van zijn assistenten in de betegelde kamer doorbracht, je had er een sterke maag voor nodig – er viel niet te ontkomen aan op zijn minst een korte confrontatie met het bleke en naakte lichaam van het opgezwollen slachtoffer, of het nu doodgeslagen, met kogels doorzeefd of verbrand was. Officieel was het LaMoia's onderzoek en dus ook zijn sectie – maar Boldt viel voor hem in, niet alleen om zijn adjunct-inspecteur de tijd te geven om aan zijn ongewone onderzoek te werken maar ook om uit de eerste hand kennis voor zichzelf te verwerven.

Het lijk lag op de roestvrijstalen tafel, met afvoerputjes onder haar hoofd en voeten en een ziekenhuisbandje om haar enkel. De krijt-witte verbleking van haar bloedeloze huid was gruwelijk om te zien. Haar kale hoofd en geschoren schaamdelen bevatten een vaag waas van haar en deden Boldt aan zijn vrouw in de tijd van de chemotherapie denken. De twee mannen in laboratoriumjassen maakten de ligatuursporen schoon, verwijderden het meeste van de modder, het zand en het gras, de insekten, de wormen en het onkruid. Ze deden dingen in zakjes, plakten daar etiketten op, indexeerden alles. Al het fysieke sporenmateriaal zou naar het forensisch lab van Bernie Lofgrins technische recherche op het hoofdbureau gaan.

Het eerste uitwendig onderzoek van het lijk nam dertig minuten in beslag. Terwijl Boldt een wandtelefoon gebruikte om gesprekken te voeren, gebruikte Dixon telkens evenveel tijd om het hoofd, de geslachtsdelen, de handen en de voeten van het lichaam te onderzoeken. Hij stelde vast dat ze een ontstoken huiduitslag op haar borst had, dat haar extremiteiten tekenen van bevriezing na de dood vertoonden – dat verklaarde de donkerder huid op haar borsten en tenen. Haar handen en vingers vertoonden rijtwonden en puncties.

Enkele minuten later leek ze op iets uit een studieboek over anatomie. Dixon had een scalpel gebruikt om haar met een kalme, trefzekere beweging van sleutelbeen tot kruis open te snijden. In politiekringen gingen verhalen over secties waarbij de patholoog-anatoom een poeliersschaar, een kettingzaag, een decoupeerzaag of een boormachine had gebruikt, en dat waren niet allemaal overdrijvingen. De procedure kon drie kwartier duren, maar ook enkele uren. Torenspringers, verdronkenen en lijken met brandwonden vormden de Lijst Van Ergste Gevallen Aller Tijden. Ondanks haar tragische jonge dood was deze vrouw niet een van de ergste gevallen.

Dixon sneed haar open als een kikker in de biologieles. Hij stak haar ene borst onder haar linkeroksel, en de andere onder de rechteroksel, en sprak zijn waarnemingen hardop uit. Alles wat hij deed en zei, werd geregistreerd door een videocamera om eventueel tijdens de rechtszitting te worden gebruikt. Hij oefende gewoon zijn vak uit. Hij nam een levermonster, inspecteerde haar hart, maakte haar maag leeg, bekeek haar nieren en sneed ten slotte een long open. Hij noemde het 'onder de motorkap kijken' en verviel soms in nog meer vergelijkingen met auto's.

De tijd kroop voorbij. Dixon had het over bronchiale occlusie, oedeem en nierdeficiëntie.

Een uur en tien minuten later werd de videorecorder uitgezet en gingen de twee mannen naar Dixons kantoor voor de 'nabespreking'. Een assistent kreeg opdracht haar dicht te naaien en 'weer in de vriezer te leggen'.

Hoewel Dixon chirurgische handschoenen had gebruikt, nam hij nu toch een juweliersschroevendraaiertje om zijn nagels schoon te maken. Sommige dingen veranderden nooit. Op zijn bureau lag een aantal afgesloten plastic zakjes van de sectie.

'Jij bent obsessief en compulsief,' zei Boldt.

'O ja? Nou, vangen.' Dixon wierp een verkleurd stukje weefsel naar Boldt, maar gooide mis. 'Die handschoenen scheuren zo vaak.'

'Een mooie gedachte. Ik hoop dat je je vloeren desinfecteert.'

'Alleen wanneer het begint te stinken.'

'Ik ga hier nooit meer met de kinderen naar toe.'

'Het sectiedagverblijf,' zei Dixon glimlachend. 'Weer een Boldt-idee dat nooit is aangeslagen.'

'Nog iets bijzonders ontdekt?' vroeg Boldt.

Dixon keek in de aantekeningen die zijn assistent tijdens de sectie had bijgehouden en legde de papieren toen op zijn bureau terug. Hij begon de monsters die hij voor zich had liggen te catalogiseren. 'Technisch gezien stierf ze aan pneumonie ten gevolge van een pulmonaire infectie. Om het in jouw termen te zeggen: ze verdronk in haar eigen slijm – ongeveer zoals we ook bij de drie slachtoffers uit die container hebben gezien.'

'Goed. Je hebt mijn aandacht.'

'Er waren een paar verschillen. Ten eerste is ze met veel geweld verkracht. We hebben sperma gevonden, vaginaal en in de slokdarm. We zullen DNA-onderzoek doen. Verder is er huiduitslag. Daar kom ik zo op terug. Voor jou van belang zijn de ongewone bloedingen in de darmen en longen. Dat is jouw verband tussen de containerslachtoffers en deze vrouw. Onder de microscoop vertonen de nieren infectieuze veranderingen, maar ik kom steeds op de darmen terug, want dat onderscheidt deze vrouwen van andere griepslachtoffers. Het is dezelfde etiologie als bij je containerslachtoffers, Lou. Om het in mijn termen te zeggen: deze doodsoorzaak is niet afwijkend van de eerdere gevallen die we hebben gezien. Als je op zoek bent naar een misdrijf, kun je het voorlopig op misdadige onverschilligheid houden.'

'We kunnen haar met de containerslachtoffers in verband brengen,' constateerde Boldt hoopvol.

'Indirect. Onze monsters gaan naar de CDC in Atlanta. Daar hebben ze al soortgelijke monsters van de containerslachtoffers. Het duurt op zijn minst twee tot drie weken.'

'Dat is te lang,' klaagde Boldt. 'Ik zit met die drie doden in de container, twee mogelijke verdachten die zijn vermoord, en een journaliste die al meer dan een week wordt vermist.'

'Jij of LaMoia?'

'Ik ben zijn loopjongen.'

'Kom nou.'

'Het is zijn zaak,' zei Boldt tegen dovemansoren. Toen vroeg hij: 'Zat ze in dezelfde container?'

'Het is dezelfde etiologie,' herhaalde Dixon, 'maar waarschijnlijk niet dezelfde container. Deze was bevroren.'

'Wat?'

'We maken dat vaak genoeg met cruiseschepen mee. Iemand over-lijdt op zee. De kapitein geeft opdracht het lijk in de diepvries te leg-gen. Wat hij niet weet, is dat wij veel liever met een lijk uit een koelkast te maken hebben. Als je bevroren weefsel ontdooit, desintegreert het snel. De cellen vallen bij het ontdooien uit elkaar. Het ziet er anders uit. Het gedraagt zich anders.'

'Bevroren?'

'Dat zeg ik.'

'Hoe lang?'

'Dat is niet na te gaan.'

'Raad eens.'

'Een paar weken tot een maand of langer. Als het langer dan zes weken was geweest, zouden we waarschijnlijk meer vriesbrand zien dan dit.' Hij voegde eraan toe: 'Dat is alleen maar een opinie, Lou.'

'Die uitslag?' vroeg Boldt.

'Nee, dat is geen vriesbrand. Het is chemisch of een allergie. Dat horen we nog.'

'Dus ze was hier veel eerder dan de container,' zei Boldt.

'Ik denk van wel.'

'Maar ze is aan een soortgelijke ziekte gestorven.'

'Ik denk van wel, ja,' zei Dixon. 'Misschien komen ze allemaal uit hetzelfde dorp, of zoiets.'

'Ik moet die vrieskast hebben. Ik moet weten waar die container heen ging. We denken aan een illegaal atelier. Die balen stof in die container...'

'Dat is consistent met twee naaldprikjes in de vingers van dit slachtoffer.'

'Géén cruiseschip.'

'Als het een illegaal atelier is, Lou, dan is het dicht bij een kade, de vishaven of zoiets.'

'Waarom zeg je dat?' vroeg Boldt.

'Of in een oude visconservenfabriek,' ging Dixon verder. 'Die vis-conservenfabrieken hadden allemaal vrieskasten.'

'Je hebt iets op haar gevonden, hè?' zei Boldt vol spanning. Hij kende de man goed. Net als Bernie Lofgrin van het lab bewaarde Dixon het beste voor het laatst. 'Wat komt er nog aan, Dixon?'

'Het komt er niet aan,' verbeterde Dixon, 'het komt er af. Haar voeten waren ermee bedekt. Het moet een visconservenfabriek of een vissersschip zijn.'

'Haar... voeten... waren... waarmee... bedekt?' vroeg Boldt.

Dixon zocht tussen de zes plastic zakjes en hield er een voor Boldt omhoog. 'Vissenschubben,' zei hij. 'Haar voeten waren bedekt met vissenschubben.'

## 26

Stevie en het mobiele nieuwsteam gingen door de voordeur van de Dienst Motorvoertuigen in Wallingford naar binnen. De camera's draaiden, de lichten schenen fel. De zee van mensen die in rijen stonden te wachten week voor hen uiteen.

Stevie was nog maar enkele uren eerder van de begraafplaats vertrokken, opgelucht omdat het lichaam niet Melissa was maar ook diep geschokt door de aanblik van dat arme meisje dat daar levenloos in de modder lag. Die aanblik had haar tot onmiddellijke actie aangezet. Haar verdriet en woede beheersten haar helemaal. Er kon Melissa van alles zijn overkomen – dood, gevangenschap, slavernij. Ze was nu meer dan een week verdwenen. Een mensenleven? Nu ze naar Melissa's spaarzame maar indringende verhaal bij de video-opnamen had geluisterd en dat dode lichaam in dat graf had gezien, kende haar inzet geen grenzen meer. Gekweld door haar schuldgevoelens en geobsedeerd door haar verlangen om Melissa te vinden, liet ze zich helemaal door haar overspannen emoties leiden. Het begon geleidelijk, maar zo langzamerhand overschreed ze een drempel in zichzelf en raakte ze in een constante staat van paniek.

Onder normale omstandigheden zouden mensen niet tolereren dat iemand dwars door hun wachtrijen heen liep en zouden ze zelfs heftig regeren, maar nu bestond de mogelijkheid dat ze op de televisie kwamen. Op al die norse gezichten verscheen een brede glimlach.

'Mevrouw Gwen Klein!' schreeuwde Stevie met zoveel gezag dat haar doelwit meteen achter haar loket verstijfde. Een seconde later rende Klein naar de deur met ALLEEN VOOR PERSONEEL achter het loket.

'Mevrouw Klein! U bent Ambtenaar van de Week van KSTV!' Stevie keek naar links, naar het kantoor van de chef, waar een man met een button-down-overhemd en stropdas in de deuropening stond.

'Gwen!' riep de chef. Hij knikte naar haar loket om te kennen te geven dat ze terug moest gaan.

Klein bleef staan. Ze keek eerst naar de chef en toen naar de wachtkamer met zeventig staatsburgers en McNeals camerateam. Ze stond voor een erg moeilijke beslissing.

Als de vrouw op de vlucht sloeg, zou Stevie er een vijandig interview van maken. Ook zij hield haar adem in. 'Een applausje voor mevrouw Klein,' drong Stevie aan.

Er barstte een applaus los.

De chef knikte weer in de richting van het loket.

Klein, hevig geschrokken, keek Stevie gemeen aan en keerde toen naar haar loket terug, waar Stevie en haar team stonden te wachten. De chef likte over zijn vingers en kamde met zijn spuug een paar haarlokken van zijn glimmende voorhoofd weg. Klein en Stevie stonden nu tegenover elkaar.

'Mevrouw Klein,' begon Stevie met een vleiende stem. 'Gwen! Het is onder de aandacht van deze verslaggevers en de kijkers en personeelsleden van ons televisiestation KSTV gekomen dat jij je werk niet alleen met veel ijver maar ook met enthousiasme, blijdschap en efficiency doet.' Ze zweeg net lang genoeg om haar publiek de gelegenheid te geven zuinig te applaudisseren. 'In een wereld die voor de meesten van ons veel te snel gaat, en in een baan waar de rijen te langzaam gaan...' Weer een stilte voor obligate hilariteit. '... Ben jij een inspiratie voor ons allen. Daarom geeft KSTV je een...' Ze zocht naar een geloofwaardig geschenk, want er was niets geregeld. 'Een etentje voor twee personen in het restaurant Palomino in City Centre, en twee kaartjes voor de musical *Rent*, die momenteel in het Fifth Avenue Theater speelt.' De menigte applaudisseerde weer. 'Dit is onze tegoedbon, die je – later – bij de KSTV-studio kunt inwisselen.' Ze zei dat 'later' met veel nadruk. Tegelijk daarmee schoof ze een gevouwen kaart van tien bij vijftien centimeter over het stenen werkblad van het loket. Klein beging de fout de kaart open te vouwen.

Er stond op geschreven: *Ik weet van de autowasserij.*

Klein verbleekte.

'Wilt u onze kijkers uw geheim vertellen? Hoe slaagt u erin uw klanten zo tevreden te stellen? Hoe komt het dat ze zo onder de indruk zijn van u als mens?'

'Ik eh... Nee... Nee...'

'Nou... Dank je, Gwen Klein, voor het geweldige voorbeeld dat je geeft. Wij van KSTV hopen dat je van het geschenk zult genieten.' Ze gaf de cameraman een teken en de lichten gingen uit en de camera ging van zijn schouder. De kleine menigte week uiteen en de mensen namen hun plaats in de rij weer in.

Stevie boog zich naar het loket en fluisterde met een gemaakte glimlach: 'Ik zend deze beelden uit, tenzij je me ontmoet.'

'Ik kan niet.'

'Ik verwacht een telefoontje.' Stevie ging van het loket vandaan.

Klein keek nog eens naar de kaart. Alle bloed was uit haar gezicht weggetrokken.

De cameraman pakte zijn spullen bij elkaar en vroeg sceptisch: 'Sinds wanneer hebben wij een Ambtenaar van de Week?'

'Sinds nu.' Stevie liep vlug naar de deur. Haar publiek keek haar met open mond na.

# 27

Boldt en LaMoia liepen een paar blokken naar de Openbare Bibliotheek en gingen op een nieuwe bank voor het gebouw zitten. Ze namen even de tijd om hun omgeving in zich op te nemen en te kijken of ze werden afgeluisterd. Boldt knikte. Hij vond het niet prettig dat ze zo geheimzinnig moesten doen, dat ze een spel binnen een spel moesten spelen – maar LaMoia was ermee begonnen en voorlopig zag Boldt geen andere mogelijkheid.

LaMoia sprak zacht en keek recht voor zich uit. 'Ik kwam in de verleiding om Gaynes op haar te zetten om vooral niets te missen.'

'Vergeet het maar! Als iemand erachter komt, zijn we verloren,' zei Boldt. 'Dan maken ze verkeersagenten van ons. Dat ik je help, is nog tot daaraan toe, maar niemand mag ooit weten wat je in je schild voert.'

'Gisteravond heeft ze tot twee uur 's nachts een huis aan 185th North geobserveerd. Tegen het eind van vanmorgen volgde ik haar van de begraafplaats naar het televisiestation terug. En half uur later gingen zij en een cameraploeg naar een kantoor van de DMV in Wallingford. Interesseert dit je al?'

'Het zit me niet lekker.'

'Het was niet jouw idee!' zei LaMoia.

'Misschien zit het me daarom niet lekker.'

'Ik keek of een naam van een bewoner van dat huis op de personeelslijst van DMV voorkomt. Wat zou anders het verband tussen die twee kunnen zijn, hè?' zei hij sarcastisch. 'Ze neemt toch geen cameraploeg mee als ze haar rijbewijs gaat verlengen?' Hij werd weer serieus en zei: 'Er is een DMV-ambtenares die Gwendolyn Klein heet. Het zit er dik in dat rijbewijzen de connectie zijn. Illegalen hebben papieren nodig,' merkte hij op.

'Als het iets blijkt te zijn, moeten we een andere manier vinden om het verband te leggen,' zei Boldt. 'Als McNeal er ooit achter kwam dat we haar hebben gevolgd en dat we haar bronnen hebben gestolen... Niet alleen zou ze ons voor de rechter slepen, maar we zouden ook onze verdachte kwijt zijn.'

'Jij piekert te veel,' zei LaMoia. 'We kunnen een steekproefonderzoek onder een handvol DMV-medewerkers doen, en toevallig zit Klein daar dan ook bij. Als ze foute dingen doet, heeft ze vast wel wat geld waar ze geen verklaring voor kan geven.'

'Maar wat was dan de aanleiding om dat steekproefonderzoek te doen?' vroeg Boldt.

'Ik begrijp wat je bedoelt.'

'Het moet een geloofwaardig spoor zijn. En we zouden McNeal nooit mogen noemen. Wat dacht je van Coughlie?' vroeg Boldt toen. 'Misschien hebben zijn mensen al het vermoeden dat er papieren uit de DMV-kantoren komen. Zoiets zouden we kunnen gebruiken om het verband te leggen.'

'Geen goed idee. Ik zou daar niet heen gaan. Hij is vanmorgen in alle vroegte bij McNeal op bezoek geweest.'

'Vóórdat we het lijk op de begraafplaats vonden?'

'Ja. Hij was meer dan een halfuur bij McNeal.'

'Ze is erg druk bezig geweest.'

'We moeten ervan uitgaan dat ze op de een of andere manier samenwerken.'

'Ze wisselen informatie uit,' veronderstelde Boldt. 'Hij belooft haar een exclusief verhaal, zolang zij hem van haar kant ook informatie toespeelt.'

'En dat doen ze buiten ons om?' riep LaMoia verontwaardigd uit. 'Daar heb ik de pest aan!'

'Alleen omdat hij als eerste tot haar doorgedrongen is?' plaagde Boldt.

'Precies!' zei LaMoia. 'Maar híj heeft er niet aan gedacht haar te laten volgen.'

'Laten we hopen van niet.'

LaMoia trok een grimas.

'En als we Daphne nu eens vroegen haar te benaderen?' stelde Boldt voor. 'Ze laat haar aan Coughlies integriteit twijfelen, biedt haar van onze kant een exclusief verhaal aan?'

'De federale agenten te snel af zijn? Dat zou niet gek zijn! Wil je dat ik stop met observeren? Hoor ik dat goed?'

'Wat je hoort, is dat ik bang ben dat de politie op het volgen van de pers wordt betrapt. Dat is gevaarlijk voor alle betrokkenen, John. We hebben dit al besproken.'

'McNeal houdt essentiële informatie achter. Dat heeft ze me zelf toegegeven. Als ze niet van de pers was...'

'Ze ís van de pers. Als we willen weten wat haar bronnen zijn, moeten we naar de rechtbank gaan, niet haar volgen.'

'Beginnen we weer?' klaagde LaMoia. 'Als we naar de rechtbank gaan, is het maar zo Kerstmis. Dan is die verdwenen vrouw allang verleden tijd. We beschérmen McNeal,' merkte hij op. 'Haar collega beschikte over dezelfde informatie en is verdwenen. We geloven dat die videobanden – en vergeet niet, ik zag haar met die banden uit de flat komen – iets met de zaak te maken hebben. Wat dat betreft, zijn we gedekt, Lou.'

'We hebben Klein. Misschien moeten we stoppen zolang we nog voor liggen.'

'Maar we liggen niet voor,' zei LaMoia.'We zijn nog aan het inhalen.'

'Nou, laten we dat dan op een afstand doen. En laten we de achterstand zo snel mogelijk inlopen. Dit zit me niet lekker.'

'Jij maakt je altijd zorgen. Als jij je geen zorgen maakte, zou ík me zorgen maken.'

'Dat zou dan voor het eerst zijn,' zei Boldt.

Ze namen de omgeving nog eens in zich op en liepen toen van de bank vandaan. Ze liepen in tegenovergestelde richtingen van elkaar vandaan zonder dat ze over een plan hadden gesproken. Dat leek Boldt symbolisch – LaMoia was nu twee jaar adjunct en hij was steeds moeilijker in de hand te houden.

## 28

Stevie bracht het laatste beetje rouge aan toen haar naam over de intercom van KSTV werd omgeroepen. Ze belde naar de receptie en keek daarbij in de grote spiegel die door felle lampjes was omringd, lampjes die het felle licht van de set imiteerden. Haar gast bleek Daphne Matthews van de politie van Seattle te zijn. De vrouw die op de begraafplaats had geprobeerd haar in bescherming te nemen.

Een stagiaire bracht de vrouw naar de make-up-afdeling. Zonder regenjas en capuchon zag Matthews er wel aantrekkelijk uit. Een olijfbruine huid en donkere trekken.

Daphne had werk te doen. Net als Boldt leefde ze voor het veldwerk, en het feit dat hij het was die haar had gevraagd dit te doen maakte het des te belangrijker voor haar dat ze er een succes van maakte. Dat effect had hij nog op haar, die onopzettelijke en toch altijd aanwezige macht waartegen ze zich al jaren verzette – waartegen ze had gevochten, zou je beter kunnen zeggen. Ze kon haar leven in elke gewenste richting sturen, zo ver mogelijk van hem vandaan – haar onregelmatige relatie met Owen Adler was daar het openlijkste voorbeeld van – maar haar emoties keerden altijd naar hem terug. Naar de geborgenheid. Naar huis.

Ze zag in zijn ogen dat die gevoelens wederzijds waren, al spraken ze er nooit over. Geen vurige blikken. Geen geflirt. Die tijd hadden ze achter zich liggen. Hij had zijn vrouw en kinderen en was zo'n goede vader en echtgenoot als iemand zich maar kon wensen. Zij was net een zeilboot zonder kiel. Ze ging tegen de wind in maar gleed steeds opzij en raakte dan uit haar koers.

Eigenlijk was het een gruwelijke grap, zoals ze probeerde het weg te gooien en het steeds weer als een boemerang naar haar terugkwam. Die emoties voor hem. Dat verlangen dat als een infectie diep in haar brandde. Als ze zijn stem hoorde, draaide ze zich naar hem om. Als zijn naam werd genoemd, luisterde ze mee – al die tijd met een onverschillig gezicht. Ze begreep dat ze verder moest gaan met haar leven. Ze geloofde daarin. Maar in de praktijk was het moeilijk. Alle wetenschap van de wereld zou het haar niet kunnen verklaren. Niets scheen te helpen.

En toen hij haar vroeg dit voor hem te doen, reageerde ze meteen als een kind dat de leraar graag een plezier wil doen – en ze nam zichzelf dat erg kwalijk.

'Ik moet over een minuut op de set zijn,' zei Stevie om alvast een uitweg te hebben.

'Dit duurt niet lang.'

'We hebben elkaar op de begraafplaats ontmoet, nietwaar?'

'Ja.' Daphne ging op een van de gecapitonneerde draaistoelen tegenover de felverlichte spiegel zitten, maar ze draaide zich meteen naar Stevie om, die verder ging met haar rouge. 'Ik wilde over Melissa praten. Alles wat u voor ons hebt… Het zou ons helpen bij het onderzoek.'

'Zoals de videobanden?'

'Het bewijsmateriaal is LaMoia's afdeling. Ik ben meer geïnteresseerd in gewoonten, manier van leven, vrienden, relaties – dat soort dingen.'

'U bent psychiater?'

'Psycholoog.'

Stevie knikte en feliciteerde zichzelf. 'Ik dacht al dat u geen rechercheur was. Nu begrijp ik het beter.'

'Weet u wat het met vermiste personen is, mevrouw McNeal? Er zijn vaak sporen die om de een of andere reden niet worden gevolgd. Dat weten we uit ervaring. Op grond van de…'

'…de gevallen waarin ze niet terugkomen… nooit worden gevonden,' vulde Stevie aan.

'We geloven dat Melissa nog in leven is. Dat ze zich ergens schuilhoudt, of ontvoerd is, maar dat ze in leven is.'

'En waarop baseert u dat?'

'Op het feit dat we haar lichaam niet hebben gevonden,' zei Daphne zonder omhaal. De andere vrouw schrok van haar woorden. Daphne ging verder: 'Ze gebruiken geweld om iets duidelijk te maken. Waarom zouden ze Melissa anders behandelen?'

'Omdat ze journaliste is.'

'Denkt u dat?' vroeg Daphne. 'Denkt u dat het een soort paspoort is? Gelooft u dat maar niet, mevrouw McNeal. Zo'n onderscheid maken ze niet. Ze zenden signalen uit. Als ze ú een signaal willen zenden, kunnen ze dat niet gemakkelijker doen dan door Melissa's lichaam af te leveren.'

'Misschien kennen ze me daar te goed voor,' zei Stevie. Ze leunde achterover en keek in de spiegel. 'Het zou me alleen maar woedend maken.'

'Dat bent u nog niet?' zei Daphne argwanend. 'Dat geloof ik niet. Weet u wat ik denk? Ik denk dat u weinig slaap krijgt en niet goed eet. Ik denk dat u waarschijnlijk lang naar een fles wijn hebt zitten kijken en misschien een beetje meer drinkt dan gewoonlijk. U ligt wakker en piekert over alles wat er kan zijn gebeurd. U maakt uzelf verwijten. U maakt haar verwijten. U maakt ons verwijten. En dat alles wil niet weggaan.'

Stevie knipperde verwoed met haar ogen om de tranen tegen te houden. Ze haalde diep adem en probeerde zich in te houden. 'U wilt me wel excuseren,' zei ze. 'Ik moet op de set zijn.' Ze wendde haar gezicht af en legde het rougekwastje op het formica werkblad.

'Zegt u tegen me dat ik me vergis.'

'Wat wilt u nu precies?' zei Stevie. Ze bleef bij de deur staan, haar rug naar Daphne toe.

'U zult uzelf nog meer verwijten maken als u informatie voor ons achterhoudt. Ik kan u helpen het verdriet te verwerken, mevrouw McNeal. Dat is mijn werk. Misschien kunt u uzelf nu nog overtuigen – de politie is onbekwaam, de politie speelt het niet eerlijk, en meer van dat soort argumenten. Beroepsethiek. Of misschien denkt u dat het niet onze zaak is, dat het de INS en alleen de INS is die u kan helpen. En dus gaat u met hen in zee.' Ze zweeg even. 'Zit ik er ver naast?'

'U denkt te veel.'

'Dat is een beroepskwaal. Wat hebt u gisteravond gegeten? En het ontbijt van vanmorgen? Wanneer hebt u uw laatste glas wijn gedronken? Het is rode wijn, nietwaar? Dure, wed ik. Maar u drinkt alleen. En hoe voelt dat? Niet erg goed, denk ik.'

'We zijn hier klaar.' Ze kon haar arm niet zover krijgen dat hij de deur openmaakte. Ze stond daar maar, met haar rug naar de vrouw toe. Verstijfd.

'U merkt dat u mensen mist – niet alleen Melissa, maar ook uw familie, uw laatste relatie, iedereen die dicht bij u stond... dicht bij u stáát.'

Stevie schudde heftig met haar hoofd.

Daphne ging onverbiddelijk verder: 'De INS gaat over illegale immigranten – dat is een feit. Maar een onderzoek naar een vermiste? Dat is ons werk. Zou ik u een verhaal over sport laten schrijven? En hoe zit het met de INS? Als je illegale buitenlanders het land in smokkelt, deze haven in, wie is dan de eerste die je moet omkopen, de eerste die je moet compromitteren? Dacht u dat we dat over het hoofd zagen? Dacht u dat we alle informatie met Coughlie en Talmadge delen? Waarom zouden we dat doen zolang we niet meer van hen weten? En gelooft u me, daar gaat wat tijd overheen.'

'Territoriumoorlogen? Dacht u dat zoiets nieuws voor me was? Overheidsdiensten die kinderachtige spelletjes met elkaar spelen terwijl het onderzoek stagneert. Ik heb dat al honderd keer vanaf de andere kant van die presentatiedesk gezien. Die adoptiebende van vorig jaar – daar is toen hetzelfde gebeurd, nietwaar? De ene hand die de andere niet wast. Discussie gesloten.'

'We volgen een goed spoor,' zei Daphne. 'Die vrouw in dat graf. In de dood heeft ze ons iets verteld.'

Hoe ellendig Stevie zich ook voelde, ze bleef alert en luisterde aandachtig naar ieder woord dat Daphne zei. Dat ze niet kon slapen... Dat ze geen eetlust had... Deze vrouw wist te veel. Dat kwam bedreigend over. En toch had ze ook het gevoel dat iemand anders echt begreep wat ze doormaakte. Eindelijk iemand die het begreep. Trucs? Het moest een truc zijn. De politie zat vol trucs.

'Ons eerste harde bewijs,' zei Daphne. 'We denken dat we een tijdlijn kunnen maken. Deze vrouw is een eerder slachtoffer – een eerste slachtoffer. Weet u welke betekenis een eerste slachtoffer in een misdaadzaak heeft, mevrouw McNeal? Het eerste slachtoffer is meestal het slordigst behandeld. Pas daarna begint de criminele geest betere voorbereidingen te treffen, begint hij zorgvuldiger zijn plannen te maken. Dit was klungelig. Haastwerk. Dit misdrijf is rommelig uitgevoerd. Dat werkt in ons voordeel.'

'Welk bewijs?'

'Weet u, we kunnen met u samenwerken. We zouden erg graag met u samenwerken. Maar dat moet dan wel een exclusieve samenwerking zijn. We zouden elkaar moeten vertrouwen. U zou bepaalde informatie niet in de openbaarheid mogen brengen en wij zouden niet met andere journalisten mogen samenwerken. U zou alles steeds als eerste te horen krijgen.'

'En als we dit uitwerken?' vroeg Stevie.

'We zouden de videobanden willen zien – ja, natuurlijk. We zouden willen dat u uw bronnen noemt. We zouden van onze kant het sectierapport over de onbekende vrouw aan u laten zien. We zouden u informatie verstrekken, mevrouw McNeal. We zouden Melissa de beste kans geven om thuis te komen. Zoals we nu werken – nou, dat is eigenlijk geen werken... Dat bedoel ik nou juist.'

Er werd op de deur geklopt. Stevie schrok. 'Mevrouw McNeal?' zei een stem aan de andere kant. 'Wilt u naar de set komen?'

'Ik kan u helpen in slaap te komen,' bood Daphne aan. 'Ik kan met u aan uw gebrek aan eetlust werken. Aan dit aanbod verbind ik geen enkele conditie.'

'Wie zegt dat ik niet kan slapen?' blafte Stevie, in het defensief gedrongen.

'Zonder enige conditie.'

'Ik moet naar de set.'

'U kunt dit niet alleen,' zei Daphne. 'En de INS kan geen vermiste vinden. Als ze hebben gezegd dat ze dat wel kunnen, hebben ze u misleid.'

Stevie voelde zich verlamd.

'Ik heet Matthews,' zei Daphne. 'De centrale zal u doorverbinden. Op mijn voice-mail is mijn semafoonnummer te horen. Ik ben vierentwintig uur per dag oproepbaar.' Daphne legde een van haar kaartjes naast de cosmetica. 'Ik hoop dat u belt.'

'Ik moet naar de set,' herhaalde Stevie. Ze trok de deur open en ging weg.

Maar toen Daphne omlaagkeek, zag ze dat haar kaartje weg was.

# WOENSDAG 26 AUGUSTUS

## 9 DAGEN VERMIST

# 29

Het aquarium van Seattle bevond zich op een pier in het hart van het door veel toeristen bezochte havengebied. Er waren daar kreeft- en mosselrestaurants en veerboten naar de eilanden. Meeuwen stortten zich op gevallen kruimels en pikten het brede trottoir schoon. De vertrouwde geur van zonnebrandolie hing in de lucht, samen met benauwende dieseldampen, een zweem van zilt zeewater en altijd de muffe geur van rottend hout, onuitwisbaar en bijna suikerzoet op de tong.

Boldt liep snel, niet omdat hij laat was, maar omdat hij bang was dat het onderzoek zelf te laat kwam, dat Melissa Chow geen tijd meer had. Negen dagen – veel te lang. Hij accepteerde niet dat er een sterfelijke macht was die groter was dan de macht van het politiekorps van Seattle, dat degene die achter de containerzendingen en de recente moorden zat hen altijd een stap voor kon blijven en alle eventuele bronnen van informatie straffeloos kon vermoorden. In zijn hart was hij erg bang voor die mensen. Het waren genadeloze mensen, die potentiële getuigen doodden en ze ergens achterlieten waar de politie ze zou vinden. Op die manier herinnerden ze alle betrokkenen eraan dat niemand veilig was. Zelfs de politie niet.

Gwen Klein, de DMV-medewerkster, was misschien het nieuwste slachtoffer. Ze was niet op haar werk verschenen. Ze was verdwenen op het moment dat LaMoia's team haar had ontdekt en had besloten haar te volgen, iets wat niet goed gelukt was. McNeal had haar op *News Four at Five* tot 'Ambtenares van de Week' uitgeroepen, en volgens Boldt was dat de oorzaak van Kleins verdwijning. De bodemloze domheid van de pers bleef hem verbazen.

Alle betrokkenen stonden nu onder veel meer druk, vooral Boldt en LaMoia. Te veel doden. Een journaliste die verdwenen was. Televisiejournalisten die de duimschroeven aandraaiden en de politie voor de voeten liepen. Misschien werd er een speciale eenheid van politie en immigratiedienst samen in het leven geroepen, al verzetten beide partijen zich daartegen. Boldt, die zijn pas nog eens versnelde, vond dat allemaal minder belangrijk dan het zoeken naar Melissa

Chow, die waarschijnlijk niet alleen een slachtoffer maar ook een belangrijke getuige was. Als ze die vrouw vonden, kregen ze de mensen te pakken die achter beide moorden en de mensensmokkel zaten – daar was hij van overtuigd.

Virginia Ammond was een jongensachtige vrouw van midden veertig met een sproetige Ierse teint, eeltige handen en een academische graad in de oceanologie. Ze droeg een verbleekte spijkerbroek waarvan de broekspijpen een eindje waren opgerold, en een onfatsoenlijk strak T-shirt met het logo van het aquarium.

'Het verzoek van de patholoog-anatoom om de vissenschubben te identificeren ging eerst naar de universiteit maar werd toen voor bevestiging naar mij doorverwezen.'

Boldt ging regelmatig met zijn kinderen naar het aquarium en kende de indeling. Ammond leidde hem over een schuin aflopend pad naar beneden, naar het hart van het complex – een ruimte die driehonderdzestig graden in het rond omringd was door glas en water. Vissen zwommen daar vrij rond en gaven de bezoeker het gevoel dat hij onder water was.

Ze leidde Boldt naar een deur met ALLEEN VOOR PERSONEEL en naar een kamer waar een stereoscopische microscoop stond.

Ze zei tegen Boldt: 'Ik weet dat het lastig voor u is om hierheen te komen, maar door de telefoon kan ik het gewoon niet uitleggen.'

Ze begon aan haar uitleg. 'Deze eerste plaat is een van de minder voorkomende vissenschubben uit de monsters die uw mensen naar onze faculteit hebben gestuurd. Let u op het spitse gedeelte waar de schub aan de vis bevestigd is, als shingles op een dak. Van bijzonder belang voor ons, en voor u, zijn de meer hartvormige contouren van deze schub, en ook die kartelrand. Ja?'

Ammond wisselde de platen en leidde hem naar een vergelijkingsmicroscoop.

'Dit is een vergelijking,' zei ze tegen hem. 'Kijkt u goed naar beide schubben.'

Boldt bracht zijn ogen naar het vizier. 'Ja.'

'Herkent u onze vriend?'

'Links.'

'Erg goed. Ja. En rechts?'

'Een gladdere rand. Minder spits. Hij is helderder. Dit klinkt misschien dom, maar die aan de rechterkant ziet er nieuwer uit.'

'Een tien met een griffel, inspecteur. U hebt niet toevallig oceanologie gestudeerd? Ja, de rechter schub is afkomstig van een levende Kisutchzalm uit ons aquarium. Het schubbenmateriaal dat we van u hebben gekregen, bestond vooral uit schubben van zowel grote zalm als Kisutchzalm.'

'Maar niet onze vriend?' Hij nam haar term over.

'Nee. We hebben twee van dergelijke schubben in het materiaal gevonden. Ze zijn afkomstig van een Snake-River-Cohozalm. Nu is het interessant dat die specifieke soort al meer dan tien jaar uitgestorven is.'

'Kunt u dat nog eens vertellen?' zei Boldt.

'De Snake-River-Cohozalm is tweeëntwintig jaar geleden verdwenen. Tientallen miljoenen Cohozalmen zwommen jaarlijks stroomopwaarts door de Columbia naar Idaho, onder andere de Snake-River-soort.'

'Uitgestorven,' herhaalde Boldt. Hij haalde zijn blocnote te voorschijn en maakte een aantekening.

'Precies.'

Ze grijnsde. Het wit van haar tanden stak af tegen haar sproetengezicht. 'Uw verklaring door de telefoon intrigeert me. U hebt deze schubben op de voeten van een dode vrouw aangetroffen. U had het over scheepscontainers, en dat zou ik in twijfel willen trekken. Een container die tweeëntwintig jaar dienst blijft doen? Onwaarschijnlijk. Het zal eerder een schip zijn.'

'Een visconservenfabriek?'

'Zou kunnen. Ja. Waarom niet? Deze kant op,' zei Ammond, en ze leidde Boldt het lab uit.

Ze liepen de gewone zalen in. Ze moest haar stem verheffen om boven het lawaai van de menigte uit te komen.

'Hebt u onze visserijafdeling gezien?'

'Nou en of,' antwoordde Boldt.

'De trawlers?' vroeg ze, wijzend.

Een hele wand was aan de geschiedenis van de beroepsvisserij gewijd, van de eerste indiaanse nederzettingen tot de moderne achtduizendmeternetten die door de Russen en Japanners werden gebruikt en de enorme drijvende visconservenfabrieken. Teksten en illustraties werden aangevuld met dwarsdoorsneden van de verschillende schepen, en Ammond wees Boldt nu op een van die dwarsdoorsneden.

'Een trawler. In de afgelopen twintig tot vijftig jaar veel in de Stille Oceaan gebruikt, met maar weinig veranderingen. Tegenwoordig zijn ze groter.' Ze wees naar het achterruim. 'Hier wordt de vangst meteen na binnenkomst opgeslagen. De vangst wordt door de bemanning gesorteerd en schoongemaakt. De ongewenste exemplaren worden overboord gegooid, en het eindproduct, waar de ingewanden dan al uit zijn, wordt per lopende band naar het voorruim gebracht.' Ze wees naar een reusachtige ruimte die het grootste deel van de voorkant van het schip in beslag nam. 'Dit ruim is één gigantische vrieskist. Die trawlers kunnen dagen, weken of maanden op zee blijven.' Ze haalde diep adem en de jongensachtige robbedoes in haar maakte weer plaats voor de expert. 'Omdat u het over illegalen had, ben ik geneigd deze trawler in een heel nieuw licht te zien. Misschien zijn de vangsten dit jaar niet zo groot. Misschien stop ik Chinese illegalen in mijn voorruim. Misschien is dit een tamelijk oud schip – een erg oud schip – en blijven er ondanks de regelmatige schoonmaakbeurten van de bemanning in deze ruimten een paar schubben achter, ook van een vissoort die we in bijna twintig jaar niet hebben gezien.'

'En als het een visconservenfabriek is?'

'Dat zou ook kunnen. Die visconservenfabrieken zijn nog ouder dan de visverwerkende trawlers. Dit aquarium was in een vorig leven ook een visconservenfabriek. Allerlei gebouwen langs de kust van deze stad hebben ooit met de visserij te maken gehad. Van Harbor Island tot Interbay, van Salmon Bay tot Lake Union.'

'Dus het is duidelijk wat me te doen staat,' zei hij. 'Alleen kan ik aan de hand van die vissenschubben die oude conservenfabrieken er niet uitpikken.'

'De universiteit heeft de geschiedenis van de beroepsvisserij in kaart gebracht. De visverwerkende industrie valt daar ook onder. Die industrie gaat honderdvijftig jaar in de tijd terug.'

'Tweeëntwintig jaar is ons genoeg,' zei Boldt.

Ze glimlachte. 'Laat me een paar mensen bellen.'

# 30

Lacey Delgato had dikke kuiten, geen taille en een neus die een lange schaduw wierp – achter haar rug noemden politieagenten haar 'de Zonnewijzer'. Ze droeg een onmodieuze lange zwarte rok die te strak om haar zitvlak zat dichtgeritst, zodat er een niet al te fraaie landkaart van elkaar kruisende plooien en naden te zien was. Ze had een stem als piepspeelgoed, de theatrale manier van spreken van een advocaat die een jury toespreekt, en een schurende lach die je voor haar cynisme waarschuwde. Haar enige buitensporigheid was haar zwak voor Italiaanse schoenen. Haar hoge hakken tikten in een versneld tempo door de marmeren gang van het gerechtsgebouw. 'Deze persoon heeft aangeboden de camera aan KSTV terug te verkopen.'

'Een digitale camera?' verduidelijkte LaMoia. 'Dat weet je zeker?'
'Ik herhaal alleen maar wat tegen me gezegd is,' zei Delgato. 'Het is jullie zaak. Maken jullie je maar druk om het soort camera.'

'Kan het problemen geven dat we hierbij betrokken zijn?' vroeg hij.

'Er zijn een paar kwesties die moeten worden opgehelderd,' zei ze. Hij had moeite haar bij te houden. 'Kwesties van bezit. Als jullie de uitwisselingen regelen, zoals ze willen dat jullie doen, wie krijgt dan de camera? Dat soort kwesties.'

'En ons standpunt is...?' vroeg hij.

'Gestolen goed? Jullie houden de in beslag genomen goederen in bewaring totdat we ze niet meer als bewijsmateriaal in een proces nodig hebben. Net als in andere zaken.' Ze keek met een ruk in zijn richting maar hield geen moment haar pas in. 'Let wel, zij denken er een beetje anders over. Ze willen ons de camera wel laten houden, maar ze beweren dat als er een bandje in die camera zit ze het bandje zelf willen hebben. De wetten op het gebied van intellectuele eigendom zijn nogal lastig. Laat ik je daar meteen voor waarschuwen.'

De politie van Seattle stond onder enorme druk om de container-zaak op te lossen en Melissa levend terug te vinden. McNeal besteedde er in elke avonduitzending aandacht aan en hield het verhaal zo levend – niet alleen bij het publiek maar ook in de politiek. Verkiezingsjaren waren altijd het ergste.

'De vermiste vrouw wordt niet genoemd? Alleen de camera? Voor alle duidelijkheid: dat losgeld wordt alleen voor de camera gevraagd?'

'Ik herhaal alleen maar wat me is verteld,' zei ze. 'Heb je gehoord dat de Aziatische gemeenschap van plan is een protestmars naar het gemeentehuis te houden?'

'Dank je,' zei hij. 'Daar moest ik nog aan worden herinnerd.'

'Ze verwachten een heleboel mensen.'

'Alleen omdat er pers er zal zijn,' zei hij. 'Als je de camera's weghaalde, kwamen er tien mensen.'

Ze keek hem vreemd aan, al bleef ze in een hoog tempo doorlopen. 'Heb je het te druk voor een diner?'

'Welk diner?' vroeg hij. 'Ik heb in geen drie dagen een diner gehad. Ik heb vorige nacht anderhalf uur geslapen.'

'We kunnen dat diner wel overslaan.'

De lange houten banken in de gang waren bezet door advocaten, getuigen, rechercheurs en nerveuze familieleden. Voor LaMoia was het niet zozeer een gerechtsgebouw als wel een verwerkingscentrum, waar het recht was teruggebracht tot een serie verschijningen, onderhandelingen en compromissen. Als politieman kon hij daar niet aan denken zonder zich ontmoedigd of zelfs depressief te voelen. Hij

143

zag Delgato niet als een vrouw, maar alleen als een juriste. Hij wist niet hoe hij haar dat duidelijk kon maken.

'Ik heb naar Diefstal gebeld. Die zouden de overdracht in de gaten kunnen houden,' legde Delgato uit. 'Zodra ik KSTV noemde, verbonden ze me door met jou. Ze zeiden dat alles wat met dat televisiestation te maken had naar jou moest worden doorverwezen. Ik zei tegen ze dat ik dit maar één keer wilde doen. Ik zeg hetzelfde tegen jou.' Ze was duidelijk kwaad op hem omdat hij niet op haar avances inging. Ze zou het geen derde keer proberen. Ze klopte op de deur van een jurykamer en leidde hem naar een ruimte waar het politie- en advocatenwerk eindigde en de gerechtigheid begon.

Ondanks honderden verschijningen op de rechtbank was LaMoia bijna nooit in een vergaderkamer geweest. Het rook naar een desinfecterend middel met dennengeur. De rand van de lange ovale tafel was bekrast en beschreven door juryleden. Hij kon de beraadslagingen bijna horen – woedende stemmen die tegen de muren galmden. Tussen de balpengraffiti zag hij de strop van een galg. Hij ging in een van de stoelen zitten en streek met zijn nagel over de hals van het getekende personage. 'Weten we dat deze informatie goed is?' vroeg hij.

'Het station zet zijn initialen in al zijn spullen. Degene die belde, heeft dat goed beschreven.'

'Het losgeld?'

'Hij begon met drieduizend. Het station maakte het af op één – het eigen risico van hun verzekeringspolis.'

'En hij ging akkoord?'

'Blijkbaar wel.

'Dat is geen junk. Dat is een zakenman.'

'Een junk zou hem hebben verpatst,' zei ze.

'En dat is misschien ook wel gebeurd,' beaamde LaMoia. 'Wie weet waar die kerel hem vandaan heeft?'

'Hij eiste dat die presentatrice, Stevie McNeal, naar de uitwisseling gaat.'

'Geen denken aan!'

'Hij wil een gezicht dat hij kan herkennen.'

'Het gebeurt niet.'

'Er valt niet over te onderhandelen. Het station is al met die voorwaarde akkoord gegaan. Daarom zijn ze bij ons gekomen. Hun beveiligingsfirma wilde ons – jullie – aan boord hebben.'

'*Live* op de televisie? Daar komt niets van in!'

'Er valt niet over te onderhandelen,' herhaalde ze. 'Jullie zijn er om te beschermen en te dienen.' Ze ging verder: 'Het wordt nog erger.'

'Dat kan niet,' zei hij.

'Als er een bandje in de camera zit, willen zij het recht hebben om het uit te zenden.'

'Dat meen je niet! Ze vragen om onze hulp bij het terugkrijgen van gestolen goed en stellen dan ook nog eisen aan ons?'

'Ik denk niet dat zij het zo zouden stellen,' zei ze.

'Dit is geen aflevering van *Cops*!'

'Ze hebben ons het tijdstip en de plaats van de uitwisseling niet verteld. Als ze zonder ons opereren, kunnen we ze aanklagen wegens belemmering van de rechtsgang, maar eerlijk gezegd zou het nooit voor de rechter komen en kwam het dat wel, dan zouden we nog verliezen ook. De pers is zo glad als een aal. Jullie zouden dat bandje nooit te zien krijgen.'

'Als er een bandje is,' mompelde hij. In deze kamer werd door verkopers, huisvrouwen en directeuren over leven en dood beslist. Hij twijfelde bijna nooit aan zijn beroepskeuze, maar die strop die in de tafel was gekerfd trof hem tot in zijn ziel.

'Er zijn nog een paar onbeantwoorde vragen,' beaamde ze. 'In hoeverre wil je hierbij betrokken zijn?'

'Als er iets op dat bandje staat wat voor ons van nut is – gesteld dat er een bandje is – wil ik niet dat het op de televisie wordt uitgezonden. Er is een vrouw verdwenen. Ik heb een leven te beschermen – misschien wel honderden levens.'

'Als er een bandje in die camera zit, kunnen we daar absoluut beslag op leggen tot aan een proces. Als ze erop aandringen om het te krijgen, zullen ze waarschijnlijk winnen. Het is allemaal een kwestie van timing. Maar het komt erop neer dat jullie alles te zien krijgen wat er is.'

'Regel de uitwisseling,' beval hij.

'Het is de juiste beslissing,' moedigde ze hem aan.

'Waarom geeft het me dan geen goed gevoel?'

Ze liep weg, haar huid en de naden en plooien van haar rok een bewegend waas van ruisende materie. Bij de deur bleef ze staan. 'Buiten diensttijd ben ik anders.' Ze bespaarde hem een antwoord door vlug weg te lopen. Haar snelle voetstappen deden hem aan paardenhoeven denken.

LaMoia's blik viel weer op die strop. De lijnen van de strop waren meermalen opnieuw ingekerfd, en de inkt was donker en verzadigd en liet hem weinig twijfel over de stem die de tekenaar had uitgebracht.

# 31

De man die aanbood de camera aan KSTV terug te verkopen, had de lunchpauzetijd van woensdag en een granieten bank naast de fontein op het oude terras van Nordstrom voor de overdracht uitgekozen. Het was een zonnige dag in de laatste week van augustus en er waren veel joggers, toeristen, bedelaars en skaters op straat. Kantoorpersoneel zocht zonnige plekjes voor een rustige middagboterham en twintig minuten bruinen. Vrouwen hesen hun rok tot boven hun knieën op. Mannen trokken hun das los en stroopten hun mouwen op. Zomertijd in de Stad van Smaragd. Aan de andere kant van de binnenstad verzamelde zich een groep van driehonderd Aziaten om naar het gemeentehuis te marcheren. Vijftig politieagenten die geen dienst hadden, waren als versterking opgeroepen.

Tussen al die mensen bij de fontein stonden elf undercover-agenten. Ze keken naar Stevie McNeal, die duizend dollar in contanten en een draagtas van KSTV bij zich had. Ze had ook een nors gezicht dat volkomen in strijd was met de uitstraling die ze op de televisie had. McNeal droeg een miniatuurmicrofoon op haar beha, met een draad die op haar rug was geplakt. LaMoia droeg, als leider van de operatie, een koptelefoon. Hij zat in een verbouwde stomerijwagen, die jaren geleden in een drugszaak geconfisqueerd was en momenteel als mobiel commandocentrum (MoCom) werd gebruikt. Door een zijruit van éénrichtingsspiegelglas had hij een onbelemmerd zicht op de fontein en het bankje. Het harde geruis van de fontein vormde een probleem voor de geluidstechnicus, een klein mannetje met een zilveren knopje in zijn linkeroor. Zoals van iemand met zijn beroep mocht worden verwacht, bleef hij ook onder de meest tumultueuze omstandigheden volkomen kalm.

'Die fontein maakt lawaai. Ze heeft een condensatormicrofoon, en dat is een probleem. We zullen haar niet zo goed horen.'

'Nou, dan is er tenminste gerechtigheid,' zei LaMoia. 'Misschien worden het niet zulke mooie tv-beelden.' Het KSTV-team zat in een onopvallend blauw busje voor de KidsGap. Ook zij konden Stevies signaal ontvangen.

'*Stand by*,' zei de technicus tegen alle undercover-agenten. 'Het gaat beginnen.'

Toen Stevie op de stenen bank ging zitten, probeerde ze zich tot rust te brengen door langzaam uit te ademen. De sculptuur van de fontein was een vijf meter hoge letter L waar je doorheen kon lopen zonder nat te worden, met gordijnen van water aan weerskanten van het smalle pad. Kinderen vonden het prachtig. Gierend van pret renden ze erdoorheen. Naast de fontein, van de wind af, hing een verkoelende nevel.

Ze zag de man niet aankomen. Opeens zat hij naast haar, met een Seattle Seahawks-tas die hij aan de riempjes vasthield. 'Je ziet er anders uit dan op de tv,' zei hij.

'Dat zeggen ze.'

Hij was midden veertig, kalend, droeg kleren die tien jaar eerder populair waren geweest en had een neus die om een plastische operatie schreeuwde. Zijn vettige haar glom in het zonlicht. Hij rookte een filtersigaret die met spuug aan zijn onderlip plakte. Vanwege de opkringelende rook en het felle zonlicht moest hij zijn ogen de hele tijd half dicht knijpen.

Hij keek haar niet aan, maar hield zijn hoofd recht en keek waakzaam om zich heen. Een voorzichtige man. Een planner. De politie had haar gewaarschuwd dat iemand die zo'n risico wilde nemen dom of hebzuchtig of beide was. Misschien gewelddadig. In ieder geval niet iemand die je kon vertrouwen. Ze hield hem nauwlettend in de gaten.

'Hoe wil je dit doen?' vroeg ze.

'Jij geeft mij de envelop,' zei hij, recht voor zich uit kijkend, 'en dan laat ik de tas achter.'

'Ik moet hem eerst zien,' zei ze.

'Dat kan.' Hij schoof de tas naar haar toe. 'Kijk maar.'

Stevie trok de tas naar zich toe. Ze trok voorzichtig de ritssluiting los en keek naar binnen. Omhulsel van geruwd aluminium, merknaam SONY. Er schoot een brok in haar keel. Ze had deze camera aan Melissa gegeven. Ze nam zichzelf dat enorm kwalijk. Erger nog: de bandindicator van de camera was leeg. Er zat geen bandje in. Diep teleurgesteld stak ze haar hand in de tas. 'Ik moet zien dat ons logo erop staat.'

'Het staat erop,' zei hij. 'Kijk maar.'

Ze draaide de camera tot ze het logo kon zien. 'Er zit geen bandje in,' zei ze.

'Als je meer wilt hebben, moeten we praten.'

'Praat jij maar,' zei ze. 'Ik luister.'

'Je bent geïnteresseerd in wat erin zat,' zei hij.

Haar hart bonkte. 'O ja?'

'Dat kost je nog eens vijfhonderd.'

'Dat had je eerder moeten zeggen.'

'Ik wist pas dat er iets in dat ding zat toen we al een afspraak hadden gemaakt.'

Die vijfhonderd dollar leek haar erg goedkoop.

'Wat staat er op het bandje?' vroeg ze.

'Geen idee,' antwoordde hij.

'Vijfhonderd dollar voor een leeg bandje?'

'Dat is niet mijn probleem. Wil je het bandje of niet?'

'Heb je het bij je?'

'Vijfhonderd dollar, en je krijgt het bandje,' zei hij. Hij gooide de sigaret weg. De vonken vlogen in het rond en de peuk belandde met een wijde boog op de straattegels. 'Wil je het of niet? Ik heb niet de hele dag de tijd.'

'We hadden een afspraak,' hield ze vol. 'Ik geef jou duizend dollar en jij geeft mij de camera. Het bandje is een deel van de camera.'

'Het bandje is niet een deel van de camera,' zei hij heftig. 'Heb je een pinpas?' vroeg hij.

'Ik luister,' antwoordde Stevie.

De man zei: 'Je geeft me nu duizend en neemt de camera mee. Dan haal je die vijfhonderd dollar uit een geldautomaat en kom je hier over tien minuten terug.'

'We gaan samen,' zei ze.

'Nee. We zien elkaar hier terug, over tien minuten.'

'Dan heb je het bandje bij je,' zei ze. Ze probeerde vastbesloten over te komen.

'Tien minuten,' herhaalde hij.

Stevie keek naar de fontein.

'Wat doe je?'

'Ik denk na,' antwoordde ze.

In de MoCom dacht LaMoia over het aanbod van de afperser na. De centralist wachtte op zijn beslissing en wist wel beter dan aan te dringen. 'Heb je dat gehoord?' vroeg hij aan Boldt.

'Ja,' antwoordde Boldt. McNeals signaal ging ook naar een walkman-koptelefoon die hij droeg. Hij had LaMoia's aanbod om in het MoCom-busje te komen zitten van de hand gewezen. Omdat LaMoia de adjunct-inspecteur van het dagteam was geweest toen de aangifte van de vermissing was gedaan, was dit LaMoia's zaak. Hoe graag Boldt het ook zou overnemen, hij begreep dat de leider van het team het volledige gezag moest hebben. Een surveillance kon binnen enkele seconden totaal van karakter veranderen. 'Het is jouw beslissing,' zei hij.

De Chevrolet Cavalier van Boldt stond maar een paar meter van hem vandaan in een wegsleepzone. Met zijn mobiele telefoon tegen zijn oor genoot hij van een kopje Earl Grey-thee in de Seattle's Best Coffee. Hij zat op een plastic terrasstoel voor het Westlake Center en had daar enigszins vanuit de hoogte een vrij goed zicht op de bank naast de fontein. De SONY walkman was in werkelijkheid een politieradio. Hij had de gele koptelefoon in zijn oren, maar gebruikte nu zijn mobiele telefoon.

'Wat is hij van plan?' vroeg LaMoia.

'Jij moet de beslissing nemen, John. Ze wacht.'

'We doen het!' zei LaMoia tegen de centralist, die een schakelaar op zijn paneel overhaalde en het groene licht gaf.

LaMoia leunde nerveus achterover en zei: 'Ik vind dit maar niks.'

Op nog geen zeven meter afstand van de granieten bank waarop Stevie en haar bezoeker zaten, liet een dakloze een hele vuilniszak met geplette aluminium blikjes op de straattegels leegvallen. Haar bezoeker schrok. Een pas opgestoken sigaret ging wild tussen zijn lippen op en neer en sproeide vonken die hij van zijn schoot weg sloeg. Nu de man werd afgeleid, keek Stevie vlug over haar linkerschouder, zoals haar was opgedragen. Een vrouw op nog geen drie meter afstand – rechercheur Bobbie Gaynes, al wist ze de naam niet meer – stak haar duim op om te kennen te geven dat Stevie met het voorstel akkoord moest gaan. Gaynes liep door, vlak langs Andy Milder, de undercover-agent die voor dakloze speelde en nu druk bezig was de gevallen blikjes weer in de zak te doen.

Stevie gaf de man op de bank de envelop met duizend dollar. Ze wist dat het serienummer van elk bankbiljet was genoteerd. 'Goed,' zei ze. 'Ik ga akkoord.'

Stevie liep op haar gemak naar de geldautomaat. Ze veronderstelde dat de politie iedere minuut nodig zou hebben om zich te hergroeperen en haar te volgen. Ze herkende een paar van de rechercheurs – al waren ze tijdens haar briefing allemaal heel snel aan haar voorgesteld en had ze geen enkele naam onthouden.

Nonchalant slenterde ze door de licht oplopende Fourth Avenue. Ze naderde de geldautomaat en meende daar een van de rechercheurs te herkennen. De man keek haar aan en wees snel op zijn horloge. Het teken was duidelijk: ze wilden meer tijd hebben.

De rechercheur ging van de geldautomaat vandaan. Plotseling had ze een waardering voor de politie die ze nooit eerder had gehad. Het surveillanceteam kon haar goed bijhouden, ondanks de verandering van de plannen. Hun aanwezigheid gaf haar een veilig gevoel. Niettemin was ze erg gespannen toen ze naar de geldautomaat liep.

Ze stak haar pinpas in de gleuf en toetste haar code in. Twintig seconden later kwam het geld, gevolgd door haar kaart. Toen ze zich omdraaide, zag ze twee punkers recht op haar af komen. In hun ogen stond te lezen wat ze van plan waren. Camerabewaking of niet, ze waren van plan haar bij klaarlichte dag van die vijfhonderd dollar te beroven. Stevie ging een stap terug naar de geldautomaat.

Op hetzelfde moment gebeurde er rechts van haar opeens van alles tegelijk. Een dakloze botste tegen een vrouw op en stal haar twee draagtassen met boodschappen. Hij gaf haar een harde duw en ze viel op het trottoir. Hij rende van haar weg, recht op de twee tieners af die het op Stevie hadden voorzien.

De gevallen vrouw schreeuwde om hulp. Twee geüniformeerde agenten stormden de hoek van het gebouw om. Ze schreeuwden tegen de dakloze en kregen hem ten slotte in bedwang. Zodra de twee punkers de agenten zagen, stoven ze weg, de een door Fourth Avenue, de ander door Olive Street.

Stevie liep bij de geldautomaat vandaan en haalde diep adem. Ze waren allemaal van de politie, besefte ze – de dakloze, de beroofde vrouw – en ze hadden het allemaal op touw gezet om de punkers af te schrikken. Beschermengelen namen soms de vreemdste vormen aan.

Toen ze halverwege de straat was, greep een hand haar elleboog stevig vast. 'Lopen,' zei de man.

'Laat mijn arm los,' eiste Stevie.

De man bleef haar vasthouden en legde een bagagebonnetje in haar hand. 'Het museum,' zei hij. Ze keek naar het bonnetje.

'Er werd daar een vrouw beroofd,' zei ze.

'Dit is een gevaarlijke stad.'

'Dacht je dat ik jou vijfhonderd dollar geef voor een waardeloos bagagebonnetje?'

'Als je dat niet doet, kom je nooit te weten wat er op die videoband staat,' zei hij.

'Je krijgt het geld pas als ik het bandje in mijn hand heb.'

'Zo doen we dit niet.'

'Zo doen we dit wél,' zei Stevie.

'Als je dit niet wilt meespelen,' zei de man, 'hebben we niets te bespreken.' Hij trok haar opzij, uit de stroom voetgangers vandaan. 'Voor alle duidelijkheid: ik heb hier vijfhonderd dollar die voor jou bestemd zijn.'

'Geef me die vijfhonderd,' zei de man gespannen.

'Laten we een eindje gaan lopen,' stelde ze voor. 'Tien minuten en je bent vijfhonderd dollar rijker.'

'Zo doen we dit niet,' zei hij.

'Zo doen we het wel,' zei ze opnieuw. Ze greep in de tas en bood hem het bonnetje aan. Intussen vroeg ze zich af of hij zag dat haar vingers beefden.

'Hou maar. Geef mij nou maar het geld,' drong hij aan.

'Laten we gaan lopen,' zei ze opgewekt. Ze hield het bonnetje en liep van hem weg in het besef dat hij niets anders kon doen dan haar volgen. Ze telde in zichzelf – duizend en één, duizend en twee – en haar spanning liep op toen ze bij de oversteekplaats kwam waar het stoplicht op dat moment versprong. Ze stak meteen over.

'Ik heb hier geen tijd voor,' klaagde de man bij haar linkerschouder.

'Natuurlijk wel.' Ze keek recht voor zich uit. 'Je hebt nog nooit zo makkelijk vijfhonderd dollar verdiend.' Ze liep gewoon door. Ze wist niet of hij haar volgde of niet, maar hield geen moment haar pas in.

'Die vrouw heeft lef,' zei LaMoia achter in het busje, met zijn mobiele telefoon tegen zijn oor. 'Zeg, zullen we de beuk er maar in gooien? Hé, heb jij een scheet gelaten?' vroeg hij de centralist.

'Nee.' De centralist kwam overeind en draaide langzaam het dakraam van het busje open.

'Het stinkt hier alsof er een hond aan de schijterij is,' merkte LaMoia op, en hij waaierde met zijn hand.

'Ik ga er te voet achteraan,' zei Boldt door de telefoon.

'We hebben haar in zicht,' zei LaMoia nogal arrogant.

'Evengoed ga ik er te voet achteraan.'

'We sturen het team naar het museum,' zei LaMoia. 'We hebben er vier te voet. Ze zijn je ondersteuning.'

'Als hij weer zijn hand naar haar uitsteekt, John, als hij op het idee komt haar van die vijfhonderd te beroven, krijgt hij ons allemaal over zich heen.'

'Begrepen.' Hij voegde eraan toe: 'Als we dit verknoeien, barst de hel los.'

Voor het museum stond een enorm hoge sculptuur van staalplaat, een man voorstellend die met een al even kolossale hamer sloeg. Stevie vond dat de sculptuur er Russisch uitzag, een restant van het stalinisme, een eerbewijs aan de macht van de arbeider. Haar begeleider werd nerveuzer naarmate ze dichter bij het museum kwamen. Misschien voelde hij aan dat hij in de val liep. Haar eigen spanning nam ook met elke stap toe. Ze was bang dat de politie nog niet iedereen op zijn post had.

Op de binnenplaats stond een groep Japanse toeristen op een rondleiding te wachten. Ze voelde dat een aantal van de mannen naar haar staarde. Anderen maakten foto's van de Russische arbeider.

'Je hebt mij hier niet bij nodig,' klaagde de man tegen haar.

'Ik vertrouw je niet.' Ze draaide zich naar hem om.

'U neem foto van ons?' vroeg een Japanse man aan Stevie. Hij stak zijn camera naar haar toe en wees naar zijn glimlachende vrienden. Stevie nam de camera aarzelend aan.

'Ik heb hier geen tijd voor,' protesteerde haar begeleider weer.

'Rustig maar,' fluisterde ze. Ze richtte de camera en activeerde per ongeluk de zoomlens. Achter de groep grijnzende toeristen zag ze het stomerijbusje links afslaan, de drukke straat oversteken en langs het trottoir stoppen. Ze klikte op de sluiter, met alleen de hoofden van de toeristen in de zoeker. De cavalerie was gearriveerd.

Boldt liep naar de verzonken binnenplaats van het museum en wou dat McNeal de camera liet zakken en naar hem keek. Hij vertraagde zijn pas maar bleef niet staan en passeerde de man aan haar zijde op nog geen twee meter afstand. Rechercheur Mulgrave dook links van hem op en ging voor hem uit het museum in. Het zou nu allemaal heel snel gaan, al voelde het aan alsof het in slowmotion gebeurde.

Hij bleef voor de glazen deuren van het museum staan, keek in de spiegeling daarvan en zag McNeal de camera aan de Japanse toerist teruggeven. Toen ze zich naar de ingang omdraaide, vroeg hij zich af of ze hem van achteren zou herkennen. Waarschijnlijk wel.

Stevie McNeal zag er niet naar uit dat haar veel ontging.

Achter in het busje sprak LaMoia in de microfoon van de radio. 'Als dit misgaat, als onze jongen ervandoor gaat, gaat Mulgrave achter hem aan. MoCom zal volgen. Lynch, hou je lichaam zo nodig voor McNeal.'

'Begrepen,' bevestigde Lynch.

'Als we hem moeten grijpen, wil ik dat het hard en gemeen gebeurt,' beval hij. 'We hebben daar burgers. Begrepen?'

Op de radio volgde het ene klikgeluid na het andere. Dat zei La-Moia genoeg. Zijn mensen waren op hun plaats. Niemand kon nog spreken. Alles verliep goed.

Stevie ging naar de garderobe en gaf het gekleurde bonnetje aan de Aziatische vrouw achter de balie. Ze vroeg zich af of deze vrouw ooit een illegaal was geweest en besefte dat ze haar vooroordelen moest overwinnen. Haar begeleider was drie meter achter haar blijven staan, midden in de drukte van de komende en gaande museumbezoekers. Hij deed haar denken aan een hond die op de rand van het trottoir stond en zich afvroeg of hij zou oversteken. Zijn gezicht was rood en opgewonden en het zweet was hem uitgebroken.

Ze zweette zelf ook. Blijkbaar was haar kans om Melissa te redden – als er nog een kans was – afhankelijk van de volgende paar minuten en van het beloofde bandje. Boldt ging naast haar naar de balie toe en sprak duidelijk tegen een van de balieassistenten.

'En als ik mijn bonnetje kwijt ben?' vroeg hij. Hij was tijd aan het winnen.

Het meisje draaide zich om naar de vakken om naar het nummer van Stevies bonnetje te zoeken. 'U moet uw bonnetje hebben,' zei de andere man tegen Boldt.

Boldt klopte op zijn zakken. 'Maar als ik het niet heb?' vroeg hij. Stevies zelfvertrouwen nam toe omdat hij zo dichtbij was.

Het meisje zette de cameratas voor Stevie neer. Haar hart bonsde; de laatste keer dat ze Melissa had gezien, had ze deze tas aan haar gegeven.

Stevie draaide zich om. De man zei: 'Goed, wegwezen.'

'Nog niet.'

'Geen gezeik,' snauwde hij, en hij boog zich met zijn tabaksadem dicht naar haar toe. 'Het is klaar. Geef me die vijfhonderd.'

Voordat ze hem het geld gaf, wilde ze zeker weten dat het bandje in de tas zat.

Een hand klemde zich om haar bovenarm.

'Naar buiten,' beval de man. 'We zijn hier klaar.' Uit zijn bakkebaarden dropen druppels zweet.

Stevie aarzelde even. Haar vingers bleven boven de rits van de cameratas hangen. Ze liep naar de muur, waar een fonteintje was, en dwong hem zo haar los te laten. Hij liet haar los en volgde haar naar de muur; haar arm tintelde van opluchting.

Ze trok de rits los en besefte dat ze opgewonden was, ondanks haar voornemen om kalm te blijven. Haar hart stond op springen. Ze maakte de tas open en keek erin: een paar zwarte pantoffels met geborduurde rode rozen op de punten. Haar keel trok zich samen – ze waren van Melissa. Ze schoof ze opzij. Het bandje was er ook. Dat drong pas na enkele seconden tot haar door. Haar emoties wonnen het van alle rationele gedachten. De herinnering aan Melissa en die pantoffels waren het enige dat telde. De tranen sprongen in haar ogen. Ze pakte de man bij zijn colbertje vast, bracht haar gezicht vlak bij het zijne, schudde hem heen en weer en riep: 'Waar ís ze? Wat heb je met haar gedaan?'

De verbijsterde man stak zijn hand in de boodschappentas en haalde haar portefeuille eruit. 'Het geld!' zei hij. Hij keek naar haar op en er kwam een flikkering in zijn donkere ogen toen hij een van de rechercheurs naar een wapen zag grijpen.

De man stak de portefeuille in zijn zak, draaide Stevie om en duwde haar naar Boldt toe. Toen rende hij door de hal. Hij zigzagde tussen toeristen door, gebruikte hen als dekking. Stevie wankelde in Boldts armen. Hij zette haar overeind en begon te rennen.

Rechercheur Mulgrave riep: 'Politie! Iedereen blijven waar u bent!' De Engelssprekende bezoekers doken naar de vloer. De Japanners glimlachten en reageerden iets later. Er was veel geschreeuw te horen. Een geüniformeerde suppoost kwam naar voren om een van de uitgangen te blokkeren.

Boldt en Mulgrave renden naar de ingang toe, waar de verdachte zijn schouder tegen de suppoost ramde en hem door de glazen deur drukte. De suppoost ging hard neer. De verdachte vluchtte naar buiten, op de voet gevolgd door Boldt en Mulgrave. Boldt schreeuwde naar de verdachte. Mulgrave riep in zijn mobiele telefoon om assistentie. De man liep door het verkeer heen dat voor rood licht stond te wachten. Hij rende in zuidelijke richting door First Avenue.

Boldt ving vanuit zijn ooghoek een glimp van LaMoia en een geüniformeerde agent op, en tegelijk zag hij een cameraman die, met zwarte draden achter zich aan, uit de grote blauwe KSTV-bus sprong die in het verkeer was blijven steken. De cameraman rende het trottoir op. LaMoia en de agent struikelden over de draden van de cameraman en ze smakten alle drie tegen de straattegels.

Boldt zigzagde door het verkeer, achter de verdachte aan. Mulgrave schreeuwde nog bevelen in zijn radio.

De verdachte rende bij de volgende hoek naar links en verdween uit het zicht.

Met brandende longen en pijn in zijn rechterknie verloor Boldt terrein aan Mulgrave. 'Assistentie?' riep hij.

'Komt eraan!' antwoordde de rechercheur.

Ze moesten deze man te pakken krijgen. Verlies van deze verdachte was geen reële optie. Beide rechercheurs sloegen op de hoek linksaf en Mulgrave rende meteen de straat over. De verdachte was nergens te bekennen.

Er naderden sirenes. De straat liep omhoog. Geen verdachte. Mulgrave dook een steegje aan de overkant in.

Boldt bleef staan en keek snel om zich heen. De verdachte was een van de gebouwen binnengegaan of dat steegje ingerend. Boldt stond voor een moeilijke beslissing. Moest hij op de politieauto's en geüniformeerde agenten wachten, zodat ze konden verhinderen dat de verdachte terugkeerde en hen op die manier ontglipte? Of moest hij een van de gebouwen binnengaan en daar gaan zoeken voordat de verdachte tijd had om te ontsnappen? Boldt keek naar de rij bakstenen gebouwen aan de noordkant van de straat. Zijn blik ging van raam naar raam, van gebouw naar gebouw.

Eerst was het alleen maar een schim, toen werd het duidelijker; een vrouw achter een raam op de tweede verdieping, haar hand gespreid tegen de ruit. Ze was op een trap op weg naar beneden en was blijkbaar voor iemand opzij gestapt. Die gespreide hand overtuigde hem – de angst die ervan uitging. Boldt waagde het erop.

Met zijn politie-insigne boven het borstzakje van zijn jas uit rende hij de trap met twee treden tegelijk op. Toen hij op de overloop van de eerste verdieping kwam, passeerde hij de vrouw van middelbare leeftijd. Ze wees naar boven. Boldt rende door, hield geen moment zijn pas in. Hij had nu het voordeel van het verrassingseffect. Hij moest snel zijn, anders was hij dat voordeel kwijt.

Op de derde verdieping was hij buiten adem, maar hij bleef de trap oprennen. Toen hij linksaf sloeg naar de laatste trap, zag hij rechts iets bewegen. Het was een verandering van kleur, van licht, alsof iemand een gordijn had laten zakken of met een vlag zwaaide. Het ging als een warme golf over zijn ruggengraat. Zijn rechterarm ging instinctief omhoog, maar juist daardoor kon zijn belager hem een harde duw tegen zijn ribben geven. De vaart die hij nog had, stuwde hem van de duwrichting vandaan, en niet ertegenin, zodat hij zijn evenwicht verloor en tegen een stoel dreunde die naast een staande asbak was neergezet. Hij greep een poot van die stoel vast, slingerde hem in de richting van zijn belager en greep tegelijk naar zijn pistool. De vier metalen poten van de stoel krasten als nagels over een schoolbord. De stoel gleed naar de trap en vloog, alsof Boldt dat zo had berekend, over de bovenrand, stuiterde tegen de achtermuur en denderde omlaag, alsof hij van begin af gericht was geweest op de pechvogel die zich in zijn pad bevond.

De verdachte was, na Boldt die duw te hebben gegeven, begonnen de trap af te rennen. Hij zag de stoel niet. Die kwam achter hem aan alsof hij met een touw aan hem was vastgemaakt, stuiterend en opspringend, om vervolgens weer neer te dreunen en weer omhoog te komen, met steeds meer snelheid. Boldt stond alweer overeind toen de stoel zijn doel trof. De stoel bracht de man niet alleen uit zijn evenwicht maar joeg hem ook een complete trap af, achter de stoel aan. Halsoverkop, een circusnummer dat mis was gegaan, het doffe dreunen van bot op steen.

Ondanks de val krabbelde de man overeind, maar toen zakte hij in elkaar van pijn en omdat Boldt zich op hem had gestort. Het klikken van de handboei om de pols was een ritueel dat beide mannen maar al te goed kenden. Boldt fouilleerde hem op wapens terwijl hij hem intussen zijn rechten voorlas, als iemand die in zijn slaap praat. Hij arresteerde de verdachte vanwege heling van gestolen goederen en mishandeling van een politiebeambte.

'Ik heb niks gestolen!' klaagde de man toen hij de trap af werd geleid.

'Tussen hier en het hoofdbureau kun je nog wat nadenken,' waarschuwde Boldt de man. 'Als je een beetje hersens hebt, gooi je het op een akkoordje.'

'Ja, ja... Maar ik zeg toch: ik heb niks gestolen!'

'Als je slim bent, gooi je die plaat met die barst weg,' raadde Boldt hem aan. 'Maar ja, als je slim was, zouden we hier nu niet zijn, hè?'

# 32

Gaylord Riley wreef met zijn vingers over zijn zwetende wang alsof hij een toverlantaarn probeerde op te wrijven. Hij was stoïcijns trots op zijn weigering om de politie iets te vertellen en wachtte geduldig op zijn advocaat. Zijn gevlekte polyester overhemd plakte als cellofaan aan zijn huid, zodat zijn borstharen zich verhieven als boomwortels die door oud asfalt heen komen. De Box was warm geworden van LaMoia's toenemende woede. Beide mannen hijgden en hadden dringend een glas water nodig.

'Wat een lul als jij niet begrijpt, Riley, is dat dit het verkeerde moment is om er een advocaat bij te halen.'

'Alsof daar volgens jullie ooit een goed moment voor is.'

'Ik heb hier op de gang een officier van justitie staan die je alles zal herhalen wat ik zeg. Je bent een bekende heler. Bij Fraude hebben ze een dossier over je.'

'Ik ben nooit voor iets veroordeeld!'

'Als je vertelt van wie je die apparatuur hebt, mag je zo naar buiten lopen.'

'Dat is gelul, en dat weet jij net zo goed als ik. Die grote kerel... Hij zei iets over mishandeling van een politiebeambte. Hij viel, dat is alles – zeker zijn schoenveter niet gestrikt. Ik heb geen politiebeambte mishandeld!'

'Zal ik hem halen? Wacht even!' LaMoia ging naar de deur. Boldt, die door de éénrichtingsspiegel had gekeken, was al bij de deur toen LaMoia opendeed.

Boldt ging naar binnen. Net als vroeger: hij en LaMoia werkten aan een verdachte. Het enige dat er nog aan ontbrak om het plaatje compleet te maken, was Daphne in de kamer ernaast. Boldt sprak de verdachte aan: 'Als je praat, kom je vrij. Dat heb ik je al verteld.'

'Ik hoor het liever van een advocaat,' zei de verdachte.

'Als die erbij is, hoor je het niet meer,' wierp Boldt tegen.

LaMoia ging weer in de stoel tegenover de man zitten. 'Dat je dom bent, is nog tot daaraan toe. Het was dom van je dat je hierin verzeild bent geraakt – dat je het televisiestation belde en die ontmoeting regelde. Maar wees nou niet oerstom. Wees nou geen klootzak die denkt dat hij beter dan wij weet hoe het hier werkt. We hebben gevangenissen vol met die stomme klootzakken, neem dat nou maar van mij aan. Als je met advocaten begint, zet je dingen in beweging die wij niet kunnen stopzetten. Als je de mannen in de dure pakken erbij haalt, kunnen jij, ik en de inspecteur alleen maar in een hoek zitten en toekijken. Wil je dat? Echt waar?' Hij voelde dat hij tot de man doordrong. Zo te zien kon Gaylord Riley ieder moment bezwijken.

'We willen alleen maar een gesprek op gang brengen,' moedigde Boldt aan. 'We willen praten. We willen tot de waarheid doordringen. Als we dat op tijd doen, is er geen enkele reden meer om er juristen bij te halen. Dan is je kleine poging tot afpersing gewoon nooit gebeurd.'

'Ik heb niks afgeperst!'

'Dat zeg ik,' beaamde Boldt. 'Het is nooit gebeurd.'

LaMoia waarschuwde: 'We hebben je op de video, met beeld en geluid. We hebben meer dan tien getuigen, jongen – stuk voor stuk politiemensen. Wat denk je dat jij en je advocaat daartegen kunnen doen?'

De man keek tussen de twee rechercheurs heen en weer, het toonbeeld van een bange kleine jongen. LaMoia genoot van ieder moment. Hij had er niet de kwalificaties voor, maar hij dacht dat hij een goede onderhandelaar in een gijzelingszaak zou zijn, iemand die de terrorist in de ogen keek en hem tartte om op de knop te drukken. Hij voelde zich helemaal voldaan, zoals na seks.

'Het was een Chinees,' zei de verdachte. 'Eenentwintig, tweeëntwintig. Sterk. Klein. Ik had hem nooit eerder gezien. Daarna ook niet. Hij wist niet wat hij had – hij dacht dat het een camcorder was.'

'Een bendelid?' vroeg Boldt zonder enige verbazing, alsof dit alles de gewoonste zaak van de wereld was. Inwendig duizelde het hem van opwinding. Hij wist wel beter dan te vragen of de man een naam had genoemd.

'Dat zijn ze toch allemaal?' zei Riley. 'Geen idee.'

'Hij sprak Engels?' vroeg LaMoia.

'Pidgin-Engels,' antwoordde de man. 'Brabbeltaal.'

'Tatoeages? Bijzondere kenmerken?' vroeg Boldt.

'Gewoon een jongen die poen wou. Een beetje bang voor de hele zaak.'

'Bang om tot zaken te komen,' verduidelijkte LaMoia.

'Ja.'

'Dus je dacht dat het ding gestolen was,' zei Boldt.

'Natuurlijk was het dat,' zei de man. 'Zie ik eruit als een inkoper van Macy's?'

'Hij noemde het een camcorder,' herhaalde LaMoia.

'Ja. Hij wist er geen bal van. Ik zeg je: hij komt naar me toe, wil er wat geld voor hebben. Ik geef hem tweehonderd dollar en hij gaat weg. Al met al duurde het misschien nog geen twee minuten.'

'Tweehonderd dollar voor een camera van twaalfduizend dollar,' zei LaMoia.

'Hé, het logo van het tv-station stond in de bodem gegraveerd. Wat moet ik dan? Hij heeft dat logo helemaal niet gezien, denk ik. Hij wist niet hoe duur die digitale troep is. Ik zeg je: hij wist niet wat hij had, die jongen. En hij was nog zenuwachtig ook: een junk, of iemand die om de een of andere reden dacht dat het gevaarlijk was wat hij deed. Omdat hij zo stevig gebouwd was, denk ik niet dat hij een junk was. Hij leek meer op een jongen die de autoradio van zijn eigen moeder heeft gestolen.'

'Hij heeft hem gevonden,' zei Boldt tegen LaMoia. 'Hij heeft hem gevonden, of hij heeft hem van haar afgepakt...'

'Maar hij heeft het niemand verteld,' vulde LaMoia aan.

'Wie?' vroeg de verdachte. 'Ik heb niks van niemand gestolen!'

'Hou je bek!' blafte LaMoia. 'We hebben het niet tegen jou!'

'Hij vond die camera,' zei Boldt, 'en besloot wat bij te verdienen.'

'En dus verpatst hij hem aan Dombo hier,' zei LaMoia.

Boldt keek de man aan. 'We willen graag dat je naar wat foto's kijkt.'

'Arrestantenfoto's.'

'Ja,' zei de inspecteur. 'Als je hem aanwijst, loop je zo naar buiten...'

'Hé! Dat was niet de afspraak! Dat is gezeik.'

LaMoia stond zo abrupt op dat de man ervan schrok. Hij boog zich over de tafel heen. 'Val de inspecteur niet in de rede, lul! De man praat tegen jou.'

Boldt herhaalde: 'Je kijkt naar die foto's. Als je hem aanwijst, loop je vanavond nog naar buiten. Als je hem niet vindt, blijft je een nacht in de arrestantencel voor die mishandeling, en dan bekijk je morgen nog meer foto's. Als je ons iemand aanwijst, laten we je vrij.'

'Dit is gezeik!'

'Dit is je manier om vrij te komen,' verbeterde LaMoia hem. 'Of heb je liever dat wíj de juristen bellen en tegen ze zeggen dat je niet wilt meewerken?'

'Maar ik héb meegewerkt!' protesteerde hij.

LaMoia keek Boldt aan. 'Denk jij dat hij meewerkt, Lou?'

'Ik denk dat hij verhaaltjes verzint,' zei Boldt.

'Ik heb jullie verteld hoe het ging!' schreeuwde de man.

'En hij schreeuwt tegen ons,' merkte LaMoia op.

'Als je ons iemand aanwijst, en het blijkt hem te zijn, kom je vrij,' zei Boldt.

'Als je dit allemaal verzint, maken we gehakt van je,' waarschuwde LaMoia.

'Het was maar een jongen! Een Chinese jongen. Hoe kan ik nou het verschil zien?'

'Ze lijken allemaal op elkaar?' zei LaMoia dreigend. 'Kom daar niet mee aanzetten, vriend.' Hij loog om de man onder druk te zetten:

'Wees daar heel voorzichtig mee, want de inspecteur hier is getrouwd met een alleraardigste Chinese vrouw en heeft vijf dochters bij haar.'

De verdachte keek alsof hij een ijsblokje had ingeslikt of in een ongekauwd stuk vlees dreigde te stikken.

Boldt moest zich naar de deur omdraaien, anders zou de man hem zien grijnzen. 'Laten we beginnen,' zei hij tegen zijn adjunct-inspecteur. Hij vroeg zich af waar LaMoia het allemaal vandaan haalde.

# 33

Als journaliste had Stevie geleerd mensen te gebruiken, en hoewel dat talent de laatste jaren enigszins was afgestompt omdat ze vooral als presentatrice had gewerkt, was het nog niet helemaal verloren gegaan. Ze wist precies welk effect haar uiterlijk op mannen had, en ze wist ook dat ze vrouwen jaloers maakte – en ze wist vooral hoe ze die eigenschappen in haar voordeel kon gebruiken. Ze had ze nu nodig. In tegenstelling tot haar had Brian Coughlie toegang tot de politie. Ze had het beste restaurant van de stad uitgekozen. Ze droeg een laag uitgesneden jurk die veel bewonderende blikken trok. Ze was er klaar voor.

Haar lichaam deed na de operatie in het museum bijna pijn van vermoeidheid, maar ze zou daar niet aan toegeven voordat ze dit diner achter de rug had en bereikt had wat ze wilde bereiken. De hoofdofficier van justitie van het district King, Milton Abrams, had verboden dat KSTV het bandje te zien kreeg dat ze persoonlijk had teruggehaald. Boldt, Abrams en de anderen hadden haar belazerd, en dat kon ze hun betaald zetten door gebruik te maken van de man die nu tegenover haar zat.

*Campagne* was inderdaad een van de beste restaurants van de stad. Brian Coughlie, die daar op haar uitnodiging was, leek niet helemaal op zijn plaats, maar daar zat ze niet mee. Andere bezoekers hadden opgekeken toen zij, een beroemdheid, binnenkwam. Ze maakte daar ook gebruik van, hoopte er Coughlie mee te intimideren, Coughlie die zelf maar een ambtenaar met een slechte kleermaker was. Het was een merkwaardig bondgenootschap en ze was van plan alles uit hem te halen wat er te halen viel. Ze zou niet met hem naar bed gaan; dat ging haar net iets te ver. Maar dat wist hij niet. Vage avances, een nonchalant compliment, een wriemelende beweging in haar stoel op het juiste moment – ze had het volledige arsenaal tot haar beschikking. Jazeker, ze was er klaar voor.

Coughlie zou een uitnodiging van die vrouw nooit van de hand wijzen. Hij had naar een manier gezocht om met haar alleen te zijn en zoveel mogelijk over haar verdwenen vriendin aan de weet te komen. Het plafond van de een was de vloer van de ander. Als mediabron had ze contacten en middelen waarover hij niet beschikte. Nadat ze die middag op de televisie had verteld dat de politie bewijsmateriaal in beslag had genomen dat aan het tv-station toebehoorde, was haar uitnodiging om te komen dineren een godsgeschenk geweest. Ze had hem nodig – het begin van alle onderhandelingen.

Ging ze ook nog met hem naar bed, dan was dat des te beter. Als hij op haar uiterlijk kon afgaan, zou het een onvergetelijke avond worden. De manier waarop ze met haar achterste in die stoel zat te schuiven maakte hem opgewonden. Toch interesseerde hij zich vooral voor wat ze wist, niet voor haar talenten in bed. De politie werkte de INS tegen, en andersom – zoals gewoonlijk. Hij concentreerde zich op het eten en de wijn. Vrouwen mochten graag praten, als je ze de kans gaf. Als ze de wijn in dat tempo achterover bleef slaan, zou ze over een paar minuten een complete toespraak gaan houden. Om niet voor haar onder te doen nam hij zelf ook een slok. Goed spul. Archery-en-nog-wat. Een yuppie-wijn – *peanut noir*, noemde hij dat. Hij had liever een chablis. Het was wijn van zestig dollar per fles. Hij dacht dat ze hem probeerde te imponeren. *Leuk geprobeerd*, zei hij tegen zichzelf, maar om hem te imponeren moest ze meer in huis hebben dan een mooi lijf en een beetje poeha.

'Waarom gaat iemand voor de immigratiedienst werken?' vroeg ze, en ze keek hem recht aan.

'Waarom gaat iemand iedere middag met haar gezicht voor een miljoen mensen zitten?'

'Het zijn er vierhonderdduizend,' verbeterde ze hem. 'En het is geen goede vergelijking. De mensen van de INS staan bij het publiek bekend als poortwachters, grensbewakers.'

'Met vleierij kom je de halve wereld rond.'

'Spreek me maar eens tegen.'

'Op macht beluste ex-sportlieden?' vroeg hij, en hij prikte een dun plakje ham van de schaal met voorafjes die een of andere Italiaanse naam hadden. Wat gierig dat ze zulke dunne plakjes sneden. 'Die hebben we er ook bij zitten. Dat kun je wel zeggen.'

'En jij?'
'Als ik een held had willen zijn, was ik bij de brandweer gegaan.'
Ze lachte om die opmerking.
Hij ging verder. 'In het begin denk je dat je bij een organisatie komt die mensen een kans geeft om dit land binnen te komen, om vrij te worden, nieuwe kansen te krijgen. Vergeet niet, dat is eigenlijk de bedoeling. Je komt bij de INS veel idealisten tegen. En daar komen ze in sollicitatiegesprekken ook mee aanzetten: de kansen die je die mensen geeft. De macht die daaraan vastzit? Jazeker. Racisme? Waarschijnlijk wel. Sommige kerels die bij ons komen werken, willen alleen maar Mexicanen met een gummiknuppel op hun gezicht slaan. Ik heb dat meegemaakt. Maar die pikken we er vrij snel uit, die kerels, geloof me. Die willen we niet. Aan de andere kant beschermen we wat er nog van dit land over is voor de mensen die er recht op hebben. Illegalen maken de spoeling dun. Ze maken gebruik van sociale voorzieningen waaraan ze nooit hebben meebetaald. Als je ze niet bij de poort tegenhoudt, ga je failliet.'
'Maar er is betalen en betalen. En hoe zit het met die gedetineerden?' vroeg ze. 'Drie of vier weken met een paar lijken in een container. Hoe graag willen ze in dit land komen? Is de prijs die ze voor hun vrijheid hebben betaald nog niet hoog genoeg?'
'We weten allebei waar die vrouwen heen gingen,' zei hij. 'Illegale ateliers? Bordelen? Is dat de droom die je ze wilt verkopen?'
'Ik heb een gunst nodig,' zei ze zonder omhaal. Ze pakte de wijnfles en schonk nog eens voor hen beiden in.
'Moet ik nu verbaasd zijn? Een diner als dit? En ik dacht dat je me had uitgenodigd omdat je me zo onweerstaanbaar vond.'
'De politie heeft misbruik van me gemaakt.'
'Je bent de enige niet.'
'Ze hebben bewijsmateriaal in beslag genomen.'
'Ik heb je op de tv gezien.'
'Je kijkt naar de uitzending?'
'Elke dag,' antwoordde hij.
'Ik ben gevleid. Wat we er niet bij vertelden, is dat ze een videoband te pakken hebben gekregen. Geen VHS, maar digitaal. Opnamen die ze maakte nádat ik haar die camera gaf.'
Hij nam dat alles met weer een slokje wijn in zich op en zei: 'Je wilt dat ik je aan die digitale opnamen help.'
'Ze hebben me belazerd. Die videoband komt mij toe.'
'Laat me zeggen dat het idee me interesseert.'
'Als er iets op die band staat, moet het met de illegalen te maken hebben – dat was het verhaal waaraan we werkten. Melissa wilde die digitale camera hebben omdat hij klein en gemakkelijk draagbaar was. Handig als je iemand wilt volgen. Als ik moet afgaan op de VHS-

opnamen die ze maakte voordat ik haar die digitale camera gaf, denk ik dat ze in een bus is gestapt. Of ze is naar een autowasserij geweest. Ik weet dat niet zeker. Maar wat ze ook heeft opgenomen, het heeft met illegalen te maken. En dat is jouw terrein.'

Hij voelde zich alsof de lucht uit zijn longen was gepompt. *Auto-wasserij?* Hoe was ze daaraan gekomen? Het werd tijd om Rodriguez te bellen en de zaak af te sluiten. Hij voelde er veel voor om het diner verder te laten schieten en meteen Rodriguez te bellen.

'Goed, dan beroep ik me op het recht om die digitale opnamen te zien,' zei hij. 'Laten we er even van uitgaan dat ze me dat toestaan. Wat dan? Moet ik je een uittreksel geven?'

Die jurk was een genot om naar te kijken. Die vrouw wist hoe ze zich moest verpakken. Ze wist hoe ze de aandacht van een man kon afleiden.

'Ja. Precies. Je vertelt me wat je hebt gezien,' antwoordde ze.

'En in ruil daarvoor?'

'In ruil daarvoor laat ik je de VHS-bandjes zien: de eerste drie bandjes die Melissa heeft gemaakt. Voor wat hoort wat.'

'Die autowasserij...' probeerde hij. Hij moest weten hoeveel ze wist. Als ze te veel wist, moest hij een paar moeilijke beslissingen nemen.

'Ik laat jou de mijne zien, als jij me de jouwe laat zien,' plaagde ze.

Hij moest onwillekeurig grijnzen. Ze was goed. Erg goed. 'Jij bent okay,' zei hij.

'Ik ben veel beter dan okay, Brian. Je moet me gewoon vertrouwen.'

'Daar werk ik aan,' zei hij, zoals zij de vorige keer had gezegd. Hij knipoogde brutaal naar haar en kreeg een brede glimlach als antwoord. Hij was gek op dit spel. En dit was een vrouw die het spel kon spelen.

# DONDERDAG 27 AUGUSTUS

## 10 DAGEN VERMIST

# 34

Boldt besloot de digitale videobeelden te bekijken, al hadden alle juristen hem dat afgeraden. De verdwijning van Melissa Chow dwong hem om in actie te komen, ook al omdat ze mogelijk in verband stond met de dode illegalen, de twee vermoorde getuigen en de verdwijning van Gwen Klein. Hij had geen keus. Als een rechter hem uiteindelijk op de vingers tikte en de inhoud van dat bandje niet als bewijsmateriaal wilde accepteren, zou hij gewoon ander bewijsmateriaal moeten vinden. Daar zou hij zich druk om maken als het zo was. Op dit moment zou hij zich niet door juristen laten voorschrijven wat hij moest doen en laten.

'Waarom heb je een pak aan?' vroeg LaMoia. 'Ga je naar een begrafenis?'

'Perceel 17,' antwoordde Boldt. Perceel 17 was het Graf van het Onbekende Slachtoffer van Seattle – twee hectare bosgrond waar alle onbekende doden een rustplaats kregen. Het waren er al meer dan tweehonderd. 'De vrouwen uit de container.'

'Serieus?' zei LaMoia. 'Die zou ik liever nog een tijdje houden.'

'Als ik een pak wil dragen, draag ik een pak.'

'Je verzint dat van Perceel 17.'

'Ja.' Ondanks hun vriendschap vertelde Boldt hem niet de echte reden waarom hij een pak droeg. Op de vijfde verdieping verspreidden geruchten zich bliksemsnel.

Beide mannen liepen vlug de trap af. Boldt voelde zich soepeler dan hij zich in jaren had gevoeld. Door Liz' ziekte was hij meer dan tien kilo afgevallen. Dixon noemde dat een 'verdrietdieet'. Die kilo's waren niet teruggekomen, en daar was hij blij om.

'Wat vind je van die camera en die pantoffels?'

'Het staat me niet aan.'

'Mij ook niet. Een vrouw zonder haar schoenen is zoiets als een auto zonder banden. Weet je wat ik bedoel?'

'Nee.'

'Natuurlijk wel.'

'Ze is dood?' vroeg Boldt.

'Ik neig in die richting.'

'Dat moet je niet doen.'

'Op grond waarvan?'

'Dat moet je gewoon niet doen,' zei Boldt. 'Ik wil haar levend terugvinden.'

'Het is tien dagen geleden dat iemand haar voor het laatst heeft gezien, Lou.' LaMoia zweeg even. Toen zei hij: 'Lofgrin heeft gebeld.' Hij had het over het hoofd van het forensisch lab. 'Hij zei dat hij vissenschubben op de zolen van die pantoffels heeft gevonden. Hij wil dat ik bij hem langskom als we klaar zijn met de technische dienst.'

Hoewel de ontdekking van die vissenschubben Boldt erg interesseerde, omdat ze op een verband met de onbekende dode konden wijzen, was hij toch jaloers. De technische recherche had hem moeten bellen, vond hij, niet zijn adjunct. Maar nu hij tot inspecteur was bevorderd, zou dat steeds zo gaan. Het lab en de patholoog-anatoom stelden eerst de leider van het onderzoek in kennis, en een inspecteur was bijna nooit leider van een onderzoek. Supervisor, zeker. Adviseur, zeker. Maar geen leider. Boldt wist niet waarom dat zo belangrijk voor hem was, maar dat was het nu eenmaal. Hij wilde niet de tweede zijn die iets te horen kreeg; hij wilde niet het bruidsmeisje zijn. Hij wilde dat het zíjn pieper was die afging – ook al haatte hij die dingen – en dat het zíjn telefoon was die rinkelde. Hij wilde dat het zíjn beslissing was. Als het niet goed ging met een zaak, werd hij tegenwoordig naar het kantoor geroepen, en niet naar de plaats van het misdrijf. Het was gewoon niet goed. Dat was trouwens ook de reden waarom hij een pak droeg. Hij had later die dag een sollicitatiegesprek. Zelfs Liz wist daar niet van. Hij verkeerde nog in tweestrijd over de beslissing om te solliciteren – om van de baan zelf nog maar te zwijgen, als die hem werd aangeboden.

Ze bleven bij de branddeur in het souterrain staan. Die had zoveel lagen verf dat hij er als leer uitzag. 'Als er iets goeds uit dat videobandje voortkomt,' waarschuwde Boldt, 'moeten we bedenken hoe we het op een andere manier in handen kunnen krijgen, anders lopen we gevaar dat een rechter het niet als bewijsmateriaal accepteert.'

LaMoia beschikte over legendarische connecties. Hij had vrienden die vrienden hadden die toegang hadden tot de best bewaakte informatie – financiële en andere informatie. Sommigen zeiden dat het allemaal ex-vriendinnen van hem waren; anderen beweerden dat hij vroeger voor de militaire inlichtingendienst had gewerkt. Hij zei er nooit iets over. Op die manier hield hij de legende in stand en beschermde hij zijn bronnen. 'Komt voor elkaar,' zei hij.

'Het is een sollicitatiegesprek,' zei Boldt tegen hem, 'maar dat mag niemand weten.'

Dat ontnuchterde LaMoia. 'O ja? Nou, ik hoop voor ons allemaal dat het niet goed gaat.' Hij aarzelde even en zei toen met een warme stem: 'Bedankt.'

Boldt trok de deur open.

De freak van de technische dienst zei iets over het downdubben van de digitale beelden naar een SVHS-master en gaf LaMoia de afstandsbediening – weer een teken dat LaMoia de leider was. LaMoia kon hem roepen als ze hem nodig hadden, zei hij, of als ze klaar waren. Hij liet de twee mannen in een kleine verduisterde kamer met een 27-inch-kleurentelevisie achter.

'Een privé-vertoning,' zei LaMoia, die de band in beweging zette. 'Wie trakteert op popcorn?'

Boldt was niet in de stemming voor grappen.

Ze zagen de beelden en hoorden de geluiden van een stad overdag. De camera had zich ongeveer ter hoogte van Melissa's middel bevonden. Volgens de tijdaanduiding waren de opnamen tien dagen eerder gemaakt. De tijd was 18:19 uur. De twee hoorbare achtergrondgesprekken waren die van een stel dat over een Native American-festival praatte, en van twee of drie mannen die over hun banen klaagden.

'De camera is verborgen,' zei Boldt zachtjes.

'Misschien in een aktetas.'

'Ja.'

Plotseling werd het beeld vaag. Ze zagen een stadsbus naderen.

'Het is een bushalte,' zei LaMoia.

'Ja.'

'Begrijp jij daar wat van?'

'Laten we kijken,' stelde Boldt voor.

De luchtdrukremmen sisten en de bus kwam tot stilstand. Omdat de beelden vanaf heuphoogte waren gemaakt, zag je alles zoals een kind het ziet. Boldt dacht aan zijn eigen kinderen, Miles en Sarah, en vond dat hij ze niet genoeg te zien kreeg. Hij zag Liz trouwens ook bijna nooit – tenzij hij de uren meetelde dat ze sliep. Nu zijn slapeloosheid weer in alle hevigheid terug was, zag hij Liz vaak terwijl ze sliep. Hij lag dan te piekeren – het maakte eigenlijk niet uit waarover. Zijn soort piekeren was een wereld op zich.

Ze vingen hun eerste glimp van Melissa op in een glanzend stukje staal of aluminium, of misschien een spiegel in de bus. Het ging zo vlug dat het bijna niet te zien was. Maar daar was ze – in de twintig, bijna aantrekkelijk, blauwe spijkerbroek, Wazoo-sweatshirt. Ze ging het trapje van een bus op. Er was te veel lawaai om een gesprek te kunnen verstaan, maar de camera was blijkbaar op de linkerkant van de bus gericht. Het was duidelijk dat ze haar best deed om hem de hele tijd ergens op te richten, al liep ze door het middenpad.

'Wat denk je?' vroeg LaMoia.

'Ik weet het niet,' antwoordde Boldt. Het ergerde hem dat de man elke paar seconden iets moest zeggen. Hij wilde naar de videobeelden kijken, in de beelden kruipen en niet de hele tijd naar de donkere kamer met zijn adjunct worden teruggehaald.

'Iemand aan de linkerkant interesseert haar.'

'Laten we er nou eerst gewoon naar kijken. Goed?'

'Ja, goed.'

Melissa liep ongeveer tweederde van de lengte van de bus naar achteren en ging toen tegenover de achteruitgang zitten, maar de lens bleef op dezelfde kant van de bus gericht. Beelden stroomden aan de buitenkant van de ramen voorbij.

'Ze wil er snel uit kunnen,' zei LaMoia meteen.

Boldt zei niets. Leiding geven door een goed voorbeeld te stellen, dacht hij.

Al na een paar seconden schokte het beeld abrupt en sprong de tijdsaanduiding elf minuten verder. Ze had de opname gestopt en weer gestart. Boldt maakte in het donker van de onderbreking een aantekening.

'Probeer je me te intimideren, Lou? Zou ik aantekeningen moeten maken?'

'Ik maak ze wel voor je,' zei Boldt.

De bus ging een hoek om en reed door een straat in de binnenstad. Dat was aan de verandering in de architectuur te zien. Het was buiten nu veel donkerder – schemering. De neus van de bus ging omlaag en alle passagiers werden op hun stoelen een beetje naar voren geduwd.

'De bustunnel van Third Avenue,' zei LaMoia.

'Ja.'

'Ze volgt iemand. Wedden?'

'Laten we kijken.'

LaMoia snoof, opgewonden door wat hij zag en teleurgesteld door Boldts koppige stilzwijgen.

De bus stopte bij een halte in de tunnel en een stuk of tien passagiers stonden op om uit te stappen. De camera bleef draaien, terwijl het ene na het andere bovenlichaam voorbijkwam. Toen maakte hij een zwaai. Melissa ging ermee de bus uit, naar de halte, waar sommige passagiers naar uitgangen liepen en anderen op hun overstap wachtten. Voor het eerst was de camera duidelijk op een man gericht.

'Dat is hem,' zei LaMoia gespannen. 'Wie hij ook is.'

De man werd groter doordat de camera dichterbij kwam. Een ogenblik was hij van opzij te zien, maar een lamp in het plafond brandde een fel wit gat in het beeld en wiste het gezicht van de man uit.

'Verdomme!' riep LaMoia uit. 'We hádden hem.'

'Zij had hem,' verbeterde Boldt. 'Maar waar het om gaat, is of hij haar had.'

'Denk je dat hij haar door had?'

'We weten dat hij haar door had, John,' zei Boldt. 'We weten alleen niet wanneer.'

'Dit werkt op mijn zenuwen.'

'Dat is te zien.

'Film, bedoel ik.'

'Ja,' zei Boldt.

Ze stopte bij een stadsplattegrond, draaide zich om en ging zitten, vermoedelijk op een bank. De camera draaide een klein beetje opzij en hield de rug van de man in het vizier.

'Ze is hier goed in, weet je. Ze kan goed richten.'

Het beeld maakte een sprongetje. In de rechter benedenhoek waren zeven minuten verstreken. De rug van de man was nog te zien. Hij droeg een oud versleten sweatshirt met een capuchon, een zwarte spijkerbroek en schoenen met wafelzolen. Het golvende zwarte haar en het postuur van de man wezen op etnisch bloed – een grote Latino of een eilandbewoner van de Stille Oceaan. Zolang ze hem niet beter konden zien, betekende dat niets.

'Waarom die man?' zei LaMoia.

'Dat is de vraag waar het om draait,' beaamde Boldt.

'Gwen Klein? Bracht ze die verdwenen vrouw in verband met deze Frito Bandito?'

'Dat is een racistische opmerking, John. Je bent nu adjunct-inspecteur.'

'Deze meneer van rijst en bonen,' verbeterde hij zichzelf. 'Tommy Taco?'

'Je bent er nog lang niet.'

'Dank je.'

Er stopte een bus. Passagiers stapten uit. De verdachte stapte in, even later gevolgd door de camera en de vrouw die de camera bij zich had. Het beeld was van korte duur. Ze stelde vast waar de man in de bus was gaan zitten. Weer een onderbreking. Er waren zeventien minuten verstreken.

Boldt dacht aan de tijdschema's van specifieke busroutes. Hij vroeg zich af met hoeveel van die routes ze te maken zouden hebben.

'Tommy af, toneel rechts,' zei LaMoia, alsof hij een film regisseerde.

De breedgeschouderde man in het sweatshirt ging de bus uit. De camera bewoog zich naar de deur, maar kwam toen abrupt tot stilstand. De man in het sweatshirt was de enige die uitstapte. Blijkbaar zag Melissa ervan af om met hem alleen op een donker trottoir te gaan lopen.

'Nou, zo dom is ze nou ook weer niet,' zei LaMoia ten overvloede.
'De omgeving verkennen? De locatie?'
'Meen je dat nou? Die deuren waren amper vijf seconden open,' klaagde LaMoia.
'Terugspoelen,' beval Boldt.

LaMoia imiteerde een sportpresentator: 'Onze bus-cam zal nu een herhaling laten zien, terwijl de ster van onze show de achtertrap afdaalt.' Hij was van buiten net zo nerveus als Boldt van binnen. De verdwenen vrouw had een man gevolgd – een grote man, misschien een arbeider, misschien geen westerling. Ze was hem bijna een uur gevolgd, bij avond, in twee verschillende bussen terwijl ze een camera in een aktetas verborgen hield.

Ze deden drie pogingen om een herkenningspunt te vinden op de momenten dat de busdeuren opengingen, maar konden niets ontdekken.

De volgende onderbreking was net zo abrupt als de andere.

'Het is een dag later,' merkte Boldt op. 'Die laatste opname. Terugspoelen... Ja. Zie je?'

De camera zwenkte langzaam van links naar rechts. Ze zagen kleine witte lichtjes in de duisternis. Toen de lensopening was aangepast, schoven beide mannen op hetzelfde moment naar voren. Tientallen Chinese vrouwen – allemaal met kaalgeschoren hoofd, allemaal in spijkerbroek en T-shirt – zaten achter grote industriële naaimachines. Ze waren koortsachtig aan het werk. Anderen stonden aan snijtafels en waren druk in de weer met scheermessen en scharen die met kettingen aan de tafels vast zaten. Melissa's snelle ademhaling vermengde zich met het bulderen van machines en kwam hard uit de stereospeakers van het televisietoestel.

'Jezus,' mompelde LaMoia.

De camera zoomde in en de belichting werd beter. Enkele naaisters waren in close-up te zien. Ze zagen er gekneusd en geslagen uit.

'God nog aan toe,' zei Melissa met een droge fluisterstem. Er volgde een opname van een geketende enkel, rauw tot bloedens toe. Ze hield scherp haar adem in toen de camera zich daarop concentreerde. Toen weer een geboeide enkel, en nog een. 'Het kerkhof,' fluisterde de stem van de vrouw schor.

'Hilltop?' vroeg LaMoia.

Boldt wierp hem een blik toe. Had Melissa verband gelegd met hun onbekende dode? Hoe? Wanneer?

Weer een onderbreking. Het scherm eiste hun aandacht op.

Het onheilspellende kreunen van machines ging de hele tijd door. Het was zenuwslopend. De camera zoomde in op een zwart oppervlak, waarin plotseling een gaatje ter grootte van een muntstuk verscheen. De lens ging naar dat gaatje toe en stelde zich toen automatisch in. Het was een kleine kamer, slecht verlicht door een bouwlamp. Het geluid van stromend water. Naakte vrouwen – hun hoofd en geslachtsdelen geschoren – met een tuinslang waaruit water over hen heen stroomde. Ze fluisterden onder elkaar. Het klonk Chinees.

Deze ene keer wist LaMoia zijn flauwe puberhumor voor zich te houden.

Weer een onderbreking. Een vrouw – Melissa? – stond in een donkere badkamer en gebruikte een scheermes om haar hoofd kaal te scheren. Deze scène duurde maar enkele seconden. Ze keek in de camera en glimlachte. Fluisterend zei ze: 'Dit is Melissa Chow voor KSTV News. Ik ga nu undercover. Ik sluit me aan bij het personeel van dit atelier. Ik word nu een van hen.'

'O, shit,' zei LaMoia.

De vrouw stak haar hand uit en zette de camera af. Het scherm werd zwart.

'Het geluid is zo hol,' zei Boldt, die een gevoelig muzikaal gehoor had.

Het waren de geluiden van vrouwenstemmen die Chinees spraken. De camera ging van zwart op een extreme close-up van een vrouwengezicht over. Ze was kaal. Ze sprak fluisterend in het Chinees. Het interview duurde bijna een minuut, de camera gericht op de kruin van haar hoofd en de punt van haar kin. De close-up-beelden maakten haar woorden extra dramatisch. Ook zonder tolk was duidelijk dat ze over angst en gruwelijke omstandigheden sprak. Dat zag je aan haar tranen. Het beeld werd weer zwart, gevolgd door een close-up van een andere vrouw. Al met al waren het drie interviews. Alle drie gefluisterd. Alle drie in het Chinees. Er werd geen woord Engels gesproken. Het derde interview werd onderbroken door een vrouwenstem die bars sprak. Misschien een waarschuwing. De camera werd omlaag gericht en toonde een slaapzaal van gevlochten matten en polarfleece-dekens. Een aantal vrouwen sliep. De meeste matten waren leeg. Het beeld werd zwart en toen wazig.

LaMoia en Boldt zaten naar een grijs gespikkeld scherm te kijken. LaMoia zette het geluid zachter. Hij spoelde de band versneld door om er zeker van te zijn dat ze niets misten. 'Word je al misselijk?' vroeg hij.

'Heb jij als kind ooit met Chinese handboeien gespeeld?' vroeg Boldt. 'Die gevlochten buizen? Je stak je vingers erin?'

'Ja. Die kan ik me herinneren. Wat is daarmee?'

'De buis trok zich samen. Je kon je vingers erin schuiven, maar je kon ze er niet meer uit krijgen.'

'Dat waren kettingen die ze om hun enkels hadden, Lou.'

'Dat is er met haar gebeurd,' zei Boldt. 'Ze werkte zich naar binnen, maar ze kon er niet meer uit.'

'Net als met die Chinese handboeien.'

Boldt knikte. Hij voelde zich beter dan hij zich in dagen had gevoeld. 'Het goede nieuws is dat ze de taal spreekt en dat ze met haar kaalgeschoren hoofd op alle anderen lijkt.'

'Je denkt dat ze nog in leven is,' zei LaMoia. Zijn zorgelijke stem kwam amper boven fluisteren uit. Ze konden zich geen van beiden losmaken van de beelden.

'Ik denk van wel, ja,' zei Boldt met net zo'n zachte stem. 'Ik weet het, het feit dat de camera is opgedoken, spreekt het tegen. Maar de reden waarom wij haar niet hebben gevonden?' vroeg hij retorisch. 'Die reden is dat zij haar ook niet hebben gevonden.' Hij keek LaMoia in het donker aan, afstekend tegen het licht van het gespikkelde grijze scherm, zodat hij er ziek en lijkbleek uitzag. 'Wie weet?' zei Boldt. 'Misschien weten ze niet eens dat ze daar binnen is.'

# 35

'Kan u aan mooi pak goedkoop helpen,' zei Mama Lu tegen Boldt. Ze vulde het grootste deel van de deuropening van een gebouw dat alleen een Chinees opschrift droeg. Ze droeg een rode katoenen tentjurk en leren sandalen en had een bamboe wandelstok met rubberen punt. Die stok paste niet bij haar. Bij daglicht, buiten haar schemerige hol, leek ze veel jonger, misschien midden vijftig.

'U vindt dit geen mooi pak?' klaagde Boldt.

'Is goed. Een beetje groot voor u denk ik. Slechte kleur. Te donker voor teint. Ik heb neef.'

'Teint?' Hij had het pak ooit in de uitverkoop gekocht, zo lang geleden dat hij niet meer wist wanneer. Haar opmerkingen maakten hem onzeker. Hij maakte zich zorgen over de indruk die het pak zou maken als hij naar zijn sollicitatiegesprek ging.

Zoals ze die stok vasthield en een lichte buiging naar hem maakte als hij sprak, vond hij haar net een soort Chinese Winston Churchill.

Boldt had dit bezoek tussen de videosessie met LaMoia en zijn sollicitatiegesprek ingepast. Hij was van plan de vrouw om adressen van illegale ateliers te vragen. Maar zij had andere ideeën.

Toen Mama Lu zag hoe ongeduldig hij was, eiste ze dat ze elkaar op een plaats van haar keuze zouden ontmoeten: een onopvallend gebouw aan een drukke straat in het hart van het International District.

'Ik heb een afspraak,' ging hij verder.

'Dit niet lang duurt,' zei ze tegen hem. Mama Lu bepaalde haar eigen tempo. In jazztermen was ze een *ballad*, geen *bebop*. 'U wilt zo goed zijn,' zei ze, wijzend naar de deur.

Boldt maakte de deur voor haar open en kwam dicht genoeg bij haar om een zweem van jasmijn te ruiken. Dat herinnerde hem aan het feit dat ze een vrouw was, iets wat je door haar gezaghebbende persoonlijkheid gemakkelijk vergat. Toen ze hem voorbijliep, zei hij zachtjes: 'Er is weer een dode vrouw gevonden. Weer een Chinese. Hoofd kaalgeschoren. Zag er slecht uit.' Onwillekeurig ging hij ook in korte zinnetjes spreken.

'Chinees of Chinees-Amerikaans? Weet u, voor ons is veel verschil, meneer Both. Ik laat u zien.' Ze leidde Boldt door een rood gangetje en door een lichtroze deur naar een grote, open ruimte met minstens vijftig Aziatische kinderen. Ze zaten in groepjes van vijf of zes aan lage tafels. Aan de met textiel beklede muren hingen vingerschilderingen; boven het schoolbord hing als een spandoek een met de hand getekend Engels alfabet. Er waren zitzakken, poppenhuizen, plastic forten en een muur vol boeken. Het was er druk, maar het was geen herrie. Xylofonen lieten Chinese melodieën horen.

Boldt las een bescheiden plastic bordje aan de muur en begreep meteen dat Mama Lu politiek aan het bedrijven was. Onder de grote Chinese karakters op het bord stonden de woorden: *Hongyang Lu Crèche en Opvanghuis voor Vrouwen*. Mama Lu was de enige eigenaar.

Alsof het afgesproken was – en misschien was het dat ook – renden een stuk of wat aandoenlijke kindertjes de grote dame tegemoet. Ze klampten zich aan haar tentjurk vast en sprongen naar haar armen. Kleine poppen. Boldt dacht aan zijn eigen Sarah en bedacht hoe snel haar kinderjaren voorbijgingen. Hij maakte weer lange uren, iets waarmee hij was opgehouden toen Liz ziek was, en hoewel er wel een miljoen rechtvaardigingen voor waren aan te voeren, vroeg hij zich plotseling af of hij werkte of voor iets op de vlucht was. Daphne had die gedachten in hem gestopt en hij kon zich er niet van ontdoen.

Mama Lu onderbrak zijn gedachten: 'Dit mijn kinderen: Amerikaanse staatsburgers. Zij hier geboren, hier wonen. Groeien op, verdienen geld, betalen belastingen.' Ze sprak in het Chinees tegen de kinderen die om haar heen stonden en ze renden naar hun plaatsen terug. 'Oudere meisjes boven,' zei ze, wijzend naar het plafond. 'Andere problemen.'

Boldt telde tien jonge vrouwen die toezicht hielden, veel meer per kind dan in de crèche van zijn eigen kinderen. Een van die jonge vrouwen kwam naar hen toe en verwelkomde hen met een zachte, hartelijke stem. Tenzij ze allemaal heel goed komedie speelden, was Mama Lu hier geen vreemde. De vrouw schudde Boldts hand en vroeg of de politie ooit wilde overwegen met de studenten te praten. Hij bood aan dat zelf te doen.

Mama Lu was erg blij met zijn aanbod. De vrouw ging naar haar kinderen terug en Mama Lu zei tegen Boldt: 'Dit meisje ooit in opvanghuis. Nu lerares, geef terug aan samenleving. Dit gratis crèche. Iedereen welkom.'

'U bent een erg grootmoedige vrouw.'

'Dat is niet! Let op! Kinderen Amerikánen. Niet illegaal. Geboren hier betekent Amerikaans staatsburger.'

'Ja, en dan doet het er niet toe of hun ouders legaal waren. Zo werkt de wet.'

'De wet werkt niet,' wierp ze tegen. 'Let op. Deze kinderen leven, meneer Both. Ze groeien op, betalen belastingen. Amerikaanse staatsburgers.'

'Ik begrijp het,' antwoordde Boldt.

Op dreigende toon snauwde ze: 'U begrijpt niets.'

'Wij hebben bewijsmateriaal,' zei Boldt. 'Een videoband. En nog meer. Er is een illegaal atelier... De mensen die dit doen, zullen worden gearresteerd en gestraft.' Hij liet dat tegelijk met de tinkelende xylofoons en blije kinderkreten in de lucht hangen. 'Degenen die met ons samenwerken,' zei Boldt, 'worden door de wet anders behandeld.'

'Wet niet heeft ogen. Wet is blind. Wet ziet niet ouders, alleen kinderen.' Ze maakte een gebaar met haar dikke hand naar de kamer.

'Vrouwe Justitia is blind,' verbeterde Boldt.

Ze keek met half dichtgeknepen ogen naar hem op, als iemand die in de zon tuurde. 'Waarom maakte u zoveel moeilijkheden?'

'Die mensen hebben die vrouwen niet geholpen toen ze ziek werden. U weet zonder wetten ook wel dat zoiets een misdaad is! Als een van die kinderen de griep kreeg, zou u dat kind dan gewoon laten sterven?'

'U daar niet zeker van,' probeerde ze.

'O ja, we zijn er zeker van.' Hij boog zich dicht naar haar toe en fluisterde: 'De vrouw op de begraafplaats – begraven zonder kist, zonder dienst, gewoon in de modder gedumpt – die was met veel geweld verkracht.' Met tegenzin voegde hij eraan toe: 'Elke lichaamsopening.'

Dat nieuws trof haar. Achter haar donkere ogen vlamde een roodhete woede op.

'Uitgehongerd, verkracht en begraven,' herhaalde Boldt terwijl hij naar haar toe gebogen bleef staan. 'Ze hebben haar lichaam ingevroren – we weten niet hoe lang, of waarom. We weten dat ze in een illegaal atelier werkte. Haar vingers...'

Mama Lu richtte zich op. In een verbijsterde stilte leunde ze op de stok, met de blije geluiden van kinderen om hen heen.

'Een illegaal atelier zou in deze stad niet zonder uw toestemming kunnen opereren,' waagde Boldt te zeggen. 'Ik zeg niet dat u eraan deelneemt, alleen dat u ervan weet.' En hij voegde eraan toe: 'Kunt u zulk gedrag blijven toestaan? Helpt u me er een eind aan te maken, Grote Dame. Dan bent u een held, een weldoenster van deze stad.'

'Mensen komen van overzee,' zei ze, ook fluisterend. 'Ze hebben geen plaats te vinden werk. Regering staat niet toe ze werken. Veel nodig dit werk, meneer Both. Wat te doen? Damesdiensten doen? Dat soort werk? Aan ziekte sterven? Dit niet eerlijk. Heel veel niet eerlijk.'

'Ze hebben haar laten omkomen van de honger en ze hebben haar verkracht.' Het viel Boldt op hoe grimmig hun gesprek was, zeker in vergelijking met het blije enthousiasme van de kinderen om hen heen. 'Is dat eerlijk?'

'Verschrikkelijk,' zei de vrouw. 'Uw bezoek erg op prijs gesteld.'

'Nee, nee, nee!' verbeterde Boldt. 'Dat illegale atelier is volgens ons in een visconservenfabriek gevestigd – misschien een voormalige fabriek. We hebben daar bewijzen voor gevonden.'

'Veel van die fabrieken, vroeger. Grote stad. Groot terrein.'

'Precies,' zei hij. 'Help me, Grote Dame. Als we dat atelier vinden, houden we op met zoeken,' zei hij. Dat trof doel. Hij knikte om zijn woorden kracht bij te zetten. 'Als we het juiste atelier niet vinden, gaan we een heleboel invallen doen. Hoe dan ook: de mensen die dit hebben gedaan, zullen ervoor boeten.'

'En deze kinderen?' vroeg ze. 'Hun moeders maakten ooit kleren waarvan u spreekt. Zo hebben ze overleefd. Wat moet met hen?'

'Er zijn vier vrouwen dood. De patholoog-anatoom zegt dat drie van hen een kind hadden gebaard. Hun kinderen hebben geen moeder. Wilt u dat?'

'U hebt twee kinderen,' zei ze. Ze verraste Boldt met haar kennis. 'Een jongen, Miles. Dochter, Sa-ra. U houdt van uw dochter, meneer Both?'

Hij gaf geen antwoord. Hij keek haar woedend aan, met bonkend hart, en wilde plotseling dat hij haar nooit had ontmoet. Hij moest iets wegslikken bij de herinnering aan die keer dat Sarah gekidnapt was. Hij kende die hel uit eigen ervaring. Bijna iedere nacht maakte hij het opnieuw mee. Het was de onuitgesproken bron van zijn slapeloosheid.

'U ziet kind?' vroeg ze, wijzend naar een meisje van hooguit twee jaar. 'Haar moeder baarde dit kind, ja? In China – één kind alleen. Als jongen, hij groeit op in huis familie, zorgt later voor ouders. Meisje gaat met man weg. Meisje kind niet goed. Veel dochters geboren, maar op straat achtergelaten, nooit meer gezien. Ja?'

Boldt kon alleen aan Sarah en Miles denken. Waarom had ze hen ter sprake gebracht? Hoe wist ze van hen?

'Veel dochter naar neven in Amerika gestuurd. Hier, Seattle. Ja? Moeder betaalt veel geld hiervoor. Moeder komt later, in bodem van schip. In container. Ja? Amerikaanse regering zegt zij niet politieke vluchteling, heeft niet recht in Amerika leven. U, meneer Both? U weigert haar kans om bij eigen dochter te zijn? Zij werkt hard veel jaren, geen papieren. Verdient veel geld. Krijgt verblijfsvergunning. Nu staatsburger.' Met een vaag glimlachje voegde ze eraan toe: 'Dit Amerika. Alles te koop.'

Boldt zweeg. Hij dacht nog aan Sarah, aan het idee dat dochters bij hun geboorte in de steek werden gelaten of naar een ver land werden gestuurd. Hij kreeg het koud. Voelde zich misselijk.

'We weten haar naam niet,' zei hij ten slotte. 'De vrouw die we in het graf hebben gevonden. Verkracht, uitgehongerd. Geen naam. Zij zal haar vrijheid niet kopen. Zij zal niets kopen.' Hij probeerde weer duidelijk te maken wat hij bedoelde. 'Er zijn mensen die zeggen dat in deze stad geen enkel atelier kan opereren zonder dat u ervan weet.'

Ze boog zich dreigend naar hem toe. 'U gelooft zulke dingen?'

'Er is een vrouw verdwenen. Ik moet haar vinden. Ik moet die mensen tegenhouden, die mensen die deze vrouwen op die manier behandelen. Er zal een eind aan komen, Grote Dame, met of zonder u. Ik zou erg dankbaar zijn als u me zou vertellen waar ik naar dat illegale atelier kan zoeken. Gelooft u me, niemand zou ooit mijn bron van die informatie hoeven te weten.'

'Laat dit met rust, meneer Both,' zei ze. 'Dit gevaarlijk voor iedereen betrokken. Ook uzelf. U helpt me erg door hier komen, me die dingen vertellen.'

'Ik ben hier niet gekomen om u te helpen. Ik ben gekomen om u te vragen mij te helpen.'

Ze wees naar de deur. 'Natuurlijk ik u helpen. Geen probleem. Maar u moet luisteren, ja? Deze vrouw die nieuws op televisie maakt, zij maakt verkeerde mensen kwaad. Uw naam wordt ook genoemd. U laat haar luisteren – niet zoveel moeilijkheden maken. Slecht voor iedereen.' Onheilspellend waarschuwde ze: 'U let op schaduwen, meneer Both – schaduwen niet van uzelf. U maakt verkeerde mensen kwaad.'

Boldt voelde dat zijn keel droog werd. 'We vinden steeds weer bewijsmateriaal. We zúllen de mensen vinden die verantwoordelijk zijn. We zullen een eind aan hun activiteiten maken.' Hij betrapte zich er weer op dat hij in korte zinnetjes ging spreken en zich op die manier bij haar aanpaste, zoals hij bijna nooit bij andere mensen deed. Waarschijnlijk sprak ze vloeiend Engels. 'Zij, en alle mensen die met hen samenwerken, gaan naar de gevangenis.'

'Ga huis uw kinderen, uw vrouw, meneer Both,' zei ze.

'Zo werkt het niet,' zei Boldt. 'Vrouwe Justitia mag dan blind zijn, Grote Dame, maar de politie is dat niet. Wij zijn de wet, niemand anders. Niet u, niet iemand anders. Niet u, niet iemand anders.'

'Wij beiden idealisten. Ja?' Toen ze grijnsde, was haar kunstgebit te zien, zo perfect als een paaltjeshek. Dat gebit hoorde niet in zo'n gezicht thuis. Het deed afbreuk aan haar karakter. 'Jammer voor ons beiden.'

## 36

Boldt wachtte tien minuten voor het kantoor van de directeur Personeelszaken van Boeing, met zijn gehavende aktetas, zijn tien jaar oude pak en een maag die van de zenuwen dreigde te gaan protesteren. Normaal gesproken was hij altijd degene die de vragen stelde, nooit degene aan wie de vragen werden gesteld. Het idee dat een of andere manager, met een titel zo lang dat hij nooit op een visitekaartje zou passen, hem vragen over zijn leven, zijn gezin, zijn dromen zou stellen, zat hem heel erg dwars. Hoe kon hij uitleggen dat hij die baan eigenlijk niet wilde maar dat hij alleen het extra inkomen nodig had? Hoe legde hij uit dat als Sheila Hill hem aan een bureau kluisterde, hij net zo lief voor twee keer zoveel geld achter een bureau zat dat ergens anders in de stad stond? Dat het een wrede vorm van foltering was dat ze hem achter dat bureau lieten zitten terwijl anderen in de stad opereerden? Hoe kon hij, zonder in morbide termen te vervallen, aan iemand vertellen dat hij voor het veldwerk leefde, voor de dode lichamen, al was het alleen maar omdat ze zijn geest levendig hielden, zijn verbeeldingskracht actief – dat ze het fundament van zijn bestaan waren?

Het dikke glazen blad van de salontafel lag bezaaid met tijdschriften over luchtvaart en golf. Aan de andere kant van de steriele receptie was een oudere secretaresse met haar telefoon en computer bezig, al zag ze er niet naar uit dat ze helemaal door haar werk in beslag werd genomen. In ieder geval had ze genoeg tijd om meermalen een steelse blik op Boldt en zijn nerveuze houding te werpen. Hij streek de schouders van het donkere pak schoon, inspecteerde de stand van zijn das. Zijn hand ging vlug naar zijn kruis om zich ervan te vergewissen dat zijn gulp dicht was, en de secretaresse zag hem dat doen en beschouwde het als een teken. Ze bracht haar hoofd enigszins omhoog, tuurde over de halve glazen van haar bril en zei: 'Het zal niet lang meer duren.'

Melissa Chow was in geen tien dagen gezien. In zijn hoofd was dat de enige klok die tikte.

'Nee, dat moet ook niet,' beaamde Boldt, en haar toch al onbewogen gezicht verstijfde nog meer.

Hij keek op zijn horloge. In plaats van de grote en de kleine wijzer zag hij de datum. Tien dagen. Het politiehandboek zou zeggen dat ze dood was. Boldt had de videoband – hij dacht dat ze nog leefde. Omdat ze beelden van het atelier hadden, konden ze een spoor volgen. Hij keek naar de luchtvaartbladen. Zijn hoofd duizelde.

LaMoia, die McNeal ondanks de risico's bleef volgen, zou Gaynes onderzoek naar de import en verwerking van polarfleece laten doen. Anderen zouden discountwinkels, textielzaken en marktkramen aflopen en Lofgrin en het lab voorzien van ieder kledingstuk van blauwe polarfleece dat in Seattle en omgeving te koop werd aangeboden. Verder moesten ze een lijst maken van alle leegstaande gebouwen in de omgeving, van voormalige visconservenfabrieken tot voormalige scholen en vliegtuighangars. Ze moesten dat illegale atelier vinden. Het leek onbegonnen werk. Plotseling had hij er helemaal geen zin meer in om een grote onderneming te bewaken en werknemers te bespioneren. Het leek hem zelfs al tijdverspilling dat hij hier zat te wachten tot de directeur Personeelszaken klaar was met telefoneren.

Hij keek op naar een zwartwitfoto aan de muur en zag drie grafheuveltjes. Het duurde even voor hij besefte dat het geen pasgedolven graven waren maar de grijze gebogen daken van vliegtuighangars. Die foto herinnerde hem weer aan het digitale bandje. Melissa had over 'de begraafplaats' gesproken. Waren er nog meer vrouwen op Hilltop begraven? Was hun dat ontgaan?

Hij nam zijn mobiele telefoon en draaide zijn eigen semafoonnummer. Tien seconden nadat hij had opgehangen, ging de pieper luid af. Hij keek ernaar, stond op en pakte zijn oude gehavende aktetas. 'Er is iets tussengekomen,' zei hij tegen de secretaresse. 'Ik moet naar het bureau terug.'

'Hij kan ieder moment klaar zijn met dat telefoongesprek,' zei ze. Boldt begreep dat het haar taak was hem vast te houden, dat dit een probleem voor haar was en dat ze het moest oplossen.

'Het is dringend.'

De vrouw knikte. Blijkbaar was ze opgelucht. Als het een officiële politiezaak was, kon niemand haar iets maken. 'Zal ik een ander tijdstip voor u noteren?'

'Ik bel nog wel.'

'We kunnen het nu doen. Ik heb zijn Day-Timer bij de hand.' Ze begon erin te bladeren.

'Ik heb mijn agenda op het bureau liggen,' zei hij.

'Hij zal erg teleurgesteld zijn als hij u misloopt.' Ze keek naar de telefoon, hoopte blijkbaar dat het lichtje zou doven. Ze besloot hem te vertragen. Als ze een praatje met hem maakte, zou het wel erg bot van hem zijn om weg te lopen. 'Er wordt veel goeds over u verteld.'

'O ja?' zei hij. 'Daar ben ik blij om.' Hij kromp ineen. Hij vond het helemaal niet leuk dat er in die kringen over hem werd gepraat.

Haar wijsvinger, met een plastic nagel van meer dan een centimeter lang, gleed over de agenda van de man. 'Hoe is uw golfspel?'

Boldt keek haar verbaasd aan en wierp toen een blik op de tijdschriften die op het tafeltje lagen. Hij had iets aan golf gedaan in een ander leven, toen Liz nog gezond was en kinderen alleen iets waren waarover ze na afloop van het liefdesspel praatten.

'Ze hebben vrijdag een vierde speler nodig,' zei ze. Ze dempte haar stem en zei: 'Alle grote zaken worden daar gedaan. Ik denk dat u nog vaak op de golfbaan zult komen.'

'Ik kan er niet veel van,' zei hij. Het enige dat hij de afgelopen jaren aan golf had gedaan, was midgetgolf met Miles.

'Ik kan u noteren.'

'Nee, doet u dat maar niet. Ik moet echt eerst in mijn agenda kijken.' Hij doorbrak de etiquette en liep naar de deuren.

'U belt nog?' riep ze hem enigszins wanhopig na.

Hij huiverde. Hij zou niet bellen. Voorlopig niet. Hij zou het eerst met Liz bespreken. Ze was van plan om na Thanksgiving weer fulltime te gaan werken. Als hij van baan veranderde, zou ze denken dat hij koppig weigerde haar als genezen te beschouwen, dat dit zijn manier was om zijn financiële toekomst veilig te stellen.

De tijd dat hij het gezin in zijn eentje runde, dat hij de dingen deed zonder haar erbij te betrekken, waren voorbij. Die waren al enkele maanden voorbij, al kon hij het niet goed accepteren. Op een vreemde manier was hij afhankelijk geworden van haar ziekte, had hij zijn leven daar helemaal op ingesteld, had hij zich de afgelopen zestien maanden op niets anders geconcentreerd. Hij had de rol van alleenstaande vader aangeleerd, de rol van weduwnaar en hoofd van de huishouding, en zo was hij afhankelijk geworden van haar afhankelijkheid van hem. Het was moeilijk te verwerken dat ze in het gezin was teruggekeerd. Zijn beslissingen werden weer in twijfel getrokken. Zijn monarchie werd weer een democratie.

Bij de liften ving hij een glimp van zichzelf in een wandspiegel op. Mama Lu's aanbod van een beter pak bleef hem achtervolgen. En het was niet alleen zijn pak; zijn hele stemming was verkeerd. LaMoia had gelijk: hij droeg alleen een pak op begrafenissen en bijzondere diners.

Als hij nog een keer ging solliciteren, trok hij een kaki broek en een blazer aan. Maar hij ging niet meer solliciteren, tenminste voorlopig niet. Hij wist al van tevoren wat Liz zou zeggen. Hij vroeg zich af of hij weer aan dat soort medezeggenschap zou wennen, en zo nee, wat hij daaraan kon doen.

# 37

Boldt kwam alleen op de Hilltop-begraafplaats aan en was onmiddellijk doordrongen van de onomkeerbaarheid van de dood. Melissa had het op het digitale bandje over de begraafplaats gehad. Het werd tijd dat hij daar ging kijken. Vandaar dit bezoek.

Als rechercheur van Moordzaken was hij omringd door de dood, maar niet op deze manier, niet met granieten en marmeren grafstenen die zich uit het weelderige groene gras verhieven, met namen die onleesbaar waren geworden door tientallen jaren van zilte lucht, zodat de stenen alleen nog maar anoniem getuigenis aflegden van de dood zelf. De eenzaamheid drukte op hem neer. Hij verwachtte dat LaMoia en Daphne hier ook naar toe kwamen, want hij had voicemail voor beiden achtergelaten, en hij hoopte dat ze er gauw zouden zijn. Zo'n begraafplaats werkte te veel op zijn gemoed; hij kon Liz' ziekte niet uit zijn hoofd zetten, en plotseling werden zijn verdriet en angst te veel voor hem. Hij ging naar voren en leunde op de steen van iemand die Lillian Grace Rogers heette en die al zo'n drieënzeventig jaar in de sponzige aarde lag.

'Geloof je in God?' Het was Daphne. Ze stond ongelooflijk dichtbij, net achter hem. Hij draaide zich niet om, want hij had tranen in zijn ogen. Daphne kon altijd zijn gedachten lezen.

'Ja. Natuurlijk,' antwoordde hij.

'Heb je vertrouwen in God?' vroeg ze.

'Misschien niet,' gaf hij toe. 'Niet na twintig jaar in dit werk.'

Er begon een lichte regen te vallen, weinig meer dan een mist. Boldt richtte zich van Lillian Grace Rogers op.

'Liz heeft vertrouwen in God,' zei Daphne. 'Een diep, indringend vertrouwen. Ik wil daar niets ten goede of ten kwade over zeggen. Het is voor mij ook iets onbekends. Maar zolang je het verschil tussen jouw geloof en haar vertrouwen niet begrijpt – zolang je die kloof niet overbrugt – kun je haar nooit begrijpen.'

'Ik moet haar begrijpen,' zei hij in de motregen.

'Ja, dat moet je.'

'Dus het is mijn plicht om dat te doen?' Ze gaf geen antwoord. 'Wat vind je?'

'Zij is niet degene die strijd levert, Lou.'

Er kwam een straalvliegtuig over hen heen, met knipperende lichten en ronkende turbines. Het leek of de lucht trilde. Boldt hoopte dat het de lucht was en niet hijzelf.

'Waarom heb je een pak aan?' vroeg Daphne.

'Ik ben naar Boeing geweest voor een sollicitatiegesprek,' zei hij. Het voelde aan als een bekentenis. Uitgerekend Daphne had hij het van tevoren moeten vertellen. 'Eigenlijk ging ik niet. Maar ik had een afspraak.'

'Ja. En wiens idee was dat?' voegde ze eraan toe.

'Liz weet het niet.'

'O.'

'Jij denkt dat ik wil vluchten. Van het werk of van Liz?'

'Ik zei niets.'

'Ik begrijp haar spiritualiteit niet. Zo, nu heb ik het gezegd. Goed?'

'Maar je hebt het geprobeerd,' zei ze. Het was geen constatering, maar een vraag.

Hij draaide zich naar haar om. Ze was slim genoeg geweest om een Gortex-jasje aan te trekken. Het was groen en liet haar ogen goed uitkomen. 'Hoe komt iemand daar? Hoe steekt iemand die brug over?'

'Je hoeft geen brug over te steken. Je moet gewoon erkennen dat de andere kant bestaat, dat die andere kant net zoveel geldigheid bezit als je eigen kant.'

'Maar dat is niet zo!'

'Nou, het is duidelijk wat je te doen staat.'

'Ik moet zeker in de bijbel gaan lezen of zoiets,' zei hij sarcastisch.

'Misschien moet je er alleen met haar over praten,' stelde Daphne voor. 'Dat is de allerbeste brug.' Ze trok aan de capuchon en een stroompje water gleed over haar schouder naar haar elleboog. 'Wat doen we hier eigenlijk?'

'Ik begin me iets af te vragen,' gaf Boldt toe. 'Ik wilde hierheen komen om meer graven, meer lichamen te vinden.' Hij voegde eraan toe: 'Misschien wilde ik alleen maar vinden wat begraven is.'

'Meer lichamen?'

'Als ze er één hebben begraven, waarom dan niet meer? Ik zit daar in die wachtkamer bij Boeing en ik zie graven in foto's van vliegtuighangars en ik denk: die Chinese vrouw was vast niet de enige op die begraafplaats.'

'Is het niet een heel gedoe om al die graven te openen?'

'Dat is erg moeilijk, vooral omdat we niet weten waar we moeten kijken. Maar als hier andere vrouwen begraven zijn, kunnen ze ons misschien aan informatie helpen die we nodig hebben. Die verdwenen journaliste heeft het op haar video over "de begraafplaats". Dat is volgens mij de schakel die we missen.'

'Ze is iemand hierheen gevolgd?' zei Daphne. 'Ze is iemand hiervandaan gevolgd?'

'Misschien de grafdelver. Iemand die hun kon vertellen wanneer er een nieuw graf beschikbaar kwam. Ze houden de vrouwen in de diepvries tot ze een open graf hebben.'

'Melissa legde het verband.'

'Misschien. Maar als die grafdelver geld aanpakte...'

'Moet hij een manier hebben gehad om contact met ze op te nemen,' maakte ze voor hem af.

'Het is mijn taak om Melissa te vinden voordat ze hier terechtkomt.'

De regen werd minder en Daphne trok de capuchon weg. Ze bracht haar haar in model en schudde haar hoofd heen en weer. Toen zei ze: 'Heb je er wel bij stilgestaan hoe ingewikkeld zo'n operatie in elkaar zit? De schepen, de containers, de lading, de overdracht, het transport, de valse identiteitsbewijzen, begraafplaatsen, bordelen, ateliers.'

'Dertigduizend per passagier – de winstmarges zijn groot genoeg.'

'Maar wie zouden zoiets voor elkaar kunnen krijgen? En hoe lang kunnen ze de INS te slim af blijven?'

'Grote spelers,' zei hij. 'Dat moet wel. Aan de andere kant van de oceaan moeten de Chinese triaden erbij betrokken zijn. Aan deze kant mensen als Mama Lu. Daarom ben ik zo in haar geïnteresseerd. Je hebt gelijk: het is iets enorms. Het is geen kleinschalige operatie. Dat staat wel vast.'

'Maar dat ze het straffeloos kunnen doen...' Ze kwam op haar oorspronkelijke gedachte terug. 'Het is mijn taak om met een psychologisch profiel te komen, een persoonlijkheidsschets van onze verdachte. Ik heb een model gemaakt. Een bijenkorf komt er volgens mij het dichtst bij. Veel werkbijen die bevelen opvolgen. Ze zorgen voor de dagelijkse gang van zaken.'

'De bendes.'

'Precies. Dan komen de hommels. Die kunnen bevelen geven,

maar ze krijgen ook bevelen. Als je in de hiërarchie omhooggaat – en daar kom ik steeds op terug – moet er bovenaan, of in ieder geval dicht onder de top, iemand zijn die in een machtspositie verkeert. Geen kracht, geen fysieke macht; dat bedoel ik niet. Maar macht: connecties, kennis, inzicht.' Ze voegde eraan toe: 'Welk model je ook gebruikt, ze kunnen dit niet doen zonder dat ze iemand hebben die zo'n positie heeft. Je kunt een hele tijd geluk hebben, maar eens komt er een eind aan. Als je zo'n groot spel wilt winnen, moet je helemaal niet op geluk vertrouwen.'

'Je vervalst de kaarten,' zei Boldt.

'Ja. Je vervalst de kaarten.'

'Ze hebben iemand omgekocht,' zei Boldt. 'Dat bedoel je.'

'Het staat mij ook niet aan.'

Het begon weer te regenen. Daphne trok de capuchon over haar hoofd terug.

Boldt stond in de regen. 'Imaging-systemen.'

'Wat?'

'Dat zag ik met Miles op Discovery. Archeologen gebruikten technologieën die door oliemaatschappijen waren ontwikkeld. Ze vonden dinosaurusbotten zonder te graven.'

'Dinosaurussen?'

'Waarom dan geen mensen?' Hij keek op en wees naar alle grafstenen.

# VRIJDAG 28 AUGUSTUS

## 11 DAGEN VERMIST

# 38

Omdat de politie weigerde haar de videobeelden te laten zien, en omdat ze niets van Brian Coughlie had gehoord en het vrijdag was en er een lang, lang weekend voor haar opdoemde, besloot Stevie de kijkers om hulp te vragen, al wist ze dat daar een groot risico aan vastzat. Maar Melissa was inmiddels al elf dagen verdwenen en ze vond dat ze geen keus had. Ze had het felle licht van de studiolampen nog nooit zo ervaren – ze voelden aan als de lampen die in oude zwartwitfilms bij ondervragingen werden gebruikt, verblindende, intimiderende lampen die de waarheid boven water moesten halen.

Nu haar eigen woorden voor haar op de nieuwsdesk lagen en ook op de TelePrompTers verschenen – nu die woorden van haar waren en niet, zoals gewoonlijk, van iemand die de tekst voor haar schreef – nu vond ze de presentatiedesk, de draadloze microfoons en de indringende blik van de glazen cameralenzen opeens verschrikkelijk angstaanjagend. Jimmy Corwin keek van achter het dikke glas van de controlekamer toe. Zijn opgewonden gezicht was een mengeling van opperste verbazing, grote nieuwsgierigheid en diepe bezorgdheid. Het gebeurde niet elke vrijdagochtend dat Stevie McNeal om half zes in het gebouw verscheen en om een segment van twee minuten in het *Wake-up News* vroeg, en ook nog om een minuut in de *Seattle Today*-items waarmee de ontbijtshow werd afgewisseld. Toen hij Stevie het containerproject gaf, hadden ze afgesproken dat ze zoiets mocht doen, maar hij had nooit verwacht dat het er echt van zou komen.

Er hing een onheilspellende stilte op de set. Het ochtendteam zat op hete kolen, want niemand van hen wist hoe ze de ster van de middaguitzendingen moesten aanpakken. Tenminste, dat veronderstelde Stevie. Daar kwam nog bij dat ze er vermoeid uitzag en geen make-up had gebruikt, alleen wat lipstick. Ze had de kapster en de poederjongen weggestuurd – ze wilde niet tussen de opnamen worden bijgewerkt. Ze droeg een donkere katoenen coltrui die haar curven niet accentueerde. Dat alles, in combinatie met haar naar achteren getrokken haar, betekende dat er helemaal niets suggestiefs van haar uitging. De sexploitatie van het nieuws zou moeten wachten tot het volgende frisse gezichtje voorbijkwam. Zij hoefde niet meer. Zo diep had Melissa's verdwijning haar getroffen.

De vingers van de floor director telden ritmisch af: vijf... vier... drie... Stevie zocht in zichzelf naar de kalmte die daar altijd was als ze er het meest behoefte aan had. De camera's waren op háár gericht, zei ze tegen zichzelf; de lampen waren op háár gericht; de honderdduizenden kijkers hingen aan háár lippen, luisterden naar elk woord, elke lettergreep, elke nuance. Er ging niets boven *live* televisie.

Ze dacht niet aan de serie over de containers. Ze hoefde New York of Atlanta niet meer te imponeren. Ze deed alleen maar haar best om haar vriendin, haar zuster, te redden. Haar Kleine Zuster.

*Mi Chow, heette ze toen nog, want de naam Melissa McNeal had ze nog niet gekregen. Stephanie herinnerde zich niet precies hoe oud ze toen waren geweest, maar ze wist nog wel dat ze zo klein waren dat ze moest gaan staan om uit het zijraam van de Chrysler met chauffeur te kunnen kijken. Ze reden langs een markt en ze zag de verweerde gezichten van de Chinese mannen en vrouwen die zich onder enorme strohoeden verborgen. Die hoeden droegen ze om zich tegen de ondraaglijk hete zon te beschermen.*

Nu herinnerde Stevie zich dat Mi op het midden van de achterbank had gezeten, geflankeerd door Vader en een mooie Engelse vrouw die Stevie op Vaders feesten had gezien. Stevie zag de hoed en zwarte sluier van die vrouw nog voor zich, haar rode lipstick en donkerblauwe jurk. Glanzende schoenen van blauw leer met naaldhakken.

Stephanie zag fietsen en stof, hoorde kippen en rook een bamiwinkel. Deze rit was een sensatie voor haar, want er was alleen maar geheimzinnig over gefluisterd. Er was Stevie niets verteld, maar ze voelde dat er iets aan de hand was.

Haar tante Su-Su zat zachtjes te huilen op de passagiersplaats voorin, haar ene hand naar achteren gestrekt maar net niet tegen Mi Chow aan. De tranen liepen over haar wangen.

'Niet huilen, Su-Su,' zei Stephanie, maar daarna huilde ze des te meer. Ze keek weer naar Vader, wiens enorme lengte, blanke huid, goudblonde haar en brede bruine snor Mi Chow in het begin zo bang hadden gemaakt dat ze zich wilde verstoppen.

De markt trok als een waas van activiteit, bamboe-kratten en glanzende groene groenten aan hen voorbij. De gelukkigen droegen sandalen, de rest liep op blote voeten. Iedereen droeg hetzelfde olijfbruine jasje. Iedereen, overal. Alleen op de gigantische posters van de Grote en Geliefde Leider, en in de stad, waren mensen anders gekleed. Vader droeg een krijtstreeppak, een wit overhemd, gouden manchetknopen en een brede rode halsdoek met gouden kroontjes. Hij had een bril met metalen montuur en rookte een sigaret. Met een diepe, gezaghebbende stem waarschuwde hij Stephanie dat ze zich goed moest vasthouden.

De gebouwen stroomden als een kleurrijk waas met de snelheid van de auto voorbij. Stephanie probeerde zich niet meer op een bepaald iets te concentreren – hutten, marktkramen, de fietsen die als water om de auto heen stroomden. Su-Su's zachte gesnik nam al haar gedachten in beslag – er was iets verschrikkelijk mis.

Vader begon te spreken, en plotseling draaide Su-Su zich om. Ze boog zich over de leuning heen en pakte Mi Chows handen vast. Ze fluisterde in het Chinees, en Stephanie hoorde haar zeggen dat Mi niet bang moest zijn, dat Su-Su en Steph en oom Patrick erg veel van haar hielden, en dat oom Patrick een geweldige man was, en dat Mi moest luisteren en naar de Engelse vrouw moest luisteren die met haar mee zou gaan.

Vader had het te druk met uit het raam van de auto kijken om hier iets van in zich op te nemen. Hij schreeuwde opgewonden naar de chauffeur, die hem de hele tijd in het spiegeltje aankeek. Plotseling slingerde de auto opzij en schepte bijna een man op een fiets. De banden kwamen gierend tot stilstand en er hing meteen een wolk van wervelend bruin stof om hen heen. De Engelse vrouw zette Mi op haar schoot en Vader gooide de achterdeur open en stapte uit. Samen, zij drieën, terwijl Mi zich aan Vader vastklampte. Ze verdwenen in het stof dat werd veroorzaakt door een tweede auto die achter hen stopte. Die auto had Vader daarstraks afgeleid. Er was veel geschreeuw en verwarring.

Su-Su riep naar haar nichtje: 'Dapper zijn, kindje. Steffie en oom Patrick komen vanavond bij je.'

Een autodeur viel met een klap dicht en het stof kolkte om Vader heen, die plotseling alleen tussen de nieuwsgierige boeren stond.

'Zal ik Kleine Zuster vanavond zien?' vroeg Stephanie in het Chinees aan Su-Su.

'Jij maakt lange reis,' antwoordde ze. 'Een lange, lange reis over de oceaan.'

'En jij?' vroeg Stephanie.

De vrouw, die al in tranen was, sloeg haar handen voor haar gezicht. 'Mijn kind…' zei ze. 'Mijn kind.'

Stevie beschouwde televisiecamera's als de machtigste wapens ter wereld – ze bereikten veel meer mensen dan welke bom ook. Ze had er dertien jaar over gedaan om die macht volledig te begrijpen en er gebruik van te kunnen maken. Ze was ervan overtuigd dat iemand de wereld kon veranderen als hij twee minuten uitzendtijd op het juiste moment had.

Voor haar geen saaie interviews met INS-directeuren, rederijmanagers en politici meer. Melissa's eerste surveillancebeelden waren krachtig en beschuldigend. Coughlie had haar aangemoedigd om gebruik te maken van de macht die haar ter beschikking stond, en hij had gelijk. Klein was ondergedoken. Er waren niet veel sporen meer. Als ze de politie tartte door het publiek om hulp te vragen, kon ze die misschien weer aan de onderhandelingstafel krijgen. Ze wilde die digitale band. Ze wilde Melissa terug.

De floor director gaf haar een teken. Het rode lampje van de camera ging branden. Ze was *live* in de lucht.

*'Goedemorgen. Elf dagen geleden verdween een journaliste van dit station. Melissa Chow. Dit zijn opnamen van haar van twee maanden geleden. Sommigen van u zullen zich deze beelden misschien herinneren.'*

Op het scherm stond Melissa hoog op een rots, het groene water van de Sound op de achtergrond, haar ravenzwarte haar wuivend in de wind. Terwijl er een witte veerboot in zicht gleed, zei ze in de camera: 'Het veerbootbedrijf van de staat Washington heeft nog nooit zoveel mensen over zoveel kilometers vervoerd als in de afgelopen twaalf maanden. Maar hoe zit het met het uitgesteld onderhoud, het personeelsbeleid, de geruchten over verduisteringen en dronken kapiteins…?'

De televisieschermen in de hele staat keerden naar Stevie achter de presentatiedesk terug.

*'Dat is Melissa Chow. Ze is vijfentwintig jaar oud. Ze is Chinese van geboorte. Ze spreekt Engels met weinig of geen accent. Ze is een meter zestig lang en weegt ongeveer zevenenveertig kilo. Vermoedelijk deed ze ten tijde van haar verdwijning onderzoek naar illegale immigranten. Gevreesd wordt dat ze in groot gevaar verkeert. Op het scherm ziet u momenteel beelden die ze voor haar verdwijning maakte. Eerst ziet u een ambtenares van de Dienst Motorvoertuigen, Gwen Klein, die momenteel voor ondervraging door de politie wordt gezocht. De volgende beelden zijn van een onbekende man, in wie Melissa duidelijk geïnteresseerd was voordat ze verdween. De ellendige omstandigheden van haar verdwijning spreken voor zichzelf. De politie heeft weinig of geen aanwijzingen. Een ieder die over informatie beschikt die tot haar terugkeer leidt zal van dit televisiestation tienduizend dollar in contanten ontvangen…*

Jimmy Corwin sprong aan de andere kant van het geluiddichte glas uit zijn stoel en hief zijn handen wild zwaaiend ten hemel. Vervolgens trok hij aan het beetje haar dat hij nog had en schreeuwde een serie bevelen naar zijn team. Stevie hoopte dat ze haar niet afkapten om reclamespotjes uit te zenden.

*'Deze informatie zal door de politie vertrouwelijk worden behandeld. Het zal nooit in de openbaarheid komen dat u naar voren bent gekomen, nooit – of u nu een onschuldige waarnemer bent die toevallig iets heeft gezien, of een van de mensen die voor Melissa's verdwijning verantwoordelijk is. We willen haar terug hebben.*
*U, de bewoners van de staat Washington, zijn de beste mensen die er zijn. Wij van* KSTV *hebben een van onze eigen mensen verloren. We doen een beroep op u, onze samenleving, voor informatie – welke informatie dan ook – die ons kan helpen Melissa veilig thuis te brengen. Het nummer op uw televisiescherm is een gratis nummer dat u rechtstreeks met de politie in contact brengt. Het kan vanaf elke telefoon gebeld worden, overal, vierentwintig uur per dag.*
*Alstublieft, helpt u ons onze vriendin te vinden.*
*Dank u voor uw aandacht.*

'Vrij!' riep de floor director.

De stilte die op Stevies bekendmaking volgde, werd verpletterd door Corwin die door de intercom schreeuwde. Zijn stem bulderde door de kamer.

'Wie heeft daar toestemming voor gegeven? Dat stond niet in het script! McNeal, kom onmiddellijk naar mijn kantoor!'

Stevie zei rustig in de microfoon die nog aan haar coltrui bevestigd was: 'Als het geld een probleem is, Jimmy, hoef je je geen zorgen te maken – ik ben bereid het zelf te betalen. En als je met me wilt praten, doen we dat in míjn kantoor, maar dan moet je wel in de rij staan. Ik heb zo het gevoel dat mijn telefoon nu gauw gaat rinkelen.'

# 39

Boldt was net onder de douche vandaan gekomen toen hij het irritante gepiep van zijn semafoon hoorde. Bijna tegelijk ging de telefoon op zijn nachtkastje, en Boldt wist meteen dat er hetzij een dode was gevonden hetzij moeilijkheden waren ontstaan. Hij had het gevoel dat hij aan die apparaten zat vastgesjord, dat hij niet meer echt alleen stond. Hij was een dienaar van de samenleving en dat leek soms zo ver te gaan dat hij geen moment van privacy meer had – zelfs niet een paar minuten onder de douche.

Liz kwam naakt uit bed en Boldt huiverde bij de gedachte dat het lichaam dat eens zoveel verlangen in hem had ontketend hem nu vooral aan de strijd van zijn vrouw tegen de kanker herinnerde. Je kon haar ribben tellen. Ze bedekte zich niet toen ze de telefoon opnam. 'Hallo? Ja, hoofdinspecteur. Hij staat onder de douche.' Ze luisterde aandachtig voordat ze het gesprek beëindigde door te zeggen: 'Ja, ik zal het hem vertellen.'

'Ik zet de tv voor je aan,' zei ze. 'Dat was Sheila Hill. Je weet hoe ik er de pest aan heb dat ik haar met haar rang moet aanspreken. Waarom zit het me toch zo dwars dat mijn man de ondergeschikte is van een vrouw met half zijn ervaring, half zijn hersenen en meer dan anderhalf zijn salaris? Ze wilde dat je meteen naar Channel Four kijkt. Het zal je interesseren, zegt ze.'

Boldt liep druipend nat de huiskamer in, een handdoek om zijn middel. Tien minuten later maakte hij een rijstrook voor zichzelf vrij en haalde hij in volle vaart het verkeer in, vooruitgeholpen door het flikkerlicht op zijn dashboard. Intussen praatte hij in zijn mobiele telefoon.

'Reken maar dat we met telefoontjes overstroomd worden,' waarschuwde hij LaMoia. 'Wij hebben haar laten stikken en nu doet ze dit terug. Ze heeft ons en het onderzoek getorpedeerd.'

'Opties?' vroeg een slaperige LaMoia.

'Er is een vloedgolf op komst en die moeten we voor blijven. Anders verzuipen we erin. Bel Coughlie van de INS. We willen een lijst van alle mogelijke illegale ateliers in de stad.'

'Dat is alles wat ik hem moet vertellen?'

'Zeg tegen hem dat we wat deuren gaan intrappen en dat we hem dringend nodig hebben. Daarmee krijg je hem wel in beweging.'

# 40

Leegstaande gebouwen zijn een plaag voor elke grote stad, omdat ze drugspanden of bendehoofdkwartieren kunnen worden of brandstichting kunnen uitlokken. Vanwege dat laatste genoten ze de belangstelling van de brandweer. De brandweer hield een lijst bij van alle gebouwen die meer dan een jaar leegstonden. Boldt wist dat omdat hij twee jaar eerder met brandstichting te maken had gehad.

Binnen een half uur na zijn verzoek beschikte Boldt over een tien pagina's tellende lijst van alle gebouwen in Seattle en omgeving waarvan bekend was dat ze leegstonden. Hij faxte die lijst naar Virginia Ammond, die haar eigen lijst van voormalige visconservenfabrieken voor hem had opgesteld. Ammond legde de twee lijsten naast elkaar en vond twee mogelijke gebouwen – allebei leegstaand, allebei een voormalige visconservenfabriek.

Toen Brian Coughlie belde en een federaal huiszoekingsbevel aanbood om het proces te versnellen, ging Boldt akkoord. Zonder dat er formeel iets was geregeld hadden ze een speciale eenheid gevormd, en hoewel hun superieuren – respectievelijk Hill en Talmadge – misschien bezwaar tegen sommige aspecten van de regeling zouden maken, waren Boldt en Coughlie vastbesloten om in actie te komen.

Ze vingen een glimp van het inwendige van het gebouw op toen er een kolossale garagedeur omhoogging om een Ford-busje binnen te laten. Het busje was zo nieuw dat de papieren vergunning van de dealer nog op de achterruit geplakt zat. Een van Boldts teamleden zag door een verrekijker het kenteken en nam contact met de DMV op om het na te trekken. Boldt zat op de passagiersplaats in Coughlies Buick, een auto die enkele klassen beter was dan zijn eigen oude Chevrolet.

'Die videoband die jullie te pakken hebben gekregen? Denk je erover om die met ons te delen?' vroeg Coughlie.

'Dat is waarschijnlijk wel te regelen. Het openbaar ministerie heeft daar misschien nog iets over te zeggen.'

'Ik vraag het niet aan het openbaar ministerie,' zei Coughlie.

'Toch zou je dat waarschijnlijk wel moeten doen,' zei Boldt. Hij vertrouwde Coughlie niet helemaal, en wel om de redenen die Daphne had genoemd. Coughlie was de enige buiten de politie geweest met wie Boldt over de kapitein van het containerschip had gesproken. Een paar uur later werd de kapitein dood aangetroffen. Vanaf dat moment had hij de INS in het algemeen en Coughlie en Talmadge in het bijzonder niet helemaal vertrouwd. Hoe vergezocht het indertijd ook had geleken, er stonden miljoenen dollars op het spel en dan kon je niemand uitsluiten. Als Coughlie niet voor dat huiszoekingsbevel had gezorgd, zou hij helemaal niet bij deze operatie betrokken zijn. In het politiewerk had je soms vreemde bondgenoten.

Toen bleek dat het tijdelijke dealerkenteken bij een gestolen auto hoorde, vroeg Boldt aan Coughlie: 'Kun jij me een reden noemen waarom een illegaal atelier een gestolen busje nodig zou hebben?'

'Om het personeel te vervoeren,' zei de INS-man zakelijk. 'Ik kan me geen inval van de afgelopen drie jaar herinneren waarbij we geen gestolen auto of gestolen nummerplaten vonden. Weet je wat het met ons werk is?' vroeg hij retorisch. 'Deze mensen bestaan niet. Kun je je dat voorstellen? Ze bestaan niet. Ze komen nergens in de papieren voor: geen geboorteakten, geen kredietinformatie, geen belastinggegevens – niets. Daar hebben we mee te maken: fantomen. We pakken ze op, en daarna verspreiden ze zich door de stad en hebben we niets wat we kunnen volgen – omdat ze niets zíjn. Ze bestaan niet. Een gestolen auto? Nu hebben we een gerede aanleiding om het pand binnen te vallen.'

'Akkoord,' zei Boldt.

'Heb je de laatste tijd nog onder vuur gelegen?'

'Alleen van mijn hoofdinspecteur,' zei Boldt, en daar moest Coughlie om lachen.

'Ik ben van de George Patton-school,' zei Coughlie, en hij greep naar een kogelvrij vest dat op de achterbank lag. 'Ik stuur mijn mannen niet een gevecht in zonder dat ik zelf meega.'

'Jij hebt geen kinderen,' merkte Boldt op.

'Geen kinderen, geen familie, niemand,' antwoordde Coughlie. Hij maakte een microfoon voor zijn keel vast en stak een luidsprekertje in zijn oor. Op die manier kon hij met zijn teamleden praten zonder zijn handen te hoeven gebruiken. Hij speelde met een zwart doosje en maakte dat toen aan zijn riem vast. 'Gaan jullie mee?' sprak hij tegen zijn team. 'Ja, we gaan naar binnen.'

Het kogelvrije vest was niet zwaar in die zin dat het veel gewicht had, maar vanwege het feit dat ze zo'n ding droegen. Het betekende een gevecht; het betekende risico's. Voor Boldt was een kogelvrij vest een symbool van de jeugd. Het was meer dan een jaar geleden dat hij er voor het laatst een had gedragen. Ironisch genoeg maakte hij zich, toen hij achter zijn eigen vier zwaargepantserde ERT-mensen naar de noordelijke deur van het gebouw draafde, vooral zorgen over zijn handen, niet over zijn leven. Hij was bang dat zijn pianohanden in een gevecht van man tot man werden verbrijzeld. Een van zijn weinige egoïstische genoegens was de piano – zijn avondoefeningen en zijn incidentele Happy Hour-optredens in The Joke's On You. Als hij een vinger of een pols brak, werd er meer beschadigd dan bot en gewrichtsbanden; het zou een persoonlijke uitingsvorm onmogelijk maken.

In tegenstelling tot een gebruikelijke politie-operatie kon Boldt de communicatie niet volgen. Zijn eigen ERT-mensen hadden handsfree radio's, maar er waren geen radio's voor LaMoia en Boldt, die op handsignalen moesten afgaan. Vreemd genoeg gebruikten de federale diensten, op grond van geheimhoudingsvoorschriften, hun eigen beschermde radiofrequenties. Dat betekende dat de twee teams, INS en ERT, elkaars radioverkeer niet konden horen, ook niet als beide partijen dat zouden willen. Voor de communicatie tussen de twee met digitale apparatuur uitgeruste eenheden werden handsignalen gebruikt. Boldt was zich er goed van bewust dat ze dit alles een beetje te vlug, te haastig hadden opgezet, en dat hij moest vertrouwen op mannen die hij niet kende. Hij liep met de ERT-man mee, voortdurend bedacht op de handsignalen, die zijn bewegingen en gedachtenprocessen beheersten. Toen die hand omhoogging, de vingers gespreid, en toen weer stevig dichtging en een vuist vormde, bleef Boldt staan en hurkte neer. Toen de hand aantallen uitbeeldde – vier en vier – vormde Boldt een duo met een van de ERT-mensen en ging hij links van de deur staan.

De acht mannen doken ineen. De deur werd met een stormram opengegooid en ze stroomden het gebouw in. Binnen splitste de rij zich meteen in tweeën op. Boldt volgde de gele letters POLITIE die op het zwarte nylon jasje voor hem stonden afgedrukt.

Het was geen atelier maar een werkplaats. De enorme ruimte werd in beslag genomen door auto-onderdelen en auto's in diverse stadia van ontmanteling. Er hing een lucht van snijbranders en brandende verf. Boldts team zocht dekking achter het karkas van een leeggehaalde pick-uptruck. Coughlies team dook achter een stapel autodeuren weg.

Het eerste schot kwam van de andere kant van de ruimte. Mannen verspreidden zich in alle richtingen. Nu de politie en INS eenmaal geprovoceerd waren, reageerden ze met genoeg vuur om Boldt en anderen zonder oorbescherming doof te maken. Sommigen van de verdachten doken met gespreide armen naar de vloer. De rest vluchtte als ratten.

Een paar handsignalen en de wapens zwegen. In de lucht bleef een grijze rook hangen.

Twee tegenstanders lagen op de vloer maar kronkelden nog. Ze leefden, maar waren gewond. Al met al werden negen mannen gearresteerd. Politieagenten kregen nog twee verdachten te pakken die er te voet vandoor gingen. De rest ontkwam.

Binnen een uur hadden ze orde op zaken gesteld. De verdachten waren naar het bureau gebracht en geregistreerd. Er was beslag gelegd op een computer. Er was aan een grondige inventarisatie begonnen.

Bernie Lofgrins technisch rechercheurs gingen aan het werk: fotograferen, catalogiseren, vingerafdrukken zoeken, de oorzaken van verwondingen vaststellen – dat alles om ervoor te zorgen dat aanklachten tot veroordelingen leidden. Oppervlakken werden bepoederd; sporenmateriaal werd in zakjes gedaan.

Boldt maakte van de gelegenheid gebruik om Liz te bellen.

'Hallo, schat. Wat is er?' vroeg ze de man die zelden onder kantoortijd belde.

'Je leert soms dingen op een gekke manier,' zei hij.

'Schat?'

'Ik wilde alleen even je stem horen. Dat is alles.'

'Gaat het wel goed met je?'

'Prima,' antwoordde hij.

'Wat voor dingen?' vroeg ze.

'Daar kunnen we later over praten,' stelde hij voor.

'Dat kunnen we, maar zullen we dat ook?' Ze wachtte tot hij iets zei.

'Ik wilde alleen even je stem horen,' zei hij.

'Ik hou van je.'

'We zullen praten,' herhaalde hij, en toen verbrak hij de verbinding.

'Als het niet in het begin van het alfabet had gestaan, zouden we het misschien pas over een paar weken hebben ontdekt,' vertelde Chuck Bandelli, rechercheur van Diefstal, aan Boldt. Bandelli zat aan de andere kant van Boldts bureau. Hij had iets grofs, als een paard dat in de regen was blijven staan. 'Maar zoals het nu is, hebben twee van onze mensen opdracht alle mensen in te lichten wier auto's uit elkaar zijn gehaald, en we verdeelden de lijst in porties van drie letters, weet je wel? A tot en met C, D tot en met F, dat soort dingen. Dan gaat het wat sneller. En ik kreeg de C. En toen ik de naam van dat meisje op de lijst zag staan, besloot ik contact met je op te nemen.'

```
chow, m. / vin:3678-90-8754c65e7/6131st ave.
          #2c zo./sea
```

Boldt keek een hele tijd naar de regel van de computerprintout. Een wereld van verwarring. Haar auto – het was een busje – was gestolen en werd uit elkaar gehaald om naar het buitenland te worden gebracht. Boldt wilde niet geloven dat haarzelf ook dat lot had getroffen, maar de politieman in hem had geleerd vertrouwen te hebben in het sporenmateriaal. Zo wilde hij het houden.

'Hoor eens, Bandelli,' zei Boldt, 'ik zou het op prijs stellen als dit niet bekend werd. Als de pers hier lucht van krijgt, zijn we nog niet klaar.'

'Begrepen, inspecteur.'

Boldt wist dat het zou uitlekken. De vraag was: wanneer?


# 41


De grafdelver was anders dan Boldt had verwacht. Hij was de eerste keer door anderen dan Boldt ondervraagd, en daardoor kwamen zijn tengere postuur, zijn oude magere gezicht en holle, ijsblauwe ogen voor Boldt als een verrassing. Boldt had zich een brede, potige man voorgesteld, met vuil onder zijn nagels en een kille blik in zijn ogen. Blijkbaar werd van sollicitanten naar de baan alleen verlangd dat ze met een schop en een houweel konden omgaan.

Boldt stond aan de andere kant van de observatieruit. Hij hoopte dat deze man hen in contact kon brengen met degene die de onbekende vrouw had begraven. Die opmerking van Melissa over een begraafplaats en Boldts latere bezoek aan Hilltop hadden hem op een idee gebracht: ze waren opzettelijk misleid. Het was LaMoia's ondervraging. Vrijdagmiddag. Iedereen wilde naar huis.

De rechercheur legde zijn laarzen van tweeduizend dollar op de formicatafel en leunde achterover. 'U weet waarom u hier bent?'

'Nog meer vragen.' Zijn stem was net zo dun als hijzelf.

'Dar hebt u gelijk in.' LaMoia wachtte even. 'Waar denkt u dat we u naar willen vragen?'

'Dat meisje?'

'Welk meisje?

'Dat ik heb gevonden. Dat Chinese meisje.'

'Dat is ook iets wat we moeten ophelderen,' zei LaMoia. 'Laten we daar eens mee beginnen.'

'Wat?'

'We denken dat u niet degene was die haar vond.'

'Natuurlijk wel. Ik belde de politie. Jullie moeten een bandopname hebben van...'

'Ja, u belde de politie. En u speelde het heel goed. Maar dat lichaam is door iemand anders gevonden. Dat is toch zo, meneer Caldwell? Iemand die 's morgens in alle vroegte naar Hilltop kwam. Een oude dame misschien? Een oude man? Die persoon meldde het aan u, en de beste verdediging leek u een krachtige aanval, en dus belde u zelf. Ik bedoel, als u degene was die belde, zouden we toch niet zo kritisch naar u kijken? En zo ging het natuurlijk precies.'

Caldwell knipperde snel met zijn ogen. Hij stak zijn kin naar voren en zei: 'Dat is niet waar.'

'Welk deel is niet waar?' vroeg LaMoia. 'En ik moet u waarschuwen dat u voorzichtig moet zijn. Dit is een ongelooflijk belangrijk moment voor u, meneer Caldwell. Als u met me samenwerkt, lijkt het me heel goed mogelijk dat u als vrij man dit gebouw verlaat. Maar als u me probeert te misleiden, loopt u voor een paar jaar in een gevangenisoverall rond. Begrepen? Dus als ik u was, zou ik maar goed over mijn antwoorden nadenken, en ik zou ook zeker niets verzinnen, want u weet niet wat ik weet en daardoor bent u erg in het nadeel.'

Er kwamen diepe rimpels in het voorhoofd van de man. Hij knipperde nog even met zijn ogen.

'Dus laten we het nog een keer proberen,' zei LaMoia. 'U wist de hele tijd al dat het lichaam daar lag.'

De oude man schudde zwakjes met zijn hoofd. 'Ik wist dat daar iets lag.'

LaMoia keek over zijn schouder naar de éénrichtingsspiegel en naar Boldt aan de andere kant. Op die manier complimenteerde hij Boldt met zijn verdenkingen.

'Hebt u die vrouw begraven?'

'Nee!' blafte de man op scherpe toon.

'Maar u wist dat daar iemand lag, want u had het al eerder gedaan. Een leuke bijverdienste. Cash, denk ik.' Hij wachtte. 'Dit is niet een goed moment om iets te verzinnen.'

'Een Mexicaan. Grote kerel. Hij bood me vijfhonderd dollar als ik de graven op de avond ervoor ging delven, in plaats van op de ochtend van de dag zelf, zoals ik meestal doe.' Op Melissa's videobeelden was een grote man in de bus te zien geweest. Dat kon een Mexicaan zijn geweest. LaMoia rangschikte al die gegevens in zijn hoofd.

'U belde hem? Belde zijn semafoon? Hoe deed u het?'

'Nee, niets van die dingen. Ik heb hem maar één keer gezien. De eerste keer. Daarna groef ik altijd 's avonds. Dat is alles. Een paar keer lag er de volgende morgen een envelop in het gereedschapsschuurtje. Dat is alles.'

'Hoe vaak?'
'Een paar keer.'
'Hoe vaak?'
'Twee keer. Niet vaker.'
'Duizend dollar in totaal.'
'Ja,' zei de oude man.
'Die Mexicaan? Kunt u hem beschrijven?'
Hij schudde weer met zijn magere hoofd. 'Het regende. Ik kon hem niet goed zien. Hij droeg een...' De man streek over zijn borst. 'Een schort of zoiets. Rubber. Zwart rubber.'
'Als een visser?'
'Ik ken geen vissers. Een grote kerel. Dat is alles wat ik me van hem herinner. Hij zag er gemeen uit, weet u.'
'Wie vond het lichaam?' vroeg LaMoia.
'Een oude vrouw. Een armoedig oud vrouwtje. Ze zei dat iemand een kist had gestolen en het lijk had achtergelaten. Ze snapte het niet. Ik zei tegen haar dat ik het zou regelen.' Hij keek naar LaMoia op. 'Ik belde jullie omdat ik niet wist wat zij eraan zou doen.' Hij voegde eraan toe: 'En misschien zat het me toch al niet zo lekker.'
'Probeert u nou maar niet de brave burger uit te hangen,' waarschuwde LaMoia. 'Hou daarmee op zolang het nog kan.'
'Ik zeg u: het zat me niet lekker.'
'We willen dat u wat foto's voor ons bekijkt.'
'Arrestantenfoto's?'
'Ja, die. Dat wilt u wel voor ons doen?'
'Heb ik een advocaat nodig?'
LaMoia keek weer over zijn schouder naar de ruit. Hij aarzelde even en zei: 'Nee. U komt vandaag vrij. Maar we willen wel dat u in de stad blijft. En niet meer 's avonds graven.'
'Kan ik hier ergens pissen?'
'Op de gang. Ik ga de foto's halen.'


# 42


Die vrijdagavond om elf uur liet de onderzoekster van de universiteit, in het felle licht van halogeenlampen die door een luidruchtige en stinkende generator werden aangedreven, de eerst springlading ontploffen. Het maakte nauwelijks geluid, want de springstof was twee meter diep begraven, met rode en zwarte draden die naar haar aluminium tafel met computerapparatuur liepen.

LaMoia stootte Boldt aan en zei fluisterend: 'We verliezen de wereld aan de techneuten. Besef je dat wel? Denk eens na. De techneuten gaan over de computers en computers gaan over alles, van interlokale telefoonverbindingen tot intercontinentale raketten. Neem maar van mij aan: met die mensen achter de knoppen zijn we niet veilig meer.'

'We kunnen geen opgravingen doen als we geen aanwijzingen hebben dat er ergens een onbekend lijk ligt. Zo staat het in de machtiging.'

'Dat begrijp ik,' klaagde LaMoia. 'Ik zeg alleen… Iemand die weet hoe die troep werkt… En zeker een vrouw! Ik bedoel, iemand die zoiets kan bedenken… Wie wil er nou dat zulke mensen het voor het zeggen hebben?'

'Jij kijkt te veel tv.'

'In al mijn vrije tijd,' grapte LaMoia.

'Ze heet Mack, Heidi Mack. Ze is me aanbevolen door Necrosearch in Denver.'

'Ze ziet er leuk uit.'

'Blijf bij de les, adjunct.' Hij ging met LaMoia naar de vrouw toe.

LaMoia had gelijk, al wilde Boldt het niet toegeven. LaMoia kon een aantrekkelijke vrouw altijd honderd meter eerder zien dan een andere man. Mack had warme donkere ogen en een erg vrouwelijk lichaam. Boldt vond haar ogen en mond zo boeiend dat hij naar haar wilde staren. In plaats daarvan keek hij naar haar apparatuur. Op het computerscherm was iets verschenen wat op een echogram leek.

'Dat in *Jurassic Park*?' zei ze, haar stem zacht en sensueel. 'De film, bedoel ik – niet het boek… Dat is niet te doen. In elk geval nog niet. Misschien later nog weleens. Intussen is dit het beste dat we hebben.' Ze gebruikte de computermuis om het beeld scherper te maken. 'We noemen het tomografie, tenzij we achter een lichaam aan zitten, want dan heet het forensische tathonomie. Ground Penetrating Radar, gecombineerd met met wat geofysica die aanvankelijk voor de olie-industrie is ontwikkeld. We kunnen de diepte van verstoringen in de grond bepalen. Maar dan kunnen we meestal nog niets over de inhoud zeggen. En het is een geluk dat we hier op een heuvel zijn, want een met zout verzadigde bodem is funest voor GPR. Het programma dat we gebruiken, zit in de bèta-fase. Het zit allemaal in de software. Zeker, het is experimenteel, maar het is ook geavanceerd.'

'Wat zei ik je?' fluisterde LaMoia tegen Boldt, en hij porde hem aan.

Boldt wees naar het scherm. 'Dit?'

'Goed gezien, rechercheur. Ja.'

'Mijn vrouw had een echo bij beide kinderen.'

'Ben je getrouwd?' vroeg LaMoia haar.

Mack en Boldt keken hem tegelijk aan. Mack antwoordde: 'Ik heb een dochter van drie.'

'Waarom bel jij niet even naar het hoofdbureau, adjunct?' beval Boldt. 'Gaan we graven?' vroeg hij zonder omhaal aan Heidi Mack. LaMoia bleef gewoon staan. Mack wees naar het scherm, waarop slingers en kronkels van verschillende kleuren in drie afzonderlijke zones gegroepeerd waren. Ze deden Boldt aan Sarahs kleurpotloodtekeningen aan zijn kantoormuur denken. 'We hebben een goede aflezing. We hebben een goed beeld van alle drie graven die u hebt aangewezen.' Haar vinger leidde hen naar een ruwe geelgroene zone op de bodem van de middelste van de drie graven. 'Deze zone is dieper en erg verstoord, vooral in vergelijking met die andere twee. Het zou kunnen dat daar met de hand is gegraven – met een schop in plaats van een graafmachine. Ziet u dat die andere twee rustiger zijn? Een graafmachine verstoort de wanden lang niet zo erg als een schop.'

'Beenderen?' vroeg Boldt.

'Necrosearch begraaft al jaren varkens.'

'Varkens!' riep LaMoia uit.

'Varkens,' zei ze. 'En ze werken aan imaging-systemen om beendermassa's te identificeren. Het is allemaal nog lang niet perfect. Het enige dat we kunnen doen, is een vermoeden uitspreken dat op die experimenten is gebaseerd.' Ze wachtte op een volgende LaMoia-uitroep, maar hij hield zich in. Ze ging verder: 'Meestal worden lichamen op ongeveer zestig centimeter diepte begraven, en dat is de diepte van de experimenten. Dit is veel lastiger – ongeveer twee meter diep. Maar die kleurverschillen hier, en die afwijkingen hier,' zei ze, met haar vingertop op het scherm, 'leveren de beste kansen op. De kist is hier te zien; die scherpe rechte lijn, en die afwijkingen zitten absoluut onder die lijn. Dat zijn geen stenen. Misschien stokken. Misschien beenderen.'

'Beluister ik enige reserve?'

LaMoia zei meteen: 'Voor wat hier gebeurt, hebben ze geen reserve nodig!' De grap viel niet goed.

Heidi Mack gaf Boldt antwoord. 'Ja, dat is zo. Een duidelijke reserve. Ik zit met het volgende probleem. Ik heb tientallen, misschien wel honderden GPR-beelden van allerlei experimentele grafplaatsen gezien. Je leert de afwijkingen eruit te pikken.' Ze wees opnieuw naar het scherm. 'Het probleem hier? Het probleem dat u hebt? We hebben veel te veel afwijkingen, en ze liggen in lagen over elkaar. Ziet u dit? Een... Twee... Misschien wel drie verschillende lagen.'

'Drie?' fluisterde Boldt.

'Wat is hier aan de hand?' gooide LaMoia eruit.

Boldt draaide zich naar hem om en zei: 'Mevrouw Mack?'

'Als ik het goed heb,' legde Heidi Mack aan LaMoia uit, 'zult u daar beneden niet één maar drie andere lichamen vinden.'

'We hebben aanwijzingen dat het weefsel bevroren is geweest!' riep Doc Dixon vanaf de bodem van het open graf. Zaterdagnacht twee uur. Dag twaalf. Weer een rij halogeenlampen om de diepe duisternis te bestrijden. Heidi Mack was op Boldts verzoek op de begraafplaats gebleven – alle gegevens die ze verzamelden zouden aan de databank van Necrosearch in Denver worden toegevoegd. 'Gematigde ontbinding. Wanneer is dit graf gegraven?'

'Vijf weken geleden,' antwoordde LaMoia.

'Dat komt ermee overeen.'

'De zolen van hun voeten?' vroeg Boldt.

'Welke voeten? Daar is weinig tot niets van over,' antwoordde Dixon. 'De technisch rechercheur zal in deze aarde naar resten moeten zoeken. Je hoopt op vissenschubben?'

'Dat zou leuk zijn,' gaf Boldt toe.

'Vissenschubben?' vroeg Mack.

'Dat hebt u niet gehoord,' zei Boldt tegen haar. Hij had haar al gewaarschuwd dat een deel van hun ontdekkingen voorlopig geheim zou moeten blijven. Ze knikte.

'Kunnen we iemand aan deze kant laten graven?' zei Mack. Ze wees op haar scherm naar het deel van het graf dat het verst van de grafsteen verwijderd was. 'In die wand daar?'

'Wat is daar dan?' vroeg Boldt haar.

'Ook een afwijking die ik graag zou willen verifiëren. Ten behoeve van de software. Het zou van alles kunnen zijn.'

'Dixie? Vind je het erg om even te spitten?'

'Dat staat niet in mijn functieomschrijving!' klaagde de patholooganatoom vanaf de bodem van de kuil.

Boldt gaf hem een schop.

'Waar?' vroeg Dixon.

Mack keerde naar haar apparatuur terug, liep toen naar de kuil en wees een van de hoeken aan. 'Het moet een centimeter of tien lager zijn dan de plaats waar u staat. Hooguit dertig centimeter.'

Dixon plantte de schop in de modder en begon te graven. Bij zijn tweede poging raakte hij iets. 'Jij bent goed!' riep hij naar Mack. Zijn hand, in een handschoen, greep omlaag en trok de schat te voorschijn. 'Het is een touw,' riep hij uit. 'Nee, correctie,' zei hij, en hij keek er nog eens wat beter naar. 'Het is een ketting!' Hij sloeg wat van de aarde weg en hield de ketting voor iedereen omhoog.

Maar Boldt hoefde niet te kijken. Hij had hem al op de digitale videoband gezien – een ketting die werd gebruikt om een enkel aan een naaimachine vast te binden.

'Misschien zat het aan het onderste lichaam vast,' riep Dixon naar boven. Hij moest schreeuwen om boven het bulderen van de generator uit te komen. 'Weet je wat ik denk?'

'Wat?' riep Boldt naar beneden. De opwinding over de vondst golfde door hem heen. De drie lichamen stonden bijna zeker in verband met zowel de onbekende Chinese vrouw in het andere graf als de mensensmokkel. Coughlie moest worden ingelicht. De technische recherche was al op weg.

'Ik denk dat we ons tot nu toe vergisten.'

'Vergisten?' schreeuwde Boldt weer naar beneden.

Dixon keek op, de ketting nog in zijn hand. 'Ik denk dat we een nieuwe kandidaat voor ons "eerste slachtoffer" hebben.'

# ZATERDAG 29 AUGUSTUS

## 12 DAGEN VERMIST

# 43

'Mevrouw McNeal?' vroeg een bevende vrouwenstem. Stevie herkende die stem meteen. 'Mevrouw Klein?' 'Ik zag u op de televisie. Over die beloning en zo.' Klein klonk nerveus. Stevie zag dat als een voordeel. 'Ik heb niets te maken met een vrouw die verdwenen is. Dat wil ik u laten weten. Maar... Wat ik me afvroeg... Over die beloning. Als ik u kon helpen, wat zou dat dan voor mij betekenen in termen van die beloning?'

'Als u...'

'Wat u doet, kost me mijn leven. Begrijpt u dat? Die mensen vermoorden me zonder met hun ogen te knipperen.' Ze voegde eraan toe: 'Dus we moeten dit uitwerken, u en ik.'

'Ik heb geprobeerd dit uit te werken...'

'Dat weet ik, dat weet ik. Mijn man zegt dat ik verschrikkelijk veel ellende over mijn gezin afroep, en mijn gezin is alles voor me, absoluut alles, en als ik er tienduizend dollar aan kan verdienen, kan ik misschien beter met u praten, want ik ben al bij die mensen betrokken en ik ben doodsbang voor ze.'

Stevie voelde zich alsof ze een luchtbel had ingeslikt, of te snel ijs had gegeten. Ze sprak een beetje te snel voor de professional die ze probeerde te zijn. 'Mijn bronnen worden beschermd door het Eerste Amendement. U kunt beter met mij praten dan de politie bellen. We kunnen dit uitwerken. Ik vind dat we moeten praten, mevrouw Klein. Als u nu eens bij het begin begint en mij alles vertelt wat u weet?'

'Ik sta in een telefooncel in een caravanpark. Als u wilt praten, moet u naar me toe komen, want ik wil niet in mijn auto worden gezien.'

'Voor wie bent u bang? Noem me een naam, mevrouw... Gwen. Ik moet iets hebben, wat dan ook, om te weten dat je de waarheid spreekt. Begrijp je dat?' *Je zou me in de val kunnen lokken*, dacht ze.

'Vergeet het maar. Ik doe dit niet door de telefoon.'

'Waar dan?' vroeg Stevie. 'Vertel me waar je bent.'

Klein beschreef een caravanpark ten oosten van Avondale. Ze zou daar wachten.

Kort voordat Stevie de hoorn op de haak legde, hoorde ze een klik op de lijn. Ze dacht dat het alleen maar Klein was die ophing.

Er was een belangrijke sportwedstrijd geweest. Het verkeer stond hopeloos vast, bumper aan bumper. Stevie nam de drijvende brug naar Bellevue, een ritje van een kwartier dat nu drie kwartier in beslag nam. Ze reed in noordelijke richting naar Redmond, waar de Microsoft-campus was gevestigd, en stond nog steeds in de file. Het was al meer dan een uur geleden dat Klein had gebeld. In een gebied waar vroeger vooral aangeplante bossen waren geweest, waren nu overal woonwijken uit de grond gestampt. Flats, eengezinshuizen – doodlopende straatjes waar de tafelgesprekken om 'bandbreedte' en 'poortsnelheid' draaiden. Ze reed door het overgebleven bos aan Avondale Road en ving nu en dan een glimp op van Bear Creek rechts van haar. Ze was zich bewust van de constante stroom koplampen achter haar en maakte zich daar zorgen over. Anderhalf uur. Elk van die auto's zou haar kunnen volgen. Ze verzette zich tegen haar paranoia en concentreerde zich op wat haar te doen stond; de belangrijkste getuige in de zaak had zojuist gezegd dat ze wilde praten. Een uur en drie kwartier.

Toen ze nog geen twee kilometer meer af te leggen had, sloeg Stevie rechtsaf, en nu was ze alle koplampen kwijt.

Het bloed bonkte van opwinding in haar oren, en ze likte over haar lippen en sprak een paar woorden om haar keel te schrapen.

Ze keek nog eens op haar briefje om er zeker van te zijn dat ze op nummer zeven moest zijn, waar licht brandde. Ze stapte uit. Allerlei televisieseries door elkaar wierpen hun lachend publiek over het asfalt, langs de propaantanks en de lijnen met beschimmeld wasgoed. Een telefoon ging een hele tijd over en een vrouwenstem riep: 'Ik neem hem wel.'

De aluminium hordeur van nummer zeven was verkeerd opgehangen. Hij was gevlekt van de corrosie. Ze sloeg op het kozijn en riep hallo. Het roodhouten trapje van de caravan was verraderlijk glad. De lucht rook naar leem, nat en donker van rottende materie. Dit was een plaats waar geen zonlicht kwam.

Ze ving een zweem propaangas op. Het kwam uit de caravan zelf. Ze stak haar neus meer naar voren en had zekerheid. De zonwering was dichtgetrokken, maar de gaslucht kwam tussen de latjes door. Haar hart schoot in haar keel.

Nog op haar tenen boog ze zich naar rechts en hield ze haar oog bij een spleet tussen het gordijn aan de binnenkant. Twee benen. Misschien een vrouw die zat. Ze klopte opnieuw aan en keek nog een keer: die benen hadden niet bewogen. De schrik begon in haar tenen en joeg omhoog naar haar gezicht, dat rood van paniek werd.

Ze probeerde de deur. Op slot. Bonkte hard op de deur.

Toen sprong ze van het trapje af en liep vlug om de caravan heen. Ze sprong bij de ramen omhoog om naar binnen te kijken. Aan de achterkant van de caravan was een andere, kleinere deur. Ook op slot. Ze duwde tegen de deur om een kleine opening tussen het goedkope kozijn en de deur zelf te maken. Toen gebruikte ze een creditcard om de deur van het slot te krijgen. De deur zwaaide naar binnen open en er sloeg haar meteen een misselijkmakende gaslucht tegemoet. Haar maag trok zich samen en ze deinsde terug en hapte naar frisse lucht.

'Vlug!' riep ze uit.

Ze stormde naar binnen in het besef dat de kleinste vonk het gas tot ontbranding zou kunnen brengen. Er was weinig ruimte in de caravan. Haar ogen prikten, haar longen deden pijn. Klein zat in een stoel, haar hoofd voorover, haar ogen dicht, haar opgezwollen tong donkerpaars. Stevie kokhalsde gal, hoestte en wankelde. Haar hoofd duizelde. Ze pakte het lichaam van de vrouw vast en trok haar met een ruk uit de stoel. Het lichaam plofte op de vloer. Ze woog een paar duizend kilo. Stevie duwde de vrouw de deur uit, stapte langs haar en ging vlug het trapje af, begraven onder het dood gewicht. Stevie kreunde, kokhalsde en duwde het lichaam van zich af. Die opgezwollen tong was naar haar wang gericht alsof de vrouw om een kus vroeg.

Stevie braakte en hees zich toen in paniek uit de modder, de kou, de viezigheid. Ze greep haar mobiele telefoon en draaide 911.

# 44

Het kostte LaMoia moeite om zijn grote lichaam op de voorbank van haar 325i te persen. Al dat geld en zo weinig ruimte! Stevie dronk uit een dampende beker koffie die een van de agenten haar had gegeven. De motor draaide, de verwarming stond aan en de ruiten waren beslagen. LaMoia zette het raam aan zijn kant op een kiertje.

'U bent hier gebleven,' zei hij. 'Dat stellen we op prijs.'

'Ik… Ik heb nooit eerder een lijk aangeraakt. Weet u? Als journalist kijk je alleen maar. Je raakt ze nooit aan.'

'U zei dat ze u iets te vertellen had.'
'Zíj zei dat ze me iets te vertellen had,' verbeterde Stevie.
'Ze eiste de beloning op?'
'Dat probeerde ze. Ja.'
'U zei tegen haar dat u haar als bron zou beschermen,' raadde hij.
'Natuurlijk.'
'Wie hebt u er nog meer over verteld?'
'Niemand!'
'Een redacteur? Een cameraman?'
'Niemand!'
'Dus de dingen gebeurden gewoon tegelijk?' vroeg hij. 'Dat zal Boldt niet leuk vinden.'
'Nee, dat vind ik niet,' zei Boldt. Hij had een beker thee, gaf hun elk nog een beker koffie en verontschuldigde zich ervoor dat het misschien niet heet meer was, maar dat was het nog wel. Na een paar hoognodige slokjes verwisselde LaMoia met zijn inspecteur van plaats. Boldt draaide het raampje dicht en LaMoia ging naar de plaats van het misdrijf terug.
'Ze raakte in paniek en pleegde zelfmoord,' zei Boldt.
'Dat gelooft u?'
'Nee.'
'Ze wist dat ze haar te pakken zouden krijgen. Dat zei ze. Als ik niet in het verkeer had vastgezeten... als ik meteen hierheen was gekomen in plaats van...'
'Wie hebt u het nog meer verteld?'
'Niemand.' Ze zweeg even en gooide er toen uit: 'U gelóóft me niet?' Haar lippen vonden de rand van de piepschuimen beker.
'Dat doet er niet toe.'
'Voor mij wel.'
'Het is niet relevant,' zei hij.
'Voor mij wel.'
'U hebt informatie uitgewisseld met INS-agent Coughlie.' Hij zag haar verbaasd kijken en voegde eraan toe: 'We horen dingen.'
'Ik heb dit niet aan hem verteld!'
'Weet u dat zeker?'
'U verdenkt Coughlie?' gooide ze eruit.
'Dat heb ik niet gezegd.'
'Dat hoefde u niet te zeggen.'
'Als er veel geld op het spel staat, verdenken we iedereen.'
'De INS? Allemachtig...'
'De kustwacht. Onze eigen mensen. De lijst is nogal lang.'
'Wat Coughlie betreft, vergist u zich,' waarschuwde ze.
'Ik heb niets over Coughlie gezegd. Het is alleen zo dat zijn juristen – het federaal parket – vandaag hebben geprobeerd die video te

pakken te krijgen. En omdat ik hoorde dat u hem had ontmoet... Ik dacht dat misschien...'

'Nou, dan dacht u verkeerd!'

'Hoe kan ik dat helpen, als ik niet weet wat er gebeurt?' vroeg Boldt.

'U hebt die videoband van me gestolen.'

'Ik heb een verkeerde beslissing genomen,' zei Boldt. 'Als ik nu eens bereid was die beslissing terug te draaien?'

'In ruil waarvoor?'

'Een blik op de video's die u uit haar flat hebt gehaald.' Hij waarschuwde haar meteen:'En gaat u me niet vertellen dat u dat niet hebt gedaan. Dat u journalist bent, geeft u nog niet het recht om tegen een politieman te liegen. In elk geval niet tegen deze politieman,' voegde hij eraan toe.

'Ik heb het koud,' klaagde ze. Ze wist wanneer ze moest inbinden.

'We brengen u naar huis,' bood hij aan. 'Onze agenten brengen u thuis.'

'Dus als het geen toeval was, wist iemand dat ik hierheen zou komen.'

'Is dat zo onmogelijk? Gebruikt u een draadloze telefoon?'

'Niet op kantoor. Ze belde me op kantoor.'

'Een mobiele telefoon?'

'Het was mijn kantoortelefoon.'

'Niemand in de kamer? Geen andere telefoontjes? Een diner afzeggen, dat soort dingen?'

'Niets!'

'Dus misschien was het toeval,' zei Boldt. 'Maar het was geen zelfmoord. Het was niet eens een goede poging om het op zelfmoord te laten lijken. Gesprongen bloedvaten in haar ogen – wurging. We denken dat hij haar heeft verkracht. Als hij dat deed, deed hij het toen ze al dood was.'

Ze zat verlamd achter het stuur. 'U probeert me bang te maken om mijn medewerking te krijgen.'

'Helemaal niet. Ik breng alleen maar verslag uit. Gek is dat, hè? Ik breng verslag uit. U doet hier onderzoek.'

'Het is helemaal niet grappig.'

'We kunnen getuigen beschermen,' zei hij.

'Ze komen niet achter me aan, inspecteur. Ik ben hier te laat aangekomen.'

'Maar ze nam contact met u op,' zei Boldt. 'Misschien weten ze dat. Hoe vaak wordt bij u op kantoor gecontroleerd of de telefoons worden afgeluisterd?'

'Dat is belachelijk.'

'Ik ben bereid de videobanden uit te wisselen, mevrouw McNeal,'

herhaalde Boldt met zijn hand op de deurhendel. 'Dat aanbod geldt nog steeds. Het aanbod van bescherming geldt ook nog steeds.'
'Het zou mooi zijn als iemand me naar huis reed. Op dat aanbod ga ik graag in.'
'Nou, dat is een begin,' zei hij. 'Denkt u na over de rest.'

# 45

Stevie kwam doodmoe en bang in haar flat aan. Melissa was verdwenen, Klein was dood, en het verband tussen hen was duidelijk, en erger nog: het was een verband waarnaar Stevie zelf onderzoek had gedaan, ondanks waarschuwingen om dat niet te doen. Ze deed de deur van haar flat achter zich op slot en zette het beveiligingssysteem aan. Ze dronk armagnac uit een groot cognacglas, de fles onder haar arm geklemd, en deed toen eerst de deur van haar slaapkamer op slot en vervolgens de deur van de badkamer. Toen liet ze eindelijk het badwater stromen en kleedde ze zich uit. De drank kon het beeld van Kleins lichaam, onderuitgezakt in die stoel, niet verdrijven. Ze voelde nog hoe de vrouw in de modder boven op haar lag, lauwwarm en stijf. Ze herinnerde zich hoe hulpeloos ze zich had gevoeld toen ze onder dat ding lag – geen mens meer maar een ding. Ze had deze vrouw gekend, had met haar gesproken. Het was niet meer een beeld, maar iets warms, iets lichamelijks.

Ze bleef lang in het bad zitten, liet het warme water de hele tijd stromen, zodat het via de overloop het bad weer verliet. Ze boende zich en lag te weken, maar voelde zich nog steeds niet schoon. De alcohol verwarmde haar van binnen, zoals het water dat van buiten deed. Met glibberige vingers schonk ze weer wat armagnac in het glas, in de hoop haar demonen te verdrijven, maar telkens wanneer ze haar ogen dichtdeed, voelde ze hoe Klein op haar viel. Ze wenste nu dat ze met iemand samenwoonde, verlangde naar een flatgenoot of een minnaar of een man, een metgezel die haar kon verwennen of troosten. Haar eenzaamheid kreeg haar te pakken en veroorzaakte een verdriet dat zich door niets liet verdrijven of verdoven.

Ten slotte hees ze zich uit het bad en droogde ze zich af. Ze hulde zich in een wijde badstoffen ochtendjas en vroeg zich af waarom ze zich zo liet gaan, waarom ze zich zo kwetsbaar en bedreigd voelde. Ze ging de badkamer uit en liep naar het raam, waar ze een schitterend uitzicht op de Sound en de nachtelijke skyline van de stad had. Aan de vele kleine boten op het water kon ze zien dat het weekend was. Ze verlangde ernaar om moe te zijn, maar dit was niet een nacht waarin haar wensen in vervulling gingen. Ze dacht aan al die schepen en boten die kwamen en gingen, aan al die duizenden containers die van de ene naar de andere plaats onderweg waren, aan de lijkenzakken die uit de geborgen container waren gehaald, aan de families van de slachtoffers, de gebeurtenissen die elkaar sinds die ontdekking hadden opgevolgd. Ze wilde ze allemaal terug hebben. Ze hoefde geen primeur meer te hebben. Ze wilde Melissa terug. Ze wilde dat Melissa weer naast haar stond en van dit uitzicht genoot. Ze hunkerde naar haar terugkeer. Ze huilde erom, huilde hard, dronk het cognacglas leeg en keek om zich heen of ze de fles zag, maar die had ze bij het bad laten staan. Ze hoorde stemmen en vroeg zich af of die in haar hoofd zaten of van de straat ver beneden haar kwamen. Ze huilde nog even door.

Omdat ze het koud had, keek ze of ze ramen open had laten staan. In een staat van verdoving en wroeging liep ze door de donkere flat. De nachtelijke bries die van de Sound kwam, was een van de dingen die haar het meest aan de flat bevielen, al zocht ze nu vooral warmte. Ze vond niets wat openstond, behalve de voorkant van haar ochtendjas. Ze maakte de ochtendjas dicht, controleerde het slot op het balkon – iets wat ze anders nooit deed, want deze flat was het penthouse – en besloot naar bed te gaan.

Ze zag een schaduw buiten en schrok, om even later te beseffen dat het een van haar tropische planten was die in de zeebries bewoog.

Het leek wel of het een heel eind lopen was om in de slaapkamer te komen. Onderweg bleef ze voor alle zekerheid bij de voordeur staan. Ze wou dat ze iets meer dan een slot had, nachtslot of niet, maar de voorschriften van het flatgebouw verboden zulke buitensporigheden. (De veteranen onder de bewoners zeiden dat er ooit een proces was aangespannen door de familie van een man die aan een hartaanval was gestorven; hoewel hij 911 had gebeld, had hij een ketting op de binnenkant van zijn deur gehad, zodat het ambulancepersoneel vertraagd werd.) De gang naar de slaapkamer strekte zich onmogelijk lang uit. Hij leidde langs een garderobekast, een linnenkast, een logeerkamer en het toilet. De slaapkamer had haar nooit eerder zo ver weg geleken. Ze deed de deur van haar slaapkamer op slot, deed haar ochtendjas uit en trok een katoenen pyjama aan. Die pyjama had een bijzondere betekenis voor haar – meestal sliep ze zonder kleren aan. Ze schonk zich nog eens in en nam het cognacglas mee naar bed. Ze wist dat ze dronken moest zijn, of bijna dronken, maar ze voelde niets. Dat beschouwde ze ook als een teken, want de armagnac kreeg haar meestal snel te pakken. Omdat ze het niet donker wilde hebben in de kamer, keek ze naar de televisie. Ze zapte van het ene station naar het andere. Het werd een eindeloze reeks reclamespotjes. In de zwarte schermpauzes tussen de kanalen in zag ze alleen Kleins verkleurde gezicht en opgezwollen tong. Ze zag de dood. De tijd leek langzaam te gaan en leek tegelijk te dringen. Ze merkte dat haar hart bonkte en dacht dat de drank misschien toch wel enig effect op haar had. Ze dronk nog wat meer en kwam tot de conclusie dat het niet zo was.

De telefoon werd haar vijand, want hij plaagde haar, daagde haar uit. Iedereen die ze zou bellen, zou haar willen helpen – daar was ze zeker van – van vrienden die in de buurt woonden tot het halve politiekorps van Seattle. Maar ze zou de telefoon niet nemen. Ze zou niet toegeven dat ze bang was en er zeker niet met een ander over spreken. Ze kon zich wel voorstellen hoe ze achter haar rug zou worden uitgelachen, de grappen die in het mediawereldje de ronde zouden doen. Daar wilde ze zich absoluut niet aan onderwerpen. Boldt had haar zijn kaartje gegeven – ze kon iets bedenken dat ze zich van Klein herinnerde, ze kon hem hopeloos lang bij haar laten blijven, totdat hij haar ervan had overtuigd dat ze veilig was of tot de drank haar eindelijk te pakken kreeg.

Uiteindelijk viel ze gewoon in slaap, met de afstandsbediening van de televisie in haar hand. Op het scherm vertoonde een van de onafhankelijke stations een ingekleurde film. Ze sliep half zittend, haar hals in een vreemde gebogen stand, haar hoofd naar voren. Ze sliep terwijl het cognacglas half leeg en haar geest half vol was. De lamp op het nachtkastje brandde en het geluid van de televisie stond uit, want ze was in slaap gevallen toen er net een hele serie reclamespotjes werd vertoond. Een katoenen deken was tot haar middel opgetrokken en de wekker op het nachtkastje telde de minuten af. Ze sliep half en was half bij bewustzijn, een dodelijke combinatie van beelden van Klein en een door alcohol opgewekt coma. De dromen, levendig en gevaarlijk, lieten haar niet helemaal slapen. Ze bleef in de greep van een eindeloze nachtmerrie.

Nog bedwelmd door de armagnac werd ze wakker van het vage maar duidelijke gerommel van de lift. Eerst dacht ze dat het een grommende scheepstoeter was, en toen vroeg ze zich af waarom ze eigenlijk wakker was geworden. De klok gaf twintig over drie aan. Ze schudde zacht met haar hoofd om wakker te worden. Haar penthouse was niet zomaar te bereiken. Je had een elektronische sleutel nodig om met de lift naar haar verdieping te gaan, en alleen zij en de huismeester of nachtwaker hadden toegang. Zelfs het onderhoudspersoneel niet. Maar waarom zou Edwardo, de nachtwaker, op dit uur onaangekondigd naar boven komen? Het leek haar ondenkbaar. Onverklaarbaar.

De digitale wekker versprong naar 3:21 uur, en dat was voor haar net of er iemand naar haar knipoogde. Langzaam kwam er wat helderheid in haar hoofd en kon ze de geluiden beter horen. Het was gewoon helemaal verkeerd: de verkeerde tijd, de verkeerde verdieping – alles verkeerd. Ze spitste haar oren en kon plotseling alles horen: de ventilatie, het geroezemoes van de stad, haar eigen ademhaling, haar hart dat in haar borst bonkte. Voor ze er erg in had, was ze het bed uitgekomen en liep ze als een schim door de kamer, een spookbeeld van ruisende pyjamastof en bewegende ledematen, in het vage schijnsel van het licht dat door de gesloten zonwering naar binnen schemerde.

Haar vingers draaiden handig het slot van de slaapkamerdeur om. Ze dacht niet meer aan de extra veiligheid die dat slot haar gaf. De gang mocht eerder al lang hebben geleken, nu leek hij nog wel twee keer zo lang. Hij strekte zich als een tunnel naar de voorkant van de flat uit. Haar blote voeten bewogen zich over de hoogpolige vloerbedekking. Ze herinnerde zich dat ze ruzie met de binnenhuisarchitect had gehad over deze vloerbedekking – het station wilde de extra negen dollar per meter niet betalen, maar de binnenhuisarchitect zag het als zijn werk om haar tevreden te stellen. Ze vond het nu kinderachtig – gewichtigheid, de wil om het absoluut voor het zeggen te hebben. Wat deden al die dingen ertoe – de kwaliteit van de vloerbedekking – nu ze op haar tenen door de gang liep, bang dat haar iets zou overkomen?

Er kwamen andere gedachten in haar op: de telefoon, die nu aan weerskanten even ver van haar vandaan was; het pistool, dat in de la van haar nachtkastje lag en dat ze niet had meegenomen; haar vader; Melissa; Gwen Kleins opgezwollen tong. Allerlei gedachten en beelden gingen door haar heen, liepen over haar heen, vertrapten haar, beroofden haar van het vaste besluit om na te gaan wat er toch in de hal aan de hand was.

En toen was ze net een jojo onder aan het touw, in tweestrijd tussen weer omhooggaan of blijven liggen en toe te geven – in haar geval, het op te geven – want het volgende dat ze hoorde, was een sleutel die haar slot probeerde open te maken. Dat geluid verlamde haar, liet haar verstijven, nam haar helemaal in beslag, eerst omdat het zo volslagen onmogelijk was dat iemand zou proberen in haar flat in te breken, en toen, een fractie van een seconde later, omdat ze besefte en begreep dat iemand dat precies aan het doen was. In haar verwarring zag ze opeens ook weer die opgezwollen tong voor zich, en ze wist zonder enige twijfel wat haar te wachten stond: verkrachting, wurging, het gas uit de oven op de hoogste stand. Het was het verkeerde verhaal, een verhaal dat alle betrokkenen verslond. Ze had zin om te schreeuwen: 'Goed, ik geef het op!', alsof ze daarmee de gebeurtenissen tot stilstand kon brengen die deze bezoeker naar haar deur hadden gebracht, maar hij was geen beslisser, alleen een boodschapper.

Ze wist niet wat haar naar die deur dreef, alleen dat ze aan haar kant van de deur stond, met alleen vijf centimeter dik hout tussen haar en haar bezoeker. Ze trok een stoel met een rechte rugleuning naar zich toe en zette die klem onder de deurknop, zoals ze in films had zien doen. Het leek haar zo pathetisch nutteloos, zoals die stoel daar schuin tegen die deur stond.

Haar blik viel op de kleine beveiligingsmonitor, een klein tv-schermpje dat beurtelings beelden van de hal beneden, de binnenkant van de lift, en de hal voor haar deur liet zien.

De hal beneden was zo te zien leeg. Om twee uur in de nacht zou Edwardo achter het bureau moeten zitten, met als enig mogelijk excuus een sigaret of een bezoek aan de wc. Of was hij het aan de andere kant van de deur? Durfde ze naar hem te roepen? Was dit een misverstand? Dacht hij dat ze in moeilijkheden verkeerde? Kwam hij haar te hulp? Had ze op het verkeerde knopje gedrukt toen ze haar beveiligingssysteem aanzette? Edwardo bezat de enige andere sleutel van haar lift. Het kwam logisch op haar over, een logische verklaring. Op dat moment was ze opgelucht – het was allemaal een misverstand. De spanning die haar bevangen had gehouden, nam af. Ze kon zich weer bewegen.

Het volgende beeld dat op het kleine televisieschermpje verscheen, was van de lege lift. Dat was ook logisch. Edwardo was met de lift naar haar verdieping gegaan.

Aan de andere kant van de deur ging het krassende geluid door, en op dat moment viel haar theorie in duigen. *Edwardo zou weten welke sleutel het was.*

Even later zag ze op het scherm de rug van een man die voor haar deur stond. Het was een grote man. Hij droeg een sweatshirt met capuchon. Het was niet Edwardo.

Het slot ging open, het alarm klonk, en de stoel kraakte.

Stevie rende de gang door. Die strekte zich eindeloos voor haar uit en werd bij elke stap langer.

Het station had een reportage over beveiligingssystemen van woningen uitgezonden. Stevie wist er veel meer van dan ze ervan wilde weten. Het duurde gemiddeld twintig tot dertig minuten voordat de politie er was. Eerst kreeg de beveiligingsfirma bericht dat er iets mis was. Dan belde de beveiligingsfirma naar de bewoner om te horen of het vals alarm was, om te verifiëren dat er echt iets aan de hand was.

Dan stuurde de beveiligingsfirma eigen mensen naar de woning en pas dan werd eventueel de politie gewaarschuwd. Omdat ze last van een stalker had gehad, zou in haar geval meteen de politie worden gebeld. Dat zou de responstijd met minstens tien minuten bekorten. Maar daar zou ze niet veel mee opschieten. Het alarm was als afschrikwekkend middel bedoeld – iets wat een eenvoudige inbreker op de vlucht zou jagen. Een vastbesloten verkrachter of moordenaar zou zich er niet door laten afschrikken.

De gang strekte zich maar uit.

De stoel kraakte en maakte ploppende geluiden: de verbindingen bezweken. Ze voelde die geluiden als messen in haar rug. Haar voeten wilden haar niet snel genoeg dragen. De deur aan het eind van de gang leek niet groter te worden, niet dichterbij te komen – een onwelkome illusie, geboren uit paniek.

Toen de stoel brak en versplinterde, klonk dat als pistoolschoten. Ze keek niet achterom, verspilde geen enkele beweging tot ze halverwege door de deuropening was en zich omdraaide om de deur dicht te maken en op slot te doen: hij was een grote kerel en zijn gezicht werd aan het oog onttrokken door de capuchon van het sweatshirt. Hij rende als een waterbuffel, kwam met zijn hoofd naar voren aanstormen. Ze gooide de deur dicht en drukte op de knop om hem op slot te doen.

Toen hij tegen de deur stormde, kwam de hele deur met kozijn en al mee uit de muur; de gipsplaat gaf krakend mee. Stevie pakte de telefoon op het nachtkastje en greep, terwijl ze 911 draaide, tegelijk naar het pistool in de la. De telefoonverbinding was uitgevallen. Ze vuurde een kogel af; hij ging door het plafond boven de deur. Nog een schot. De kogel schoot haar televisiescherm uit, twee meter van de deur vandaan waarop ze had gericht.

Ze hoorde weer een schot – ditmaal van de andere kant van de deur – en gooide haar pistool instinctief weg. Ze gooide het weg alsof het niet van haar was. Ze keek ernaar, vroeg zich af wat ze in godsnaam aan het doen was, en dook erop af.

Van de andere kant van de deur kwamen geluiden van een gevecht.

Stevie zat ineengedoken bij de deur, haar ene hand op het wapen, haar andere hand bij het slot van de slaapkamerdeur. Ze wilde die deur openmaken, uit aangeboren nieuwsgierigheid en ook omdat ze instinctief aanvoelde dat ze iets moest doen. Toen ze een van de ruiten hoorde breken, draaide ze de deurknop om. Er was daar iemand die haar verdedigde. De knop sprong naar voren. De geluiden van brekend meubilair en doffe dreunen tegen menselijke lichamen werden steeds harder.

Terwijl het alarm oorverdovend loeide, rende ze de gang op, het pistool voor zich uit gestoken.

De grote man met de capuchon kroop over de vloer om bij de open deur van de flat te komen. Het bloed liep uit zijn neus en vormde een spoor op de vloerbedekking.

Een andere man, lang en slank, strompelde over de vloer en liet het restant van Stevies Hondel-lamp van zesduizend dollar op het achterhoofd van de grote man neerdalen. Het slachtoffer sprong overeind, draaide zich om en trapte die andere man in het gezicht, duwde hem opzij en greep de lamp zelf. Maar zijn doelwit draaide zich bliksemsnel om en gaf een harde trap. Hij trof de man tegen zijn schouder.

Ze zag de blauwe glinstering van staal – een pistool op de keukenvloer – en dat inspireerde haar om haar eigen pistool omhoog te brengen en de trekker over te halen. Het schot maakte een gat in het plafond, zodat er een regen van fragmenten naar beneden kwam. Daarmee trok ze heel even de aandacht van de twee mannen. In die fractie van een seconde deed de man met de capuchon een uitval naar de andere man. Hij greep hem bij zijn jasje en trok hem tussen Stevie en hemzelf. Toen draaide hij de man om, gooide hem door de huiskamer en rende naar de deur van de flat – dat alles voordat Stevie begreep wat er gebeurde.

De man die op de vloer was gegooid, kwam tegen een andere ruit, en die viel uiteen in duizend scherven die als een luidruchtige waterval neer regenden. Hij wankelde en zakte op het balkon in de scherven in elkaar. De indringer vluchtte de deur uit, zo snel dat hij alleen nog maar een waas van kleur en vorm was.

Stevie stond daar, bevend, het pistool krampachtig in beide handen – verkild tot in het bot. Ze ging twee stappen naar rechts, mikte op de plafondsirene van het alarm, een kleine meter boven haar, en schoot het ding uit om van het lawaai verlost te zijn. Ze deed dat zonder erbij na te denken.

In de plotselinge stilte hoorde ze de branddeur aan het eind van de gang dichtvallen. Ze hoorde ook de hijgende ademhaling van de vreemde die door de ruit was gegaan en op het balkon lag. Boven alles uit hoorde ze het bloed dat in haar oren bonkte. Er was nergens een sirene te horen.

'Wie ben jij?' vroeg ze. Ze hield het pistool voor zich uit en stapte naar voren maar bleef voor de scherven staan. 'Ik schiet,' waarschuwde ze.

'Je schiet mis...' kreunde hij. De man bracht zijn hoofd omhoog. Het was John LaMoia.

# 46

Op het flikkerende scherm vertoonden twee naakte, egaal gebruinde vrouwen een grote handigheid met hun tong.

Brian Coughlie keek bijna een minuut hoe ze elkaar te lijf gingen. Het was geen liefdesspel; het was niet eens seks; het was een serie woeste, wanhopige handelingen, verricht om te rechtvaardigen dat er tien dollar entree was betaald. Hij voelde zich kotsmisselijk. Zijn mond was droog en had geen enkele smaak. Die meisjes waren duidelijk nog geen twintig. Ze waren Koreaans en ze aten niet goed. Hun leven was voorbij. Over een jaar of twee waren ze dood.

Rodriguez hield de kartonnen beker met frisdrank en ijs bij zijn rechteroog. 'Het was een smeris.'

'Dat weet je niet. Hij was daar veel te snel. Het was geen smeris. Misschien een vriendje van haar.' Coughlie had zo langzamerhand de pest aan deze korte ontmoetingen met Rodriguez. Ze hadden elkaar leren kennen doordat hij hem als illegale buitenlander had opgepakt. Later was gebleken dat Rodriguez door de Mexicaanse autoriteiten werd gezocht. Hij werd verdacht van allerlei misdrijven, waaronder mishandeling en moord. Ze hadden een moeizaam bondgenootschap gesloten en de verstandhouding was steeds slechter geworden. Het was duidelijk dat de man harddrugs gebruikte, en Coughlie had hem zien degenereren. Het was alleen nog maar een kwestie van tijd voordat er iets moest worden ondernomen. Coughlie wist nog niet wat, waar en door wie.

Lange tijd was Coughlie degene geweest die de touwtjes in handen had – hij bedreigde Rodriguez met deportatie of arrestatie wegens de gepleegde misdrijven. Maar nu waren de rollen omgekeerd: Rodriguez was er bijna van het begin af bij geweest; hij wist te veel.

'Die kerel kon veel hebben,' klaagde hij.

'Je overleeft het wel.'

'We moeten iets aan haar doen.'

'Nee.'

'Ze geeft moeilijkheden, die dame.'

'Ik zei nee. Alleen bang maken. De bandjes in handen krijgen. En hoe slecht je het ook hebt aangepakt, ik moet zeggen dat je dat tenminste hebt bereikt.'

'Hij was een smeris, zeg ik je.' Rodriguez wees naar het scherm. 'Moet je zien. Zie je dat? Dat is toch niet te geloven? Verdomme!'

'Vergeet haar. Hoor je me? We zijn klaar met haar.'

'Denk je?'

'Ze heeft Klein gezien. De schrik zit er bij haar in.'

'Ze heeft veel lef, dat wijf. Jammer dat ik niet...'

'Genoeg!' Hij wilde niets meer met Rodriguez te maken hebben. In een volmaakte wereld zou hij Rodriguez nooit meer hoeven te ontmoeten, maar de wereld was niet volmaakt. Intussen had Coughlie na iedere ontmoeting met Rodriguez het gevoel dat hij moest gaan douchen. Het stond hem ook niet aan dat hun gesprekken in een afgemeten soort boeventaal waren ontaard. Coughlie zei tegen zichzelf dat hij afstand moest bewaren. Als je met de duivel in zee ging, moest je daar een prijs voor betalen – hij vroeg zich steeds weer af wanneer de rekening zou komen. 'Vergeet haar,' was het enige dat hij tegen Rodriguez zei.

'Goed, ik vergeet haar. Je hoeft het maar te zeggen en iedereen vergeet haar.'

'Niets op je eigen houtje,' zei Coughlie opnieuw. Hij begon het warm onder zijn boord te krijgen, van woede en ook omdat zijn blik steeds weer naar het scherm afdwaalde. 'Niet meer zoals met die vorkheftruck. Dat was stom! We gaan gewoon door met de volgende aflevering. Dat moet wel, anders ben ik degene die een onverklaarbaar ongeluk krijgt. Begrepen? Na de volgende nemen we een tijdje rust. Ik kan die tijd gebruiken om ons hier doorheen te helpen. Ik regel het wel. Jij doet niets meer zonder dat ik het zeg.'

Coughlie nam zijn toevlucht tot het enige verdovende middel waarvan hij wist dat het werkte, althans tijdelijk: hij stopte de man een extraatje van tweehonderd dollar toe voor de aanval op de flat. Hij wist dat Rodriguez het voor zelfmedicatie zou gebruiken. Als Coughlie geluk had, kwam Rodriguez daarmee het weekend door.

# 47

'Ik kan me niet zoveel herinneren. Het ging allemaal zo vlug.' Stevie McNeal droeg een T-shirt over haar pyjama. Dat T-shirt maakte reclame voor een hardlooptocht van vijf mijl ten behoeve van kankeronderzoek, met KSTV als sponsor. Er waren al bijna twee uur teams van de politie in haar flat. De zondagochtendzon probeerde de hemel van de nacht af te pakken. In de flat rook het nog naar mannen.

Rechercheur Bobbie Gaynes, die er net zo moe uitzag als de rest, knikte meelevend.

LaMoia, die een ijspak tegen de zijkant van zijn gezicht gedrukt hield, leidde de gang van zaken in de huiskamer, waar de technische recherche foto's maakte en naar vingerafdrukken zocht.

Ze vond dat de politie nog veel beter dan de pers in staat was om overal een circus van te maken.

Lou Boldt zat in een stoel tegenover de tv-presentatrice. Hij leek ouder. 'Als u zich hebt aangekleed,' zei Boldt tegen haar, 'brengen we u naar een hotel. Rechercheur Gaynes blijft bij u in uw kamer, als u daar geen bezwaar tegen hebt. We zetten een geüniformeerde agent op de gang, voor een kamer ernaast, een kamer die leeg is.'

'En Edwardo?' vroeg ze, en toen ze hen vragend zag kijken, voegde ze eraan toe: 'De nachtwaker.'

'Afdeling Spoedgevallen. Hersenschudding,' antwoordde Boldt. 'Morgen zullen we hem ondervragen.'

'Dat bedoelde ik niet,' zei Stevie.

'Ze wisten wat ze deden,' legde Gaynes uit. 'Ze sloegen hem buiten westen, pakten zijn sleutels, schakelden het telefoonsysteem van het gebouw uit, haalden de beveiligingsvideo weg. Zonder u hebben we niets.'

'Ik heb zoveel verteld als ik kan.'

'Daar twijfel ik niet aan,' zei Boldt geduldig, al was hij duidelijk teleurgesteld.

'Dus het was... een professional?' vroeg ze aarzelend aan hen beiden.

Gaynes keek eerst Boldt en toen McNeal weer aan. 'Ze... hij?... wist wat er gedaan moest worden. Kende het gebouw. Wist waar u woonde. De liftsleutel. We nemen aan dat het geen puur geluk was dat hij hier boven kwam, en het was ook zeker geen toeval.'

'Dat was het niet!' bevestigde Stevie, die er behoefte aan had om de woorden nog eens te horen.

'Ze hadden het gebouw verkend,' zei Boldt. 'Daar lijkt het sterk op.'

Stevie wist dat ze iets zou moeten zeggen, maar ze kon niets bedenken. Ze kon bijna helemaal niet denken. 'Dus ze wilden...'

'We weten niet wat ze van plan waren,' verbeterde Boldt, die haar opzettelijk in de rede viel om te voorkomen dat de woorden werden uitgesproken. Misschien was hij daar bijgelovig in.

'Klein...'

'Dat weten we niet,' zei Gaynes haar inspecteur na.

Boldt kwam op een eerder onderwerp terug. 'We willen u hier graag weg hebben, mevrouw McNeal. Als u klaar bent. Als u eraan toe bent.'

'Gaat u me foto's laten zien?' vroeg ze. 'Misschien herken ik die kerel.'

'Dat kunnen we proberen – later vandaag, of maandagmorgen – als u wilt,' zei Boldt, maar het was duidelijk dat hij er niet veel van verwachtte.

'Een hotel,' mompelde Stevie.

'Als u eraan toe bent.'

'Ik heb hier de pest aan.'

'Ja,' beaamde Boldt. 'We zouden graag met u willen samenwerken,' zei hij om haar aan zijn eerdere aanbod te herinneren.

'LaMoia,' zei ze, en ze knikte naar de deuropening van de slaapkamer. 'Hoe kon hij hier zo snel zijn?'

'We hadden deze keer geluk,' antwoordde Boldt.

'Dat is geen antwoord op mijn vraag,' zei Stevie. Boldts gezicht bleef onbewogen. Hij zou de vraag niet beantwoorden. 'Vólgde hij me?' vroeg ze verontwaardigd. 'Schaduwde hij me?'

Boldt zag de drie grijze dozen naast haar tv-toestel en voelde zich erdoor aangetrokken. 'Zijn dat de videobanden?' zei hij.

'Dat is privé-eigendom.'

'Wie wisten van die banden? Ja, wij. Maar wie nog meer? Een producer, een redacteur?'

'Niemand!'

Hardop denkend zei hij: 'We gingen ervan uit dat degene die hier inbrak het op u voorzien had. Maar als we ons nu eens vergissen? Of misschien wilden ze twee vliegen in één klap slaan en moest het op een inbraak lijken die verkeerd afliep. Een videorecorder, wat sieraden, die bandjes. En in de schermutseling zou u gedood worden of gewond raken.'

Stevie verbleekte. Ze aarzelde een hele tijd, keek Boldt recht aan en zei ten slotte: 'Ik heb het met Brian Coughlie over die banden gehad. Over de VHS-banden en de digitale band. Ik vroeg hem om hulp met de digitale band. U had me die band moeten laten zien!'

'Wanneer was dat?'

'Woensdagavond. Die ontmoeting waar u van wist. Het diner. Coughlie wist dat ik hier de VHS-banden had. De eerste opnamen die ze maakte. Dat heb ik hem in feite verteld.' Ze wachtte op een reactie van hem. 'U denkt toch niet…'

'Ik heb u gehoord,' snauwde hij.

Het doffe dreunen van het stadsverkeer vulde de kamer. Het was nauwelijks hoorbaar en moest wedijveren met het zachte zoemen van het ventilatiesysteem. Een scheepstoeter loeide heel in de verte, gevolgd door een politiesirene die als een gewonde kat klonk. Die geluiden maakten net zo goed deel uit van de stad als het klimaat.

'Maar dat hoeft niet te betekenen dat Coughlie…' protesteerde ze.

'Nee, dat hoeft het niet,' onderbrak Boldt haar. Hij keek om zich heen, deed de slaapkamerdeur stevig dicht en zei: 'Goed. Nou, laten we helemaal opnieuw beginnen.'

# MAANDAG 31 AUGUSTUS

## 14 DAGEN VERMIST

# 48

Ze sloot af zoals ze iedere dag deed: 'Dit is Stevie McNeal namens William Cutler en het hele team van *News Four at Five*. Ik wens u een goedenavond. Dank u voor het kijken. Rij voorzichtig.' Aan het eind van elke uitzending werd de kou die in Studio A heerste altijd verzacht door de warmte van de tientallen schijnwerpers en de enorme hoeveelheid verfijnde elektronica. Het weer in de nagemaakte skyline achter de presentatiedesk veranderde nooit, evenmin als de tijd van de dag: telkens weer zagen de kijkers een zonsondergang met vijftig kilometer zicht, hoewel die in werkelijkheid in Seattle maar zelden voorkwam. Het nieuws herhaalde zichzelf, de drie O's: Oorlog, Onheil, Ongelukken. Op die dag opende het nieuws met Kleins dood – haar 'dubieuze zelfmoord', zoals werd verteld door Stevie McNeal, die persoonlijk getuige was geweest van het incident. Billy-Bob Cutler versloeg met zijn rechtschapen gezicht een schandaal op een congrescentrum. Het ging over te hoge cateringrekeningen.

Het was twee weken geleden dat ze Melissa voor het laatst in leven had gezien. Ze droeg dat gegeven als een ziekte met zich mee: het liet haar van binnenuit verteren.

'Vrij!' riep de floor director op scherpe toon. 'We zijn zwart in vijf, vier, drie... We zijn eruit. Iedereen bedankt!'

Twee weken geleden. In sommige opzichten voelde het aan als de dag van gisteren, en tegelijk leken het jaren.

Billy-Bob sprong uit zijn stoel als een quarterback die zich uit een *huddle* losmaakt. Hij ontdeed zich van zijn audio-apparatuur en liep regelrecht naar de uitgang om bier te gaan drinken met zijn publiek. Op weg naar buiten kreeg hij alom schouderklopjes.

Stevie had haar microfoon zelf kunnen afdoen, maar omdat ze toch geen haast had om ergens heen te gaan, wachtte ze op de geluidsman. Twee weken. Waar? Waarom? Ze was de hele dag in de studio gebleven, deels omdat ze dat veiliger vond en deels omdat ze eindeloze besprekingen had moeten voeren. De directeuren van het station – die zich ongetwijfeld lieten leiden door de wens om hun investering te beschermen – wilden haar twee lijfwachten geven. Stevie wilde haar onafhankelijkheid behouden. Ze zei dat de inbraak een incident was geweest en niets te maken had met Kleins dood en de gebeurtenissen rondom haar onderzoek, argumenten die aan dovemansoren gericht waren. Er werd een compromis gesloten: ze was al onder een andere naam naar het Four Seasons verhuisd en zou door beveiligingspersoneel van het hotel worden bewaakt. De politie had de agent op de gang al weggehaald. Het televisiestation zou de beveiliging versterken, iets waartoe al eerder was besloten. Zolang ze binnen KSTV was, zouden zij en alle anderen goed beschermd zijn. Ze mocht komen en gaan wanneer ze wilde – ze moedigden haar aan om de Town Car te gebruiken – zolang ze de beveiliging maar van haar bewegingen op de hoogte stelde. Ze zou een kleine GPS-zender in haar tasje meenemen. In het onwaarschijnlijke geval dat haar iets zou overkomen, zouden ze in ieder geval een manier hebben om haar terug te vinden.

Toen die onderhandelingen achter de rug waren en de uitzending ook was afgelopen, dus toen de hele werkdag in feite al voorbij was, ging ze nog even naar haar kantoor. Ze was van plan daar zo snel mogelijk weg te gaan en eindelijk te gaan slapen. Ze bekeek haar e-mail en luisterde naar haar voice-mail-boodschappen. Haar wereld brokkelde af. Ze keek om zich heen en vroeg zich af hoe lang dit alles kon duren, hoe lang haar achtendertigjarige gezicht zou standhouden, hoe lang haar publiek en haar tv-station haar nog zouden willen. Het was een hard vak. Carrières werden afgekapt als de kijkcijfers niet goed waren. Er stond altijd een nieuw gezicht klaar. En terwijl mannen konden doorgaan met presenteren als ze in de vijftig of zestig waren, bleven vrouwen na hun veertigste zelden voor de camera.

Toen ze Brian Coughlie in de controlekamer met Corwin zag praten, begon haar hart te bonken. Haar eerste kinderlijke instinct gaf haar in dat ze zich moest verstoppen, dan kon hij haar niet vinden. Toen sloeg de schrik haar om het hart. Na haar ondervraging door Boldt vermoedde ze dat Coughlie iets met de mensensmokkel of misschien zelfs met de sterfgevallen en Melissa's verdwijning te maken had. Ze had er niet bij stilgestaan dat hij met zijn achtergronden probleemloos toegang tot het televisiestation kon krijgen. Ze wilde hem hier niet hebben. Ze wilde niets met hem te maken hebben!

Even later kwam hij haar kantoor in.

Coughlie ging onverwachts naar McNeal toe in de hoop haar af te schrikken en haar te dwingen haar verhaal los te laten, of om haar over te halen de VHS-opnamen met hem te delen die Melissa vanuit het busje had gemaakt. Als ze verdween of vermoord werd, zou dat de aandacht van de landelijke media trekken, en als zoveel mensen op onderzoek uitgingen, zou hij worden ontmaskerd. Nee, hij moest een andere manier vinden om Stevie tot zwijgen te brengen, om haar als bondgenote te houden, of om op zijn minst zijn eigen gezag te versterken en voortdurend te weten wat ze wist en wat ze ging doen.

Op haar uitnodiging ging hij op een kleurrijke sitsen bank zitten, terwijl ze voor een felverlichte spiegel zat en met een sponsje haar cosmetica verwijderde.

'Ik hoorde over de inbraak,' zei hij.

'Ik hou niet van ongenode bezoekers. Niet in mijn flat en niet hier op het station.'

'Ik ben hier niet als bezoeker. Ik ben hier als federaal agent,' zei hij. 'Ik ben hier om je te waarschuwen voor degenen met wie je te maken hebt.'

'Mij waarschuwen? Eerst Klein, dan mijn eigen flat, en nu wil jij me nog waarschuwen?' vroeg ze ongelovig.

'Het was verkeerd van je dat je die beloning uitloofde. Misschien wilde je de politie straffen door ze te overspoelen met telefoontjes – je maakte je druk om die digitale band. Maar in plaats daarvan maakte je jezelf tot middelpunt.'

'De handschoenen zijn uit.'

'Ik hoorde dat LaMoia de eerste politieman ter plaatse was,' zei hij. Hij gooide het over een andere boeg. 'Laat me je dit vragen: hoe kan het dat een adjunct-inspecteur op dat uur van de nacht de eerste politieman ter plaatse was?'

'Je bedoelt?'

'Denk eens na. Hij had thuis in bed moeten liggen of op het bureau aan de papieren over Klein moeten werken. Als je zo'n goede journaliste bent, moet je dat weten, Stevie.'

'Wat wil je daar precies mee zeggen?'

'De politie schaduwt je. Hoe is anders te verklaren dat een adjunct-inspecteur de eerste politieman ter plaatse was?'

Ze verwerkte dat alles en voelde dat haar maag zich samentrok, maar ze herstelde zich snel en ging weer in het offensief. Ze kon goed liegen. 'Natuurlijk deden ze dat. Na Kleins dood heb ik om bescherming gevraagd. Vierentwintig uur per dag. Straks ga je me nog vertellen dat jij me ook volgde – en dat je mijn telefoonlijnen hebt afgetapt en mijn flat hebt afgeluisterd.' Hij probeerde kalm te blijven, maar ze vatte het geknipper van zijn ogen als een teken van gespannen zenuwen op. Ze ging verder: 'Het is allemaal één grote samenzwering, hè? De Chinese maffia, of wie hier maar achter zit, heeft alle desbetreffende overheidsdienaren omgekocht, en alleen de pers kan nog voorkomen dat dit stilletjes uit het geweten van het publiek verdwijnt. Heb ik het daarmee goed samengevat?'

'Je zou geen grappen over zulke dingen moeten maken,' waarschuwde hij. 'Die mensen zijn keihard.'

'Weet je dat uit de eerst hand?'

'Absoluut.'

'Geen persoonlijke ervaringen, mag ik hopen.'

'Je maakt nog steeds grappen? Weet je wel hoe groot de rots is die je wilt omrollen?'

'Ik rol elke rots om als ik denk dat hij op Melissa ligt. Het is jammer dat je niet voor die mensen werkt, want als je dat deed, zou je namens mij aan ze kunnen vertellen dat ze alleen maar Melissa hoeven terug te geven. Geef haar aan mij terug. Zodra ze bij mij voor de deur staat, gaat dit verhaal meteen overboord!' Het leek haar een legitieme onderhandelingstactiek en misschien zou hij haar leugen geloven.

'Hebben ze je over die inval in die illegale werkplaats verteld?' vroeg hij.

Ze aarzelde. 'Natuurlijk,' loog ze, en ze bleef te lang aan haar gezicht werken. Haar stem sloeg over toen ze vroeg: 'Betekent dat wat ik denk dat het betekent?'

'Op het eerste gezicht betekent het dat haar busje is gestolen en teruggevonden. Dat is alles. In deze stad zou dat onder normale omstandigheden niets bijzonders zijn! Maar in combinatie met de rest van wat we weten kan het allerlei dingen betekenen. Ik had de leiding van die inval. De arrestaties waren van ons – federaal. Chinese bendeleden, stuk voor stuk. Connecties met de illegalen? Dat zullen we nooit kunnen bewijzen. Maar waarom had een werkplaats die eigendom van een bende was het busje van je vriendin? Heb je enig vermoeden?'

Ze kon niet op adem komen. Om haar verbijstering te camoufleren probeerde ze de spray uit haar haar te borstelen. Twee weken...

'We krijgen geen woord uit ze. Dat staat vast. In hun wereld geldt: als je iemand verlinkt, ga je eraan. Binnen of buiten de gevangenis, dat doet er niet toe. Regels zijn regels.'

Ze draaide zich op haar stoel om en keek hem aan. 'Suggesties?'

'We moeten onze krachten bundelen,' zei hij zonder antwoord te geven. 'De politie kan je niet helpen met je onderzoek naar illegalen. Ben je daar nog niet achter? Die illegale werkplaats? Dat was iets van ons! Zij konden niet snel genoeg een huiszoekingsbevel krijgen. Dat bedoel ik nou. Wij kunnen veel sneller in actie komen dan zij. Wij kunnen ons allerlei dingen permitteren die zij niet mogen doen. Wil je een telefooncel aftappen? Wij kunnen het. Zij zouden er weken over doen om daar een machtiging voor te krijgen. Wil je een inval in een illegaal atelier doen? Wie denk je dat ze om hulp vragen? Ons,' zei hij. 'Wij hebben de gerede aanleiding en zij niet. Dag en nacht, zeg ik je. Weet je wat ik vind?' vroeg hij zonder haar de kans te geven iets terug te zeggen. 'Ik vind dat jij en ik met elkaar in zee moeten gaan. We beginnen met die videobanden en gaan dan in de tijd terug. Je zult wel denken dat je dat al hebt gedaan, maar voor ons is het dagelijks werk! Je wilt je vriendin terug? Daar beginnen we dan mee.'

Ze had inmiddels al haar make-up verwijderd en had het gevoel dat ze veel ouder leek. De grimmigheid op haar gezicht schilderde samen met haar verdriet en vermoeidheid een beeld van pijn en ergernis. Ze rukte het papieren doekje weg dat haar jurk beschermde, maakte er een prop van en hield die stevig in haar strakke, bloedeloze vuist.

Hij ging verder: 'Ik stel voor dat je die VHS-banden aan mij geeft en dan vakantie neemt. Ik zal ervoor zorgen dat ik ook toegang tot de digitale banden krijg. Jij gaat een tijdje de stad uit. Net zo lang tot wij ervoor hebben gezorgd *dat het hier weer veilig voor je is*.' Hij zei dat opzettelijk met nadruk, geloofde ze. Hij bedreigde haar. Ook hij had zijn handschoenen uitgetrokken.

'En als ik blijf?'

'Na wat je hebt doorgemaakt?' vroeg hij. 'Wie kan iemand zo goed beschermen? Jij kent die mensen niet zo goed als ik. Die bendeleden verdienen het niet om mens te worden genoemd. Vraag maar aan Boldt... Aan LaMoia... Ze zullen je hetzelfde vertellen. Eén fout en er gaat een kogel door je achterhoofd. Pang!' Hij klapte hard in zijn handen. Het geluid vrat aan haar zenuwen. 'Dat is alles. Geen verklaring. Geen scrupules. Wil je het tegen dat soort mensen opnemen?'

'Dat hoort bij het baantje. Jij neemt het dagelijks tegen ze op, hè? Jij lijkt me gezond genoeg.' Ze richtte haar blik op hem en bleef hem aankijken. 'Hoe kan dat?'

'Als ze een federaal agent koud maken, krijgen ze geen minuut slaap meer. Een journalist? Je vriendin Melissa weet hoe ze over journalisten denken.'

'Waarom gebruiken jullie mij dan niet als lokaas?' stelde ze voor.

'Dat doen we niet. Jij bent een burger. We zetten geen burgers op het spel. Nooit.'

'Denk je dat ze dood is?' vroeg ze zonder omhaal. 'Als jíj bijvoorbeeld degene was die de leiding had... Zou je haar dan inmiddels hebben gedood? Wat zou je met haar doen?'

'Ik?' zei hij.

'Hypothetisch,' bevestigde ze zonder een krimp te geven.

Hij keek haar weer aan, probeerde van haar gezicht af te lezen wat ze wist.

Ze zei: 'Als iets haar in leven heeft gehouden, dan is dat het feit dat ze de tweede digitale band niet hebben gevonden. Zolang ze die niet in handen hebben, zou het dom van ze zijn om haar te doden. Zij is de enige die weet waar die band is.'

'Als ze iets van haar willen, hoeven ze haar maar te martelen om het te pakken te krijgen,' zei hij. 'Die mensen spelen geen eerlijk spel.'

Zonder haar blik van hem weg te nemen zei ze: 'Maar ze kennen haar niet, hè?'

'O nee?'

'Haar ouders waren grote helden in China. Ze hebben zeven maanden van marteling door het Mao-regime overleefd. Zeven maanden! Ze zijn legenden. De eer van Melissa's familie staat op het spel. Begrijp je dat? Voor Chinezen is de eer van de familie alles. Ze zal niet praten. En dan zullen ze een beslissing moeten nemen. Ze kunnen haar doden, en het risico lopen dat ze die videoband nooit vinden, of ze kunnen afwachten. Wat denk je dat ze doen?'

'Ik weet alles van Chinezen en hun familie,' zei hij een beetje te defensief.

'Dus als ze niet praat?' vroeg Stevie.

'Jij zou vakantie moeten nemen. Het enige dat ze van je zouden willen, is dat je zwijgt. Als ik jou was, zou ik daarover nadenken.'

Coughlie schoof naar de rand van de bank. 'Als je blijft, maak je een fout,' waarschuwde hij.

'Als ze haar laten gaan, zijn ze van mij af,' herhaalde ze.

'Dat moet je tegen hen zeggen, niet tegen mij,' zei hij.

'Jij hebt bronnen,' drong ze aan. 'Connecties. Dat heb je zelf gezegd. Dat zei je tegen me.'

Hij stond op en bleef bij de deur staan. 'Zo werkt dat niet,' zei hij.

Ze draaide zich om en zag hem in de spiegel. 'Help me,' smeekte ze. 'Ik zal woord houden.'

'Als die inbraak je iets heeft geleerd, dan is het dat het te laat is om te onderhandelen. Vraag maar aan Klein.' Hij bleef nog even bij de deur staan. 'Pas goed op jezelf,' raadde hij haar aan, en toen draaide hij zich om en liep weg.

Toen de receptioniste bijna meteen weer belde, dacht Stevie dat Coughlie het nog een keer bij haar wilde proberen. De mededeling dat Boldt in de hal was, verraste haar. Ze zei dat ze hem naar de set konden brengen, want voor de verandering wilde ze hem op haar eigen terrein ontvangen. Een minuut later, toen er nog allerlei gedachten door haar hoofd wervelden, kwam hij de enorme studio binnen. Geïnteresseerd nam hij alle bijzonderheden in zich op.

'Bent u hem tegengekomen?' vroeg Stevie aan Boldt.

'Wie?' vroeg Boldt.

'Brian Coughlie. Hij kwam me vertellen dat ik de stad uit moest gaan.'

'O ja?' Boldt dacht daarover na. 'Niet zo'n slecht advies. Daar kunnen we hem moeilijk voor arresteren.'

'Ik heb aangeboden te zwijgen in ruil voor Melissa's veilige terugkeer.' Ze bood Boldt geen stoel aan, want ze wilde niet dat hij lang bleef. Ze stonden tussen twee van de grote robotcamera's te praten, tegenover de achtergrondplaat van de zonsondergang, die een paar duizend watt nodig had om er realistisch uit te zien.

'Als een slachtoffer heeft doorgemaakt wat u hebt doorgemaakt, zien we haar als een erg belangrijke getuige.'

'Is Melissa dood, inspecteur?' De enige vraag die telde. De vraag die steeds weer door haar hoofd ging.

'We moeten samenwerken. We moeten elkaar vertrouwen. U moet dat in het belang van uw eigen veiligheid. Ik moet het om Melissa te vinden. Ik heb reden om aan te nemen dat zij haar misschien nog niet gevonden hebben.'

'Maar u hebt haar busje gevonden,' zei ze zonder omhaal. Ze verraste hem met haar kennis. 'Waarom heb ik daar niets over gehoord?'

'Coughlie?' vroeg hij. Hij bedoelde wie haar bron was.

Ze was razend. 'Ik had het moeten horen.'

Boldt schudde zijn hoofd. 'Niet zonder dat we eerst duidelijke afspraken hebben gemaakt. Hij zet ons tegen elkaar op. Ziet u dat? Ik moet alles weten wat u met hem hebt besproken. Misschien zitten we er wat hem betreft volkomen naast.'

Ze keek hem aandachtig aan. 'Daar kan ik inkomen.' Ze voegde eraan toe: 'Dus wat wilt u van me, inspecteur? Vanwaar dit bezoek?'

Hij keek haar aan. 'De druk die wij als politie kunnen uitoefenen, is niet altijd het effectiefst. De pers heeft mogelijkheden die wij niet hebben.'

'Ziet u wel? U hebt de pest aan ons tot u ons nodig heeft.'

'Bent u zoveel anders?' vroeg hij.

'Vraag mensen naar Lou Boldt,' zei ze, 'en je krijgt hem meer dan levensgroot. Als journalist vertrouw je die mythen niet. Die kerels zijn er niet meer. Ze leefden in een andere tijd. Witte muren en brede revers.'

'En als je mensen naar Stevie McNeal vraagt,' zei hij, 'krijg je te horen dat ze veel meer is dan een mooi gezicht, dat ze een van de weinige presentatoren in deze stad is die een verhaal kunnen maken en dat ze dus iemand is die meer kan dan alleen een tekst oplezen voor de camera.'

'Wat moet ik doen?' vroeg ze.

'Je moet je baan als presentatrice gebruiken om iemand voor het blok te zetten.'

Ze dacht daar lang en diep over na. Toen keek ze hem nieuwsgierig aan en hield haar hoofd schuin alsof ze hem dan beter kon zien. 'Ik zal alles doen wat nodig is.'

Boldt greep in zijn zak en haalde de digitale band te voorschijn die bij de inval in beslag was genomen. 'Laten we aan het werk gaan,' zei hij.

# 49

'Dit klopt niet.' Boldt wees naar het scherm. Ze hadden alle banden achter elkaar bekeken en speelden de digitale band nu voor de tweede keer af.

McNeal keek met een ernstig gezicht. Haar reactietijd was vertraagd als bij iemand die met een tolk werkte. Haar gezicht was minstens tien jaar ouder geworden. Ze was een heel andere vrouw dan de vrouw die elke dag voor de camera ging zitten, en hij vroeg zich af welk gezicht het echte was. Had Melissa's verdwijning haar dit aangedaan of verstopte ze zich iedere dag een uur achter haar cosmetica? Boldts dochter Sarah was eens ontvoerd. Hij wist dus uit ervaring hoe erg dit was. Hij kende de galmende klank van de stemmen van mensen die tegen je spraken, kende de weigering van de klok om naar voren te kruipen, kende de slapeloosheid die een aanslag was op je gezonde verstand. Deze vrouw maakte het mee. Ze was in haar eigen wereld, getroffen door de verdwijning van haar vriendin, gekweld door haar eigen rol bij die verdwijning.

'Pardon?' zei Stevie, die nu eindelijk op hem reageerde.

'Ziet u dat? Er zit bijna vierentwintig uur verschil tussen de VHS-banden en deze band. Ik denk dat er een band ontbreekt.'

Ze keek naar de tijdsaanduidingen op de twee schermen. Het ene scherm liet de achterkant zien van de bus die in de bustunnel verdween. Op het andere scherm zagen ze de eerste beelden van het digitale bandje: Melissa die in een andere bus stapte. Omdat op beide banden een bus te zien was, lag het voor de hand om te denken dat ze op elkaar volgden, maar dat was duidelijk niet het geval.

Ze zei: 'Ik zei tegen Brian Coughlie dat er een bandje ontbrak, maar dat verzon ik om wat extra tijd voor Melissa te winnen. Ik ging ervan uit dat het andere bandje dat ik haar gaf leeg was, maar u hebt dat van die datum goed gezien.'

'Dus misschien heeft ze nog een bandje gebruikt.'

'Dat kan.' Haar stem had geen geluid, maar stierf in haar keel, zo machteloos als de stem van iemand die in een sneeuwstorm schreeuwt. Opgebruikt. 'Misschien had ze een dag gewoon niets wat ze kon filmen. Dat gebeurt. U weet hoe surveillancewerk is.'

'Laten we eens aannemen,' zei hij, 'dat de camera bij de inbeslagname het tweede van de twee digitale bandjes bevatte, niet het eerste. Laten we zeggen dat het eerste al was volgeschoten en weggelegd, en dat degene die de camera kreeg alleen het tweede bandje had.'

Met hese stem zei ze: 'Dus misschien is er nog een bandje.'

'We moeten verklaren waarom die camera opdook. Als degene die hier achter zit hem heeft gevonden, waarom heeft hij hem dan verpatst? Dat is niet waarschijnlijk! Hem vernietigen, ja, maar hem verpatsen? We hebben Riley's verklaring – de man die u bij de fontein hebt ontmoet – dat hij de camera van een jongen uit een bende had gekocht. Dus misschien heeft die jongen de camera gewoon gevonden, of hem gestolen, of misschien had ze hem verstopt. Dan zou het een toevallige ontdekking kunnen zijn. Hij vertelt niemand erover – hij verpatst hem gewoon om een paar centen te krijgen. Aan de andere kant heeft ze de camera misschien gebruikt om het stilzwijgen van de jongen te kopen, of om hem over te halen haar te helpen ontsnappen...'

'En als dat alles was wat ze te verhandelen had, wat gebeurt er dan de volgende keer dat ze komen kijken?'

'Of misschien heeft iemand in het atelier – een van de leiders – hem ingepikt en verhandeld. Het wil nog niet zeggen dat ze háár hebben gevonden,' zei hij.

'Ik heb haar foto uitgezonden,' fluisterde Stevie. 'Ze hebben haar geïdentificeerd.'

'Dat weten we niet zeker.'

'De kranten hebben hem afgedrukt... En de andere tv-stations. U moet wel in een vacuüm leven als u die foto hebt gemist.' Even zachtjes zei ze: 'Ik heb dit verknoeid.' Ze voegde eraan toe: 'En dat allemaal omdat jullie veel te langzaam werkten.' Hij had daarop gewacht. Woede werd altijd op de voet gevolgd door verwijten.

Boldt wachtte even tot de lucht gezuiverd was en ging gewoon door. 'We halen er een plaatje van de autowasserij uit en geven die mee aan al onze agenten in patrouillewagens. Er is vast wel iemand die de autowasserij herkent. Voor u heb ik twee dingen te doen. Ten eerste kunt u deze digitale band nog eens doornemen en vertalen. En dan bedoel ik niet de gesproken taal – wat de vrouwen zeggen – dat hebben we al laten doen. Ze krijgt hun voorgeschiedenis te horen, de condities aan boord van het schip...'

'Ik spreek Mandarijns,' zei ze. 'We hebben de band twee keer gezien.'

'Wat ik moet weten – wat wíj moeten weten – is wat er in Melissa omgaat. Haar gedachten. Emoties. Waarom ze zo uitgebreid op de condities op het schip ingaat, terwijl wij aannemen dat die vrouwen alleen de binnenkant van die container hebben gezien. Ze noemt het schip keer op keer. Al dat soort dingen moeten we weten.'

'En ten tweede?'

'Ik wil dat u een negatieve reportage over iemand maakt. Die iemand moet daar heel slecht uit naar voren komen.'

'Ik denk niet dat het me lukt iets in de lucht te krijgen wat op pure fantasie berust.'

Hij aarzelde, want hij had haar nodig, en zei toen: 'Geen laster, maar negatief genoeg om angst aan te jagen.' Hij vroeg: 'Hoeveel voorbereiding vergt zoiets?'

Ze dacht na. Haar gezicht was een mengeling van nieuwsgierigheid en bezorgdheid. Met tegenzin antwoordde ze: 'Dat hangt ervan af, een paar uur, een paar dagen. Het ligt eraan om wie het gaat en wat voor bestaande beelden we hebben.'

'Het hoeft niet lang te zijn. Als het maar krachtig is.'

'U klinkt nu meer als een producer dan als een politieman.' Ze probeerde te glimlachen maar kon alleen een grimas produceren.

'Kent u een vrouw die Mama Lu heet?' vroeg Boldt.

Ze welfde haar rug, deed haar ogen open en zei sarcastisch: 'Die misdaadbarones? U wilt écht dat ik word vermoord.'

'Voormalige misdaadbarones,' verbeterde hij. 'Tegenwoordig is ze meer een soort politicus. Zij is degene die we moeten hebben. Zij heeft de antwoorden.'

'Zij zit achter de verdwijning?' vroeg Stevie. 'Zij is degene die door Coughlie wordt beschermd?'

'We weten niets zeker. Ik heb het sterke gevoel dat Mama Lu de antwoorden kent. Sommige antwoorden. Alle antwoorden? Ik weet het niet. Maar ik krijg nooit antwoorden van haar als we haar niet op de een of andere manier aan het praten krijgen. Ze wordt een dagje ouder. Ze wil door de samenleving worden geaccepteerd. Daarmee is ze onder druk te zetten.'

'Laat me in het beeldarchief kijken,' zei Stevie, die daarmee beloofde hem te helpen. 'Hoe gauw hebt u het nodig?'

# DINSDAG 1 SEPTEMBER

## 15 DAGEN VERMIST

# 50

Tot Mama Lu's imperium behoorde het grootste distributiebedrijf van Aziatisch voedsel in Seattle en het mede-eigendom van een aantal Aziatische restaurants in de stad, waaronder de onopvallende bamiwinkel waar Boldt haar achter een bord met bruine bouillon, garnalen, groene uien en gember aantrof. De geur daarvan moedigde hem aan om haar aanbod van ook zo'n bord voor hemzelf te accepteren, al maakte hij duidelijk dat hij verplicht was daarvoor uit eigen zak te betalen, iets wat ze tolereerde.

Ze was gekleed in een blauwe waterval van katoen, haar vlees opgezwollen van gewricht tot gewricht, van pols tot elleboog. Als hij zijn hand zou uitsteken en haar zou aanraken, zou haar huid gespannen aanvoelen, alsof ze ieder moment uit elkaar kon springen. Als ze glimlachte, vielen haar ogen in schaduwen weg, verlengden ze zich tot dunne zwarte slierten, als kooltjes in het gezicht van een sneeuwpop. Haar lippen werden ook lang en dun en strekten zich als elastiek over haar kunstgebit uit.

De soep was heerlijk.

'Hoe is het met de gezondheid van uw vrouw, meneer Both?'

Boldt vroeg zich af hoe vaak die vraag hem in de afgelopen anderhalf jaar was gesteld, in honderden verschillende vormen, van medeleven tot opdringerige nieuwsgierigheid. Ondanks de remissie was de vraag nog steeds niet te beantwoorden. Remissie werd niet als een conditie maar als een wachtperiode beschouwd, alsof de kanker zich tijdelijk schuilhield. Ondanks die indruk dat het een tijdelijke conditie was, werd van hem verwacht dat hij de draad weer oppikte en helemaal opnieuw begon, dat hij alles losliet wat in de afgelopen anderhalf jaar centraal had gestaan in zijn leven. Bovendien was hij bang dat de Grote Dame bijzondere motieven had om hem telkens weer naar zijn gezin te vragen.

'Hebben de Chinezen ook gezegden over toeval?' vroeg Boldt.

'Ik niet Confucius, meneer Both. Nederige zakenvrouw. U niet wil praten over vrouw? En de kinderen?'

'Dit is geen bezoekje voor de gezelligheid, vrees ik,' antwoordde hij. Zijn huid prikte. Hij wilde zijn gezin niet op het spel zetten. Daar wist hij alles al van; dat had hij allemaal al doorgemaakt. Maar toen dacht hij aan haar crèche en aan zijn kinderen. Misschien hadden ze toch iets met elkaar gemeen. 'Mijn kinderen zijn het licht in mijn leven. Kijkend door hun ogen beleef ik zoveel verwondering. Er is zoveel nieuw. Iedere dag leer ik iets van hen.'

'Kinderen zijn vensters naar verleden en toekomst. Veel te leren.'

'En uw kinderen?' vroeg hij. 'Degenen die ik heb ontmoet?'

'Ja...' zei ze, en ze nam een overdreven hap van de Chinese lepel en keek met een stralende glimlach omlaag.

Ze aten in stilte, want Boldt kon niet meer gemeenschappelijk terrein voor hen vinden. Ze aten als minnaars, praatten alleen met hun ogen. Aan het eind van de korte maaltijd merkte Boldt dat hij vreemd genoeg meer zelfvertrouwen had gekregen.

Ze schoof het bord met haar onderarm weg, veegde met een papieren servet over haar grote mond en liet een zachte boer. 'Goed genoeg om twee keer te genieten,' zei ze.

Boldt at zijn bord leeg en schoof het ook opzij. Hij veronderstelde terecht dat de borden de woorden die ze spraken nu niet meer konden opvangen, zodat ze nu ter zake konden komen. Ze versterkte die indruk door hem vragend aan te kijken.

'Wel, wat reden van uw bezoek?' vroeg ze.

Hij ordende zijn gedachten en boog zijn hoofd. 'Wij – dat wil zeggen, de politie – doen onderzoek naar de scheepskapitein en hij verdrinkt. We doen onderzoek naar de bedrijfsleider van dat verhuurbedrijf en zijn vorkheftruck ontploft. We horen over een ambtenares die vervalste rijbewijzen verkoopt en ze sterft aan het gas. Dat zijn allemaal toevallige gebeurtenissen die erg gunstig zijn voor degene die winst maakt op het vervoer van illegalen.'

'Moeilijkheden komen in drieën,' zei ze alleen maar.

'Je hoeft niet veel verbeeldingskracht te hebben om te vermoeden dat iemand die over inside-informatie beschikt ons steeds een stap voor is.'

'Verandering begint in ons eigen huis,' zei ze. Ze raakte haar enorme borst aan. 'In onszelf.'

'Wij – dat wil zeggen, de politie – hebben al onze informatie met de INS, de immigratiedienst, gedeeld.'

Haar ogen werden duisterder, voor zover dat mogelijk was.

'En alleen met hen,' ging hij verder.

'U hebt ook veel met mij gedeeld,' merkte ze op om te zien waar zijn verdenkingen naar uitgingen.

'De overheid betaalt haar personeel niet goed,' zei hij. 'Je kunt je voorstellen dat mensen ontevreden zijn over het systeem, dat ze open staan voor corrumperende invloeden.' Hij ging voorzichtig verder:'U, Grote Dame, hebt misschien van zo'n ambtenaar gehoord, en terwijl ik er begrip en zelfs respect voor kan opbrengen dat u liever geen namen noemt, dacht ik dat als ik de namen zou uitspreken, u me misschien een indicatie zou kunnen geven. U zou me een teken kunnen geven dat mij veel tijdverspilling zou besparen.'

'U overschat me, meneer Both. Ik nederige zakenvrouw. Een paar investeringen hier en daar.'

Nu de wortel geen succes had gehad, besloot hij het met de stok te proberen. 'Een zeker televisiestation is van plan een serie te vertonen over macht en invloed binnen het International District en de Aziatische gemeenschap en de relatie daarvan met de stroom van illegale immigranten naar deze stad.' Boldt haalde de videocassette uit zijn jaszak en legde hem op de tafel. 'Misschien wilt u iets van de opnamen zien die ze van plan zijn te gebruiken. Arrestaties die niet nodig waren. Strafprocessen die op niets uitliepen omdat de juryleden het niet eens konden worden.' Hij keek haar aan en zei: 'Het is zo oneerlijk dat de pers onze vuile was buiten kan hangen, strafprocessen die door de meeste mensen al lang weer vergeten zijn.'

'U hebt invloed op dat televisiestation,' zei ze rustig.

'Invloed is misschien een te groot woord. Ze zijn net zo hard voor de politie als voor een onschuldige zakenvrouw. Ze zoeken altijd naar schuldigen en deinzen nergens voor terug. De politie moet zich aan heel andere regels houden.'

Mama Lu zweeg. Ze dacht na over wat Boldt haar had verteld. Toen ze sprak, klonk ze blijmoedig, alsof deze dingen haar helemaal niet dwarszaten.

'Kunt u zich beroepen op enige kennis van de astrologie, meneer Both?'

'Ik ben zo onwetend als een pasgeboren baby,' bekende hij.

'Schenkt u enige aandacht aan de kalender, in uw werk of in uw persoonlijk leven?'

'Alleen in termen van betaaldagen.' Hij glimlachte naar de berg die tegenover hem zat, de berg waarvan de gelaatstrekken begonnen te smelten als was die te dicht bij het vuur komt.

'Weet u, de Chinezen besteden veel aandacht aan de kalender. Neemt u bijvoorbeeld de schijngestalten van de maan. Die zijn belangrijk voor de oogst, voor de cycli van vrouwen, de zeeën. Uiterst belangrijk in de oorlogvoering. Nee? De duisternis van de nieuwe maan is de bondgenoot van iedere generaal.' De nadruk op 'nieuwe' ontging hem niet.

Hij keek haar onderzoekend aan. 'Ik luister.'

Ze fronste haar wenkbrauwen, wilde niet zo direct zijn. 'Die mensen die de nieuwe staatsburgers in ons land brengen, vinden dat ze in oorlog zijn met de regering. Nee? Vergeet u niet, meneer Both, de orkaan die ze Mary noemen heeft veel oponthoud op zee veroorzaakt. Dat hebt u zelf gezegd. Geen voedsel en water meer.'

Toen begreep Boldt het: het was de bedoeling geweest dat de aankomst van de *Visage* samenviel met een nieuwe maan, omdat de duisternis het dan gemakkelijker zou maken de overdracht tussen het containerschip en de lichter verborgen te houden. Het was simpel en overtuigend. 'Een tijdschema,' stelde de politieman optimistisch voor.

'Daar hebt u het,' zei ze. Ze opende haar kolossale, rubberen hand alsof ze hem de onzichtbare inhoud liet zien. 'De nieuwe maan.'

'Ik denk dat die binnenkort terug zal zijn,' zei ze. Ze zocht in een tasje bij haar voeten en haalde er een ingewikkeld wiel van Chinese karakters, cijfers en vensters uit. Ze draaide de verschillende elementen van het wiel tot ze de gewenste stand hadden bereikt en zei: 'Donderdag. Over twee dagen.'

Hij keek op zijn horloge. Elke minuut die verstreek drukte als een gewicht op hem. 'Dat vertelt u zomaar?' vroeg hij, verrast door haar medewerking. Of leidde ze hem om de tuin?

Ze voelde dat hij achterdochtig was en zei: 'Niet wil televisieverhaal. Zeker. Maar is meer, meneer Both. Een vrouwenlichaam is Gods schat. Magie van lichaam maakt kinderen, geeft melk, geeft leven. Dat te schenden... In een vrouw binnen te dringen zonder dat zij het wil... Dat is de meest onvergeeflijke zonde in Gods schepping. Ik zou liever worden gedood dan zo'n lot te ondergaan. U vertelde mij vorige keer over schending van vrouw begraven gevonden. Ik zoek uit wat u me zegt is waar. Geen eten, geen water, zelfs ziekte, is jammer maar begrijpelijk in zo'n oorlog. Die andere schending, onvergeeflijk. Moet stoppen.'

'Twee dagen is niet veel tijd,' zei hij.

'Schip vertrekt op tijd uit Hongkong om bij nieuwe maan in Seattle te zijn. Hoeveel schepen kunnen er zijn?' Ze keek hem als een afkeurende lerares aan. 'Politie doen veel moeite over verhuur van kraan,' zei ze, en verraste hem daarmee. 'Uw werk, meneer Both. Als geen kraan verhuurd, welk keuze dan over?'

Boldt dacht na. 'Dan moet de container aan land worden gebracht.'

'U goed luisteren.'

Boldt haalde vijf dollar te voorschijn om voor de soep te betalen. Ze maakte een afwerend gebaar, maar hij legde het geld toch neer.

'Ik maak uitzondering, kijk vanavond televisie,' zei ze. Ze schoof de video naar hem toe. 'Het verleden heeft geen plaats in heden. Hou het verleden waar thuishoort.'

'Ik zal zien wat ik kan doen,' zei Boldt. Hij maakte onwillekeurig een lichte buiging.

'En wat die andere aangelegenheid betreft, meneer Both,' riep ze hem na, en hij bleef nog even staan. 'U hebt goede instincten. De Chinezen vertrouwen nooit iemand van overheid.'

Hij liep vlug door, voelde zich verpletterd door de tijd. Er was een nieuwe zending illegalen op komst. Wat zou dat voor Melissa betekenen?

# 51

Als Boldt niet aan Stevie had gevraagd om Melissa's digitale videoband meermalen te bekijken, zou ze dat niet hebben gedaan, want die donkere beelden van dat atelier en de afschuwelijke dingen die in de interviews werden gezegd, troffen haar diep. Maar zijn opmerking dat Melissa misschien nog in leven was en dat de vijand haar misschien nog niet eens had ontdekt, gaf haar nieuwe hoop. Die hoop sputterde en flakkerde in haar, en gaf haar licht als een lamp met een slechte gloeidraad.

Ze probeerde met haar wisselende stemmingen af te rekenen, haar droge keel en prikkende ogen. Ze kon zich niet herinneren wanneer ze voor het laatst had gegeten. Ze kon absoluut niet slapen. De hotelkamer gaf haar helemaal niet het gevoel dat ze veilig was, ondanks de bewaking die ze kreeg. En ze begreep ook niet waarom het haar zoveel moeite kostte om zich op iets te concentreren. Ze bleef steeds weer steken bij een herinnering aan Melissa. Die herinneringen hingen als een waas voor alles wat ze zag. Ze verdoofden haar zintuigen. Ze was beroofd van haar bestaan. Ze moest uit die staat van verdoving zien te komen – niet alleen voor Melissa maar ook voor haarzelf. Als dat mislukte, was alles mislukt, en dan zou ze instorten, niet kunnen werken, niet kunnen leven – daar was ze volkomen zeker van.

Terwijl ze daar voor het beeldscherm zat en weer dat waas van spijt en woede voor ogen had, viel haar blik op het stilstaande beeld van een stadsbus op de video. Niet de bus in het bijzonder, maar zijn lijnnummer dat elektronisch op de zijkant vermeld stond. Het lijnnummer, heel even in zicht toen Melissa in de bus stapte om de grote man in het sweatshirt met capuchon te volgen. Een Mexicaan? Een Chinees? Dat was niet te zeggen. Maar dat lijnnummer! De bestemming van de man moest ergens aan de route van die buslijn liggen. Toen ze vlug de andere videobeelden bekeek, zag ze bevestigd dat hij minstens één keer was overgestapt. Melissa was hem bij haar tweede poging in de bus gevolgd. Had hij beide keren dezelfde route gevolgd? Als hij nu eens met de bus naar het atelier was gereden? Als ze die busroute nu eens vergeleek met de lijst van leegstaande gebouwen die door de politie werden onderzocht? Als ze de rat nu eens naar het nest konden volgen?

Ze beefde van opwinding, voelde zich plotseling klaarwakker en vol energie. Het lag zo voor de hand, vond ze. Dat ze daar niet aan hadden gedacht! Wat kon het voor kwaad als ze op eigen houtje ging kijken? Wat kon het voor kwaad als ze een bustochtje door de stad maakte? Stel je voor dat ze Boldt kon vertellen waar het atelier was!

Ze zette de monitoren af, haalde de videobanden eruit en bracht ze vlug naar haar kantoor om ze daar achter slot en grendel te leggen, al waren het maar kopieën – de originelen waren veilig bij Boldt.

Ze moest een bus halen.


# 52


De herfst was een tijd van het sterven, het jaarlijkse ritueel van de overgang van de zomerse weelderige rijkdom naar het zwarte bankroet van de winter. Volunteer Park bevond zich achter welgestelde wijken met hoge huizen in koloniale stijl. In het park bevonden zich het Aziatisch museum en een natuurstenen watertoren. 's Avonds was het een verzamelplaats van drugsgebruikers. Alle maatschappelijke geledingen hielden van een mooi uitzicht.

Boldt ontmoette zijn vrouw op het parkeerterrein van het museum, vanwaar het terrein afhelde naar de storende flatgebouwen en het grauwgroene water van de Sound. Op deze namiddag in augustus wemelde het in het park van de skaters en kinderwagens. Boldt rook de herfst in de lucht. Het idee van de herfst maakte hem onrustig. Hij had geen behoefte aan verandering. Liz' verzoek om elkaar ergens buiten de binnenstad te ontmoeten, voorspelde niet veel goeds. Ze wist dat het lastig voor hem was, vooral midden op de dag.

'Alles goed?' vroeg hij.

Ze deed haar uiterste best om de kilo's terug te krijgen die haar door de chemotherapie waren afgenomen, maar na al die maanden leek ze nog hetzelfde – een stuk gedroogd fruit, iets waaraan het levenssap onttrokken was. Hij hield van haar, stelde haar op prijs, en toch accepteerde hij haar niet als volledig gezond, niet alleen vanwege haar uiterlijk maar ook omdat hij moeite had met het idee dat hij de leiding over het gezin weer met haar zou moeten delen. Toen ze ziek was, had Boldt de verantwoordelijkheid gekregen voor de kinderen, het tijdschema, zelfs de maaltijden. En hoewel hij het prettig vond dat ze een aantal taken kon overnemen, voelde hij zich ook een beetje een dictator, iemand die moeite had met democratie.

'Waar ben je?' vroeg ze verwijtend.

'Ik ben hier.'

'Je was ergens anders.'

'Ik ben hier, Liz.'

'Je glijdt erin terug, hè? De dagen van twaalf uren. Weggaan voordat ze op zijn en thuiskomen als ze slapen.'

Ze had hem naar Volunteer Park laten komen om hem de les te lezen over hardnekkige oude gewoonten?

'Ik werk eraan,' bekende hij. 'Ik probeer de dingen uit te werken.'

'Je moet ermee leven dat ik gezond ben,' zei ze. 'Daar heb je moeite mee.'

'Ik werk eraan,' herhaalde hij.

Ze pakte zijn hand vast. Die van haar was ijskoud. Er zat nooit enige warmte in haar ledematen, alsof ze net in koud water had gezwommen.

'De praktijk van dokter Woods heeft gebeld,' zei ze.

Het duizelde Boldt. Het was of de wereld bijna tot stilstand kwam. Alle geluid werd vervangen door een gejengel in zijn oren, en zijn gezichtsveld verschrompelde. Hij kon alleen een moeizaam 'Wat?' uitbrengen.

'De onderzoeken. Mijn jaarlijkse onderzoeken. Het schijnt dat er nu een nieuwere, betere onderzoeksmethode is. Ze willen een afspraak maken. Ik wil jou bij die beslissing betrekken.'

'Dat stel ik op prijs,' zei hij.

Ze keek naar het water.

'Het is niet zo dat ik jouw geloof niet respecteer. Alleen, ik begrijp het niet.'

'Ik wil doen wat goed is voor mijn gezin.'

'Maar als ik voor die onderzoeken stem, ben ik de ongelovige.'

'Zo is het niet.'

'Ik weet niet genoeg van bidden om erop te kunnen vertrouwen,' zei hij.

Ze legde uit: 'Ze willen dat ik een vroege griepprik kom halen. Ze zijn bang dat ik griep krijg. Maar ik ken Katherine. Het gaat om de onderzoeken. Ze gebruikt die griepprik om me in haar spreekkamer te krijgen.'

'Hoe voel je je?' vroeg hij.

'Ik heb genoeg energie,' antwoordde ze zonder aarzeling. 'Ik slaap goed. Geen misselijkheid, helemaal geen pijn. Ik weet dat ik te licht ben, maar daar maak ik me geen zorgen over. Die kilo's komen terug, of ze komen niet.'

'Het is jouw beslissing, Liz. Als je die onderzoeken wilt doen,' zei hij, 'sta ik achter je.'

'Je moet hier helemaal achter staan,' zei ze. 'Wat ik nodig heb, is...'

'Mijn geloof?'

Ze glimlachte. 'Ik verwacht geen wonderen.'

'Ik bedoel dat als je het gevoel hebt dat er iets verandert, dat je dan die onderzoeken moet doen. Maar ik weet dat ik eigenlijk buiten mijn boekje ga als ik zoiets denk, en dus neem ik het terug.'

'Je bent bang,' zei ze. 'De strijd gaat tegen die angst.'

'Het is zo verdomd moeilijk voor me.'

'Het wordt gemakkelijker,' zei ze, en ze gaf een kneepje in zijn handen. Hij zou het niet met zekerheid kunnen zeggen, maar hij dacht dat haar handen warmer waren.


# 53


Boldt trof Dixon midden in een sectie aan. Een vijfentachtigjarige weduwe was van een keukentrap gevallen toen ze een gloeilamp verving en had haar nek gebroken. De wet schreef voor dat Dixon haar opensneed en zijn monsters nam, en hoewel hij zoiets meestal aan een assistent overliet, moest hij het nu zelf doen omdat veel van zijn mensen nog op vakantie waren. Hij deed het met al het enthousiasme van een kassier van een parkeergarage.

Ondanks het ventilatiesysteem hing er een vieze lucht in de kamer. Boldt had een hekel aan de smaak die in zijn mond achterbleef.

'Griepprikken?' zei Dixon. 'Ik ben het met Liz eens – ze willen met haar praten. Ze willen wat mogelijkheden aan haar voorleggen.'

'Maar het zette me aan het denken,' zei Boldt. 'Als die illegalen nu eens niet de enigen zijn die ziek zijn? Die Hilltop-vrouwen waren verkracht – dat is een erg persoonlijk contact. Als de huidirritatie van die eerste onbekende vrouw nu eens is veroorzaakt door een industrieel schoonmaakmiddel, bijvoorbeeld in een autowasserij?'

Dixon was duidelijk onder de indruk. 'Dat is niet zo vergezocht.'

'Een nauw lichamelijk contact,' herhaalde Boldt. 'Je zei zelf dat het erg besmettelijk was. Als het zich nu eens heeft verspreid? Als een paar kerels nu eens erg ziek zijn geworden? Als er nu eens op het avondjournaal wordt gezegd dat er net een griepprik en een antibioticum beschikbaar zijn gekomen – specifiek afgestemd op wat autoriteiten de "containergriep" noemen?'

'Dat antibioticum zou niet specifiek op die griep zijn afgestemd,' zei Dixon.

'Dan kunnen ze dat later toch rectificeren? Waar het om gaat, is dat we het als lokmiddel kunnen gebruiken. Op die videobeelden hebben we bewakers gezien. Ze hebben bewakers. Het is een gevangenis met naaimachines. Er zijn mensen bij die vrouwen in de buurt geweest. Nauw contact. Iemand heeft ze begraven. Heeft ze aangeraakt.'

De handen van de patholoog-anatoom, gestoken in handschoenen, maakten zuigende geluiden in het lijk. 'Dit is geen ebola of zoiets,' zei hij. 'Dit is een erg zware griep. Het is behandelbaar.'

'Maar als de ernst van de griep op de televisie wordt overdreven, en als er een behandeling beschikbaar is in een kliniek, en als onze mensen in die kliniek zijn, en als ze een formulier moeten invullen waarop ze ook een datum van blootstelling moeten aangeven...'

'Dat is volkomen overbodig!'

'Maar dat weten zij niet! De leek weet dat niet! Ik zou het zelf ook niet weten. Die tweede onbekende vrouw lag weken eerder in de grond dan de eerste. De eerste was al dood voordat de container aankwam. Waar het om gaat, is dat als we iemand zo ver kunnen krijgen dat hij een datum noemt die aan de komst van de container voorafging, die persoon de nodige uitleg zou moeten verschaffen.'

'Niemand zou ooit zo'n verhaal in de ether willen brengen. Het is medisch onjuist. Ze verifiëren toch altijd de feiten? Geloof me, je enige hoop ligt bij de boulevardpers.'

'Het is mijn enige hoop dat deze dienst een persbericht laat uitgaan,' zei Boldt zonder omhaal.

Dixons handen hielden op met bewegen, ondergedompeld in het lijk. 'Nou, dan heb je zojuist alle hoop verloren.' Hij ging resoluut verder. 'Ik begrijp waar je heen wilt, Lou. Op een vreemde manier is het ook wel logisch. Het is op zichzelf een goed idee. Maar ik kan mijn dienst niet in zo'n positie brengen. Als we onze integriteit verliezen, als het publiek geen vertrouwen meer in ons heeft omdat het

247

denkt dat we bereid zijn de waarheid te manipuleren wanneer dat de politie zo uitkomt... Dat kan gewoon niet. Wij zijn een team van medische professionals. Geloof me, we hebben al genoeg problemen met ons image: "tweederangs dokters", "artsen van wie de patiënten dood zijn". Het kan niet, Lou.'

'Maar het zou kunnen werken,' zei Boldt, op zoek naar argumenten.

'Ik zou onder voorwaarden ja kunnen zeggen – onder véél voorwaarden,' herhaalde hij. 'Maar het doet er niet toe. Je krijgt nooit iemand zover dat hij dat verhaal uitzendt.'

'Daar zou ik maar niet zo zeker van zijn,' zei Boldt.


# 54


Stevie besefte dat ze, altijd rijdend in de Town Car met chauffeur en haar eigen 325i, nog nooit in een stadsbus van Seattle had gezeten. Ze verbaasde zich over de grote verscheidenheid van de inzittenden en de onverwachte gezelligheid in de bus. Ze had gedacht dat die bussen er voor arme mensen, daklozen en allochtonen waren, 'De Onzichtbare Minderheid', zoals ze in een reportage op *N4@5* waren genoemd. In plaats daarvan trof ze op die dinsdagmiddag tieners, studenten, moeders met kinderen en zelfs een paar zakenlieden aan. Ze lazen boeken of kranten, breiden, luisterden naar walkmans, praatten met elkaar of keken uit de ramen, en dat deed Stevie ook, want ze was voortdurend bedacht op herkenningspunten, dingen die haar konden vertellen waar Melissa's verdachte was uitgestapt. In haar rechterhand had Stevie een uitdraai van het digitale videobeeld.

De bushaltes kwamen en gingen. Mensen verwisselden van plaats. De deuren gingen sissend dicht. Er werd op stopknoppen gedrukt.

Onder het rijden noteerde ze de tijden op een toeristenkaart. Omdat de videobeelden een tijdsaanduiding hadden, kon ze op die manier misschien nagaan op welke halte de man was uitgestapt.

Er kwam maar geen eind aan de busrit, en het tijdstip waarop haar uitzending zou beginnen kwam steeds dichterbij. Na nog eens tien minuten, toen ze de Freemont Bridge naderden, besefte ze dat de busrit zou moeten wachten. Ze had eerst nog een afspraak met

Boldt; ze moesten bespreken of ze de reportage over Mama Lu zouden uitzenden. Geërgerd omdat ze het moest opgeven, stapte ze uit. Ze stak de straat over en nam een andere bus naar de binnenstad terug. Boldt wachtte al op haar.

## 55

Brian Coughlie werd door haar geobsedeerd. Hoewel hij wist dat ze na de mislukte aanval op haar flat waarschijnlijk door de politie of een bewakingsdienst in het oog werd gehouden, gaf hij toch twee van zijn eigen INS-agenten opdracht haar op enige afstand te volgen. Hij wilde niet alleen weten wat ze deed maar ook wie haar verder nog in het oog hielden. Toen zijn mensen meldden dat ze in een stadsbus was gestapt, was Coughlie verbaasd. Hoe hij zijn best ook deed, hij begreep niet waarom ze met het openbaar vervoer naar de Freemont Bridge en weer terug naar de stad ging. Had het te maken met iets wat ze op een van de video's had gezien? Een tip van een informant op de hotline? Wat? Erger nog: hoe kon hij haar tegenhouden?

Hij had niet geslapen en had zijn vermoeidheid bestreden door een royale dosis amfetaminen te slikken en zoveel espresso te drinken als hij naar binnen kon krijgen. Hij leefde van uitzending tot uitzending, bang voor wat ze nu weer zou vertellen. Hij dacht over de dingen na die hij kon doen, en ze stonden hem geen van alle aan. Wanneer hij naar haar uitzendingen keek, voelde hij zich net een melaatse: hij zag zijn eigen carrière langzaam wegrotten.

Nog twee dagen. Hij concentreerde zich op de laatste zending illegalen die nog zou aankomen, hoewel het hem dwarszat dat de politie kortgeleden weer drie lijken op de begraafplaats Hilltop had gevonden. Hij was bang voor wat die lijken aan de experts zouden vertellen. Rodriguez was een risicofactor – zijn oplossingen leverden alleen maar extra problemen op.

Nog angstaanjagender voor hem persoonlijk was het dat zijn verzoek aan de politie om die Hilltop-informatie met hem te delen geen enkele reactie had opgeleverd. LaMoia had niet eens teruggebeld. Wat zat daar nou weer achter?

Hij zou niet eens kunnen vluchten, gesteld al dat hij dat zou willen.

Het was niet de politie waar hij bang voor was, maar de Chinese 'zakenlieden' die hem betaalden. Voor zulke mensen vluchtte je niet weg, nooit. Je bleef op je plaats en hield stand. Je betrok anderen bij het fiasco; desnoods liet je mensen in de val lopen.

Hoe meer hij over dat alles nadacht, des te feller werd de pijn achter zijn ogen en des te droger werd zijn tong. Hij had werk te doen. Als hij zijn volgende zending zonder problemen binnenkreeg, zou hij de zaak vast wel weer onder controle kunnen krijgen en de schade kunnen beperken.

Alles stond of viel met de volgende zending. Zijn leven hing daarvan af.

# 56

Stevie McNeal zat rechtop in haar presentatiestoel tegenover de drie robotcamera's. Een spervuur van lampen goot kleur en warmte over haar uit.

Op Boldts verzoek bereidde ze zich erop voor dat ze zou liegen. Ze zou haar positie voor haar eigen doeleinden gebruiken. Ze zou het vertrouwen van haar publiek gebruiken om te proberen haar Kleine Zuster te redden. Als het ooit uitkwam, was haar carrière verwoest, maar ze vond dat ze alles moest doen om Melissa's kansen te vergroten. Letterlijk alles.

In het journaal zou ze van haar tekst afwijken en van haar eigen kaarten voorlezen. Het zou haar in grote moeilijkheden brengen, vooral wanneer de leiding van het station er ooit achter zou komen dat ze van te voren had geweten dat de informatie onjuist was, dat ze iets vertelde wat de politie had verzonnen om verder te komen met het onderzoek. In de komende paar seconden zou ze haar hele carrière op het spel zetten. Als dit ooit uitkwam, zou ze zelfs in een provinciestadje geen werk meer kunnen vinden.

De stem van haar regisseur kwam uit het luidsprekertje dat ze in haar oor droeg. 'Alles kits, Stevie?'

Ze stak haar hand op om hem een teken te geven, al deed ze haar ogen niet open. Ze concentreerde zich helemaal op Melissa en op wat haar te doen stond.

Verrassend genoeg dacht ze ook aan haar vader, die eenzaam en onbemind in een veteranenziekenhuis zat, op kosten van de federale overheid. Melissa had gezegd dat zijn gezondheid achteruitging. Ze nam haar vader haar jaren in New York kwalijk, ze nam het hem kwalijk dat hij haar aan een rokkenjagende producer had uitgeleverd, die vond dat hij de nieuwkomers het best kon opleiden door hun kleren uit te trekken. Ze had niet meer met haar vader gesproken sinds ze uit New York vertrokken was – sinds ze een eind aan de verhouding en daarmee ook aan haar carrière bij het netwerk had gemaakt. Maar nu ze op het punt stond haar carrière op het spel te zeggen, dacht ze plotseling aan hem, aan de teleurstelling die het voor hem zou zijn, aan de schade die ze de naam McNeal zou toebrengen, en ze besefte dat hij nog steeds macht over haar had, zelfs op die grote afstand, zelfs nu hij ziek was. Ze kon de communicatie verbreken, maar niet het verband.

Vijf... Vier... Drie... Twee...

Ze deed haar ogen open. De vinger van de floor director wees onheilspellend naar haar. Ondanks de felle lampen had ze het koud.

*Goedenavond. U bent live bij* News Four at Five. *Ik ben Stevie McNeal.*

Ze week van de voorbereide tekst af.

*Plaatselijke medische autoriteiten hebben enkele ogenblikken geleden bekendgemaakt dat het griepachtige virus dat waarschijnlijk verantwoordelijk is voor de dood van een aantal illegale buitenlanders, onder wie de personen die vorige maand in een scheepscontainer werden aangetroffen, een veel ernstiger bedreiging voor de volksgezondheid vormt dan tot nu toe werd aangenomen.*

Corwin was achter het instrumentenpaneel in de geluiddichte cel opgestaan en zwaaide koortsachtig naar haar. Hij wees naar het dunne papier met de tekst dat hij in zijn hand had. Een gele kopie van dat papier lag voor haar op de presentatiedesk, en dezelfde tekst gleed over de TelePrompTer onder de cameralens. Ze zag hem vanuit haar ooghoek, want haar aandacht was vooral gericht op de kaarten en op de camera met het rode licht, maar zijn woedende stem schalde in het vleeskleurige luidsprekertje in haar oor en probeerde haar af te leiden. Maar Stevie McNeal was een professional; ze ging gewoon door met het oplezen van de tekst die ze op haar eigen kaarten had gezet.

News Four at Five *heeft ontdekt dat deze besmetting, die griepachtige symptomen als hoge koorts en congestie veroorzaakt en tot bron-*

*chiale infectie, maagkrampen en diarree kan leiden, waarschijnlijk ook verantwoordelijk is voor de dood van de vier onbekende personen die in de afgelopen week op de begraafplaats Hilltop zijn aangetroffen. Er gaan onbevestigde geruchten dat het virus zich snel door de populatie van gedetineerden van het INS-complex in Fort Nolan verspreidt.*

*Medische functionarissen hebben een gratis vaccinatieprogramma opgezet in de New Care Health Clinic tegenover het Harborview Medical Center. Personen die in direct contact zijn geweest met personen van wie bekend is dat ze drager van dit virus zijn, wordt dringend aangeraden zich te laten inenten en/of een serie speciaal in New Care vervaardigde antibiotica in te nemen. New Care is dagelijks geopend van twaalf tot een uur 's middags en acht tot tien uur 's avonds, tot nader bericht of tot de beperkte voorraad is opgebruikt.*

*Medische functionarissen spreken met nadruk over de ernst van het probleem, het systematische karakter van de besmetting, en het belang van deze preventieve behandeling. Voor nadere informatie kunnen geïnteresseerde kijkers vierentwintig uur per dag dit gratis nummer bellen.*

Ze las het 888-nummer voor dat Boldt haar had gegeven, een nummer dat rechtstreeks naar de vijfde verdieping van het hoofdbureau van politie leidde, waar apparatuur was geïnstalleerd die het mogelijk maakte de herkomst van telefoontjes na te gaan.

'*Het overige nieuws...*' Ze keerde naar de bovenkant van de voorbereide tekst terug. Terwijl ze van het papier haar tekst voorlas, scrollde de TelePrompTer terug tot hij synchroon met haar liep. Corwin zou in de eerste pauze een item of het weer of de sport moeten inkorten om de tijd van Stevies onverwachte aankondiging goed te maken. Hij zou nooit een reclamespotje laten vallen – de prioriteiten van het tv-station waren volkomen duidelijk.

Er ging een ontzaglijke opluchting door haar heen. Elke poging om Melissa te redden was het offer waard. Boldts val was goed opgezet. Ze had haar krachten met de politie gebundeld, en zij hun krachten met haar, en dat was in ieder geval een les voor beide partijen, dacht ze. Ze vroeg zich af of ze nog een jaar achter haar presentatiedesk zou zitten, of een week, of een dag. Eigenlijk kon het haar niet schelen. Als Melissa dankzij deze zestig seconden durende manipulatie van de waarheid maar thuiskwam.

Toen beleefde ze iets wat ze zelf als een moment van genialiteit beschouwde. Ze was klaar met het voorlezen van het eerste item en de camera met het rode lichtje richtte zich op Billy-Bob Cutler. Ze kwam uit haar presentatiestoel, ontdeed zich van microfoon en oorluidspreker, waarbij ze haar medepresentator afleidde maar niet onderbrak, en liep van de set af. Toen ze niet naar haar kleedkamer en de badkamer daar liep, maar naar de uitgang van de studio, rende de floor director van de set af om haar in te halen.

'Mevrouw McNeal?' riep ze uit. Ze hield Stevie tegen en draaide haar naar zich toe. 'Is er iets mis?

Jimmy Corwins magere lichaam verscheen in de deuropening van de regiecel. Hij verstijfde zodra hij aan haar gezicht kon zien wat ze van plan was. Met verrassend kalme stem zei hij: 'Als dit verhaal klopt, waarom nam je het dan niet in het script op?' Corwin was een nieuwsman. Corwin wist iets al voordat hij de telefoon had gepakt.

'Wie is je contactpersoon?'

Stevie keek hem aan. 'Billy-Bob zal mijn andere items moeten doen. Hij redt het wel.'

'Meneer Cutler? De hele uitzending?' vroeg de floor director.

'Vertel me nou dat dit verhaal klopt,' zei Corwin. 'Wat is er toch aan de hand?'

Ze mocht Corwin graag. Ze vond het erg dat ze hem dit moest aandoen – hem en het station. Ze haalde diep adem en zei: 'Ik moet een bus halen.'

# 57

'Ik heb je nodig. *Pronto*. Ze is eerder uit het station vertrokken. Ik zit in de problemen.' Coughlie had Rodriguez via zijn semafoon gevraagd hem te bellen. Door zijn mobiele telefoon te gebruiken had hij een groot risico genomen, maar hij had geen andere mogelijkheid gezien. Rodriguez had bijna meteen teruggebeld. Coughlie hoorde cafégeluiden op de achtergrond en wist dat Rodriguez tijdens het *happy hour* ergens naar *News Four at Five* zat te kijken. Rodriguez was tegenwoordig al net zo'n fervente kijker als hij.

Hij volgde de BMW naar de binnenstad en vroeg zich af wat ze in haar schild voerde. Eerst dat verhaal over dat griepvaccin, nu dat plotselinge vertrek. Hij wist hoe Rodriguez op dat verhaal van haar zou reageren. Hij moest de man bij het volgen van McNeal betrokken houden om te voorkomen dat hij naar die kliniek ging. Omdat het verhaal uit haar mond was gekomen, had het geloofwaardig geklonken, maar om allerlei redenen koesterde Coughlie grote argwaan: als de gedetineerden in Fort Nolan een groot gezondheidsrisico liepen, had de INS dat moeten horen. Het was een tekortkoming in haar verhaal die hij niet kon verklaren. Omdat hij bang was dat het een soort valstrik was, moest hij Rodriguez van die kliniek vandaan houden. De man maakte de afgelopen weken een tamelijk zieke indruk, had vrouwen begraven die met soortgelijke symptomen waren gestorven en had meermalen over zijn gezondheid geklaagd. Coughlie was bang dat de man erin zou trappen. Als er iets was waar Rodriguez van hield, dan waren het medicijnen.

'Vergeet het maar,' zei Rodriguez. 'Ik kan niet. Ik heb een afspraak.' De grote man rochelde snot op. Het klonk grotesk.

'Die kliniek? Niet doen. Dat is een valstrik.'

'Ik heb het druk.'

'Het is een valstrik. De politie heeft haar overgehaald om dat te doen. Zeg, op dit moment volg ik haar,' zei Coughlie. 'Ik heb daar hulp bij nodig.'

'Te druk.'

'Luister nou…'

'Bel later nog maar eens,' onderbrak Rodriguez hem, en er was een klikgeluid te horen.

'Hallo?' zei Coughlie in de hoorn, verbijsterd omdat de man had durven ophangen. Dat had hij nooit eerder gedaan. 'Hé!' schreeuwde hij. Hij hield de mobiele telefoon voor zich, keek ernaar, hield hem weer bij zijn oor en herhaalde: 'Hé!' Niets.

McNeal parkeerde de BMW.

Coughlie stopte ook, bang dat hij haar te voet zou moeten volgen. Het gonsde door zijn hoofd: Rodriguez had opgehangen! De kliniek! Een val!

McNeal liep naar een bushalte en bleef daar staan wachten. Een bushalte? Ze had hem verteld dat op een van Melissa's videobanden een bus te zien was geweest. Rodriguez was de enige die hij kende die regelmatig met de bus ging. Het kwam allemaal op Rodriguez neer. Hij had er spijt van dat hij zich ooit met die man had ingelaten.

Hij probeerde de semafoon opnieuw. Maar ditmaal werd er niet teruggebeld.

Een stadsbus kwam tot stilstand. Mensen verdrongen zich om naar binnen te gaan. Stevie McNeal stapte in.

# 58

Toen Stevie tegenover de achterdeur van de stadsbus zat, liet ze niet alleen Melissa's videobeelden van de uitstappende man met het sweatshirt door haar hoofd gaan, maar keek ze ook naar een kleurenafdruk – een stilstaand beeld – van die video-opname, want ze wist dat ze het niet van haar geheugen moest hebben. Ze pakte het deze keer wetenschappelijk aan, noteerde exact op welke seconde de bus de ondergrondse halte verliet en hield precies de tijd bij om te kijken waar ze zich na de tweeëntwintig minuten en zeventien seconden van de digitale video bevond. Ze geloofde dat ze iets op het spoor was en wilde haar theorie op de proef stellen voordat ze de tijd van de politie ermee in beslag nam. Wat haar opwinding nog groter maakte, was het besef dat ze – zonder dat het haar bedoeling was – haar volgers had afgeschud door het station via de achterdeur te verlaten op een tijdstip waarop werd aangenomen dat ze in de uitzending was. Ze veronderstelde terecht dat als haar bewakers de tijd namen om een hapje te eten, of te pauzeren, het in de twee uren was die *N4@5* gewoonlijk duurde. Weliswaar vond ze het een geruststellend idee dat ze werd bewaakt, maar ze hield ook erg van haar onafhankelijkheid, vooral nu ze dacht dat ze op het punt stond een grote ontdekking te doen. Op deze manier zou ze ervan kunnen genieten om het nieuws van haar ontdekking aan Boldt of LaMoia te vertellen – of beter nog, aan allebei tegelijk. Als ze het illegale atelier vond, of zelfs maar de buurt waar de man uit de bus was gestapt, zou ze iets positiefs doen om Melissa te helpen. Dan zou ze niet alleen maar achteroverleunen en een doelwit voor die mensen vormen. De rol van slachtoffer lag haar niet.

Ze keek steeds naar de uitdraai die ze op haar schoot had. De griezelige donkere gestalte van de man in de deuropening van de bus was wazig, maar het straatbeeld door de ramen van de bus was scherper, zij het misschien net niet scherp genoeg. Toen ze weer naar buiten keek, maakte ze haar ogen met opzet wazig om te proberen de vaagheid van de uitdraai te evenaren. Nog steeds niets: de achtergrond vertoonde geen enkele overeenkomst met de videobeelden die Melissa had gemaakt. De frustratie kwam in haar opzetten en ze stond op het punt in tranen uit te barsten. Ze bracht er niets van terecht. Melissa had haar nodig en ze kreeg niets voor elkaar.

De bus stopte weer bij een halte. Freemont Bridge – de plaats waar ze de vorige keer was uitgestapt en teruggegaan. Ze keek naar de uitdraai en keek toen op. Haar ogen prikten en haar hoofd duizelde van verdriet en verslagenheid. Melissa moest eens weten hoeveel ze om haar gaf, hoeveel ze van haar hield. Had ze nu maar de tijd genomen om bij haar te zijn, om haar bij haar leven te betrekken – misschien zouden de dingen dan anders zijn, misschien zou ze zich nu dan anders voelen. Maar ze had die dingen niet gedaan. Ze had daar nu veel spijt van.

Maar voordat Stevie de tijd had om zich nog dieper in haar verdriet onder te dompelen, stapte Brian Coughlie de bus in.

Hij liep doelbewust door het gangpad, zelfverzekerd en sterk, keek haar recht aan en nam zijn blik niet van haar weg, en gedurende een ogenblik ging er een golf van angst door haar heen. Waar kwam hij nou weer vandaan? Wat wilde hij?

De plaats naast haar was vrij. Ze had op dat moment wel gewild dat daar een vies ruikende dakloze zat, hoewel ze aan de vastbeslotenheid in Coughlies ogen kon zien dat hij dan evengoed naast haar was komen zitten. Toen de bus zich in beweging zette, ging Coughlie naast haar zitten. Hij keek recht voor zich uit.

'Ik heb je gezien,' zei hij. Hij keek nog steeds naar de voorkant van de bus. 'Een Watchman,' legde hij uit. 'Een handig klein apparaatje. Ik heb er altijd eentje bij me. Verslaafd aan het nieuws, zou je kunnen zeggen.'

'Wat toevallig,' zei Stevie. 'Wij allebei in dezelfde bus.'

'Mooi niet,' antwoordde hij. 'De politie was je kwijt toen je het tv-station uitging. Mijn jongens niet. O nee. Dat is nou het verschil tussen een gewoon politiekorps en een federale dienst. Wees maar blij dat we aan jouw kant staan.'

'Jullie volgden me,' zei ze vol walging.

'Ach, je werd door zoveel mensen gevolgd dat je net zo goed voorop kon lopen in een optocht. Je bent een echte majorette!' Zijn arrogantie zat haar dwars – een andere man dan de man die haar om samenwerking had gevraagd.

De bus hobbelde. De hoofden van alle passagiers gingen tegelijk omhoog en omlaag. Stevies tanden klapperden, maar dat had niets met de schokkende beweging van de bus te maken.

'Vertel me eens over die kleine stunt van jou.'

'Stunt?' Ze was zo nerveus dat haar benen trilden.

'Was dat idee van jou of van Boldt? Dat met die griep... Het is toch geen moeilijke vraag?' Hij wachtte, maar ze kon geen goed antwoord vinden, kon helemaal geen woord uitbrengen. 'Je zei dat zich in Fort Nolan een griep aan het verspreiden was – wie had je dat verteld? Wie is je bron? Of heb je het zelf verzonnen? Verzint het nieuws gewoon dingen? We hebben het nu over míjn terrein.' Zijn rode gezicht nam in het tl-licht een groenig purperen tint aan. 'Ik krijg hier grote last mee, weet je dat? Inspecteurs van de volksgezondheid. Actie-groepen. Met dat verhaal van je heb je ons heel wat werk bezorgd.' Hij drukte zijn lippen op elkaar en schoof naar voren op zijn plaats.

'Dat verhaal is onzin.'

'De CDC hebben...'

'O, die onzin! Maak dat een ander wijs! Snap je het dan niet? We hebben het over óns detentiecomplex. Wij hadden het als eersten moeten horen. Onze gedetineerden hadden als eersten ingeënt moeten zijn. Heb jij je laten gebruiken?' vroeg hij ongelovig. 'Of maak je er deel van uit?'

Ze keken elkaar aan. Zijn ogen waren bloeddoorlopen en half-blind van woede. Ze wilde uit de bus stappen. De bus stopte, maar ze keek niet op. 'Ik wil alles doen om haar te redden,' zei ze.

'Het was Boldts idee,' concludeerde Coughlie.

'Ik zeg je: de CDC hebben een medisch bulletin uitgebracht.'

'En ik zeg je dat zoiets onmogelijk is. Je hebt je laten gebruiken.' Hij keek om zich heen. 'En wat doe je hier? Ik mag toch wel zeggen dat jij en een stadsbus niets met elkaar gemeen hebben? Heeft het met de video's te maken?'

'De politie heeft een buskaartje gevonden,' loog ze. 'Ik dacht, ik kan het altijd proberen.'

'Als ze een buskaartje hadden gevonden, zouden zij nu in de bus zitten; niet jij. Wat heb je toch? Waarom lieg je tegen me?'

'Waarom laat je me volgen? Om me te beschermen? Waartegen? Tegen wie? Of wil je dat ik jouw werk voor je doe? Een federale dienst die een journalist schaduwt...'

'Een getuige.'

'Nee, Brian. Ik niet. Wil je dit alles over je heen krijgen of roep je je mensen terug?'

'Je maakt een fout – een gróte fout.'

'Dat moet ik zelf weten,' zei ze.

'Ja,' antwoordde hij. Zijn glimlach liet haar maag in opstand komen. 'Je moet het zelf weten. Maar vergeet niet: sommige fouten zijn kostbaar.'

De bus stopte weer bij een halte. Coughlie stond op en stapte uit. Hij keek niet achterom.

# 59

Laura Stowle, een rechercheur van Zeden, droeg een wit verpleeg-
stersuniform om de rol van receptioniste van de kliniek te spelen. La-
Moia zei dat een strak wit uniform onweerstaanbare effecten op hem
had, en dat hij, nu hij deze zeldzame gelegenheid had om Stowles
donkere knappe gezicht en 'goed afgeronde persoonlijkheid' in zo'n
aanlokkelijk tenue te zien, haar eens moest vragen of ze een avondje
met hem uit wilde.

Boldt zei tegen hem dat hij hem in zijn broek moest houden.

De kliniek was met de vervanging akkoord gegaan omdat de receptioniste geen medische opleiding hoefde te hebben en cliënten
geen privacy konden verwachten zolang ze niet met een arts of ver-
pleegkundige te maken hadden.

'Het enige probleem met Stowle, Lou, is dat ze, zelfs met dat naar
achteren getrokken haar, een beetje te mooi is en een beetje te veel
op een ster uit een soap-serie lijkt, in plaats van op een etnische receptioniste die voor het minimumloon werkt.'

'Er komt nog eens een dag dat je met die praatjes van jou in grotere problemen komt dan je met andere praatjes kunt oplossen,' waarschuwde Boldt.

'Die praatjes van mij zouden als wapen geregistreerd moeten zijn,
als je nagaat welk effect ze op vrouwen hebben.'

'Je scoort geen punten, John. Ga naar binnen en neem een stoel.
Wil je naar Stowle kijken? Ga je gang. Dan hoef ik tenminste niet
naar je te luisteren.'

LaMoia zat twee uur in de verste hoek en vroeg zich af hoe het
toch kwam dat je in wachtkamers altijd sterk verouderde tijdschriften en wandklokken ter grootte van pizza's zag. Het viel hem ook op
dat vooral jonge mensen gebruik maakten van de kliniek, en dan ook
nog veel mensen aan wie hij kon zien dat ze op de een of andere manier met drugs en verslaving te maken hadden. Er waren maar zeven
mensen naar aanleiding van Stevie McNeals uitzending gekomen.

Elk van die zeven keren had Stowle een teken gegeven aan alle
vier undercover-agenten in het gebouw, en aan Boldt in het com-
mandobusje. De miniatuurmicrofoon zat in haar donkere haar verborgen en de draad verdween in de kraag van haar jurk. Zeven verschillende mensen, die allemaal voor de RH-340-griepprik kwamen –
allemaal mensen uit de gezondheidszorg of havenarbeiders die bij de
berging van de container waren geweest.

De achtste keer dat Laura Stowle een teken aan LaMoia gaf, ging het om een grote Latino in een donker sweatshirt met een capuchon. LaMoia verdiepte zich in een *People* van zes weken geleden; een schoonmaker met emmer en dweil knielde neer om een stukje kauwgom van de stenen vloer te verwijderen; een pezig uitziende vrouw in hotpants en op schoenen met plateauzolen haalde haar lipstick te voorschijn en gebruikte haar spiegeltje om goed naar de deur achter haar te kijken; een vrouw in burgerkleding die aan een tafel achter Stowle zat te typen, haalde haar vingers van het toetsenbord weg en pakte haar wapen, dat ze onder de tafel had.

De grote man werd verzocht te wachten. Hij ging twee stoelen van LaMoia vandaan zitten, die het lef had om de man aan te kijken en te zeggen: 'Hoe gaat het?'

'Ik voel me beroerd, man,' zei de ander. Er kwam snot uit zijn neus en zijn stem klonk schor.

'Dat hoor ik,' zei LaMoia, en hij verdiepte zich weer in zijn tijdschrift.

Na vijf minuten kreeg de Latino een formulier dat hij moest invullen. Hij keek er vol minachting naar. Stowle, tegenover hem, legde het hem met een verveelde stem uit, alsof ze het al heel wat keren had moeten uitleggen. 'We willen graag uw naam weten, uw werkgever, als u die heeft, en telefoonnummers waarop we u kunnen bereiken voor een eventuele follow-up. Dat is erg belangrijk. Als u het Spaanstalige formulier wilt hebben...'

'Ja,' bromde hij.

Ze kwam met een ander klembord terug en sprak nu Spaans. 'U kunt de verzekeringsgegevens overslaan, want de behandeling waarom u hebt gevraagd is gratis. De vierde regel, de datum waarop u aan het virus bent blootgesteld, is uiterst belangrijk, want die datum is bepalend voor de behandeling die u krijgt en dus ook voor de effectiviteit van de behandeling. Als u daarna opnieuw aan het virus bent blootgesteld, doet dat er voor de arts niet toe. Het gaat om de éérste blootstelling. Die is van kritiek belang voor een goede diagnose en een goede behandeling. Als ik u kan helpen met...'

'Je zou wat meer kunnen opschieten,' onderbrak LaMoia haar. 'Of misschien wat met me drinken, als je hier klaar bent.'

Stowle keek hem vernietigend aan.

De Latino snotterde, hoestte en schreef met een primitief maar leesbaar handschrift zijn naam op het formulier: Guermo Rodriguez. Stowle ging naar haar plaats achter de balie terug.

LaMoia werd een paar minuten later onder de naam Romanello opgeroepen. 'Dat werd tijd,' zei hij, en hij legde het tijdschrift neer. 'Succes man,' zei hij tegen de ander. 'Je bent hier een paar jaar ouder als ze je roepen.'

Rodriguez stond tegelijk met hem op en gaf het klembord met het formulier aan de receptioniste, die het formulier aan de undercover-agente achter het toetsenbord gaf. Het geladen wapen van de vrouw lag nog op de plank bij haar knieën.

LaMoia liep door en posteerde zich in de onderzoekskamer naast de kamer waar Rodriguez zou worden onderzocht. Op die manier blokkeerde hij de achteruitgang van het gebouw. Ze hadden hem nu in het nauw. LaMoia wachtte ongeduldig op informatie van het hoofdbureau. Toen de typiste de gegevens van de poliklinische patiënt invoerde, gingen die gegevens niet naar de computer van de kliniek, maar via een modem naar het archief van het hoofdbureau van politie. De naam Guermo Rodriguez leverde een negatief resultaat op: geen arrestaties of veroordelingen. Het systeem leverde ook geen rijbewijs of registratie van een motorvoertuig op. Guermo Rodriguez bestond niet. Hij was iemand die in stadsbussen zou kunnen rijden. Waarschijnlijk had Rodriguez op het formulier van de kliniek een vals adres opgegeven, en ook een vals telefoonnummer. Waarschijnlijk was Rodriguez zelf ook een illegaal, iets waardoor hij eerder geneigd was met een corrupte INS-ambtenaar samen te werken. Boldt vroeg zich af of zijn vingerafdrukken en naam bij de Mexicaanse autoriteiten bekend waren.

'Hij moet het zijn,' zei Boldt opgewonden door de radio. 'Het sweatshirt komt overeen met wat we op de video's hebben gezien. We volgen hem.'

Een paar minuten later was er bij Rodriguez een placebo ingespoten. Er was hem gezegd dat hij aspirientjes moest slikken en veel water moest drinken, en daarna kon hij vertrekken.

Tegen de tijd dat Guermo Rodriguez de kliniek verliet, had de politie vijftien mensen in tien auto's klaar zitten om hem te volgen – de grootste schaduwoperatie van het korps in de afgelopen elf maanden.

# 60

De politie hield elke stap die hij zette in het oog, bijna elke keer dat hij in- en uitademde. Rodriguez ging eerst naar een apotheek, waar hij een buisje aspirine, wat hoestsiroop en een middel tegen verkoudheid kocht, en vervolgens naar een 'adres aan Military Road in Federal Way', legde LaMoia aan Boldt uit, die naar het kantoor was teruggekomen om de surveillance vanuit het commandocentrum te leiden. 'Hij stapte in de cabine van een achttienwieler – een dieplader – en sliep een paar uur. Ik kreeg het gevoel dat hij in die truck woonde. Maar toen startte hij hem en reed hij weg. Wat leidt jij daaruit af, Lou?'

'Mama Lu had gelijk, wat die nieuwe maan betreft,' zei Boldt. 'Er komt een zending aan. Morgen? Overmorgen? Gauw!' Met die truck moest natuurlijk een container worden vervoerd.

'Hij rijdt een paar kilometer, parkeert de truck en eet een hapje in een fastfood-restaurant – midden in de nacht. Zo te zien heeft hij geen enkele haast.'

'We weten zeker dat hij daar binnen is?' drong Boldt aan.

'Cranshaw doet zich daar tegoed aan kersengebak en koffie. We kunnen hem zien.'

'Hij wacht op een ontmoeting?' opperde Boldt.

'Of op een telefoontje. Dat moet wel. Wil je dat ik hem laat oppakken?'

'Nee,' zei Boldt. Ze hadden geen concrete bewijzen tegen Rodriguez. In een verkiezingsjaar zou een officier van justitie nooit met zoiets tot vervolging willen overgaan. 'Ik kan proberen de munttelefoon van het restaurant te laten aftappen...'

'Dat is nogal vergezocht.'

'Het zal ook niet lukken,' gaf Boldt toe.

'Laten we hopen dat het vriendinnetje van die kerel er geen kick van krijgt om het in een truck te doen of zoiets. Ik hoop echt dat we onze tijd niet verspillen.'

'Is seks het enige waar jij aan denkt?' vroeg Boldt.

'Welnee!' antwoordde LaMoia onmiddellijk. 'Ik ben ook gek op geld.'

Om drie uur die woensdagmorgen verliet de dieplader met Rodriguez achter het stuur eindelijk het parkeerterrein van het restaurant. Boldt werd gewekt uit een dutje in een opslagruimte, waar een veldbed stond dat rechercheurs de kans gaf om even te gaan liggen. Op dat uur van de nacht was het niet gemakkelijk om iemand te schaduwen, en omdat Boldt geen machtiging had kunnen krijgen om de telefoon van het restaurant af te luisteren, kon de politie alleen maar raden naar het telefoontje dat ze Rodriguez hadden zien plegen. En nu konden ze hem alleen op vrij grote afstand volgen.

Een half uur later gebruikte Rodriguez een draadschaar om het hek van een voormalig marinedepot open te knippen. Dat depot was in 1988 samen met nog veel meer militaire complexen in Seattle gesloten; die sluitingen hadden een kortstondige daling in de verder zo glorieuze economie van Seattle teweeggebracht. Rodriguez reed de dieplader naar een kade, waar twee hoge kranen naar de nachtelijke hemel wezen. Die kranen trokken ieders aandacht.

Een kwartier later, toen LaMoia en twee andere rechercheurs op weg waren naar een beter uitkijkpunt, zagen ze Rodriguez te voet door het hek van het marinedepot gaan. Even later trok hij een motor uit de struiken en reed hij zonder licht weg. Dat kwam als een volslagen verrassing voor het surveillanceteam en LaMoia, die net bezig waren een draadgaashek door te knippen dat toegang gaf tot een donkere landtong met uitzicht op een strook water langs het marinedepot. Rechercheurs zetten met burgerauto's de achtervolging in, maar Rodriguez ging met de motor de weg af en verdween.

'Ontkomen?' brulde Boldt in de telefoon.

'We hebben het verknoeid, Lou.'

'Zeg dat wel,' zei Boldt.

'We hadden niet op een motor gerekend.'

'Verwacht van mij geen begrip. Jullie zijn onze hoofdverdachte kwijtgeraakt.'

'We hebben de dieplader nog,' zei LaMoia in een poging nog iets te redden. 'En de twee kranen. Gaynes zit nog achter Coughlie aan. Hij is bij KSTV geweest. En daarna maakte hij een ritje met een stadsbus. Hoor je dat, Lou? Een stadsbus!' Voorzichtig voegde hij eraan toe: 'Dat marineterrein moet het zijn. Het is ideaal. Die kranen! Ik zal naar Rodriguez laten uitkijken. We installeren ons hier. Als we inderdaad het uitwisselpunt hebben gevonden, Lou, moeten we op een regelrechte oorlog voorbereid zijn. Ik denk aan Mulwright en Speciale Operaties.'

'Ik moet het aan Hill voorleggen, John.'

'Dat begrijp ik.'

'Ik neem weer contact met je op.'

'Goed.'

Terwijl de zon in een leigrijze hemel omhoogkroop, als een lamp achter een gordijn, duwden drie mannen een busje naar hun uitkijkpost. Ze gebruikten de motor van het busje niet, want die zou te veel lawaai maken. LaMoia en twee technici stapten achter in dat busje, doodmoe, hongerig en vernederd. Ze deden om beurten een dutje van twintig minuten, maar niets kon LaMoia helpen. Mislukking was het ergste soort vermoeidheid.

De braakliggende landtong met zijn ruwe grind en glasscherven lag bezaaid met de skeletten van visserijmaterieel: markeringsboeien, motoronderdelen, laadbomen, krukassen, lieren en kilometers opgerold en beschadigd visnet op enorme spoelen. Het water kabbelde tegen een kademuur van keien, stukken voormalige spoorweg en de roestende karkassen van dode auto's en spoorwagons. Het water ging van dofgroen in kwikzilver over toen de ochtendzon er vat op kreeg. Een lichte maar gestage bries verspreidde zilte oceaanspetters door de lucht.

Om tien uur die woensdagochtend kreeg LaMoia via zijn radio bericht dat ze moeilijkheden bij het hek hadden. LaMoia stapte uit het busje en vroeg zich af wanneer er ooit een eind aan de moeilijkheden zou komen. Hij hoefde maar even zijn rug te keren of er ging iets mis.

Het probleem was deze keer een particuliere bewaker van een firma die Collier Security heette. Hij droeg een grijsblauw uniform met een busje peperspray waar bij een politieagent een pistool zat. Het Collier-logo op zijn mouw deed te veel zijn best om op het logo van de politie van Seattle te lijken. Volgens het naamplaatje dat op zijn rechter borstzak was gespeld heette hij Stilwill.

'Meneer Stilwill, wat is het probleem?' vroeg een vermoeide en opgewonden LaMoia.

'Ik zei net tegen de agent hier dat ik mijn werk moet doen, inspecteur.'

'Adjunct-inspecteur,' verbeterde LaMoia.

'Politie of niet, jullie mogen hier niet zijn zonder dat de eigenaar ervan weet.'

'We stellen hem in kennis,' verzekerde LaMoia hem. 'Voorlopig zou het veel beter voor iedereen zijn als jij gewoon doorgaat met je ronde. Vergeet ons. Wij zijn er niet. Dat zou ons allemaal een reisje naar de binnenstad en een hoop advocaterij besparen.'

'Ja, maar weet je, jullie mogen hier niet zijn. Snap je? Het is privéterrein. En het materieel dat hier staat, is privé-eigendom. Hebben jullie een machtiging?'

'Ik heb een gerede aanleiding. Dit is een actief onderzoek,' zei LaMoia met nauwelijks ingehouden ergernis. 'Je kunt kiezen, Stilwill. Je mag het helemaal zelf weten.'

Rechercheur Heiman stak uit een burgerauto de straat over en liep vlug naar LaMoia toe. Hij was buiten adem en praatte een beetje te hard. 'De havendienst verwacht in de komende twaalf uur zes vrachtvaarders. Drie daarvan hebben Hongkong als vorige haven.'

'Wacht even, Heiman,' zei LaMoia, die zich realiseerde dat de bewaker het had gehoord.

Stilwill keek over het water uit en richtte zijn blik toen op de kranen. 'Die container?' vroeg hij. 'Jullie zitten achter die containerzaak aan?'

'Het is een geheime operatie, Stilwill,' legde LaMoia uit zonder een direct antwoord te geven. 'Als je wilt dat ik gunstige dingen over je zeg, ga je nu gewoon verder. Want anders krijg je zo'n lading rottigheid over je heen dat je erin stikt.'

Stilwill keek nerveus om zich heen. Hij was duidelijk in de minderheid.

'Wat jij moet doen,' herhaalde LaMoia, 'is gewoon verdergaan en hier niet meer aan denken. Luister je, Stilwill?'

'Ik hoor je,' zei hij. Zijn aandacht was nog steeds op het marineterrein gericht. 'Daar komt al jaren niemand meer. Ik heb daar nooit wat gezien. Waar komt die dieplader eigenlijk vandaan?'

'Jij moet eens goed nadenken over deze situatie hier.'

'Welke situatie?' vroeg Stilwill opzettelijk naïef, en hij keek LaMoia met een brutale grijns aan.

'Dat is beter,' zei LaMoia, maar eigenlijk vertrouwde hij de man niet.

# WOENSDAG 2 SEPTEMBER

## 16 DAGEN VERMIST

# 61

De volgende morgen begon *Live-7*, dat lagere kijkcijfers haalde dan het nieuws van Channel Four, zijn ochtendjournaal met een bericht dat ze uit 'betrouwbare bron' hadden vernomen: 'De politie is bezig met een grootscheepse operatie die rechtstreeks verband houdt met het onderzoek naar de illegalen.'

Het nieuwsbericht maakte iedereen kwaad, van Sheila Hill, die zich druk maakte om het uitlekken van de informatie, tot Jimmy Corwin, die zich ergerde omdat KSTV deze primeur was misgelopen. Adam Talmadge klaagde via juridische kanalen dat de INS niet bij de operatie was betrokken en er zelfs niet van op de hoogte was gesteld.

Om half negen die ochtend noemde het netwerk dat achter *Live-7* zat Clarence Stilwill als de bron van de informatie. Op 'advies van juristen' was Stilwill ondergedoken. Hij was niet beschikbaar voor commentaar.

De publieke radiozender KPLU meldde niet alleen dat er tijdens de operatie een verdachte was verdwenen maar ook dat de patholoog-anatoom diezelfde dag nog het voorlopig sectierapport over de Hilltop-lijken zou uitbrengen. Dat rapport zou extra informatie bevatten die betrekking had op het onderzoek naar de illegalen.

De politieke schokgolven vlogen door het systeem: ontkenning volgde op ontkenning, 'geen commentaar' op 'geen commentaar'. Het werd allemaal door de media naar buiten gebracht en verspreidde zich zo over cafetaria's en kantoren. Melissa Chows verdwijning en mogelijke ontvoering waren een emotioneel geladen zaak geworden, aangegrepen door politici die aan de verkiezingen van november deelnamen. Toen bekend werd dat de politie de daders misschien bijna te pakken had, gonsden de talkshows op de radio opeens van de uitgelekte informatie.

Boldt en LaMoia ondergingen al die druk zowel op professioneel als op persoonlijk niveau. Ze kregen opdracht de lekken dicht te stoppen en de zaak op te lossen. Sheila Hill vatte het voor hen beiden samen: 'Zorg dat we voor het journaal van zes uur iets hebben waardoor de burgemeester en de hoofdofficier van justitie goed uit de verf komen, iets wat we het beest kunnen voeren om het te verzadigen. Als jullie niets kunnen vinden, voer ik ze jullie overplaatsingen, heren, dus vat dit niet te licht op.'

Terwijl hun semafoons overgingen, verlieten Boldt en LaMoia het kantoor van Hill en gingen ze regelrecht naar het souterrainkantoor van de patholoog-anatoom in de Harborview Medical Clinic. De beer van een man leidde hen met grote, haastige passen naar zijn kantoor en sloot de deur.

'Ik weet niet waar dat lek zit,' verontschuldigde hij zich, 'maar als ik erachter kom, krijgt de persoon in kwestie nooit meer ergens een baan. Nooit! Nergens!' Dixon was geen man die gauw kwaad werd, en deze specifieke Ronald Dixon was dan ook een zeldzaam gezicht.

'Ik dacht dat je zei dat je met ons over de lekken wilde praten,' klaagde Boldt. Hoewel het de bedoeling was dat LaMoia naar het marineterrein zou terugkeren, was daar na Rodriguez' ontsnapping niets meer gebeurd. 'Je kunt je wel voorstellen dat John en ik het vanmorgen een beetje druk hebben, Dixie.'

'Nee, niet over lekken…' zei Dixon. 'Over prei!' zei hij. 'Je weet wel, die groente,'

'Prei,' herhaalde LaMoia.

'Ja,' zei de patholoog-anatoom.

'Wat is daarmee?' vroeg Boldt.

'Een van die laatste lijken die we hebben gevonden,' antwoordde Dixon. 'Het is altijd het eerste slachtoffer,' mijmerde hij. 'De fouten, de haast.'

'Welke fouten?' vroeg Boldt.

Dixon wees naar Boldt en zei tegen LaMoia: 'Van hem kun je leren. Hij is de beste die er is. Weet wanneer hij iemand moet onderbreken en wat hij moet vragen. Weet wanneer hij zijn mond moet houden om iemand te laten praten.' Hij keek Boldt aan. 'Dus laat me praten.' Hij trok zich achter zijn grote slagschipgrijze bureau terug. Hij liet de zonwering open, misschien in de hoop Boldt af te leiden. 'Ze vroren haar in, net als dat andere lijk. Maar ze hadden meer tijd. Ze lieten haar hard bevriezen, erg hard, en ik denk dat ze vergeten waren die ketting er eerst af te doen. Toen ze na verloop van tijd beseften dat hij nog aan haar vastzat – als ze dat al beseften – konden ze weinig anders doen dan hem laten zitten. Ze begroeven haar meer dan drie meter diep in relatief koele grond, een week, misschien zelfs twee of drie weken langer dan die eerste vrouw die we vonden. Begrijp je waar ik heen wil?'

'Ze bleef bevroren,' raadde Boldt.

'Een tien met een griffel. Een tijdje. Ja. En daardoor bleef ze niet alleen goed behouden maar werd ook het rottingsproces vertraagd.'

'Ze bleef bevroren terwijl ze daar in de grond lag?' vroeg LaMoia.
'Luister jij wel? Nee, dat bleef ze niet. Maar ze lag in grond van een paar graden boven het vriespunt. Haar ledematen ontdooiden het eerst, gevolgd door de opperhuid in het algemeen. De warmte bewoog zich van beide uiteinden naar het midden, zoals wanneer je een lamsbout ontdooit. Maar je weet hoe lang dat duurt: je legt een kalkoen van tien kilo of een lamsbout van drie kilo op een aanrechtblad van twintig graden en het duurt een hele dag – en soms langer – voordat hij ontdooid is. Ooit geprobeerd zo'n bevroren stuk vlees in een koelkast van een paar graden boven nul te leggen? Als je het er de volgende dag uithaalt, is het nog maar net begonnen te ontdooien. En probeer dat nou maar eens met een mens van drieënvijftig kilo...'

'Ik pas,' zei Boldt.

'Levert dit fascinerende gegeven ons informatie op?' vroeg LaMoia.

'In sommige opzichten ga je steeds meer op hem lijken,' zei Dixon bedroefd.

'Ter zake, Dixon,' zei Boldt.

'De maaginhoud is relatief intact. Veel organische materie om mee te werken.'

Boldt vroeg zich af of hij zijn ochtend had verspild.

Dixon ging verder. 'Is een van jullie briljante rechercheurs op het idee gekomen dat als die mensen honderd vrouwen voor een dubbeltje per dag achter naaimachines zetten, ze ze ook te eten moeten geven?' Hij grijnsde. 'Aha! Ik zie dat jullie daar niet aan hebben gedacht! Nee, als iets voor de hand ligt, zien jullie het over het hoofd, hè? Jullie waren net als ik zo intensief met de dood bezig – de dode lichamen, de dode getuigen, de doodlopende sporen – dat jullie nooit goed over de situatie hebben nagedacht: die vrouwen moeten eten. En deze vrouw had gegeten. Niet alleen had ze gegeten, maar ze at ook een knolgewas, een eetbare bol, die wel iets van onze prei wegheeft. Ze had blijkbaar ook bruine rijst gegeten. Maar het is die prei die jullie zal interesseren. Die prei is het beste spoor dat jullie in deze zaak hebben. Het is Aziatische prei, en als we op de paar telefoontjes moeten afgaan die we hebben gepleegd, kun je het niet in een gewone supermarkt krijgen. We kunnen niets vinden waar we het mee kunnen vergelijken.'

'Aziatische winkels,' mompelde Boldt, verrast door deze informatie.

LaMoia maakte de redenering af. 'Mama Lu is de koningin van de Aziatische winkels. Wedden dat ze het contract heeft om het voedsel voor die mensen te leveren? Daarom weet ze er zoveel van en is ze er toch niet zodanig bij betrokken dat ze iets van ons te vrezen heeft.'

'Een nederige zakenvrouw,' herhaalde Boldt fluisterend. 'Ze heeft het zelf steeds weer tegen me gezegd.'

# 62

'Mevrouw McNeal, met Roy,' zei een vertrouwde maar onherkenbare stem in haar mobiele telefoon. Stevie interesseerde zich meer voor het ijs dat ze van de roomservice had besteld dan voor het telefoongesprek.
'Roy?'
'Verkeer?' zei de man om zich bekend te maken.
Heli-Roy, noemden ze hem. Verkeersinformatie voor zowel het ochtendnieuws als *N4@5*. Toen ze eenmaal het verband had gelegd, was de stem des te herkenbaarder.
'Ja, Roy.'
'Het station gaf me het nummer van uw mobiele telefoon. Ik hoop dat u het niet erg vindt. Ik dacht dat u dit wel zou willen horen?'
'Wat?' Ze boog zich op de bank naar voren en schoof het ijs opzij. Haar hart begon te bonken. Waar had die verkeerskerel het over?
'Een vriend van me, Sam Haber, werkt bij FBO, bij de SkyCam van Seven.'
Channel Seven, bedoelde hij. De concurrentie. Dit stond haar meteen al niet aan.
'Hun heli. Ja. Sam doet het onderhoud. Hij installeert ook dingen. Hij belde omdat hij niet met me naar een wedstrijd van de Mariners kon gaan, want hij moet van Seven een hightech-infraroodapparaat in hun heli zetten. Het heeft iets met de jacht op een schip te maken. We hebben het over vannacht. Hij hoorde een van de jongens daar zeggen dat ze ons het nakijken zullen geven met ons eigen verhaal. Het schijnt dat de politie allerlei vragen aan de havendienst heeft gesteld. Ik vond dat u het moest weten.'
'Een schip,' herhaalde ze, en ze maakte wat aantekeningen op een wit linnen servetje. 'Ons eigen verhaal.'
'Ze geven ons het nakijken met ons eigen verhaal. Ja.'
'Weet je iets van die apparatuur?'
'Alleen dat het geen standaardspul is. Ultragevoelig infrarood. Sam zei dat een soort professor van de universiteit het installeerde. Ze moesten de hangar verduisteren voordat ze de lenskap eraf konden halen om het apparaat te testen – zo gevoelig is het. Bij daglicht zou het ding verbranden. Die kerel schold Sam de huid vol omdat hij een deur opendeed. Kwaad dat Sam was! Anders had hij het me misschien niet verteld. Zo is Sam: hij houdt er niet van als iemand tegen hem schreeuwt.'
'Ze gaan op jacht naar een containerschip,' zei ze. 'Kunnen we daar iets tegen ondernemen?'

'Schijt de paus in de bossen?' antwoordde de helikopterpiloot.

'Breng het toestel in gereedheid.'

'Ze wordt op dit moment getankt.'

Toen Stevie al bijna had opgehangen, schoot haar te binnen dat ze zich op de een of andere manier van al haar volgers moest ontdoen.

'Roy,' vroeg ze, 'zijn er gebouwen in de binnenstad waar je op het dak kunt landen?'

'Kunt u naar Columbia SeaFirst komen?'

'Geef me een nummer waar ik je kan bereiken,' zei ze. 'Ik bel je vanaf dat gebouw.'

# 63

LaMoia's gemoedstoestand bevond zich op een dieptepunt. Hij had de wet alleen nog kunnen omzeilen door met rechercheurs te werken die hun overuren niet uitbetaald hoefden te krijgen en die konden zwijgen over wat ze deden. De belangrijkste van hen was Bobbie Gaynes, die Boldt zo trouw was dat ze het geen enkel probleem vond om een federaal agent vierentwintig uur per dag te schaduwen – ondanks het feit dat zo'n operatie van de ene tegen de andere dienst eigenlijk aan allerlei vereisten moest voldoen: een rechterlijke machtiging, een speciale eenheid met mensen uit beide diensten, kennisgeving aan de leiding van zowel politie als federaal dienst. Het was niets nieuws voor LaMoia – toen hij zich een weg omhoog werkte, was zijn bijnaam Stretch geweest, vanwege de manier waarop hij met de wet omsprong, een bijnaam die met eerbied werd uitgesproken, maar nooit waar hij bij was. Allemaal wilden ze dingen waaraan LaMoia ze kon helpen – verklikkers, bankgegevens, belastinggegevens – maar niemand wilde ooit de bijzonderheden weten. Hij vond dat best – het hielp hem de mythe in stand te houden, en zo langzamerhand was hij zelf een mythe. Dat beheerste hem, dat bepaalde wat hij deed, en hij wist dat het niet altijd zo kon blijven. Hij werkte vrouwen af zoals een dronkaard flessen drank – voor een deel ook om het image in stand te houden. Hij reed snel en leefde ook snel. Maar de kaars die aan beide kanten brandde, werd steeds kleiner, en John LaMoia identificeerde zich er elke dag weer een beetje meer mee.

LaMoia had geen concrete bewijzen tegen Brian Coughlie, alleen een diepgewortelde achterdocht die door een aantal onverklaarbare toevalligheden was gewekt. Zonder bewijzen kon hij Coughlie niet aanklagen. Aan de andere kant was het niet expliciet onwettig wanneer een persoon een andere persoon volgde of gadesloeg, mits die andere persoon zich niet bedreigd voelde en mits zijn of haar privacy niet werd geschonden. De staat Washington had een strenge wet tegen stalkers, maar daarvoor moest aan bepaalde criteria worden voldaan die door Gaynes en LaMoia zorgvuldig werden vermeden.

Gaynes belde vanuit een telefooncel omdat mobiele telefoons konden worden afgeluisterd, evenals de politieradio, waarvoor nogal wat op sensatie beluste scannerbezitters belangstelling hadden. De onderlinge verstandhouding van LaMoia en Gaynes werd gekenmerkt door respect op afstand. Zijn rokkenjagerij was zo legendarisch dat ze hem behendig uit de weg ging. Haar capaciteiten als rechercheur en nauwe band met Boldt waren van cruciaal belang voor het uiterst belangrijke oplossingspercentage van zijn eenheid. Ze haalden bijna nooit trucjes met elkaar uit en gingen ook nooit vriendschappelijk met elkaar om.

'Ga je gang,' zei LaMoia. Hij zat nu op de passagiersplaats van het surveillancebusje dat nog tegenover het marineterrein stond. Ondanks alle drukte in de media had de pers, voor zover LaMoia en anderen konden nagaan, nog geen weet van de plaats waar ze hun surveillance hadden ingesteld.

'Ik denk dat ik hem kwijt ben.'

'Dat je hem kwijt bent?'

'Dat zei ik,' zei ze venijnig. 'Hij parkeerde zijn wagen en ging het gemeentehuis in,' meldde ze.

'Het gemeentehuis?'

'Dat zei ik,' herhaalde ze. 'Dat is nu een half uur geleden. Ik denk dat hij me heeft afgeschud. Hij zal wel door een andere deur naar buiten zijn gegaan. Heeft zijn auto achtergelaten.'

'Vertel jij het aan Lou?'

'Jij hebt de leiding,' merkte ze op.

LaMoia vond het niet prettig om de leiding te hebben. Hij wist niet of hij dat ooit prettig zou vinden. En hij wist niet of dat door Boldt of door zijn eigen persoonlijkheid kwam. Hij had te lang in de voetsporen van de andere man gelopen om dat te kunnen opgeven. Alleen in het afgelopen jaar, toen Boldt op Inlichtingen werkte, had LaMoia het gevoel gehad dat hij eigen baas was. Maar nu ze weer allebei op Misdrijven Tegen Personen werkten, had Lou de leiding, titel of niet, rang of niet, en niemand klaagde daarover, zeker LaMoia niet. Boldt pakte het nooit tactloos aan. Hij had gewoon een instinct om leiding te geven, een fijne neus voor de richting die een onderzoek moest inslaan. De man bezat over de afgelopen tien jaar een oplossingspercentage van achtentachtig, en dat betekende dat zijn reputatie niet meer kapot kon. LaMoia had een percentage van vierenzestig en was daar trots op – er waren kerels die een percentage van in de veertig hadden. Gaynes had zeventig, al liep ze daar niet mee te koop. Als ze met een onderzoek bezig waren, had hij niet altijd het gevoel dat hij de leiding had, maar voor zijn eenheid was hij de leider, degene die het voor het zeggen had. In dat opzicht wist hij van geen wijken.

Hardop denkend zei hij: 'Een half uur in het gemeentehuis is niks. Die zeurpieten? Misschien is hij nog steeds binnen.'

'Dat kan. Het kan ook dat hij uit het nieuws van vanmorgen afleidde dat we hem nog schaduwen. Misschien heeft hij last van zijn schuldgevoelens en neemt hij voorzorgsmaatregelen. Wil je dat ik naar binnen ga?'

'Nee, blijf waar je bent. Let op zijn auto. Ik kom er zo aan. We doen het samen. Ik ga binnen kijken. Waar ben je?'

Ze vertelde het hem.

LaMoia glipte het busje uit en ging naar de binnenstad terug.

LaMoia begon bij de burgerlijke stand. Hij dacht dat overlijdensaktes de kortste weg naar een nieuwe identiteit waren. Misschien wilde Coughlie eerst een nieuwe identiteit aannemen en dan spoorloos verdwijnen.

Het signalement van de man had geen enkele betekenis voor de Aziatische vrouw achter het loket, en pas op dat moment, toen hij haar zware accent hoorde, schoot hem te binnen dat elk van die minimumloners met een INS-agent onder een hoedje kon spelen.

Hij ging nu naar de afdeling onroerendgoedbelasting, want dat was de volgende afdeling in het gebouw. De ene na de andere deur. Achter de loketten zaten Aziaten, Latino's, zwarten; niet veel blanken. LaMoia had geen probleem met de multiculturele samenleving, zolang iedereen die op het gemeentehuis maar Engels sprak, zich aan de maximumsnelheid hield en keurig zijn belastingen betaalde, net als hijzelf. Hij moest niet veel van sociale voorzieningen hebben, had een hekel aan voedselbonnen – er was te veel corruptie om zoiets te laten werken. Je nam je schop of je pen en je ging aan het werk, net als andere mensen. Dat was het Amerika waarvoor hij zijn insigne droeg. Een tochtje door de afdelingen van het gemeentehuis kon erg verhelderend zijn.

Coughlie was nergens te bekennen.

De volgende verdieping bevatte nog vijf deuren – allemaal hetzelfde: te veel papieren, te veel stempels, te veel handen die onder de tafel naar hetzelfde geld graaiden. Het deprimeerde hem.

Weer een glanzende marmeren trap op. Wie kon zich eigenlijk marmer permitteren?

*Vergunningen.* Het idee sprong hem niet tegemoet; hij hoorde geen trompetten of stemmen die hem leidden.

De deur naar Vergunningen werd alleen door een stukje rubber tegengehouden. Achter de lange balie stond een zwarte matrone die haar eigen truien breidde en het niet nodig vond haar grijzende haar te verven. Ze bezat de opgewektheid van een kleuterleidster of een bibliothecaresse.

'Politie,' stelde hij zich voor, en hij liet zijn insigne zien. Hij begon aan zijn signalement van Brian Coughlie, maar werd onderbroken.

'De INS-agent die hier zojuist was,' zei ze.

'Ja.' Dus Coughlie had zijn INS-insigne aan de vrouw laten zien. Dat beschouwde LaMoia als een slecht teken, want het zou erop kunnen wijzen dat de man onschuldig was. Hij wilde duidelijk weten waar hij met Coughlie aan toe was – of de man een verdachte was of niet. Hij wilde niet blijven raden.

'Wat kwam hij hier doen?' vroeg LaMoia.

'Bouwvergunningen,' zei ze. 'Hij moet er wel een half uur mee bezig zijn geweest.'

'Van nu? Van vroeger?'

'Van nu. Hij zei dat op bouwplaatsen vaak illegalen werkten – illegale immigranten, u weet wel. Die werden aangenomen voor het handwerk, het "kreunwerk" noemde hij dat, geloof ik. Hij zei dat de INS veel aan die bouwvergunningen heeft.'

Daar zat wat in. LaMoia voelde zich nog een beetje beroerder. Zijn vermoeden was de bodem ingeslagen. 'Dus u hebt hem al vaker gezien?' vroeg hij.

'Ik? O, nee. Nooit. Niet één keer.'

'U bent nieuw op deze afdeling?'

'U weet hoe u een complimentje moet maken!' zei ze. 'Ik sta al achttien jaar achter deze balie.'

'Andere INS-agenten?'

'Hier? Nooit. Tenminste niet die zich legitimeren.'

LaMoia dacht goed over dat alles na en vroeg of ze hem het materiaal kon laten zien dat Coughlie had bekeken.

LaMoia was twintig minuten bezig de bouwvergunningen te bekijken die Brian Coughlie ook al had bekeken, maar hij kon geen verband met de zaak zien. Hij bekeek het vanuit alle invalshoeken: locatie van de percelen, eventuele connecties met Mama Lu. Hij vond niets.

Hij stelde een stuk of tien vragen, bijvoorbeeld of Coughlie zich op een bepaalde vergunning had geconcentreerd en of hij om een specifieke kwalificatie had gevraagd. De vrouw kon hem niet helpen.

Hij voelde dat het verband hem in de ogen staarde, maar hij kon het niet zien. Hij besloot het er maar bij te laten. Misschien zou hij het later nog begrijpen. Dat gebeurde weleens.

'Waar gaan we nu naar toe?' vroeg Gaynes.

'Ik moet naar de surveillance terug,' antwoordde LaMoia vanaf de passagiersplaats van haar Chevrolet. Hij zag het nut van zo'n auto niet in. Geen stijl. Niets te bieden.

Hij had haar een kop mokkakoffie gebracht, en ze had het blijkbaar ontroerend gevonden dat hij wist hoe ze haar koffie het liefst had. Ze slurpten allebei uit hun beker. Het was hete koffie.

'En ik?' vroeg ze.

'Probeer zijn huis. Probeer zijn kantoor. Verzin desnoods maar wat. Probeer hem te vinden. Hou me op de hoogte. Als je niets vindt, ga je naar het bureau terug en neem je contact op met het lab. De dokter zei dat hij de gegevens aan Lofgrin had doorgegeven. Waarom deed hij dat? Waarom hebben wij ze niet?'

'Lou?'

'Die is naar Mama Lu. Misschien ontdekt hij iets – vooropgesteld dat we hem ooit terugzien.'

'Daar moet je geen grappen over maken,' zei ze. 'Dat zit me helemaal niet lekker.'

'Wie maakt er grappen?' zei LaMoia. Hij nam een laatste luidruchtige slok uit de beker en ging weer naar buiten.

# 64

'We werken samen, ja?' vroeg McNeal door haar mobiele telefoon aan Boldt.

'Wat mij betreft, wel.' Hij dacht aan Mama Lu – het adres van dat atelier. Als de Grote Dame niet wilde meewerken, maakten ze volgens hem alleen een kans om Melissa te vinden, om een inval in het atelier te doen, als ze de zending te pakken kregen die in de komende nacht werd verwacht. Stevie McNeal en haar wereld van problemen waren op dit moment ver van zijn gedachten verwijderd.

'Samen in de zin van: wat ik heb, heeft u, en andersom.'

'Ja,' bevestigde Boldt, die met zijn gedachten nog steeds ergens anders was.

'Die surveillance die in het nieuws was,' zei ze, en nu had hij wat meer aandacht voor haar. 'Hoe groot is de kans dat jullie die inval doen?'

'Totdat ze de zaak in de openbaarheid brachten, hadden we een vrij goede kans, denk ik.'

'En nu?'

'Niet zo'n goede,' antwoordde hij.

'Er is iets op komst,' zei ze. 'Een containerzending?' Hij was meteen alert. Waar had ze dat vandaan? 'Het is mogelijk,' gaf hij toe. 'We weten niet precies wanneer, al zou het ze wel goed uitkomen als ze het in de tijd van de nieuwe maan deden.' Hij voegde eraan toe: 'We dachten dat de uitwisseling op een marineterrein zou plaatsvinden – dat wil zeggen, totdat er vanmorgen van alles uitlekte. Dat heeft ons geschaad. Nu weten we het niet meer.'

'Uw plan?'

Hij dacht er even over om het niet te bespreken – *niets aan de pers vertellen!* Maar hij deed het toch. 'We waren van plan de zending te volgen. We dachten dat we dan niet alleen bij het atelier en de mensen die daarvoor verantwoordelijk waren zouden komen, maar misschien ook bij mevrouw Chow.'

'En nu het is uitgelekt?' vroeg ze.

'Eén stap naar voren, twee stappen terug. We houden onze locatie nog in de gaten, maar ik denk dat het lek ons de das omdoet.'

'Dus jullie volgen alle binnenkomende vrachtschepen,' zei ze. Journalisten en rechercheurs dachten op dezelfde manier.

'Vrachtschepen, tankers, trawlers.' Hij aarzelde. 'Ieder schip dat de komende zesendertig uur de haven zal aandoen. We interesseren ons vooral voor schepen die in Hongkong zijn geweest. Ik ga naar de havendienst. We houden ieder schip nauwlettend in het oog,' bevestigde hij, al waren zijn kaken stijf en klonk zijn stem hem zelf vreemd in de oren. 'Drie schepen in het bijzonder. Die moeten later vanavond binnenkomen en zijn allemaal in Kowloon geweest. Dat komt overeen met de *Visage*. Morgen of vrijdag verwachten we hier geen schepen die in Hongkong zijn geweest, en dus rekenen we op vannacht. We gaan voor een groot deel op ons gevoel af.'

'Ik ook, en ik heb het gevoel dat een nieuw lek jullie de das omdoet,' waarschuwde ze. Ze legde uit wat ze over de SkyCam-bemanning van Channel Seven had gehoord.

Boldt zweeg en probeerde orde te scheppen in zijn gedachten, die plotseling een wirwar van verwarring en regelrechte woede waren. De pers bracht geen verslag meer uit van recherchezaken, maar kwam tussenbeide en maakte ze kapot.

'We hebben niet veel tijd,' waarschuwde ze.

'Ik luister.' Zijn keel was droog en schor en hij kon zich bijna niet meer beheersen.

'Niemand – u niet, de burgemeester niet – kan een nieuwsteam ervan weerhouden om een reportage te maken.'

'Geloof me, daar weet ik alles van,' zei hij.

'Concurrentie is iets geweldigs. De infraroodtechnologie heeft zijn grenzen: ze houdt niet van licht. Als wij – mijn team, bedoel ik – genoeg licht op die infraroodcamera richten, verblinden we de apparatuur. Dat zou ze erg kwaad maken, zeker – maar we zouden geen misdrijf plegen. We zouden gewoon een nieuwsteam zijn dat een ander team de primeur niet gunt. Ziet u hoe het werkt?'

'U gaat een *live* nieuwsuitzending saboteren?'

De open lijn siste. 'Ik ga Melissa's kansen verbeteren,' zei ze. 'Als ze dat vrachtschip in beeld brengen, kan er van alles gebeuren. Mensen die in paniek raken, doen verkeerde keuzes.'

'Akkoord.'

'Als u naar de havendienst gaat, helpt dat misschien. Ik wil dat u me de exacte posities van die drie vrachtschepen geeft,' stelde ze voor. 'Misschien kunnen we de helikopter van Seven misleiden.'

Boldt dacht koortsachtig na.

'U moet me vertrouwen,' zei ze.

Een week eerder zou hij dat misschien niet hebben gedaan, maar nu waren ze twee stukjes van dezelfde puzzel. 'Geef me uw nummer nog eens,' zei Boldt. 'Ik bel u vanaf de havendienst.'

# 65

LaMoia stopte voor rood licht. Hij had op wel tien manieren verband kunnen leggen tussen Coughlie en het doel van diens bezoek aan het gemeentehuis. Hij had de slimheid of logica van een rechercheur kunnen gebruiken, of een ingewikkelde strategie die hij met zijn jarenlange ervaring had kunnen uitdenken. In plaats daarvan was er alleen maar dat rode licht. De Camaro stond naast de bouwplaats van een flat te wachten. LaMoia, die altijd om zich heen keek of hij ergens een paar mooie benen of borsten zag, zag een bouwkraan een stel stalen balken ophijsen. Het licht sprong op groen. Hij zette de auto aan de kant, deed zijn flikkerlicht aan en dacht na. Als Coughlie er nu eens inderdaad iets mee te maken had? Als de man nu eens vermoedde dat de politie zijn uitwisselpunt, het marineterrein, in de gaten hield? Hij had nog maar enkele uren de tijd voordat het contai-

nerschip kwam, met een nieuwe container vol illegalen, en alle bedrijven die kranen verhuurden werden nauwlettend door de politie
in het oog gehouden – dat wist Coughlie. Hoe zou hij dan een andere
locatie kiezen? Het antwoord leek hem nu duidelijk: je zocht een
bouwplaats aan het water waar de bouwer vergunning had om met
een kraan te werken en waar dus een kraan ter plaatse was. Hij klapte zijn mobiele telefoon open en toetste een nummer in: ze konden al
die bouwplaatsen binnen enkele minuten onder surveillance krijgen.

# 66

Er viel een lichte regen op de plastic koepel van de helikopter. Het
klonk als kiezelsteentjes op blik en het was zelfs boven het woeste
bulderen van de rotorbladen uit te horen. Stevie McNeal kon maar
niet aan de lege ruimte onder het doorzichtig plastic in de vloer wennen. Ze zweefde hoog boven het witschuimende water en de venijnig
snelle grijze wolkenslierten die onder haar voeten voorbijvlogen. Ze
was half misselijk en half opgewonden.

Boldt stond bij de radar van de havendienst. Het ronde zwarte
scherm vernieuwde zich elke zeventien seconden en liet een signaal
zien van ieder schip met een dek dat meer dan twee meter boven de
waterlijn uitkwam of met een radarreflector, zoals de meeste pleziervaartuigen hadden. Radarinstallaties langs de zeventienhonderd
kilometer lange kustlijn van de Puget Sound stuurden allemaal gegevens naar deze faciliteit, drie kilometer ten zuiden van de binnenstad. Al met al waren er vier van zulke schermen, en ze lieten elke
scheepvaartroute zien, van de Strait Of Juan de Fuca tot de oever van
de Elliott Bay. Vierentwintig uur per dag, zeven dagen per week
volgden de zes mannen en vrouwen in deze donkere kamer de bewegingen van koopvaardijschepen bij de haven van Seattle.
'Als ze in het systeem komen,' legde de man met militaire haar-
dracht aan Boldt uit, 'maken ze zich bekend, en dan geven we ze een
"tag", ongeveer zoals luchtverkeersleiders met een vliegtuig doen.
Er is alleen het verschil dat deze schepen veel langzamer bewegen,'
zei hij in een vergeefse poging om een reactie aan de inspecteur te

ontlokken. 'Maar omdat het tienduizenden tonnen zijn die daar door het water bewegen, tienduizenden tonnen die twee tot vijf kilometer nodig hebben om volledig tot stilstand te komen, krijgen ze onze aandacht. De meeste, zo niet alle, schepen hebben contracten met sleepboten die ze ophalen en naar de haven brengen. Dat houden we allemaal bij om een botsing te voorkomen. Naast de scheepvaartroutes voor de koopvaardij hebben we meer dan vijfentwintig veerboten die op gezette tijden door deze wateren varen, een onmogelijk aantal cruiseschepen, militaire vaartuigen, kustwachtschepen en meer dan tienduizend geregistreerde pleziervaartuigen. Het houdt ons van de straat.'

'De *Hana*, de *Zeffer* en de *Danske*,' zei Boldt, die zijn notitieboekje schuin hield om iets van het beperkte licht in de raamloze donkere kamer op te vangen. 'Die zitten allemaal in het systeem. Ik ben hier gekomen...'

De man met het militaire haar knikte. 'Ja. De *Hana* heeft een defect gemeld en heeft verzocht de scheepvaartroutes te verlaten en dichter langs de kust te varen.'

'Gebeurt dat vaak?'

'Ja, dat gebeurt wel.'

'Maar niet vaak,' drong Boldt aan.

'Zeg, nu jullie ons op de vingers staan te kijken, nemen we alles een beetje serieuzer. Alles wat u kunt opnoemen, is hier al eens gebeurd: branden, explosies, botsingen, noem maar op. Als een defect het scheepvaartverkeer dreigt te vertragen, zodat wij met een opstopping komen te zitten, vinden we het prima als zo'n schip van de routes afgaat.'

'De *Hana* is in Hongkong geweest,' zei Boldt.

'Alle drie: de *Hana*, de *Zeffer* en de *Danske*, zoals we al aan u hebben doorgegeven.' Hij wees naar een stipje op het scherm; er stond een getal van zes cijfers onder. 'De *Hana* kwam als eerste van de drie in het systeem. Ze is nummer zesduizend vierhonderdtwaalf dit jaar. Ze heeft alles volgens het boekje gedaan, en we hebben niets op haar aan te merken. Sommigen van die kapiteins zijn echte klootzakken, geloof me. Kolossale ego's. Als ze van de route wil, dan mag dat.'

'Ze is een containerschip.'

'Dat klopt.'

'En als ze eenmaal van de route af is, wat dan?' vroeg Boldt.

'Moet ik eerlijk zijn? Wij letten op de scheepvaartroutes. We houden het verkeer in beweging. Normaal gesproken zouden we niet of nauwelijks meer op haar letten, zodra ze langzamer is gaan varen en door een sleepboot is opgepikt. Dan zijn wij ervan af.'

'Maar ze is nog wel op uw scherm te zien,' merkte Boldt op.

'Natuurlijk is ze dat! Maar ik bedoel: uit het oog, uit het hart. U weet wel.'

'En als ze een stop maakte die niet in het schema zit. Zouden jullie dat merken?'

'Waarom zou ze zo'n stop maken?' vroeg de man.

'Ik wil een exacte locatie hebben. Een GPS-resultaat, als jullie dat hebben.'

'U leert snel,' zei de man, die duidelijk onder de indruk was. Hij pakte een stuk papier en noteerde een aantal getallen. Als een vleermuis was hij gewend om in het donker te werken. Boldt zag niets.

Toen de vage maar zichtbare lichten van de *Hana* als een zwakke lichtvlek tegen een zwarte achtergrond aan de bakboordkant van de helikopter verschenen, zwenkte de piloot met de helikopter naar links, zodat zijn passagiers korte tijd gewichtloos waren. 'Contact,' zei hij zelfverzekerd. De SkyCam van Channel Seven, die ze nu en dan in het radioverkeer hadden gehoord, werd voor het eerst zichtbaar – een aantal knipperende lichten. De piloot wees hen erop. Hij zwenkte behendig met de staart om een beter zicht te krijgen en liet zijn toestel toen door de regen opzij glijden, omlaag en naar rechts, een vlieger overgeleverd aan de wind, vallend, vallend, vallend.

'Zullen ze ons zien?' vroeg ze in haar headset. 'Dat schip mag ons niet zien! We moeten ze niet afschrikken.'

De KSTV-technicus, die met zijn apparatuur de achterbank van de helikopter in beslag nam, meldde: 'Ik heb hun beelden.' Hij gaf Stevie een klein kleurenschermpje ter grootte van een pocketboek, met een enkele draad die naar zijn apparatuur toe leidde. Op de kleine monitor zag Stevie de vorm van het schip als een collage van iriserende kleuren – een geeloranje kielzog dat zich vanaf de achtersteven uitstrekte als een papieren waaier die in brand stond. Ze kon niet erg lang naar het schermpje kijken zonder nog misselijker te worden dan ze al was.

Beneden haar werd het schip steeds groter. Eerst was het nog een stukje kinderspeelgoed, maar toen werd het iets groots en dreigends. Het ging harder regenen. Het was of het plafond van dichte wolken opeens naar beneden kwam, draaiend en kolkend als water dat naar een afvoerput loopt.

De *Hana*, volledig beladen, vervoerde twaalfhonderd containers ter grootte van spoorwagons. Een paar honderd van die containers stonden in stapels van vijf hoog op het dek, vastgelegd met kettingen waarvan de schakels zo breed als het been van een man waren, en met spanschroeven die alleen door twee sterke mannen konden worden vast- of losgedraaid. Omdat de containers zich vijftien meter hoog vanaf het dek verhieven, zag het schip eruit alsof het ieder moment kon kapseizen.

De technicus waarschuwde: 'Ze staan op het punt om *live* te gaan, anders zouden ze geen beelden uitzenden.'

Stevie vroeg aan de piloot: 'Kunnen we tussen hen en het schip komen zonder dat ze ons zien?'

'Niet met onze lichten aan,' zei hij. Hij haalde een schakelaar over en deed ze uit. Ze straalden geen enkel licht meer uit.

'Is dit legaal?' vroeg ze.

'Absoluut niet.'

'Kun je je brevet kwijtraken?'

'Nou en of.'

'Is het veilig?'

De helikopter dook zo snel dat Stevie iets moest vastgrijpen.

'Dat hangt ervan af,' antwoordde de piloot. Hij praatte luid in zijn headset.

'Waarvan?' vroeg ze nerveus.

'Van wat zij doen,' antwoordde hij. Hij wees naar de helikopter waar ze nu onderdoor vlogen.

'Stand-by,' zei de technicus. 'Ik denk dat ze gaan uitzenden.'

'Ga ertussen!' beval Stevie. Ze moest absoluut voorkomen dat Channel Seven het schip liet zien en al Boldts inspanningen bedierf. Melissa! dacht ze. 'O mijn God!' riep ze uit. 'Schiet op!'

Het scherm op haar schoot gaf het water donkergroen weer en de contouren van het schip zwart. Het kielzog was een vlammende, oranje massa. De boordlichten waren lichtgeel en erg klein.

'Wat is die rode vlek op de achtersteven?' vroeg ze de technicus.

'De machinekamer, denk ik,' antwoordde hij. 'Die machines draaien natuurlijk op volle toeren. Die lichtgele vlekken zijn waarschijnlijk bemanningsleden op het dek. Die donkerder gele vlekken, meer naar voren, zijn dat waarschijnlijk ook – waarschijnlijk is dat het stuurhuis.'

'En dit?' vroeg ze. Ze wees naar een andere, veel grotere lichtgele massa, iets voor het midden van het schip.

'Dat komt uit een container,' zei hij.

'Omdat er mensen in die container zitten?' vroeg ze.

'Warmte,' antwoordde hij. 'De bron? Dat weten we niet.' Hij legde zijn hand even op zijn headset. 'Wacht! Ze zenden *live* uit. Luister!'

Hij haalde een schakelaar over en in Stevies headset was de inleiding van een verslaggever te horen. Op het scherm verscheen het schip tegen de achtergrond van het zwarte water, een grote rechthoekige vorm van onduidelijke kleur. Het scherm vulde zich met lichtspikkels.

'Wij zijn die interferentie,' zei de technicus plotseling.

'Verblind ze!' beval Stevie de piloot. De helikopter ging langzaam naar rechts en manoevreerde zich in de richting van de felle zoeklichten achter de wolkenlaag. Beide helikopters bevonden zich achter de *Hana*, waar ze waarschijnlijk niet voor de bemanning te horen of te zien waren.

De verslaggever zei in de uitzending: 'Zonder infrarood kun je stapels containers op dit schip bijna niet zien... maar straks laten we u zien wat het oog niet kan zien! Wij beweren dat de warmte in een container op het voorschip lichaamswarmte van illegale immigranten is. Wat u straks te zien krijgt, is een infraroodbeeld van dit schip, waarbij de warmtebronnen geel en rood zijn. *Live-7* is van plan dit schip het komende uur naar de haven te volgen.'

Het videoscherm ging op de infraroodbeelden over.

'Nu!' schreeuwde Stevie.

De piloot bracht de neus van de helikopter omhoog. Hij zette een fel zoeklicht aan dat de andere helikopter in een wit schijnsel zette. Op het scherm verscheen dat als een oogverblindende, brandweerrode straal die het zicht op het schip onderbrak.

'Voltreffer!' schreeuwde de technicus.

'Je bent schitterend,' zei Stevie. 'Letterlijk.'

Het beeld op het scherm leek in brand te staan en aan de randen te smelten. Toen was het helemaal wit.

De geschrokken, gespannen stem van de verslaggeefster klaagde als een oude dame wier tuin door de hond van de buren overhoop was gehaald. Channel Seven had een paar seconden van het infraroodbeeld te pakken gekregen, en dat beeld verscheen nu in hun *live*-uitzending. De verslaggeefster gaf commentaar bij de gebeurtenissen die zich beneden haar afspeelden.

Stevie vroeg de piloot of ze via de radio contact met de andere helikopter konden opnemen. Hij waarschuwde haar dat het snel moest gebeuren, haalde een schakelaar over en gaf haar een teken dat ze op een knop moest drukken als ze wilde spreken en dat ze die knop moest loslaten als ze wilde luisteren.

'Nu?' vroeg ze.

Hij knikte.

'Julia?' zei Stevie tegen de verslaggeefster van Channel Seven. 'Met Stevie McNeal. Besef je wel wat je zojuist hebt gedaan? Wat je aan het doen bent? Er staan hier mensenlevens op het spel! Een actief politieonderzoek! Begrijp je wel welke gevolgen die beelden kunnen hebben?'

'Was jij dat die onze apparatuur verbrandde? Jaloers kreng!'

'Je kunt niet op de radio blijven,' waarschuwde de piloot, want de luchtverkeersleiding probeerde al contact met de toestellen op te nemen.

De verslaggeefster schreeuwde in de radio: 'We slepen jullie voor de rechtbank!'

'Daar gaat mijn brevet,' mompelde de piloot.

Met enig tegenzin haalde Stevie haar hand van de zendknop af.

'Moet je kijken!' schreeuwde de technicus, en hij gaf Stevie een nachtkijker.

'Ik denk dat ze ons hebben gezien!'

Door de kijker zag Stevie spookachtige groene en zwarte nacht-zichtbeelden: de bemanning rende naar voren, naar de opgestapelde containers toe.

'Ze zijn met de kettingen bezig!'

Beneden waren een stuk of vijf matrozen als een stel mieren in de weer om de bovenste container los te maken.

'Ze gaan hem overboord gooien!' zei de technicus.

De lier bleef steken toen er nog maar tien meter kabel was gebruikt. Bemanningsleden gingen verwoed aan het werk om hem te repare-ren. Niets op de *Hana* werkte nog; het was nog een wonder dat ze bleef drijven.

Vier matrozen kwamen in actie. Ze droegen een vijf meter lange balk van dertig centimeter dik op hun schouders, klommen op de aangrenzende stapel containers en schoven de plank onder de bo-venste container. Vervolgens gingen ze met hun gewicht aan de plank hangen in de hoop de container overboord te kieperen.

Net toen de container een eind scheef kwam te staan, deinde het schip. De losgemaakte container kantelde en hing nu boven het don-kere water. Een van de planken knapte en de mannen vielen twaalf meter omlaag naar het stalen dek. Het schip schommelde naar bak-boord en de container kantelde wonderbaarlijk genoeg bijna hele-maal terug.

Een eenzame gestalte klom de stapel op en ging met de draad-schaar op de grote deur af. Intussen ging het nog harder regenen.

'Hij laat ze eruit!' riep de technicus.

'We moeten iets doen,' zei Stevie hulpeloos.

'Gebeurd is gebeurd,' zei de piloot.

Ver beneden hen zwaaiden de grote containerdeuren open. Kolos-sale bundels weefsel, verpakt in plastic, gleden omlaag naar het dek van het schip. Donkere gestalten vluchtten de container uit. De eer-ste twee vielen twaalf meter omlaag naar het dek. Een vrouw sprong in het donkere water.

'Volg haar!' zei Stevie. 'Bel de kustwacht! Verdomme, hadden ze nou maar niet...' Ze begon bijna aan een tirade tegen de pers, zoals er zo vaak een tirade tegen haar en haar team was gehouden. In die spiegel wilde ze niet kijken.. Een stuk of wat illegalen klommen langs de wanden van de containers omlaag, in een koortsachtige poging om te ontsnappen. Bang. Doodsbang. De bemanning was in de min-derheid en kon ze niet tegenhouden.

De helikopter van *News Seven* dook naar het zwarte water en bleef boven het schip hangen. Stevie en haar bemanning bleven ach-ter. Ze bleven bij de vrouw die overboord was gegaan. Op de radio werd om de kustwacht geroepen. De *Hana* zou nooit naar de haven gaan, zou de politie nergens heen leiden. Niet naar het atelier, niet naar Melissa. De pers had alles bedorven.

# 67

Uit meldingen van de surveillanceteams bij de twee bouwplaatsen die LaMoia in het gemeentehuis had gevonden, was al gebleken dat de bouwplaats op Delancy Avenue de reserve-overslagplaats voor de container was. Het afgelopen uur hadden drie auto's met Aziatische mannen in de omgeving rondgereden, rondcirkelend als hongerige roofvogels. Een kwartier eerder waren twee van die mannen over de schutting van de bouwplaats geklommen en hadden ze de kraan aan de praat gekregen. Daarmee hadden ze al verscheidene wetten overtreden. Boldt permitteerde zich de zwakke hoop dat zijn team nog een kans maakte.

Boldt was op de radarafdeling van de havendienst geweest, toen LaMoia hem belde en over de *live*-uitzending en de uit de container gevluchte illegalen vertelde. Niet alleen was het plan om de *Hana* te volgen in duigen gevallen, maar er had zich ook geen enkele activiteit op het marineterrein voorgedaan. Ondanks die grote tegenslagen leek Delancy Avenue hun de meeste kansen te bieden om de importeurs, de coyotes, te pakken te krijgen. Eén laatste kans voor Boldt en zijn team.

Boldt gaf LaMoia opdracht het marineterrein te verlaten en naar de binnenstad te gaan. 'Zorg dat je iemand van de INS te pakken krijgt,' zei hij. 'Bel Talmadge thuis, als het moet. Zeg tegen hem dat we arrestaties verrichten op Delancy Avenue en dat we graag iemand van de INS bij de verhoren willen hebben omdat we de schijn van belangentegenstellingen willen vermijden.'

'Waar?'

Boldt noemde de locatie nog eens en zei: 'Het is geen uitnodiging.'

'Coughlie?' vroeg LaMoia.

'Je kunt niet vissen zonder aas,' zei Boldt. 'We hoeven niet te verwachten dat Talmadge op dit uur van de nacht naar de stad komt, hè?'

'Je weet nooit,' zei LaMoia.
'En als Coughlie komt, verlies je hem geen moment uit het oog, John.'

Toen hij met de Chevrolet naar Delancy Avenue reed, hield Boldt radiocontact met de rechercheurs Heiman en Brown. In de loop van zijn jaren bij de politie had hij geleerd zich een visuele voorstelling van het radioverkeer te maken. Terwijl de rechercheurs met elkaar overlegden, kon hij voor zijn geestesoog de hele operatie zien. Heiman hield de kraan op de bouwplaats in de gaten. Brown volgde een van de drie auto's met verdachten. Toen Brown meldde dat die auto net rechtsomkeert had gemaakt, voelde Boldt intuïtief aan dat die kerels over de *live*-uitzending waren ingelicht. De verdachte auto was vijf blokken van Delancy Avenue vandaan en reed daar nu naar terug. Boldt gaf opdracht de inzittenden te arresteren en reed intussen zelf met levensgevaarlijke snelheid door de stad om assistentie te verlenen. De twee kerels die de kraan hadden aangezet, stonden boven aan zijn lijst en hij maakte dat Heiman goed duidelijk. Die twee hadden zich wederrechtelijk toegang tot de bouwplaats verschaft en hadden met een machine geknoeid. Er ging een hele waslijst van aanklachten door Boldts hoofd. Politiewerk: daar ging niets boven.

Hij wilde die twee in een verhoorkamer hebben. Ondanks het feit dat Aziatische bendeleden erom bekendstonden dat ze weigerden iets te zeggen, geloofde Boldt dat hij ze wel aan het praten kon krijgen als hij dreigde ze wegens moord te laten aanklagen, een delict waarop de doodstraf stond.

Het radioverkeer trok Boldts aandacht weer. Terwijl de auto die door Brown werd gevolgd met grote snelheid naar Delancy Avenue terugreed, meldde Heiman dat de twee kraanmachinisten de kraan hadden verlaten en op weg naar de schutting waren. Tegelijk meldde een patrouillewagen die als extra assistentie was opgeroepen dat hij aan een achtervolging met grote snelheid bezig was en zelf assistentie nodig had. De bendeleden waren zo slim geweest zich in verschillende richtingen te verspreiden, zodat de politie werd verzwakt. Toen Boldt een blok van Delancy Avenue vandaan de laatste hoek omging, bewoog er een donkere, wazige figuur door het schijnsel van zijn koplampen. Hij reageerde instinctief door op de rem te trappen en de sleutel uit het contact te trekken. Vanuit zijn ooghoek zag hij Heiman in tegenovergestelde richting rennen. Hij hoorde de sirene van de overgebleven patrouillewagen, en het onmiskenbare knallen van pistoolvuur. Hij had de pest aan dat geluid.

Boldt sprong uit de Chevrolet en ging achter de donkere gestalte aan. De jongen rende hard en sloeg een steegje in. Boldt volgde. Achter hem had een patrouillewagen een van de verdachte auto's klemgereden en was er een vuurgevecht uitgebroken. In zijn opwinding verloor hij het besef van tijd. Zijn pistool was automatisch in zijn rechterhand terechtgekomen. Die wazige gestalte voor hem, die net weer een hoek omging, was het enige dat telde. In de verte loeiden sirenes; er naderden nog meer patrouillewagens. Boldt had geen benen, of longen, alleen een felle vastbeslotenheid. Hij schreeuwde een waarschuwing. Het geluid galmde tegen het asfalt en de bakstenen.

De jongen rende weer een hoek om. Boldt hoorde zijn eigen schoenen op het natte asfalt. Nog meer pistoolschoten ver achter hem. Hij ging diezelfde hoek om en kwam meteen tot stilstand. Een doodlopende steeg. Baksteen aan weerskanten. Een betonnen muur van een gebouw aan het eind. Een vuilcontainer en wat afgedankt meubilair links van hem. Een berg zwarte vuilniszakken en bouwafval rechts van hem. De steeg was een meter of twintig lang. De smeedijzeren brandtrap was leeg. Er naderden nog steeds sirenes.

Boldt realiseerde zich dat hij dit alleen moest doen. Hij dacht aan Miles en Sarah, aan alle tijd die hij hun nog schuldig was, aan de vele jaren die ze nog samen voor de boeg hadden. Hij dacht aan alles wat hij en Liz al samen hadden meegemaakt. Hij ging vlug naar links tot zijn schouder de koele muur raakte. Het wapen had hij in zijn rechterhand. Hij rook urine en verschaald bier en vuilnis en olie. Hij hoorde het vuurgevecht in de verte, alsof hij door de muur heen de televisie van de buren kon horen.

'Politie!' riep hij op scherpe toon. Hij wist heel goed dat hij zichzelf daarmee tot een doelwit maakte, zoals hij daar aan het open eind van de steeg stond.

Plotseling was het ongelooflijk stil. De sirenes in de verte vormden een onbehaaglijk achtergrondgeluid. Verder was er niets te horen, alleen het kloppen van zijn eigen hart. Het zweet prikte in zijn hoofdhuid; zijn mond was droog. Hij had zijn hele leven in deze stad doorgebracht; hij was niet van plan om hier te sterven. Hij zag de open graven op de Hilltop-begraafplaats. Het was net of ze hem riepen. Alle intriges in het politiekorps leken hem plotseling zo onbeduidend. Dit was het echte politiewerk. Dit was Het Moment, en niets anders, het gestage wegtikken van seconden die elk een mensenleven waard waren. Dit was rauwe, intense angst.

'We kunnen twee dingen doen,' zei Boldt, die geen vuurgevecht wilde aangaan. 'Ten eerste kun je opstaan met je armen omhoog, en dan kom je hier levend uit. Ten tweede kun je hier met je voeten naar voren in een lijkenzak uitkomen. Daar zit niets tussenin. Hoor je die sirenes? Denk je dat je beter op een paar jonge heethoofden in uniform kunt wachten, die niets liever doen dan hun wapen uit te proberen? Luister naar me! Ik ben de beste kans die je ooit zult krijgen om hier levend uit te komen.'

Stilte. Als de man iets had gebromd, een paar klachten had geuit, zou er een dialoog op gang zijn gekomen.

Hij haalde een aantal keer diep adem. Hij vermoedde dat de man achter de vuilcontainer zat, of anders in de stapel vuilniszakken en bouwafval rechts van hem.

Hij sloop naar voren en keek heen en weer: vuilcontainer, vuilniszakken, vuilcontainer, vuilniszakken. In elke donkere schaduw meende hij een gestalte te zien. Hij wilde dit niet. Hij wilde zich omdraaien en hard weglopen. Die jongen kon overal zitten, hoogstwaarschijnlijk juist op een plaats waaraan Boldt nog niet had gedacht. Hij wilde die jongen te voorschijn praten. Hij was bang dat het niet zou lukken.

Zijn hand lag bezweet om de gekromde kolf van het pistool. Het geluid van bonkend bloed overheerste alle andere geluiden. Het was ook veel te donker in die steeg.

Hij bereikte de vuilcontainer en ging in de hoek tegen de muur staan. Hij was nat van het zweet. Hij had de jongen niet in de vuilcontainer horen springen maar kon die mogelijkheid niet uitsluiten.

Hij keek naar het begin van de steeg, tien meter achter hem, een afstand die grotendeels onbeschermd was.

'Heb je broers?' riep hij. 'Zusters? Een moeder? Iemand die iets voor je betekent?'

Diezelfde misselijkmakende stilte.

'Als je je niet laat zien, als je niets van je laat horen, zal ik je waarschijnlijk doodschieten. Begrijp je dat? Ik wil dat niet doen, maar ik zal het doen. Je komt hier niet uit. Je komt niet langs mij.'

'Gelul.'

Snelle voetstappen. Een donker waas uit de berg vuilniszakken. Hij rende diep voorovergebogen en ongelooflijk snel.

Boldt had maar één kans om hem te onderscheppen. Hij liet zijn schouder zakken, schatte de afstand in, stormde naar voren en gaf tegelijk een harde schreeuw om de jongen af te leiden. Boldt kreeg de jongen nog net te pakken, helemaal aan het eind van de steeg. Ze tolden allebei rond en smakten een meter of zo van elkaar vandaan tegen de grond. De jongen hees zich op zijn knieën. Boldt sprong op hem af en gaf hem een stomp. De jongen ging een tweede keer tegen de vlakte. Boldt krabbelde naar voren, ving een glinstering van een metalen lemmet op. Hij loste een waarschuwingsschot terwijl hij wegrolde, en het mes kwam neer waar zijn borst was geweest. Boldt gaf een schop. De jongen viel achterover. Het schijnsel van een zaklantaarn gleed over de muur tegenover hem. De assistentie was dichtbij.

De jongen stond snel op en hield zijn arm naar achteren om het mes te werpen. Boldt vuurde en miste. Vuurde opnieuw. Miste. Het mes vloog door de lucht, om en om, en kletterde ergens in de smalle ruimte tussen Boldts schouder en hoofd tegen de muur. De jongen rende vijf stappen, merkte dat de zaklantaarns op hem gericht waren en wierp zich languit in de met urine doorweekte rommel van de steeg, zijn handen en benen uitgestrekt.

'Je staat onder arrest,' riep Boldt, ook om aan zijn eigen mensen te laten weten dat hij daar was.

'Ik deed niks,' riep de jongen.

Boldt voelde aan zijn rechteroor om er zeker van te zijn dat het nog aan zijn hoofd vastzat en pakte de handboeien. Deze arrestatie kwam hem toe, en niemand anders.

# 68

Degene die het ventilatiesysteem voor de verhoorkamers had ontworpen, was een ingenieur van niks, of misschien had hij gewoon een hekel aan rechercheurs en verdachten. De Box, zoals de grootste verhoorkamer werd genoemd, rook vaag naar sigaretten en sterk naar de zurige, bittere lichaamsgeur die gepaard ging met paniek en het laatste restje vrijheid dat iemand nog had. Het was een kleine en indrukwekkend nietszeggende kamer, met een aan de vloer geschroefde tafel vol brandplekken van sigaretten. Op die avond stonden er ook drie zwarte kunststof stoelen. Op een daarvan zat de geboeide verdachte, op de andere twee zaten Daphne Matthews en Boldt.

Boldt wist dat de tijd drong. Omdat het net van de politie zich begon te sluiten, en de *Hana* door de kustwacht in beslag was genomen en door de INS werd onderzocht, en er bendeleden in arrestantencellen zaten, zou het illegale atelier zo snel mogelijk door de exploitanten worden gesloten. Boldt zou proberen iets bij Mama Lu te bereiken; LaMoia liet rechercheurs proberen contact op te nemen met het distributiebedrijf van Aziatische levensmiddelen dat eigendom was van een van de ondernemingen van de Grote Dame. Maar uiteindelijk was één vogel in de hand meer waard dan tien in de lucht: dit ene verhoor bood hem zijn beste kans om het atelier te vinden.

LaMoia had Talmadge thuis opgebeld, zoals Boldt hem had bevolen. Tot ieders verbazing en teleurstelling was het Talmadge zelf en niet Coughlie die naar het hoofdbureau was gekomen om het verhoor gade te slaan. Talmadge zag er bleek en zichtbaar geschokt uit, al zei hij niets om te verklaren waarom hij er zo slecht aan toe was. LaMoia stond met de man aan de andere kant van de eenrichtingsspiegel. Ze keken naar Boldt en Matthews, die de verdachte verhoorden. Maar eigenlijk keek LaMoia niet naar het verhoor. Zijn blik was op de bevende Adam Talmadge gericht.

Voor Boldt en Matthews was een gezamenlijk verhoor zoiets als twee zangers die een duet ten gehore brengen. Ze hadden het al zo vaak gedaan dat ze aan lichaamstaal en stembuigingen genoeg hadden om met elkaar te communiceren. Als psychologe was Matthews geneigd vooral de menselijke aspecten te zien, terwijl Boldt materiële bewijzen gebruikte om de verdachte onder druk te zetten.

'Je zit in de problemen,' zei Boldt tegen de jongen.

Het was een Chinese jongen van rond de twintig, met een hals als van een waterbuffel en ogen als speldenprikken. Hij had een slecht gebit en had te vaak gevochten. Dat laatste was te zien aan de felle littekens op zijn gezicht en aan de scheve stand van zijn neus. Hij probeerde neutraal te kijken, maar de transpiratie op zijn bovenlip en de rode vlekken onder zijn oren verrieden dat hij bang was.

'Je bent alleen in deze kamer,' zei Daphne, 'en je zult alleen zijn in een gevangeniscel, maar we weten dat je dit niet alleen hebt gedaan.'

'Ik deed niks, kreng.'

Boldt verschoof op zijn stoel alsof hij de jongen op zijn gezicht wilde slaan, een mooi staaltje komedie. Daphne stak haar hand uit om hem tegen te houden. De goede smeris, de slechte smeris – 'hard en zacht', zoals ze het noemden. Boldt somde een lijst delicten op, waaronder mishandeling en poging tot moord op een politiebeambte. Dat laatste liet de verdachte met zijn ogen knipperen, een soort tic die tijdens het verhoor steeds terug zou komen.

'Je strafblad is tweeënhalve bladzijde lang,' zei Boldt. 'Je naam komt voor op een lijst die door onze speciale eenheid voor georganiseerde misdaad is opgesteld. Je bent voorwaardelijk vrij en je handelt in strijd met de voorwaarden. Iedere rechter hoeft maar één blik op deze aanklachten te werpen en je gaat voorgoed achter de tralies.'

'Dat zullen we nog weleens zien,' zei de jongen. 'Je hebt de papieren, klungel,' zei hij tegen Boldt. 'Hoeveel straf ik heb gezeten?' Hij grijnsde. 'Klungel en Kreng. Wat een stel jullie zijn!'

'Je denkt dat je hier onderuit kunt komen? Je denkt dat iemand de moeite zal nemen een goed woordje voor je te doen?' zei Boldt.

De jongen grijnsde.

Boldt liet de bom meteen vallen, dan kon Daphne met hem aan het werk gaan. 'We dragen je over aan de federale diensten, vriend: vervoer van illegalen, drie aanklachten wegens moord – misdadige onverschilligheid ten opzichte van menselijk leven; twee aanklachten wegens verkrachting; talloze aanklachten in verband met georganiseerde misdaad. Dit wordt een federale zaak.'

Op het gezicht van de jongen tekende zich verbazing af. Misschien had Coughlie, of iemand als hij, de bende in het verleden tegen vervolging beschermd. Misschien was er wat geld onder grote advocaten verspreid, of zelfs onder de tafel aan de plaatselijke rechters toegestopt, en hadden ze daardoor nooit zware vonnissen gekregen. Dat zou deze keer niet gebeuren. Boldt had grote moeite gedaan om ervoor te zorgen dat de politie deze verdachte voor zichzelf hield.

'Na het federale proces, nadat je veroordeeld bent tot wie weet hoeveel keer levenslang,' ging Boldt verder, 'word je aan de staat Washington overgedragen en moet je ergens buiten Seattle terechtstaan voor mishandeling en poging tot moord op een politiebeambte.'

Daphne kwam soepel als een danseres tussenbeide. Ze tikte Boldt op zijn schouder. 'Op dat laatste staat de doodstraf.'

'Een dodelijke injectie,' zei Boldt, 'al wordt er veel over gesproken om de galg weer in te voeren.'

De glanzende zwarte ogen van de jongen gingen tussen hen heen en weer alsof hij naar een tenniswedstrijd zat te kijken. 'Dat doen jullie niet.'

'Dat doen we wél,' zei Boldt. 'Zie je die spiegel? Daarachter zit een federale agent. Federale officieren van justitie zijn onderweg hierheen. Dit is politiek, weet je. Niets is erger dan verwikkeld raken in een politieke zaak. Neem dat maar van mij aan – niets is erger. Iedereen moet goed uit de verf komen, en dat kan alleen als iemand een hoge prijs betaalt, en op dit moment ben jij die iemand, meneer Tan.'

'Wat wij je aanbieden,' onderbrak Daphne hem, 'is dat we met je samenwerken. Je hebt de inspecteur niet in dat steegje aangevallen. Je rende alleen maar weg. Dat werkt in je voordeel.'

'Ik rende weg!' zei de jongen tegen Boldt, die met een onbewogen gezicht bleef zitten.

Daphne ging verder: 'Je haalde wel een mes te voorschijn en je gooide daarmee, maar misschien was je al uit je evenwicht en misschien viel dat mes gewoon uit je hand. Zie je waar ik heen wil?'

Hij zag niet veel. Terwijl Tan naar Daphne luisterde, concentreerde hij zich op Boldt, want hij wist heel goed waar de moeilijkheden vandaan kwamen. 'Ik liet het mes vallen,' gooide hij eruit, als een goed getrainde papegaai. 'Uit mijn evenwicht.'

Ze zei: 'Dat zou een heleboel kunnen verklaren, en je zou het ook kunnen gebruiken om je verdediging op te bouwen, maar dan ben je nog niet onder de federale aanklachten uit, en daar liggen je problemen. Jij en meneer Wong zijn op dit moment onze enige twee verdachten. Een van jullie was de leider, de ander volgde hem. Als we eenmaal hebben vastgesteld waar die verantwoordelijkheid ligt, komen de aanklachten wegens inbraak en het wederrechtelijk verschaffen van toegang boven op de andere aanklachten, en de combinatie van al die dingen zou er dan op wijzen dat jullie van plan waren illegalen het land in te smokkelen.'

'We speelden alleen maar wat met die kraan, man!' zei hij smekend tegen Boldt.

Boldt manipuleerde de waarheid, zoals de rechtbank hem toestond. De politie kreeg deze ene kans bij een verdachte die afstand deed van zijn recht op een advocaat: de ondervraging. Daarna was het een kwestie van advocaten, officieren van justitie en rechtbanken. Tan en Wong hadden al zo vaak een pro-Deo-advocaat partij voor justitie zien kiezen dat ze meenden op eigen houtje een betere kans te maken. Boldt ging verder: 'We hebben beslag gelegd op het containerschip in de baai. De kapitein heeft de overslagplaats aan Delancy Avenue genoemd. Dat is een pistool dat op je hoofd gericht is, makker. Jij of meneer Wong. We weten nog niet wie.'

'Hij is het, man. Hij is het!'

'Wat is hij?' vroeg Daphne.

Die wantrouwende ogen probeerden het opnieuw. Ze keken bij wie van hen tweeën ze het zouden proberen. 'De container,' zei hij. 'Ik ben de kraanmachinist, maar dat is alles! Ik zeg je, ik weet niks van wat erin zit!'

Boldt voelde een golf van opluchting bij het woord 'container'. Hij moest het adres van dat atelier weten; hij moest bewijzen dat Coughlie er iets mee te maken had, maar dat woord 'container' opende deuren die tot nu toe gesloten waren.

'We hebben je medewerking nodig,' zei Daphne. 'We hebben gegevens nodig, meneer Tan. Als jij alleen maar de kraanmachinist bent, als jij alleen maar voor die ene klus bent ingehuurd, dan is meneer Wong degene met wie we moeten praten. Het is wel jammer, maar als jij ons niet kunt helpen, staat het er slecht met je voor. Begrijp je dat?'

'Nee, dat begrijp ik niet!'

'Het zit namelijk zo. Degene die ons de meeste informatie geeft, krijgt de meeste hulp.'

'We moeten weten waar die container heen zou gaan als hij aan land was gebracht,' zei Boldt.

'En we moeten weten wie jullie beschermt,' zei Daphne. Ze zag hem kijken en ging verder: 'O ja, daar weten we alles van.'

'We hebben hier vanavond iemand bij ons die daar erg in geïnteresseerd is – een federale agent.'

'Nou, breng hem maar,' zei de verdachte. 'Laten we praten.' Hij leunde achterover en legde arrogant zijn voeten op de tafel. Boldt wilde daar net iets van zeggen, toen hij de zolen van Tans schoenen zag. Aan het rubber tussen de hak en de versleten zool zat een kleine maar onmiskenbare prop vissenschubben.

# 69

Stevie McNeals laatste kans om Melissa te vinden viel letterlijk uit haar handtasje toen ze in de beperkte ruimte van de helikopter haar mobiele telefoon wilde pakken en er een plattegrond van de stadsbusroutes op de doorzichtige plastic vloer van het toestel viel.

'Wacht even!' zei ze tegen de piloot, en ze pakte de kaart op. 'Kun je deze route voor me vliegen?'

'We hebben niet veel brandstof meer.'

'Nou, dan zoveel als we kunnen,' zei ze. 'Vooral deze omgeving.' Ze wees naar het gebied waar Coughlie in de bus was gestapt. 'We zoeken oude visconservenfabrieken daar.'

'Salmon Bay? Dat is lang geleden. Tegenwoordig zijn het meest restaurants en botenhuizen.'

'Laten we gaan kijken.'

De helikopter zwenkte naar het noorden.

Stevie keek de technicus aan en vroeg: 'Die kijker? Kan die warmte zien?'

'Reken maar.'

'Lichaamswarmte?'

'Dat is de bedoeling,' antwoordde hij.

'Door een muur?'

'Nee.'

'Door een raam?'

'Een warme kamer heeft een warme ruit, en dan zou je een zekere mate van groen zien, in plaats van zwart – ja. Maar het hangt ervan af.'

'Maar met veel mensen in een kamer?' zei ze. 'Grote machines, mensen die zitten te zweten.'

De jongeman antwoordde: 'Nou, dat zouden we wel kunnen zien, denk ik. Zeg, ik zou liever die camera hebben die Channel Seven heeft, maar die hebben we verbrand. We kunnen het allicht proberen.'

Aan de rand van Lake Union gingen ze langzamer vliegen. Ze vlogen over de Freemont Bridge en bewogen zich in westelijke richting langs het scheepvaartkanaal naar Salmon Bay. De jachthavens langs dat traject lagen vol met honderden, zo niet duizenden boten. Sommige van die boten gloeiden lichtgroen op als je er door de kijker naar keek, en dat gaf Stevie hoop. Ze richtte de lenzen op de daken van donkere ramen van de gebouwen langs de zuidelijke kant van het kanaal. De technicus gebruikte een andere kijker om de noordkant af te turen.

Toen ze over een groep bakstenen gebouwen kwamen die in staat van verval verkeerden, vroeg Stevie de piloot om een lusbeweging te maken. Ze was die gebouwen aan het bestuderen, toen de technicus achter haar zei: 'Hé, hier heb ik iets interessants, maar het is geen pakhuis.' Hij gaf haar aanwijzingen. 'Een kleine vijfhonderd meter verder. Jouw kant. Moet je het water naast dat schip zien!'

Tientallen donkere vormen. Veertig of vijftig boten die allemaal lukraak aan elkaar waren vastgemaakt, boord aan boord, boeg aan achtersteven, in tegenstelling tot de jachthavens waar ze overheen waren gevlogen. Toen zag ze het. Het stak duidelijk af tegen de rest van de boten. Een elektronische groene gloed in het water. De kijker pikte de warmte op.

De helikopter bleef stil hangen.

'Er is daar een hoop warmte benedendeks,' zei de technicus.

'Waar zijn we? Wat is dat?' vroeg Stevie. Ze wees naar de enorme massa winkels en boten die aan elkaar gebonden waren.

De piloot lichtte haar in. 'Dat zijn de boten die bij drugsinvallen en dergelijke in beslag zijn genomen. De federale diensten veilen ze een paar keer per jaar. Een hoop van die boten worden nooit verkocht. Die liggen daar weg te roesten. De helft is bezig te zinken.'

'In beslag genomen?' vroeg Stevie met een tintelende huid. 'Door de federale diensten? Bijvoorbeeld de INS?'

'De DEA, de INS, de FBI,' zei de piloot. 'Die boten gaan nooit meer ergens heen. Ze noemen dat het kerkhof.'

Stevie schreeuwde zo hard dat beide mannen naar hun koptelefoon grepen. 'Zet dit ding neer! Zet dit ding meteen neer!'

# 70

'Ik moet je zeggen,' zei LaMoia tegen Boldt terwijl beide mannen de brandtrap van het hoofdbureau met twee treden tegelijk afrenden. 'Ik ben een beetje kwaad op Lofgrin omdat hij zo lang met die ketting heeft gewacht. Volgens mij had hij ons vanmiddag ook al iets kunnen vertellen.'

'Die ketting is minder belangrijk dan die vissenschubben,' zei een hijgende Boldt. Hij had de bewijsmaterialenzak met de schoen van het bendelid in zijn linkerhand en pakte met zijn rechterhand telkens de trapleuning vast. LaMoia sprong plotseling met drie treden tegelijk naar beneden. De jeugd! 'Bernie is een perfectionist. Die gaat niet speculeren. Dat ligt niet in zijn aard. Als hij meer tijd aan die ketting besteedt, is dat misschien in ons voordeel. Misschien heeft hij iets ontdekt.'

'Daar zou ik maar niet op rekenen.'

Als in een perfecte choreografie was LaMoia eerder dan Boldt op de overloop en hield hij de deur voor hem open. Boldt rende door de opening zonder zelfs maar even zijn pas in te houden.

'Heren!' zei Bernie Lofgrin, opkijkend vanuit zijn speeltuin van twee miljoen dollar. Twee assistenten stonden dicht bij hem aan een tafel te werken. Lofgrins dikke brillenglazen hadden hem de bijnaam 'Magoo' opgeleverd. Met die ogen en met die witte laboratoriumjas van hem leek hij net een buitenaards wezen.

Boldt gaf hem de zak met de schoen. 'We moeten weten of dit dezelfde vissenschubben zijn, Bernie. We hebben een verdachte in de Box.'

'Als de schubben overeenkomen,' zei LaMoia, 'kunnen we hem in verband brengen met de onbekende doden op de begraafplaats.'

'Ik begrijp het,' zei Lofgrin. Rechercheurs probeerden altijd invloed op de laboratoriumresultaten uit te oefenen door duidelijk te maken waar ze met het bewijsmateriaal naar toe wilden. Lofgrin speelde dat spel bijna nooit mee, al bleven rechercheurs het proberen.

Ze gaven hem de gelegenheid om te werken en hielden hun mond, al moest Boldt twee keer zijn hand uitsteken om LaMoia te beletten iets te zeggen. Lofgrin nam altijd de tijd. Als je hem opjoeg, begon hij te praten. Als hij begon te praten, hield hij irritant lange betogen over allerlei onderwerpen.

Hij legde twee vissenschubben op een glasplaatje – een uit het eerdere sporenmateriaal en een schub die afkomstig was van de schoen.

Hij begon al te spreken voordat het plaatje goed en wel in de microscoop was geschoven. 'Ik wilde je net terugbellen, John,' zei hij tegen LaMoia, al bleef zijn aandacht op zijn apparatuur gericht. 'We hadden zo lang werk met die ketting die Dixie ons stuurde, omdat we een substantie aantroffen op ruim een derde van de schakels. We werkten met een gaschromatograaf – op basis van aardolie – maar konden het product niet precies identificeren. Ik wist dat jullie dat zouden willen.'

'Olie?' vroeg LaMoia.

'Ja, het heeft de viscositeit van oude olie. Niet van een auto. Een mengeling van een heleboel chemische stoffen. Ik kon geen monster krijgen dat zuiver genoeg was voor een goede aflezing. Misschien komt dat door de ouderdom van het spul. We hebben het minstens tien keer geprobeerd; daar gingen die extra uren in zitten.' Hij boog zijn hoofd naar de microscoop en stelde het apparaat bij. 'Bingo!' Hij ging een stap opzij. 'Kijk zelf maar.'

LaMoia ging naar de microscoop toe. Hij draaide aan de knop. Niemands ogen waren hetzelfde als die van Lofgrin. 'Ze komen overeen!' zei hij opgewonden. De vissenschubben brachten hun verdachte met de Hilltop-moorden in verband.

'Dat ben ik met je eens,' zei Lofgrin.

'Die olie,' moedigde Boldt aan. Hij kende de man goed genoeg om te weten hoe belangrijk dat materiaal was – Bernie Lofgrin gaf zijn beste informatie altijd pas op het laatst.

Lofgrin glimlachte naar zijn oude vriend om hem te laten weten dat hij op het goede spoor zat. 'Eigenlijk was het smeervet. Erg zwaar smeervet, zoals in lieren en liften wordt gebruikt. De substantie die het ons moeilijk heeft gemaakt, was niets meer dan zeezout. Dat bracht de chromatograaf op een dwaalspoor.'

'Zeezout,' herhaalde Boldt. 'Smeervet...' mompelde hij. 'En de enige plaats waarvan we weten dat die kettingen er zijn gebruikt, was dat atelier.'

'En dus,' zei Lofgrin op zijn gebruikelijke laatdunkende toon, 'is dat atelier niet in een visconservenfabriek gevestigd. Het is in een schip.'

'Een trawler!' riep Boldt uit.

'Een oude trawler,' voegde Lofgrin eraan toe. 'Hij moet meer dan vijfentwintig jaar geleden in de vaart zijn geweest. Anders kunnen we die vissenschubben niet verklaren.'

Boldt draaide zich snel om en keek LaMoia aan. 'Vraag om assistentie. Twee auto's. Vier geüniformeerden. Laat ze in de garage op ons wachten.'

'Waar gaan we heen?' vroeg LaMoia. De twee mannen waren al bezig het lab uit te lopen.

'Geen dank!' schreeuwde een geërgerde Lofgrin. Hij leefde voor complimentjes.

Op de gang zei Boldt, zonder zijn pas in te houden, tegen zijn adjunct: 'We gaan doen wat we al veel eerder hadden moeten doen: we gaan bluffen.'

# 71

Terwijl Stevie zich aan het vastgelopen verkeer ergerde, een gevolg van een aantal ongelukken die met het slechte weer te maken hadden, liet ze een lange voice-mail voor Boldt achter, al had ze geen idee of hij het ooit zou horen. 'Ik denk dat we het "kerkhof" hebben gevonden waarover Melissa het op de video's heeft. Het zit ingewikkeld in elkaar. We moeten praten. Laat me op mijn voice-mail weten waar ik u kan bereiken. Als ik niet van u hoor, hoort u van mij. Ik ga u aan het bewijsmateriaal helpen dat u nodig hebt.' Ze hing op.

Toen ze in de KSTV-studio terug was, pakte ze een camcorder – licht in gewicht en gemakkelijk in het gebruik. Ze liep door de gang, op weg naar buiten, toen de nachtwaker haar aanriep.

'Mevrouw McNeal!'

Ze draaide zich om, al ergerde ze zich hevig.

'Zo blij u te zien! De beveiligingsmensen hebben overal naar u gezocht! De politie en de INS bellen elk kwartier! Ze zijn uw spoor kwijt. Blijft u nu maar hier tot ik u weer met ze in contact kan brengen. Ze zijn allemaal kwaad.'

'Dat wil ik wel geloven,' zei Stevie. 'Ga maar bellen.'

De man wuifde en liep een kantoor in.

Stevie zette het op een lopen.

Nu ze de absolute zekerheid had dat ze het atelier had gevonden, begon het haar allemaal duidelijk te worden; de duisternis van Melissa's videobeelden, de galm die alle geluiden hadden. Een schip!

De rit naar Salmon Bay nam nog geen tien minuten in beslag maar duurde een mensenleven. Ze accepteerde het gevaar dat ze zou lopen. Het was haar straf omdat ze Melissa bij deze zaak had betrokken. Het leek haar alleen maar rechtvaardig dat ze Melissa's hel zelf ook zou doormaken om Boldt aan het bewijsmateriaal te helpen dat hij nodig had. Het was niet zo dat haar leven in een flits aan haar voorbijging, of dat ze opeens allemaal nostalgische beelden zag. Ze had werk te doen. Ze was in haar element.

Ze parkeerde op het achterterrein van een winkel voor scheepvaartbenodigdheden, honderd meter ten oosten van het terrein met in beslag genomen vaartuigen, en ging te voet verder. Ze bleef een heel eind van de waterkant vandaan en zocht zich een weg tussen twee rijen botenopslag door: skiffs en roeiboten en zeilboten, vijf hoog opgestapeld op stalen balken en afgedekt met een golfijzeren dak. Op het terrein stonden twee pakhuizen – een voor opslag, een voor reparaties, en de noordelijke grens was van het terrein met in beslag genomen vaartuigen afgeschermd door een roestig, drie meter hoog draadgazen hek waaraan oude bordjes met VERBODEN TOEGANG hingen. Stevie liep zorgvuldig, van schaduw naar schaduw, bedacht op nachtwakers, bedacht op ieder teken van activiteit dat het bestaan van het atelier zou kunnen bevestigen. Ten slotte kwam ze aan het eind van het opslagterrein. Ze verstopte zich onder de romp van een waterskiboot, waar ze een goed zicht had op het overheidsterrein: tientallen roestende boten en schepen, allemaal lukraak aan elkaar vastgebonden. Touwen, groen van de algen, hingen slap naar het water, als verlegen glimlachjes. Jazeker, een kerkhof. De schepen waren oude ruïnes van roest – trawlers, kleine vrachtschepen, motorjachten, zeilboten, sleepboten. Al die vaartuigen waren op een gegeven moment voor criminele activiteiten gebruikt: smokkel van drugs, wapens of mensen – een grimmig en mechanisch landschap, ten prooi aan verval en verwaarlozing.

Ze zag geen teken van leven, niets wat op de aanwezigheid van het atelier wees. Een houten loopplank lag naast een schuit op het asfalt, het enige teken dat er een manier was om bij de vloot te komen, maar er zouden wel minstens twee mannen aan te pas moeten komen om die plank op zijn plaats te leggen. De verzameling boten en schepen was vastgelegd aan palen, waarop meeuwen zaten te slapen, hun kop weggedoken in hun vleugels. *Wie het kwaad niet ziet...* dacht ze. Voorbij die palen was zelfs de schijn van orde afwezig. De boten lagen lukraak aan elkaar vast, een lappendeken van polyester en metaal en opblaasbare fenders. De meeste waren kapot en helden over.

Hoe onwaarschijnlijk het ook was, ergens tussen die chaos was een illegaal atelier verborgen. Brian Coughlie had een goede keuze gemaakt – de laatste plaats ter wereld waar iemand een atelier zou verwachten en ook nog een plaats die onder zijn bevoegdheid viel. Het atelier. Melissa!

Door zich voor de geest te halen wat ze vanuit de helikopter had gezien probeerde ze de positie te bepalen van het schip dat in het elektronisch limoengroen van de nachtkijker te zien was geweest. Ergens midden in de vloot, dacht ze, en ze was vastbesloten daar te komen. Maar wat vanuit de lucht zo gemakkelijk bereikbaar had geleken, was dat niet voor een vrouw van een meter zeventig die dertig meter van de vloot vandaan stond. Het eerste obstakel was de draadgazen omheining. Op de middelbare school, toen ze elke middag gymnastiek had, zou ze daar misschien wel overheen zijn gekomen, maar dat drie meter hoge roestige gaas leek haar plotseling onoverkomelijk.

Gehurkt onder die waterskiboot hoorde ze een gestaag elektrisch gezoem. Dat gezoem betekende elektriciteit – elektriciteitsdraden. De stukjes van de puzzel sloten langzaam op elkaar aan. Haar ogen vonden en volgden een dikke zwarte kabel die naar een hoogspanningsmast in de achterste hoek van het terrein leidde. De kabel was in de struiken weggestopt, maar kwam daar ten slotte uit te voorschijn. Hij was vastgemaakt aan een van de stevige touwen die de schepen op hun plaats hielden en zat als een dikke slang om het touw gewikkeld. Stevie wist wel iets van elektriciteitskabels, maar deze was zo dik als haar pols en moest duidelijk iets anders zijn dan een eenvoudig verlengsnoer om een schip van stroom te voorzien. Dit was een grote stroomtoevoer – duizenden volts, zoals de kabel die naar de controlekamer van KSTV ging.

*Groot genoeg voor een atelier*, dacht ze. Groot genoeg om te volgen.

Ze sjorde de camcorder aan zich vast en ging na wat ze kon doen. De lichter was de laagste van alle boten die aan de kant lagen en kon dus het gemakkelijkst beklommen worden, maar dan zou ze erg goed zichtbaar zijn. De tanker links daarentegen was weliswaar moeilijker te beklimmen maar bood goede dekking, en het ladingnet dat aan de zijkant hing leek heel goed te beklimmen, al zou ze wel voorzichtig moeten zijn.

Ze rende naar het draadgazen hek, zichtbaar en kwetsbaar, de camcorder op haar rug. Dat hek vormde een definitieve grens voor haar. Was ze eenmaal aan de andere kant, dan zat ze eraan vast. Maar ze hoefde geen moment na te denken. Ze greep het roestende gaas stevig vast en hees zich overeind, hoger bij elke greep. Het hek wankelde en dreigde haar te laten vallen. Ze bereikte de bovenrand, een rij verbogen ijzeren stekels. Twee keer probeerde ze haar rechterbeen eroverheen te gooien. Bij haar tweede poging gleed de mobiele telefoon uit haar jaszak en viel met een harde klap op het asfalt. Omdat ze ten onrechte dacht dat het een pistoolschot was, sprong ze moeiteloos over het hek. Hand over hand daalde ze aan de andere kant af en de laatste meter sprong ze omlaag. De camera sloeg tegen haar rug toen ze landde. Ze verstijfde, haar knieën bevend, haar oren galmend. Haar mobiele telefoon lag in stukken aan de andere kant. Die was ze dus kwijt. Maar ze kon niet terug.

Ze liep vlug over de open kade, door de schaduwen van de schepen die daar lagen. Ze was licht in haar hoofd, bijna duizelig, en voelde zich net een tiener die het huis uit sluipt.

Een havenrat zo groot als een huiskat rende langs de rand waar ze stond, recht op haar af. Ze gilde niet, maar haar lichaam verstijfde, bevangen door angst, en ze kon geen stap meer verzetten. De rat zag Stevie en rende weg, maar ze was hem niet meteen vergeten. Su-Su zou hebben gezegd dat de rat geluk bracht, dat hij haar in de juiste richting leidde – dat de rat als haar leraar was gekomen, niet als een bedreiging. Het was die herinnering aan haar vroegere gouvernante die Stevie sterkte in haar besluit om dit te doen – de herinnering aan de pogingen van haar vader om Melissa levend uit China te smokkelen. En het was daar, toen ze daar op die verlaten kade stond, dat Stevie voor het eerst de confrontatie aanging met de blikken en aanrakingen die soms door Su-Su en haar vader waren gewisseld. Het was daar dat ze als volwassene plotseling een andere betekenis gaf aan die tekenen van intiem contact. Het besef ging door haar heen: Vader was al bijna een jaar in China geweest toen hij Stevie van haar kostschool in Zwitserland liet komen. De moeilijke waarheid begon haar te dagen. Die blikken tussen Su-Su en haar vader. Soms de tranen. De realiteit van de bijnaam die Su-Su aan Mi Chow had gegeven, de risico's die Vader had genomen om Mi Chow naar Amerika te krijgen. De officiële adoptie. Melissa was geen politieke gevangene geweest, geboren uit ouders die tijdens de Culturele Revolutie waren gedood. Dat waren allemaal verzinsels geweest. Melissa was ook in werkelijkheid wat Su-Su haar vanaf het allereerste begin noemde: Kleine Zuster.

Of het nu waar was of niet, op dat moment accepteerde Stevie het, omhelsde ze het, want nu kon ze haar diepe gevoelens voor dat meisje veel beter begrijpen. Ze geloofde erin – een geloof dat ze op dat moment nodig had. Plotseling was het allemaal geen kwestie van moed of angst meer. Ze voelde zich kogelvrij. Ze stond in haar recht.

De elektriciteitskabel ging langs de lijn naar de boeg van het schip. Ze beklom het net op de zijkant van de tanker, hees zich hoger en hoger boven de kade uit, en bereikte ten slotte het bovendek en de rand van slijmerig staal. Ze tuurde over de rand en vond dat er op de hele wereld geen landschap zo akelig was als iets wat door de mens in de steek gelaten was. De lijnen kraakten en zuchtten. Het water kabbelde loom om haar heen. Het elektrisch gezoem was duidelijk harder geworden.

Ze trok zich onder de reling door, kwam op het koude vochtige dek terecht en kroop de schaduw in. Ze hurkte neer en kroop vlug naar de boeg, langs ladders en lieren, reling en lijn. De lucht rook naar roest en algen. Ze bereikte de elektriciteitskabel en volgde hem naar stuurboord, waar hij overboord ging en naar een verlaten veerpont leidde die een heel eind naar bakboord overhelde, met zijn achtersteven ook laag in het water. Het dek van de veerpont lag vijf tot zeven meter onder haar, en de zware kabel leidde eroverheen naar het volgende schip. Vanaf haar hoge positie op de tanker nam ze even de tijd om naar het scheepskerkhof om haar heen te kijken. Dekken, relingen, schoorstenen, bruggen. Grauw, roestend staal. Roest met de kleur van opgedroogd bloed. Rechts van haar zag ze een duidelijk pad van loopplanken, ladders en planken. Het leidde van het ene dek naar het andere en kwam ergens midden in het kerkhof uit, bij een grote trawler, waar het ophield. Links onder haar leidde de zwarte kabel recht op die trawler af. Hij leek net een stuk draad dat uit de lucht was komen vallen.

Ze kon zich Melissa hier voorstellen – herinnerde zich de videobeelden. De opwinding golfde door haar heen. Kleine Zuster! In de verte hoorde ze de luchtdrukremmen van een bus of vrachtwagen. Dat geluid was onmiskenbaar.

Ze liep op tijd naar de andere kant van de tanker om iemand over een steil pad door de struiken naar het enige hek in de draadgazen omheining te zien lopen. Een grote man. Een man in een sweatshirt met capuchon. Stevie dook uit het zicht.

# 72

Mama Lu zag eruit als een profbokser. Ze droeg een pastelblauw zijden gewaad met geel en oranje borduurwerk: scènes van boeren die de rijstvelden bewerkten. Haar weelderige zwarte haar was in een knot getrokken en vastgezet met wat volgens Boldt een geëmailleerd eetstokje was, en haar kunstgebit glansde omdat het kort daarvoor in een bakje was gelegd om schoon te worden. Er zaten hectares stof in dat gewaad en jaren van wijsheid in die agaatogen, en ze kon uit Boldts ernstige gezicht en het tijdstip van zijn komst afleiden dat ze problemen hadden.

'Kom en ga zitten. Mijn benen zijn moe.'

De flat boven de kleine winkel was drie of vier keer zo groot als Boldt aanvankelijk had gedacht. De eerste kamer, waar ze gasten ontving en haar maaltijden at, was eenvoudig en spaarzaam ingericht, want ze wilde een bescheiden indruk maken. Maar toen ze Boldt naar haar persoonlijk heiligdom leidde, door de ene na de andere kamer vol prachtige Aziatische kunst en antiek, met jade en perkamentrollen en sierlijk bewerkt ivoor, kreeg hij iets te zien van de echte vrouw aan wie hij een voorstel kwam doen.

'U bent bezorgd, meneer Both,' merkte ze op. 'Alstublieft gaan zitten.'

Hij nam een met fluweel beklede kapiteinsstoel met mahoniehouten armleuningen en leeuwenklauwen. Zij ging op een tweezitsbankje zitten en scheen dat helemaal op te vullen. Het bankje omsloot haar als een troon. 'U houdt van thee, ja?' Ze luidde een glazen belletje en er verscheen een jonge vrouw van een jaar of twintig, gekleed in een eenvoudige zwarte zijden jurk en rubbersandalen. 'Thee,' beval ze. 'Hij neemt half en half en suiker.' Daarmee verraste ze hem.

'Is er iets wat u niet weet?' vroeg hij.

'We zullen zien,' zei ze met een glimlachje.

Hij knikte. Ze had de griezelige gewoonte om direct ter zake te komen zonder ooit de indruk te wekken dat ze direct was.

'Ik weet van de helikopter,' zei ze tegen hem. 'En ja, zelfs van de arrestaties op Delancy Avenue. Ik weet dat u niet 's avonds laat bij een oude vrouw op bezoek gaat terwijl u er zo uitziet, zonder dat u veel aan uw hoofd hebt. Dus wat is het, meneer Both?'

'Het is slecht,' zei hij.

Ze maakte een lichte buiging met haar kolossale hoofd. 'Wat is, is,' zei ze onverwachts. 'Het is niet slecht of goed. Het bestaat om de redenen waarom het bestaat. Als u er een oordeel aan verbindt, beperkt u het en dan zijn er ook minder mogelijkheden. Laten we niet te snel oordelen, meneer Both.'

Boldt had er spijt van dat hij te snel had gesproken.

Ze zuchtte. 'Bent u gekomen om me te arresteren?'

'Ik hoop van niet,' gaf hij toe.

'De patrouillewagens,' zei ze om te verklaren waarom ze het had geraden. 'De pers?'

'Is onderweg.'

'Heel onbeleefd.'

De thee werd zwijgend en stijlvol gebracht, een gracieuze dans van armen en handen en goudgerande koppen van Chinees porselein. De jonge vrouw was mooi en rook naar seringen. Toen ze de kamer verliet, ruiste haar jurk. Boldt nam kleine slokjes en dronk de thee, die meer smaak had dan hij ooit eerder had geproefd. Hij hoopte dat ze iets zou zeggen. Toen ze dat niet deed, zei hij: 'Ik kan uw importbedrijf in verband brengen met de polarfleece die we in die eerste container hebben gevonden. Als het moet, zal ik daar gebruik van maken.'

'Een douanedelict. Een federale zaak. Dat zijn uw zaken niet, meneer Both.'

Hij zei niets.

'Wat hebt u nodig?' Ze voegde eraan toe: 'Waar komt u voor?'

'De levering van levensmiddelen.'

'Ik ben niet enige met levensmiddelen, meneer Both.'

'Ik weet wat ik weet, Grote Dame, maar ik kan er niet veel mee doen. Ons systeem is zwak. Het vertoont gebreken. Het is corrupt. Maar het is alles wat ik heb. Het is mijn enige hulpmiddel.' Hij ging verder: 'Het is een schip.' Ze huiverde. 'Dat wéten we. Dat weet ú. Ik wil de plaats van dat schip weten – nu, vanavond. Nu meteen! Als het moet, arresteer ik u, laat ik u gezichtsverlies lijden. Ik heb geen kogels meer.'

Ze glimlachte en verraste hem. 'Mijn probleem is uw probleem,' zei ze. 'Als ik de bron van die informatie ben, als dat ooit zou uitkomen, zal ik vroeg naar mijn graf gaan. Dat interesseert me niet.'

'Ik kan Coughlie oppakken,' zei hij, 'maar het moet vanavond gebeuren. Het moet nu gebeuren, voordat hij alles kan verplaatsen.'

'U weet veel,' zei ze.

'En als u het me niet vertelt?' vroeg hij. Hij voelde haar onwil om hem te vertellen wat hij moest weten. 'Als ik er zelf achter kom?'

'Zelfkennis enige ware kennis.' Ze glimlachte weer. Het gebit was perfect.

'Een schip,' zei hij. 'Een trawler. Een oude trawler.'

'Wat doet politie met auto's van drugshandelaren?'

'Die worden in beslag genomen,' zei Boldt, die haar redenering probeerde te volgen. 'We nemen ze in beslag. De rechtbank verzamelt eventuele eigendommen…' Hij zweeg abrupt.

Haar ogen fonkelden.

'In beslag genomen goederen worden geveild,' zei hij.

'Niet als niemand wil kopen,' verbeterde zei hem.

'Allemachtig!' riep hij uit.

Weer een brede grijns.

Boldt toetste het nummer van de centrale al in voordat hij zelfs maar bij de trap was aangekomen.

# 73

Stevie zag door de telelens van de camcorder dat Rodriguez op de kade stond te wachten. Twee mannen haastten zich over het geïmproviseerde pad van ladders en planken dat de verschillende boten met elkaar verbond. Toen de twee mannen eindelijk bij de lichter waren aangekomen, legden ze een loopplank voor Rodriguez neer. Met zijn drieën liepen ze haastig naar de trawler. Aan hun geschreeuw was duidelijk te horen hoe gespannen ze waren. Ze waren te ver weg en het was te donker om hun gezichten te kunnen onderscheiden of iets te verstaan van wat ze zeiden, maar evengoed filmde ze het allemaal. Hun route was onverwachts lang en ingewikkeld. Het pad tussen de schepen was allesbehalve een rechte lijn. Met haar ene vinger op de opnameknop van de camera en de andere op het rode lampje dat brandde als er opnamen werden gemaakt, volgde ze de drie mannen naar de trawler, waar ze aan de andere kant verdwenen.

Ze stopte de camera in de tas en klom over een ladder aan de stuurboordkant van de tanker omlaag naar de zwaar overhellende veerpont beneden. Toen ze op het dek was aangekomen, stond ze voor een kloof van minstens twee meter tussen de veerboot en de volgende boot. Omdat de achtersteven onder water lag, zag ze geen andere manier om van de pont af te komen.

De volgende boot bezat een loopplank en was dus een stapsteen in het geïmproviseerde pad tussen de oever en de trawler. Als ze op dat volgende dek was, was ze op weg naar het atelier. Er zat niets anders voor haar op dan te springen.

Toen ze een fractie van een seconde in de lucht was en ongeveer een meter had gesprongen, wist ze dat ze het niet zou halen. Ze smakte tegen de romp van het volgende schip, stak haar hand uit en kreeg een metalen beugel te pakken. Haar gezicht had de klap grotendeels te incasseren gekregen en haar linkeroog was lelijk gezwollen. Het zwarte water beneden haar nodigde haar uit om te vallen. Ze slaagde erin haar andere arm omhoog te krijgen, zwaaide zich als een slinger heen en weer en kreeg haar hak over de rand van het dek. Ze hees zich aan boord, gevolgd door de camera. Toen ze languit op het dek lag nam ze even de tijd om op adem te komen en zich onder controle te krijgen. Ze bevoelde de zachte zwelling bij haar oog.

Toen liep ze vlug naar de achtersteven, naar het pad van planken en ladders. Drie schepen later ging ze een ladder af naar een oud roestig motorjacht. Toen bleef ze staan. Ze was niet alleen.

Ze rook de sigaret te laat. Plotseling besefte ze dat dit gammele oude motorjacht als poorthuis werd gebruikt.

'Yo!' riep een mannenstem.

Ze had de boot aan het schommelen gebracht toen ze erop stapte, en daarom riep de schildwacht haar nu aan. Met een katachtige beweging sprong ze van het dek over het stuurhuis heen, terwijl de schildwacht een lome poging deed zijn bezoeker te identificeren. Ze liep achteruit, met haar gezicht naar de achtersteven maar volkomen zichtbaar, terwijl eerst het hoofd en toen de ongelooflijk brede schouders van de schildwacht in het cabineluik verschenen, nog geen anderhalve meter van haar vandaan. Als ze bewoog, of zelfs maar ademhaalde, zou hij het merken. Ze bleef roerloos staan, haar longen helemaal vol lucht, haar adem ingehouden en brandend in haar borst. Het zwartharige hoofd ging van rechts naar links en weer naar links. Nog een paar centimeter en hij zou haar in zijn gezichtsveld krijgen.

'Yo?' riep hij een tweede keer, al was het nu zachter. 'Kai? Timmy?' Geen antwoord.

Ze stond klaar om hem in zijn gezicht te schoppen als hij achteromkeek en hield haar rechterbeen al in de aanslag. Hij zou nooit weten waardoor hij geraakt was.

Opnieuw keek hij naar links. Toen ging hij de steile trap weer af en verdween in de cabine.

Ze luisterde aandachtig, durfde zich niet te bewegen. Een minuut ging voorbij. Twee minuten. Ze voelde dat de boot bewoog en was bang dat hij weer naar boven kwam. Maar in plaats daarvan hoorde ze hem urineren. Ze sloop langzaam en stilletjes naar de steile ladder aan de andere kant van de boot en klom naar beneden, tintelend over haar hele huid. Ze bewoog zich nu veel langzamer van boot naar boot en nam haar situatie telkens zorgvuldig in ogenschouw. Loopplanken en ladders en primitieve trappetjes. De wal was steeds verder weg. Ze stuitte op zes tuinslangen die met tape aan elkaar waren vastgemaakt. Er gorgelde water in. Het mechanisch gezoem werd luider. Een snurkend beest. Ze stond versteld van Melissa's vindingrijkheid. De videobeelden van de vrouw bewezen dat ze binnen was geweest. Geen geringe prestatie.

De afgetakelde trawler doemde nu voor haar op, kolossaal in vergelijking met de andere boten. Het schip verhief zich uit de ravage van scheepsdekken, cabines en schoorstenen – een roestende massa van ijzer en staal, van heel andere proporties dan zijn buren, de gewrichten verstijfd van roest, verteerd door tientallen jaren van zout en regen, zon en wind. Een skelet van zijn vroegere gedaante. Grote stukken ontbraken, gesloopt om als schroot te worden verkocht. Het profiel van het schip was een verwrongen massa verbogen metaal met onregelmatige scheuren.

Ze stak de dekken van de laatste twee schepen over, voorovergebogen en in de schaduw, al haar aandacht op die torenhoge trawler gericht. Het gezoem ontwikkelde verschillende tonen, die wat beter van elkaar te onderscheiden waren en zich opsplitsten tot respectievelijk een hoog gejengel, een ontzaglijk metalen gekletter en een diepe hese gromtoon. Ze dacht dat haar hart zou ontploffen. Melissa was gegrepen. Dat beheerste haar gedachten. Voor Stevie sprak de komst van de grote man boekdelen. Zouden ze na alles wat er gebeurd was het atelier sluiten en alles verplaatsen? Ze besloot wat opnamen te maken, naar het hoofdbureau te rijden en de feiten aan de politie voor te leggen, vooropgesteld dat Boldt over de noodzakelijke gerede aanleiding beschikte om de FBI erbij te halen. Achter haar, op de wal, kwam een vrachtwagen, een achttienwieler, aan. Er stapte iemand uit. Ze boog zich diep voorover en rende naar de trawler. Ze zou moeten opschieten. De bestuurder had de motor van de vrachtwagen aan laten staan.

# 74

'Wat betekent dat nou weer?' bulderde Boldt. Hij kon niet geloven wat hij hoorde.
'Die schepen zijn in beslag genomen door de federale overheid. Ze zijn federaal bezit. Dat valt buiten onze jurisdictie.' Lacey Delgato, de officier van justitie met wie LaMoia had gesproken, had een stem om krassen in glas te maken. Ze was dik en had te strakke kleren aan. Ze praatte achter een ironische grijns die haar een hoogverheven arrogantie verleende. 'Dat schip is in beslag genomen door de INS, inspecteur. Als iemand daar een inval doet, zijn zij het.'
'Maar dat is het nou juist. Ja? Dat is precies de reden waarom we het zelf willen doen.' Hij had net nog naar zijn voice-mail geluisterd. Plotseling begreep hij meer van McNeals zijdelingse boodschap: ze had beseft dat het scheepskerkhof onder Coughlies jurisdictie viel.
'Dat begrijp ik, maar het gaat niet gebeuren. Als u dat hek forceert, mag u niets gebruiken van wat u ontdekt.'
'Dus ik moet naar Talmadge terug.'

'Ja.'
'En als hij in het complot zit?'
Ze haalde haar schouders op. 'Eén-nul voor de boeven.'
'Onaanvaardbaar.'
'Suggesties?'
'Andere federale diensten? Hebben die toegang?'
Delgato drukte haar lippen op elkaar en dacht goed na voordat ze antwoord gaf. 'Dan moet de procureur-generaal erbij worden gehaald. Als u hem genoeg bewijzen voorlegt, en als er genoeg gerede aanleiding is, laat hij de FBI misschien een inval doen.' Ze voegde eraan toe: 'De FBI nodigt u dan misschien uit om mee te doen. Daar zou niets op tegen zijn. Ja. Het zou kunnen werken, denk ik.'
'Zet het in beweging,' zei hij. 'Ik zorg voor een surveillanceteam.'
'Ik heb het dan over morgen,' klaagde Delgato. 'Ik krijg dit vannacht nooit meer voor elkaar.'
'Voer de telefoongesprekken,' beval Boldt.
'Het is laat.'
'Nu.'
'Dan moet ik hem wakker maken.'
'Wilt u honderd mensenlevens op uw geweten hebben? Wilt u dat het allemaal mislukt door uw weigering om een telefoongesprek te voeren, om iemand wakker te maken? Goed,' zei hij. 'Dat zal ik onthouden.'
'Ik hoop voor u dat u hier gelijk in hebt,' dreigde ze.
'Amen,' zei Boldt.


# 75


Het voortdurend komen en gaan had een spoor in het roest en op het dek van de trawler uitgesleten. Een soort pad leidde naar de andere kant, waar de luiken en deuren niet vanaf de landkant te zien waren. Zelfs van de overkant van Salmon Bay was iemand die deze ingang gebruikte niet te zien, want de trawler ging schuil achter de andere vaartuigen. Coughlie had de perfecte schuilplaats gevonden.
Het scheepsdek trilde als een keukenapparaat. Stevie verliet het uitgesleten pad en zocht zich een weg door de dichte schaduw aan

bakboord. Ze liep ongelooflijk langzaam. Elke porie in haar lichaam was waakzaam, elk haartje was alert. Ze kwam langs de ene na de andere deur en had geen idee waar ze was en welke deur ze moest gebruiken. Toen viel haar journalistenoog op een vers hoopje sigarettenpeuken bij een van de deuren. Ze bleef staan en drukte haar oor tegen die deur.

Ze hoorde een verwarrend gerommel, een gekletter dat tamelijk luid maar ook ver weg was. Ze keek op en zag dat de truck met oplegger achteruitreed tussen twee rijen op de botenopslagplaats door. De oplegger stopte net aan de andere kant van het draadgazen hek. De luchtdrukremmen sisten.

Ze drukte de hendel van de deur omlaag en hij kwam in beweging. Ze trok de deur juist zo ver open als nodig was om naar binnen te kunnen kijken.

De pikzwarte voorgrond vertoonde een warm geel licht links van haar. Ze verzamelde moed en glipte vlug naar binnen. Ze drukte haar rug tegen het koude metaal en hield haar adem in om beter te kunnen luisteren. Het bloed gonsde zo hard in haar oren dat er niets anders tot haar doordrong. Het leek wel of ze daar eindeloos met haar rug tegen het metaal zat, terwijl haar ogen aan het licht en haar oren aan de geluiden wenden. Hoewel ze in het begin dacht dat ze in een kamer was, bevond ze zich in werkelijkheid in een soort gang. Het gele licht kwam van een andere gang aan het eind. Ze vermande zich en liep langzaam naar dat licht toe. Elke stap leek haar een mensenleven te duren. Herinneringen en gedachten zwierden door haar hoofd. Ze deed haar uiterste best om haar hoofd helder te krijgen, maar dat lukte niet. Iedere bewuste gedachte werd vervormd door wat het ook maar voor een gedachtenproces is dat op zulke momenten naar de voorgrond dringt. Ze zag haar vader, Melissa, Su-Su. Ze zag de set van de studio.

Aan het eind van de lange gang stuitte ze op een smalle trap die omlaag leidde, de ingewanden van het schip in. Een aluminium werklamp hing aan een oranje verlengsnoer dat door de metalen plafondbalk aan de voet van de trap was geleid. Stevie bleef staan. Ze wilde eigenlijk niet naar beneden, wilde zich niet aan dat licht blootstellen. Maar in feite had ze geen keus.

Ze wist genoeg van schepen om te weten waaruit ze van binnen bestonden: gangen, trappen, hutten, kajuiten, ruimen, toiletten en kombuizen. Maar voor haar was de trawler een labyrint van slecht verlichte grijze stalen gangen en steile ladders. Het een leidde naar het ander, en naar weer iets anders, en overal liepen er buizen langs de wanden en overal was het gekreun van machines te horen, een gekreun dat soms tot een oorverdovend volume aanzwol. Het leek bijna een grap zoals al die gangen en ruimten met elkaar verbonden waren. Ze volgde vooral de serie lichten – primitieve verlengsnoeren en kale gloeilampjes op willekeurige plaatsen. De lampen wierpen langgerekte schaduwen over de wanden en veranderden een eenvoudig gangetje in iets wat tegelijk angstaanjagend en mysterieus was. Hoe verder ze zich waagde, des te kleiner leek haar de kans dat ze ooit de weg naar buiten terug zou vinden. En als die lichten zouden uitgaan...

*Als je nergens anders heen kunt gaan, kun je proberen naar voren te gaan*, had Su-Su haar eens aangeraden. Ze vertrouwde daarop.

Stevie zette haar voet op de trap, als een zwemmer die het water uitprobeert. Toen op de volgende tree. En op de derde. Zo ging ze omlaag, naar dat licht, met een langgerekte schaduw achter haar. Ze nam aan dat ze haar zouden doden als ze haar te pakken kregen, of misschien ook niet omdat ze een beroemdheid was – daar was ze niet zeker van. Bij nader inzien: Brian Coughlie had ruimschoots de gelegenheid gehad om haar te doden, om haar te laten verdwijnen. Waarom had hij dat niet gedaan? Omdat zijn eerste poging mislukt was? De harde metalen wanden versterkten haar ademhaling en het kreunen van de machines. Gelukkig werden haar voetstappen door die geluiden overstemd. Ze bereikte de bodem, waar de gang een scherpe bocht maakte. Ze ging voorzichtig verder, haar ene hand op de wand om zich te oriënteren. De geuren waren hier scherper; de zilte geur van menselijk zwoegen en zeewater, urine en zweet, en een bittere smaak als plastic in haar mond. De lucht werd wazig, en dat waas werd rechts van haar dichter, waar een andere gang op deze uitkwam. Die nieuwe gang was donkerder en leidde naar een half open deur die duidelijk de bron van dat lawaai was. Ze voelde zich erdoor aangetrokken, kon zich er niet van weerhouden om die donkerder gang in te slaan en naar die kakofonie toe te gaan. Stapje voor stapje ging ze verder. Ze keek steeds achter zich en voor zich en verwachtte ieder moment dat iemand te voorschijn zou springen om haar te grijpen. Achter de half open deur was nog meer duisternis, maar de kleedkamergeur van vrouwen werd scherper, en dat geluid – hoe kon ze dat geluid omschrijven? – werd steeds luider. Zonder dat ze zich volkomen bewust was van wat ze deed, zochten haar handen naar de ritssluiting van de cameratas en tastte ze blindelings omlaag en om de hoeken, tot ze de tas open had en de camera in handen kreeg. De lenskap ging eraf. De schakelaar ging aan. Stevie klom naar het metalen luik en tuurde erdoor. Ze schrok van het geluid van haar eigen zucht. Zoiets had ze nog nooit gezien.

Het luik leidde naar een loopbrug die als een observatiebalkon boven het enorme ruim hing en op zijn beurt toegang gaf tot een stalen roostertrap die omlaag zigzagde om via een andere loopbrug de bodem te bereiken. Ze stond over het voorste ruim van het schip uit te kijken. Dat ruim, twaalf meter diep, twaalf meter breed en zo'n achttien meter lang, was vroeger gebruikt om tientallen tonnen vis op te slaan. De bodem was verbouwd tot een industrieel atelier waar tientallen vrouwen – minstens honderd – met kaalgeschoren hoofd over slecht verlichte naaimachines gebogen zaten, waarvan de geluiden als een oorverdovende kakofonie tegen de stalen wanden galmden. De machines stonden in dichte rijen en de stukjes weggeworpen weefsel lagen als een lappendeken op de vloer. Eén Aziatische bewaker patrouilleerde door de gangpaden. Zo te zien had hij een verdovingsstok of zoiets in zijn hand. De grootte van het atelier verraste haar, evenals de stoffige lucht en vuile stank. Ze bracht de camera naar haar oog en begon te filmen, gefascineerd door alles wat ze zag, vastbesloten om het in beeld te brengen. Intussen was ze zich er pijnlijk van bewust dat ze, als ze haar oog voor de camera had, niets meer van haar directe omgeving zag. Ze ging achter die stalen deur staan, gebruikte hem als schild, zodat ze niet vanuit de gang te zien was. Ze moest hard met beide handen trekken om hem een beetje verder open te krijgen, zodat hij haar ook van de trap afschermde. Ze kroop in de achterste hoek van de kleine overloop weg, tevreden over haar schuilplaats. Nu kon ze alles filmen wat er beneden gebeurde.

Haar positie gaf haar tijdelijk een veilig gevoel, ondanks het feit dat de loopbrug waarop ze stond haar zichtbaar maakte voor bijna iedereen die beneden was. Ze herinnerde zich eraan dat ze voor hen even klein was als zij voor haar waren. Als ze heel stil bleef zitten, zou iemand beneden zich heel erg moeten concentreren om haar daar boven te kunnen onderscheiden. De recorder telde de seconden van de opname af: dertig seconden… veertig… vijftig… Ze had niet veel nodig. Om te bewijzen wat er aan de hand was, hoefde ze alleen maar Melissa's opnamen naast die van haar te leggen, want die beelden zouden nagenoeg identiek zijn. Er ging een huivering van angst door haar heen bij het besef dat ze op de exacte plaats stond waar haar kleine zuster had gestaan voordat ze verdween.

De camera waarschuwde haar dat er te weinig licht was. Dat zat haar dwars. Soms deed een camcorder het goed bij zulk licht, ondanks de waarschuwing, maar soms werd het beeld helemaal zwart. Ze kon de opname stopzetten, terugspoelen en haar beelden bekijken om er zeker van te zijn dat ze haar bewijs op de band had vastgelegd. Ze wilde dat net gaan doen toen er een bel werd geluid en alle beweging in de gigantische ruimte meteen ophield.

Zo'n twaalf meter onder haar kwam een man de ruimte binnen. Hij sprak op scherpe toon in vloeiend Mandarijns. 'Stoppen met werken! In de rij staan!'

De vrouwen gehoorzaamden als doodsbange soldaten. In een ommezien vormden ze twee lange rijen van schuifelende blote voeten en gebogen hoofden. Ze stonden in de houding terwijl de ene bewaker van tafel naar tafel liep en de weinige vrouwen losmaakte die met een ketting aan hun machine vastzaten. Wat een beelden! Stevies oog bleef tegen de camera gedrukt. Ze bewoog de camera, richtte hem op het ene na het andere gezicht, in de hoop Melissa te zien. Haar hart bonkte van opwinding. Ze wilde zo graag bevestigd zien dat Melissa een van die vrouwen was.

'We verlaten het schip onmiddellijk,' zei de man. 'Groepen van zes. Niet meer. Niet minder. Jullie gaan ordelijk en zonder geluid te maken, of jullie krijgen de stok,' zei hij, en hij hield zijn veestok omhoog.

De vrouwen mompelden onder elkaar.

'Stilte!' brulde de man. 'Groepen van zes! Beginnen!'

De eerste zes schuifelden met snelle kleine stappen het ruim uit, alsof ze hiervoor geoefend hadden.

*We verlaten het schip onmiddellijk...*

Wisten ze dat er iemand aan boord geslopen was? Had de schildwacht in het motorjacht alarm geslagen? Of waren ze dit toch al van plan geweest?

Stevie hoorde snelle voetstappen. Ze naderden in de gang achter haar. Rodriguez' zware Mexicaanse stem, nog geen zeven meter van haar vandaan en steeds dichterbij, sprak met een huiveringwekkend gezag: 'Drie springladingen naar voren, twee achterin... We laten beide ruimen onderlopen. Zet de ontsteking op de deur aan stuurboord. Heb je dat? Alléén de deur aan stuurboord. Dat is belangrijk.'

Hij stapte het balkon op, nog geen meter van haar vandaan – zo dichtbij dat ze haar hand maar zou hoeven uit te steken om hem aan te raken – een kolossale man met brede schouders en een zurige lucht. Ze maakte zich zo klein mogelijk aan de andere kant van het stalen luik. Hij boog zich over de reling om te kijken hoe het werk beneden vorderde. Ze kende die geur: het was de man die in haar flat was binnengedrongen. De temperatuur in het ruim was meer dan dertig graden, maar Stevie McNeal huiverde.

'Alleen de deur aan stuurboord,' zei hij. 'Zorg dat die andere zo goed dicht zitten als een meisje van tien.' Terwijl hij sprak, begon het water uit alle vier hoeken in het ruim te stromen. Het koude zeewater stroomde naar de voeten van de vrouwen, die in de rij stonden zonder een woord te zeggen. De elektriciteitskabel die ze was gevolgd, was als een slang over de vloer gespannen. Elektriciteit en water gingen niet goed samen.

'Als de ruimen zijn ondergelopen, zinkt ze snel,' zei Rodriguez. 'Onze man is de eerste aan boord zodra ze hier zijn – hij zorgt ervoor dat de boel ontploft. Zet ze in die vrachtwagen. Vlug. Schiet op!'

'De machines,' wierp een scherpe Aziatische stem tegen. 'Hoe moet het met de machines?' Deze man stond ergens achter de deur; ze kon hem niet zien.

'Hij zei: raak ze kwijt,' antwoordde Rodriguez. 'Anders lijkt het niet goed. Met die modder daar beneden wordt het een puinhoop. Het levert ons minstens een dag voorsprong op, misschien een week of meer. Dat is het enige dat telt. Hij heeft goed nagedacht, zeg ik je. Het is goed.'

'Het is duur.'

'Niet jouw probleem. Niet mijn probleem. Zijn beslissing. Hij moet ermee leven.'

'Misschien niet,' antwoordde die oosterse stem.

Rodriguez hoestte een zenuwachtig lachje. 'Daar heb je gelijk in.'

Hij draaide zich om en dook door de opening. Ze hoorde dat hun voetstappen zich door de gang verwijderden. Ze blies haar adem uit en hapte naar lucht, drijfnat van het zweet.

Boven haar hingen grote transportbanden aan de wand. Die hadden blijkbaar tot doel gehad de dode vissen naar de verwerkingsruimte te brengen, waar ze, nog op zee, werden schoongemaakt voordat ze werden ingevroren. Een metalen ladder leidde erheen. Een enorm luik, half zo groot als een tennisbaan, nam het midden van het plafond in beslag – het dekluik waardoor de vangst in eerste instantie in het ruim werd gedumpt. Langs dat luik was er ook een loopbrug, waarschijnlijk voor onderhoud. Ze kon maar twee andere deuren van het gigantische ruim onderscheiden – stalen deuren die zich allebei recht onder haar bevonden. Er was een deur op het laagste niveau, waardoor de vrouwen nu in groepen van zes het ruim verlieten, en er was een deur op de middelste overloop. Die laatste deur zwaaide plotseling open. Er stroomde nog steeds zeewater het ruim in. Omdat de luiken open bleven staan, zou het hele schip vollopen.

Ze hoorde hem beneden en toen ze omlaag keek, zag ze Rodriguez op het middelste balkon recht onder haar verschijnen. Opnieuw boog hij zich over de reling om te kijken of beneden alles naar wens ging. Hij was een man met een specifieke opdracht, en ze kon voelen dat hij zijn taak zo snel mogelijk wilde volbrengen. Naast hem stond een Aziaat met handen zo groot als ovenwanten.

Het plan was eenvoudig, dacht ze: ze evacueerden de illegalen – om de investering te beschermen – en lieten Coughlie later zelf in zijn hoedanigheid van INS-agent een inval in het schip doen. Als ze het goed had begrepen, was Coughlie van plan het schip tot zinken te brengen als hij aan boord was. Dat zou hem medeleven en steun opleveren en eventuele daaropvolgende onderzoeken op het verkeerde been zetten.

Ze keek naar haar rechterhand: al die tijd was de camcorder gewoon doorgegaan met opnemen. Ze was zich daar niet van bewust geweest, omdat ze helemaal in beslag genomen was door Rodriguez' nabijheid, maar zijn stem was op de band opgenomen toen hij zijn instructies gaf. Deze camcorder kon de man veroordeeld krijgen. Maar het was allemaal waardeloos als ze niet meteen bij Boldt kon komen. Ze moest snel zijn.

Ze stapte naar de luikopening, maar daarbij bleef het riempje van de cameratas achter een metalen uitsteeksel haken. De tas kantelde en de inhoud viel eruit. Voordat ze kon reageren, kletterden een aansluitkabel, een lege band en een reservebatterij op de stalen overloop. Het klonk alsof er een keukenla werd omgekieperd en alle bestek op de vloer viel.

Stevie, die net een ogenblik te laat haar hand uitstak om de inhoud van de tas op te vangen, keek door het rooster onder haar voeten omlaag, recht in de ogen van Rodriguez beneden haar. De man blafte naar haar omhoog: 'Hé!'

Toen de inhoud van haar cameratas tegen de lagere overloop stuiterde en op de vloer van het ruim neerregende, keken alle aanwezigen naar haar omhoog.

Een ogenblik was het of Stevies hart gewoon bleef stilstaan. Ze was het middelpunt van de aandacht – zoals ze in haar beroep ook altijd had willen zijn – en plotseling wilde ze anonimiteit. Alles, iedereen stond stil. Ze kon niet ademhalen; daarvoor was de pijn in haar borst te erg. Ook Rodriguez was blijkbaar verstijfd zodra hij haar ontdekte. Maar toen begon hij de trap met twee treden tegelijk te beklimmen. Stevie begreep dat ze dood was.

Op dat moment drong tot haar door dat Rodriguez die vrouwen door middel van angst beheerste. Hij en zijn mannen waren verreweg in de minderheid. Het enige dat ze kon proberen was hun macht verstoren – ongeacht wat er met haar en haar videoband gebeurde. Rodriguez had hun alleen angst te bieden; zij had een veel sterker wapen.

Hij had nog zo'n zeven meter te klimmen toen Stevie naar de reling stapte en in haar beste Mandarijns riep: 'Kleine Zusters! Ik ben van de Amerikaanse pers! De politie is onderweg! Jullie zijn vrij!'

Gedurende een duizendste van een seconde heerste er absolute stilte. Rodriguez hield op met klimmen en keek naar beneden. Maar toen ging er een oorverdovend gejuich op, zo uitbundig dat het tranen in Stevies ogen bracht. De vrouwen verbraken de gelederen en stormden op de ene bewaker af. Ze deden dat met een bijna mannelijk gebrul, en er was ook het duidelijke geluid te horen van botten die braken, als boomtakken in een storm.

Met zijn allen stormden ze op de ene deur af, maar toen ze daar niet allemaal tegelijk door konden, sprongen anderen op de metalen trap die bij Stevies overloop eindigde. Zo snel als vuur dat zich verspreidde renden ze naar boven. Rodriguez, op weg naar haar toe, ging de hoek om. Hij was nog maar een paar treden beneden haar.

Stevie ging door het luik, sprong de gang in en trok uit alle macht, terwijl de camcorder met zijn riem aan haar rechter onderarm hing. Die verrekte deur was veel zwaarder dan ze had verwacht. Ze wist dat als ze die deur sloot ze Rodriguez aan zijn gevangenen overleverde. Ze trok en trok, turend door de langzaam kleiner wordende kier. De grote man kwam steeds dichterbij. Hij wist precies wat ze van plan was. Onder het roepen van 'Neeeee!' rende hij de laatste treden op.

Het hele schip was nu vervuld van de kreten van de opgewonden vrouwen, schel en elektrisch geladen. Ze kwamen uit alle hoeken. Hun voeten lieten het metaal schudden met een steeds luider gerommel. Stevie hoorde twee schoten, maar toen niets meer – die bewaker was ook overmeesterd. Rodriguez had het water laten komen, maar Stevie had het getij laten komen.

Met haar laatste ruk kreeg ze de deur dicht, maar hij wilde niet in het slot vallen, en toen ze omlaag keek en vier korte dikke vingers zag die klem zaten – alle vier gebroken en in een vreemde stand – begreep ze wat de belemmering was. Die vingers klauwden en trokken ondanks de pijn, en toen verschenen er nog vier in de kier, samen met twee duimen, en hij won het met zijn kracht van haar en maakte de kier langzaam groter. De deur ging geleidelijk weer open.

Stevie hield stevig vast en liet de deur toen opeens los. Rodriguez was daar niet op voorbereid en verloor zijn evenwicht. Stevie kwam naar voren en schopte hem in zijn gezicht. Ze voelde dat het bot en kraakbeen van zijn neus bezweken. Het bloed stroomde eruit. Rodriguez gleed met zijn gezicht omlaag over de metalen trap naar beneden. Zijn hoofd ging bij elke tree op en neer.

Hij werd tegengehouden door zijn eigen gevangenen. Drie stapten over hem heen en renden naar het luik. Maar de volgenden bleven staan en koelden hun woede op hem. Een van de vrouwen hees zich aan de reling op en sprong met haar hele gewicht op zijn hoofd, waarna ze zijn rug als trampoline gebruikte. De anderen deden mee. De gevallen man keek langs de trap omhoog naar Stevie en terwijl de vrouwen op hem losbeukten en het bloed stroomde, keek hij langs de trap omhoog naar Stevie. Ze zag in zijn ogen dat hij zich verslagen wist.

'Dood hem niet!' schreeuwde Stevie wanhopig in het Mandarijns. Ze keek in die geelachtige ogen. 'Waar is ze?' brulde ze – krijste ze. 'Waar?'

Maar het tij liet zich niet keren. De geur van bloed hing in de lucht. Drie van de vrouwen bleven schoppen. Zijn kin hing als een kapotte lampenkap aan zijn gezicht. Hij kroop blindelings, zijn ogen bloederig en gezwollen, trok zich langs de onderste ketting van de reling op de loopbrug. Een van de vrouwen trapte hem met haar hiel. En ander deed dat ook. Hij gaf een schreeuw toen ze hem krabden en zijn hand van die ketting lostrokken. Hij ging over de reling en viel op de stalen vloer beneden, waar hij neerkwam met het geluid van een meloen die ontploft, de laatste beslissende klap van de dood.

# 76

Toen Boldts eerste surveillanceteam arriveerde, verspreidden de illegalen zich vanuit de trawler. Sommigen doken in het water, anderen sprongen van schip tot schip. Het was een wilde chaos van angst, zoals alleen kan ontstaan wanneer mensen tegen hun wil zijn opgesloten en plotseling een roekeloze vlucht naar de vrijheid ondernemen. De massahysterie won het van alle rede, van elke logische gedachte. Zodra die vrouwen het scheepskerkhof verlieten, verlieten ze ook het federale terrein. Dat betekende dat de rechercheurs Heiman en Ringwold in theorie de bevoegdheid hadden om de vrouwen voor ondervraging aan te houden. Maar pas toen Heiman op het idee kwam een schot te lossen – in de lucht, over het water – kregen ze de situatie enigszins onder controle. Enkele tientallen vrouwen gingen plotseling op de kade liggen zodra ze het schot hoorden, maar velen ontsnapten, zodat de politie, de kustwacht en de INS hun teams moesten coördineren om de grootste klopjacht uit de geschiedenis van de stad op touw te zetten. De public relations-nachtmerrie die in de komende uren ontstond, zou het uiteindelijk noodzakelijk maken dat alle kopstukken voor spoedbesprekingen naar het hoofdbureau kwamen.

Boldt van zijn kant betrad het terrein als gast van een zekere agent Prins, een douanefunctionaris die door de procureur-generaal met de zaak was belast. Toen hij daar aankwam, was Prins in het bezit van een federale machtiging die hem het recht gaf op zoek te gaan naar illegaal geïmporteerde goederen. Dat laatste was een knappe vondst van de procureur-generaal, die redeneerde dat een atelier naaimachines en stoffen nodig had en dat minstens een deel daarvan waarschijnlijk illegaal het land was binnengebracht. Bovendien had de douane haar eigen goed getrainde, zwaarbewapende eenheden om invallen in pakhuizen, op vliegvelden en aan boord van schepen te doen. Prins en zijn team, waartoe ook een eenheid met honden behoorde, betraden het terrein toen de chaos van de massale uittocht van illegalen al voorbij was. Ze pakten het als een militaire operatie aan en op het eind waren er twee bendeleden gearresteerd en waren twee anderen in het vuurgevecht gewond geraakt. Nadat McNeal over de explosieven in het schip had verteld, werden ze door de honden gevonden. Een explosieventeam van de FBI verleende assistentie.

Ambulances, brandweerwagens en alle nieuwsteams en misdaadverslaggevers die de stad te bieden had, kwamen samen bij het terrein, zodat extra politiewagens moesten worden opgeroepen om de menigte in bedwang te houden. Toen de derde nieuwshelikopter in de lucht verscheen en *live* beelden begon uit te zenden op CNN, werd er een helikopter van de kustwacht naar toe gestuurd om hem weg te sturen en zijn schijnwerpers op het schip en de omringende wateren te richten, waar nog steeds illegalen gered werden. Mensen die aan Salmon Bay of het kanaal woonden, verschenen ondanks het vroege uur in hun pyjama op hun voorveranda om naar het spektakel te kijken. Een ijsverkoper gaf blijk van zijn ondernemingszin door met zijn wagen door de straten van Ballard rond te rijden. Om één uur in de nacht verkocht hij het ene ijsje na het andere. Om in politietermen te spreken: de inval op het scheepskerkhof ontaardde in een dierentuin.

Toen Coughlie en het Rapid Response Team van de INS arriveerden, was het doorzoeken van de trawler al in volle gang. Dat leidde tot een verhitte discussie tussen Prins en Coughlie. Toen Boldt de kapiteinshut binnenkwam, waar die discussie plaatsvond, onderbrak Coughlie zijn betoog abrupt.

'Jij?' zei Coughlie.

'Ik,' antwoordde Boldt.

'De douane hoeft hier niet bij te zijn.'

'Natuurlijk wel.'

'Het is een truc.'

'Het is de plaats van een misdrijf. Prins bood aan me te helpen.'

'En dat moet ik geloven?'

'Waarom niet?' zei Boldt. 'Er zijn schoten gelost. Federaal eigendom of niet, het is in ons district. Het is van ons.'

'Dat kan wel zijn, maar de illegalen, hun uitbuiters en het schip zelf vallen onder mijn dienst.'

Prins, die aanvoelde dat het een discussie zonder eind was en die al van Boldt had gehoord wat hij moest doen als Coughlies team arriveerde, verontschuldigde zich en verliet de hut. Hij trok de deur achter zich dicht.

'Waarom die eindspurt, inspecteur?' vroeg Coughlie.

'Welke eindspurt?'

'Waarom die eindspurt?' herhaalde Coughlie. Niemand zou zo over zich heen laten lopen. Hij telde het op zijn vingers af. 'Illegalen? Een atelier? Een federaal terrein? Als je een spoor had, had je naar ons moeten bellen, niet naar de douane, niet naar de FBI.'

'Dat zeg ik toch – ik ben hier op uitnodiging van de douane.'

'Je bent hier omdat zij toegang tot federaal eigendom hebben en jij die toegang niet hebt. Zij zijn hier omdat jij wilde dat ze hier waren, al zeggen jullie wat anders. Maar ik ben hier nu, en dat is het enige dat telt. Dit is van ons. Ik dank jullie hartelijk voor alles wat jullie hebben bijgedragen.'

'Die beslissing kan ik niet nemen,' zei Boldt. 'Sorry. De politie is hier om onderzoek te doen naar schoten die zijn gelost. We hebben twee doden en een aantal gewonden.'

'Mijn team zal het onderzoek doen.'

'Daarover beslis ik niet. Dat moet je met Prins bespreken. Hij heeft me een machtiging laten zien...'

'Wat is hier aan de hand, inspecteur?'

'Ik doe alleen maar mijn werk, agent Coughlie.'

'McNeal? Hoorde ik dat zij erbij betrokken is?'

'We hebben haar nog niet ondervraagd. We hebben nog niemand ondervraagd.'

'Deze zaak stinkt,' zei Coughlie.

'Dat is zo,' zei Boldt. Voor het eerst waren ze het eens.

Er werd op de metalen deur geklopt en Prins kwam binnen. Hij was een atletische man van midden dertig. Spitse neus, levendige blauwe ogen. 'Kijk eens wat de jongens hebben gevonden.' Hij hield zijn eeltige hand omhoog.

In die hand had hij een kleine cassette – een tape van een digitale videocamera. 'Het ding zat in de kraag van een van die vesten van polarfleece genaaid. Niet te geloven, hè? Voor hetzelfde geld hadden we dat ding nooit gevonden!'

Coughlie hoestte, zijn eerste onbeheerste beweging.

Boldt nam het voorwerp van Prins aan en draaide in het zwakke licht een paar keer rond. 'Het is een digitaal bandje.' Hij hield het voor hen beiden omhoog en zei: 'Dit kan onze hele bewijsvoering rond maken.'

Verbaasd zei Prins: 'We hadden hier weken naar kunnen zoeken zonder het te vinden. Stel je voor!'

Coughlie stak zijn hand uit. 'Geef maar aan mij.'

De spanning hing in de lucht. Boldt hield het bandje vast.

Coughlies hand bleef uitgestrekt. 'Inspecteur,' zei hij.

Boldt vroeg Prins naar de regels van inbeslagneming en de douaneman bevestigde dat het bandje bij de douane moest blijven, omdat zijn jongens het hadden gevonden. 'Belachelijk!' riep Coughlie uit, en hij kwam een stap naar voren. Hij keek Prins aan en zei: 'De inspecteur en ik hebben net samen vastgesteld dat dit in feite een INS-operatie is. Eventueel bewijsmateriaal – alle bewijsmateriaal – gaat naar ons.'

Boldt verbeterde hem. 'We hebben vastgesteld dat jij en agent Prins en de procureur-generaal dit moeten uitwerken. Wij van de politie zijn hier alleen vanwege de schoten en de moorden.'

'Hou je bek dan!' zei Coughlie grof. 'En laat mij dit met Prins bespreken.' Hij probeerde te glimlachen, maar het werd een scheve, gemene grijns.

'Degene die dit verdient te hebben,' zei Boldt tegen Prins, 'is McNeal. Ze zit al twee weken achter dit bandje aan. En eerlijk is eerlijk, de rechter heeft inmiddels bepaald dat de camera van ons is, maar dat het intellectuele eigendom, de beelden dus, aan het tv-station toebehoren. Hoe eerder we dit aan McNeal geven, des te eerder krijgen we allemaal te horen wat erop staat.'

'Dus ik geef het aan McNeal en laat haar een kopie voor ons maken,' zei Prins. 'Heeft iemand daar problemen mee?' Hij keek Coughlie aan, maar die hield zijn mond. 'Morgenvroeg komen we op een bepaalde tijd met zijn allen in één kamer bij elkaar om de beelden te bekijken. Op die manier zorgen we voor zuivere verhoudingen. Goed? Iedereen mee eens?'

Coughlie trok woedend zijn wenkbrauwen samen. Zijn gezicht had de kleur van as. Hij kon hier niets tegen inbrengen.

'Goed,' zei Boldt. 'Dat is redelijk.'

'Het is INS-materiaal,' protesteerde Coughlie nog één keer. 'Alles in dit schip...'

'Als u wilt argumenteren, moet dat maar gebeuren,' zei Prins. 'Maar vannacht, op dit moment, is dit van mij. Ik ben het met Boldt eens. Ik zeg dat het naar McNeal gaat, en die maakt dan een kopie voor ons, en die kunnen we dan op een videorecorder bekijken. Als u dat wilt aanvechten, als u dit in een kamer voor bewijsmateriaal wilt bewaren totdat de rechters hebben bepaald wie het mag hebben, kunt u dat morgenvroeg doen. Maar vannacht is het van mij, en we doen het zoals ik zei.'

'Dat zullen we nog weleens zien,' daagde Coughlie hem uit.

'Op de machtiging om het schip te doorzoeken staat mijn handtekening, agent Coughlie. Dit bandje is in het schip gevonden waarop die machtiging betrekking had. Dit alles is via het openbaar ministerie gegaan, en dat – mag ik u in herinnering brengen – is ook de instantie waar u in beroep zult moeten gaan. We staan aan dezelfde kant! We willen allemaal de schurken te pakken krijgen! Maak het me nou niet moeilijk.'

Coughlies asgrauwe gezicht werd ineens vuurrood. 'We zullen zien.' Hij stormde Boldt voorbij. Zijn frustratie bleef als een dampspoor achter hem hangen.


# 77


Stevie McNeal keek naar het scherm van de videomonitor in de controlekamer van KSTV. Toen keek ze door het geluiddichte glas naar de nieuws-set waar ze de afgelopen paar jaar van haar leven had gezeten. Het was relatief donker op de set. Enkele plafondlampen gaven net genoeg licht om te voorkomen dat je over snoeren en draden struikelde. Het kwam haar allemaal zo vreemd voor. Ze wist niet of ze ooit weer in die stoel zou zitten.

Op de monitor zag ze beelden van het al even donkere atelier. In haar bewustzijn heerste ook niets dan duisternis. Het verdriet en het schuldgevoel drukten op haar neer, en ze vond het tv-station om drie uur in de nacht een eenzame en enigszins angstaanjagende plaats. Een nachtwaker patrouilleerde door het gebouw en ging elk half uur even bij Stevie kijken, maar dat maakte haar angst nauwelijks kleiner. In het hotel zou het haar niet beter zijn vergaan. Van slapen zou geen sprake kunnen zijn.

Melissa was nog steeds niet gevonden. Ze was niet tussen de illegalen aangetroffen.

Toen de klok precies drie uur aangaf, belde ze met tegenzin het nummer van Coughlies semafoon. Ze gebruikte de directe lijn van de controlekamer. Toen enkele minuten later de telefoon ging, schrok ze daarvan en kwam ze zelfs een paar centimeter van de stoel, terwijl ze toch had verwacht dat hij terug zou bellen.

'McNeal,' zei ze.

'Ik probeer je al twee uur op je mobiele telefoon te bereiken,' zei Brian Coughlie.

'Die is defect.'

'Je bent op het tv-station. Ik heb de hoofdlijn geprobeerd. Daar krijg ik een antwoordapparaat.'

'We moeten praten, Brian.' De verslagenheid en droefheid klonken in haar stem door. Daar kon ze niets aan doen. Aan de andere kant van de lijn klonk een regelmatige ademhaling. Coughlie zei niets.

'We moeten hierover praten,' zei ze. 'Vannacht. Voor morgenvroeg. Voor de bijeenkomst.'

'Goed,' zei hij.

'De westkant van het gebouw. Er zijn nooduitgangen die naar de studio leiden. Klop aan, maar niet te hard. Er loopt hier een nachtwaker rond. Als je de hoofdingang gebruikt, wordt je bezoek in de computer geregistreerd. Ik denk dat we dat allebei willen vermijden. Heb ik gelijk of niet?'

'Westkant. Nooduitgangen,' zei hij.

'De bewaker doet elk half uur zijn ronde. Als je hier om vijfendertig minuten over het uur komt, hebben we zo'n twintig minuten. Haal je dat?'

'Vijfendertig over,' zei hij. 'Ik zal er zijn.'

De meer dan twintig minuten leken een eeuwigheid te duren. Ze was volkomen uitgeput, in zowel emotioneel als lichamelijk opzicht. Ze controleerde alle apparatuur voor de derde of vierde keer – ze was de tel kwijt. Elke monitor in de studio toonde het stilgezette beeld van het atelier, met de zestig of zeventig kaalhoofdige vrouwen die over hun naaimachines gebogen zaten – plafondmonitoren, de kolossale SONY aan de muur, de deskmonitoren die door de presentatoren werden gebruikt. Het had een enorm effect. Het versterkte de kracht die toch al van het beeld uitging.

De nachtwaker kwam precies op tijd voorbij. Hij wuifde even naar haar, liep door de studio en ging weg door de deur waardoor hij ook was binnengekomen. Ze had een doffe, zware hoofdpijn, een gevolg van haar vermoeidheid en haar gehavende oog, maar haar hart sloeg snel van spanning. Alles waaraan ze sinds Melissa's verdwijning had gewerkt, culmineerde in de komende tien of twintig minuten, en die concentratie van tijd werd haar bijna te veel. Daar kwam nog bij dat telkens wanneer ze dacht dat het bijna voorbij was het weer tot leven kwam, als iets dat was geslagen maar niet gedood. Het kostte haar moeite om zich te concentreren, om een bepaalde gedachte in haar hoofd vast te houden.

Toen er werd aangeklopt, spleet dat haar hoofd open als een bijl. Ze liep vlug de controlekamer uit, de drie traptreden naar de studiovloer af, en naar de nooduitgangen. Hij klopte opnieuw, maar ze deed niet meteen open, want het kostte haar meer tijd dan ze had verwacht om zich tot rust te brengen. Ze ademde langzaam uit en duwde tegen de paniekgrendel van de deur. Dat was een passende benaming, vond ze.

Brian Coughlie kwam binnen. Zelfs in het schemerige licht zag ze dat zijn ogen bloeddoorlopen en koortsachtig waren. Toen hij de monitoren en het beeld van het atelier zag, raakte hij in een soort trance.

'Ik wil jouw kant van de zaak horen,' fluisterde ze. Hij keek van de monitor naar haar, al richtte hij zijn blik meteen weer op de monitoren. Intussen trok zij de nooduitgang dicht. Ze liep langs hem naar de controlekamer. Ze zei niets, want ze wist dat hij haar zou volgen, maar was toch opgelucht toen ze zijn voetstappen hoorde. Even later sloot ze de deur van de controlekamer en ging ze in een van de producersstoelen zitten. Hij greep de armleuningen van de stoel vast als iemand die een aardbeving verwacht. 'Mijn kánt?' vroeg hij.

'Ik wil wel geloven dat er een verklaring is.' Ze wilde hem niet aankijken. Haar aandacht was gericht op de monitor en het beeld dat daarop te zien was. Ze wilde niet dat hij met zijn gezicht op haar inwerkte.

'Verklaring?'

'Ik zou je kunnen vertellen wat we morgenvroeg op die videobeelden zullen zien, of jij zou me kunnen vertellen waarom we dat gaan zien. En je kunt me iets voorliegen of niet – dat moet je zelf weten. Maar het is laat en ik ben doodmoe, Brian.' Ze zat daar met dat gezwollen oog alsof het een medaille was. 'Dus misschien kun je ophouden met eromheen draaien en me gewoon vertellen wat er aan de hand is.'

'Ik sta op de video?' raadde hij.

Zijn bovenlip en voorhoofd glansden van zweet. Stevie droeg een trui, want de temperatuur in de controlekamer bleef altijd onder de twintig graden.

'Accepteer ik die beelden of niet?' vroeg ze.

'Misschien kunnen we er beter eerst naar kijken,' stelde hij voor.

'Nee, nee, nee! Dat is het nou juist. Dat kan ik me niet veroorloven. Het is niet de bedoeling dat jij je versie van de waarheid aanpast bij wat je op de video ziet.'

'Het is niet zo dat ik iets wil aanpassen. Tot aan deze avond ging het erom dat het geheim moest blijven. Zelfs Adam Talmadge wist niets van de operatie. Ik kon het niemand vertellen.' Hij vergewiste zich ervan dat de deur van de controlekamer goed dicht was. 'Anderhalf jaar geleden pakte ik voor het eerst smeergeld aan. Ik gebruikte de autowasserij om hun en mijn geld wit te wassen. Ik heb ieder gesprek, iedere omkoopsom gedocumenteerd. Het was de bedoeling dat ik undercover zou blijven tot ik harde bewijzen had tegen de mensen die hier echt achter zitten, dus niet alleen de boeven op straatniveau. Het duurde veel langer dan ik had verwacht. Adam zou het nooit hebben goedgekeurd. Ik heb nog steeds niet genoeg bewijzen om ze veroordeeld te krijgen. Vanavond overrompelde het me. Dat kan gebeuren. Maar zoals het er nu uitziet... Het ziet er nu naar uit dat mensen me op die video zullen zien zonder dat ze weten wat er echt aan de hand is... Begrijp je? Als deze videoband in de openbaarheid komt, heb ik anderhalf jaar voor niets gewerkt. Dan is mijn hele carrière naar de maan.'

'Melissa?'

'De telling klopte niet. Ik stond voor een moeilijke keuze. Ik kon de hele operatie opgeven en je vriendin redden, of ik kon mijn rol blijven spelen en haar als een bedreiging zien. Misschien kun je dat niet meteen begrijpen, maar ik had geen keuze. Ik moest de belangen van die ene persoon tegen de belangen van die vele andere personen afwegen.'

'Je hebt haar gedood?'

'Luister nou. Het systeem werkt niet. Je kunt het een kleur geven; je kunt het alle kanten op draaien; dat maakt niet uit. Het werkt niet, en het komt ook nooit goed. Nooit. Het is corrupt. Het is allemaal een kwestie van vraag en aanbod. Die mensen willen alles doen, alles riskeren, om in dit land te kunnen zijn. Dat is de vraagkant. Er komt geen eind aan. Het gaat altijd door, bij elke grens, elke haven, elk vliegtuig, vierentwintig uur per dag, zeven dagen per week. Ze willen naar binnen en ze zullen alles doen om hier te komen. Als we ze te pakken krijgen, geven we ze een tik op de vingers en sturen we ze binnen een week naar huis. Maar dan proberen ze het opnieuw. Nieuwe contacten. Meer geld. Een nieuwe poging. En als we ze te pakken krijgen, geven we ze een tik op de vingers en sturen we ze terug.' Hij keek weer naar de deur. 'Weet je, we moeten hoger op de ladder zoeken. Dat heb ik op me genomen. Daar heb ik alles voor op het spel gezet.'

'Je hebt die vrouwen in die container laten doodgaan,' zei ze zachtjes.

'Dat is niet waar,' zei hij. 'Ik gaf geen leiding aan de dingen. Ik beschermde ze. Tenminste, ik deed alsof. Daar betaalden ze me voor.' Hij keek steeds weer naar de apparatuur, probeerde na te gaan welk apparaat het stilstaande beeld van het donkere atelier in beweging kon krijgen.

'De kapitein van de *Visage*?' vroeg ze.

Hij keek nerveus in de kleine kamer om zich heen, alsof hij iemand anders verwachtte. Het zweet stond weer op zijn voorhoofd. Met hese stem fluisterde hij tegen haar: 'Als ik geen informatie doorgaf, zouden ze me door hebben gehad.'

'Je vertelde ze dat de politie de kapitein wilde ondervragen.'

'Weet je hoe het is om zo lang undercover te zijn? Weet je wat er dan met je gebeurt?'

'Wat is er met Melissa gebeurd?'

'Ik veranderde de hele operatie,' zei hij zonder antwoord te geven. 'Toen ik erbij kwam, was er geen uitweg voor die vrouwen! Niemand was ooit van plan ze hun vrijheid te geven. Ze betaalden voor een nieuwe vrijheid, maar kregen er slavernij voor in de plaats. Ik was degene die Klein erbij haalde, degene die erop wees dat je net zoveel winst kon maken als je hun een rijbewijs verkocht dan wanneer je ze doorverkocht voor de prostitutie!' Zijn gezicht liep rood aan. Hij kon bijna niet meer in zijn stoel blijven zitten.

'Wie heb je daarop gewezen?' vroeg ze woedend. 'Ik dacht dat je nog geen contact met de echte leiders had?'

Coughlie hield zijn hoofd schuin, als een verbaasde hond.

'Weet je wat ik denk, Brian? Ik denk dat je het allemaal hebt verzonnen. Misschien heb je eerst jezelf wijs gemaakt dat je undercover werkte, maar zelfs dat betwijfel ik. Ik denk dat dit de hele tijd al je reserveplan was – een of ander verhaaltje over een éénmans-undercover-operatie. Ik denk dat je je hebt laten gaan. Je zag een immigratiedienst die was opgeslokt door bureaucratie, en je zag een stroom mensen die zich toch niet liet tegenhouden. Je zag al dat geld, en al die kansen – al die corruptie om je heen… En je…'

'Ik heb alles gedocumenteerd,' protesteerde hij. 'Elke cent.'

'En het doet er niet toe dat Talmadge je nooit het groene licht heeft gegeven.'

'En als Talmadge nu eens zelf corrupt is? Dat kon ik toch niet riskeren?'

'Je hebt het helemaal uitgedacht, hè? Je laat mensen doden, je pakt smeergeld aan, maar je kunt het allemaal rechtvaardigen.' Ze zweeg even. 'Is het nu de bedoeling dat ik die videoband voor je wis? Dat ik alles uitwis en niet meer aan Melissa denk?'

'Ze infiltreerde. Ik wist er pas van toen jij het zei.'

'Ga je mij de schuld geven? Schoft!' Ze vloog hem aan. De stoel viel om en ze graaide naar zijn gezicht tot het bloedde. Coughlie gooide haar opzij, sloeg op haar gezicht en sprong overeind. Hij pakte de kabel vast die naar de tv-monitor liep, volgde hem naar het instrumentenpaneel en begon apparatuur van de planken te trekken. Hij rukte er cassettes uit en begon de band daaruit te trekken. 'Waar is het?' brulde hij.

'Het bestaat niet!' schreeuwde ze naar hem terug, en hij verstijfde meteen.

Met wilde ogen draaide hij zich om.

'Er is geen bandje!' zei ze.

Hij trok zijn pistool. 'Ik wil het nu hebben.'

Met haar handen voor zich om hem af te weren ging ze langzaam rechtop zitten en greep naar het instrumentenpaneel. Haar handpalm hield nu een vierkante knop ingedrukt. 'Goed,' zei ze, en haar stem galmde door luidsprekers in het plafond. Ze wees de studio in, waar een verbijsterde Brian Coughlie nog steeds zijn wapen op haar gericht hield.

Een uitgeputte Lou Boldt stond aan de andere kant van die ruit. Er kwam een geüniformeerde agent achter de grote zwarte gordijnen vandaan die rondom de studiomuren hingen, en toen nog een agent. Ze hadden alle drie een pistool op Coughlie gericht.

'Dat bandje dat je op het schip zag? Daar stond niets op. Boldt liet dat brengen. Het was een idee van de psychologe – Matthews. Ze zei dat jij met je grote ego zou geloven dat je me kon overhalen om het te vernietigen.'

'Ik was undercover!' schreeuwde hij door het glas. 'Dat kan ik bewijzen!'

'Waar is Melissa? Wat heb je met haar gedaan?'

'Laat je wapen zakken!' schreeuwde Boldts gedempte stem terug.

Stevie drukte op een andere knop. 'Ik heb je hele bezoek op video opgenomen, Brian. De hele bekentenis. Is dat niet ironisch? Waarschijnlijk krijg ik nu toch die Emmy-award die Melissa me beloofde.' Ze ging dicht bij hem staan. 'Waar is ze?'

# 78

'In bordeel bij vliegveld,' zei de diepe stem van een vrouw aan de andere kant van Boldts telefoon. Hij kende die vrouwenstem, maar noemde geen naam. Ze gaf hem het adres en zei: 'Zij in kamer op eerste verdieping. Zij niet best aan toe, maar zij levend. Beste ik kon doen. Zo sorry.'

Boldt nam McNeal mee en vroeg ook om een patrouillewagen als ondersteuning. De rit naar het vliegveld duurde meestal zo'n twintig minuten. Ze deden het in twaalf.

'Ze belt gewoon op en vertelt je dit?' zei Stevie.

'Ja.' Boldt betrapte zich erop dat hij tandenknarste en liet zijn kaken slap hangen om zich te ontspannen.

'Geen verklaring?'

'Ze heeft ze onder druk gezet om haar in leven te houden. Dat lijkt me de enige verklaring.'

'Heeft ze zoveel macht?'

'En nog meer,' antwoordde hij.

'En ze vertelt het pas nu Coughlie in staat van beschuldiging is gesteld?'

'Als hij niet in staat van beschuldiging was gesteld, zouden we dit telefoontje nooit hebben gekregen. Ze is geen engel. Ze is een politica. Ze koopt hiermee een toekomstige gunst – en die zal ze krijgen.'

'Maar Coughlie had Melissa kunnen gebruiken om strafvermindering te krijgen. Hoe dom kan iemand worden?'

'Dat ligt eraan wat er van haar over is,' zei Boldt. 'Hoeveel Coughlie weet. Een jury kan er misschien niet veel begrip voor opbrengen.'

'Foltering?'

'Ze wilden dat bandje erg graag hebben. Dat bandje zal haar wel in leven hebben gehouden, totdat onze vriendin zich ermee bemoeide.'

'Die mensen zijn niet menselijk.'

'Zo denken zíj ook. Daar is het allemaal mee begonnen.'

Ze knikte. 'Ze leeft,' zei ze.

Ze reden door buurten waar alle huizen hetzelfde leken en waar alle auto's hetzelfde waren. Grote groepen van hetzelfde. Hij voelde zich gespannen.

'Weer een voorbeeld van de geweldige samenwerking tussen media en politie.'

Ze schoot in de lach. 'Jij wint!'

'Niemand wint,' zei hij. 'Nooit.' Hij bracht de auto tot stilstand en de patrouillewagen parkeerde naast hem. Op het bord stond NAAKTE MEISJES. Het gebouw van twee verdiepingen was grijs geverfd en had genoeg parkeerruimte voor een congrescentrum. 'Ben je hierop voorbereid – op wat we kunnen aantreffen?'

'Nee,' gaf ze toe. 'Jij wel?'

'Handschoenen?' Boldt reikte haar een paar aan.

'Ik draag geen handschoenen,' antwoordde Stevie. Ze gaf ze terug en stapte vlug uit de auto. 'Kom!'

Boldt haalde het huiszoekingsbevel te voorschijn, maar de geüniformeerde agenten gingen voor hem uit naar binnen. Binnen rook het vies, een combinatie van luchtverfrisser en menselijke ellende.

'Ze had een kaalgeschoren hoofd toen ze binnenkwam,' zei Boldt tegen de dikke bedrijfsleider, een zwetende man die niet van zijn versleten rode bank kon – of wilde – opstaan. Hij dronk een donkere cocktail met ijs en rookte een dunne stinkende sigaar met een wit plastic pijpje.

McNeal ging meteen de trap op. Boldt gaf een agent een teken dat hij haar moest volgen. Toen draaide hij zich om en ging zelf ook naar boven. De andere agent liet hij bij de deur staan. 'Er gaat niemand naar buiten,' zei hij tegen de jonge agent. Hij herinnerde zich dat hij zelf zo jong was geweest – herinnerde zich wat voor het gevoel het was geweest om een pistool in zijn riem te hebben en al dat leer te ruiken. Moeizaam ging hij de trap op.

Stevie maakte de ene na de andere deur open – blote billen, zwetend vlees. Een pak van een zakenman zorgvuldig over een stoel gehangen. De geur van hasj en drank en intimiteit. De agent bleef net iets te lang bij iedere deur staan. Stevie liep sneller en sneller. Negen deuren. Geen Melissa.

Haar bewegingen werden koortsachtig. Ze voelde tranen in haar ogen en spanning in al haar ledematen. Een pijn zo diep – een pijn die alleen een vrouw begrijpt. Weer een trap. Ze rende nu hijgend verder. De agent kwam achter haar aan, maar toen ze zich omdraaide, zag ze dat het Boldt was.

'Rustig aan,' zei hij. 'We willen haar niet bang maken.'

'Haar bang maken?' blafte ze ongelovig naar hem terug.

'Rustig nou maar,' herhaalde hij. Hij blafte tegen de agent: 'Waar blijft die ambulance? Neem de telefoon!'

'Ambulance?' jammerde Stevie. Ze bereikte de tweede verdieping en ging langzamer lopen.

Boldt gaf haar de handschoenen weer aan, hield zijn arm uitgestrekt. 'Wees verstandig,' zei hij.

Ze nam ze slapjes aan. 'O God...'

Ze bleven allebei voor de enige deur staan die op slot zat.

Boldt fluisterde: 'Ze moet alleen blijdschap op je gezicht zien. Begrijp je hoe belangrijk dat is?'

De tranen liepen uit haar gezwollen oog.

'Vrijheid is iets kwetsbaars,' zei hij.

Ze knikte zwakjes.

'Ben je er klaar voor?' zei hij, zijn schouder tegen de deur.

Ze klungelde met de handschoenen, snotterde en haalde diep adem. Maar de tranen lieten zich niet bedwingen. Haar schouders trilden. Haar keel trok zich samen. Ze knikte. 'Ik ben klaar,' zei ze.

Boldt brak de deur open.

'Goddank!' piepte Stevie McNeal, en ze rende naar binnen en liet zich op haar knieën vallen.

## 79

De warme oktoberzon stond laag en mild aan de horizon. Hij deed Stevie aan de gele koplampen van auto's in Parijs denken. Ze had erover gedacht om te gaan reizen, maar daar was Melissa nog niet aan toe. 'Zie je die zeilboot?'

Melissa gaf geen antwoord. Ze schommelde niet in de schommelstoel. Ze zat daar maar wat voor zich uit te staren.

Corwin was zo goed geweest hun zijn vakantiehuisje voor onbepaalde tijd te lenen. Het moerasgras woof in de krachtige bries die tegen de avond altijd opstak. Aan de waterkant stond een rij stevige ceders als een muur.

Ze deed Melissa elke avond in bad voordat ze naar bed ging, zoals een moeder met haar kind doet. Ze zeepte de huid in waar ze sigaretten hadden gebruikt om haar te branden, en ze maakte de lendenen schoon die ze met hun viezigheid hadden bevuild. Maar ze kon niet tot de gedachten van de vrouw doordringen, kon haar daar niet reinigen. Ze probeerden een combinatie van massage, acupunctuur en therapie. Een vrouwelijke psychiater, aanbevolen door Matthews, kwam twee keer per week met de veerboot. Ze zei dat ze vooruitgang zag, maar daar trapte Stevie niet in. Voor zover zij kon nagaan, had zich geen enkele verandering voorgedaan.

Melissa at wel, al was het heel weinig. Stevie vulde haar voeding aan met een van die chocoladedrankjes die voor bejaarden bestemd zijn. Ze sliepen samen in een bed, want Melissa had soms vreselijke nachtmerries. Dan brak het zweet haar uit, en Stevie wilde bij haar zijn als ze haar nodig had. De vorige nacht was Melissa in haar slaap over het bed gekropen en had ze zich tegen Stevie aangedrukt en had ze bijna een uur gehuild, al geloofde Stevie niet dat ze wakker was geweest. Misschien was het een verbetering; ze was van plan het aan de psychiater te vertellen. Misschien kwam ze langzaam in de realiteit terug. Misschien was het huilen een stap in de goede richting, misschien juist niet. Stevie ging voorlopig niet van haar weg.

Ze bracht haar een gebreide trui, legde die om haar broodmagere schouders, streek met de rug van haar hand over haar wang en zei: 'Ik hou van je, Kleine Zuster,' zoals ze iedere dag vele malen zei. Liefde had een genezende werking. Dat wist Stevie. Daar vertrouwde ze op. 'Je bent hier veilig,' zei ze met een brok in haar keel.

Melissa pakte haar hand vast en trok hem op haar schoot. Stevie liet zich op haar knieën zakken en begon te huilen, want dit was de eerste keer dat er zoiets gebeurde. Zeker, het was niet veel, maar voor Stevie betekende het alles. Ze fluisterde tegen de vrouw in de schommelstoel: 'Elke reis begint met één stap.' Geen reactie. Niets.

Stevie bracht de schommelstoel zachtjes aan het schommelen. Ze dacht dat Melissa dat prettig vond. Ze wist het niet zeker. Ze knielde onbehaaglijk neer, maar hield haar hand op de schoot van haar zuster. De greep was zwak maar opzettelijk. Stevie ging niet weg. Ze kon nauwelijks ademhalen.

De zon werd een geel oog en luidde toen knipperend de schemering in. Stevies benen waren verdoofd van het knielen, en haar arm sliep zo erg dat het was of er met een heleboel naalden in werd geprikt. Maar ze bewoog niet, sprak niet. Aan de westelijke hemel begon het donker te worden. De eerste sterren verschenen.

'De eerste sterren zijn het sterkst,' zei Stevie.

Niets. Geen enkele reactie.

'Zo lang als het duurt,' fluisterde ze.

Nog steeds niets.

De maan kwam achter hen op en wierp schaduwen in de bomen. Een satelliet bewoog door de hemel. Stevie zag dat Melissa's donkere ogen hem volgden. En toen merkte ze dat de schommelstoel nog bewoog en dat zij niet degene was die hem bewoog.

'Ik ga het eten klaarmaken,' zei ze, en met tegenzin maakte ze haar hand los. Er zouden nog meer gelegenheden komen om elkaars hand vast te houden; daar zou ze voor zorgen. Ze stond op. Haar tintelende benen konden haar nauwelijks dragen. De schommelstoel bleef bewegen. Ze liep langzaam achteruit over de veranda, steunde op de houten wand, kon haar blik niet van die langzaam bewegende stoel wegnemen. Een maand eerder zou het niets voor haar hebben betekend dat een schommelstoel zulke bewegingen maakte.

Zo leerde ze er steeds iets bij.

# 80

Boldt glipte uit bed. Hij dacht dat ze sliep. Hij was doodmoe en toch ging er van alles door zijn hoofd. Hij wist niet of hij zou kunnen slapen.

'Er zit daar niets,' zei ze.

'Waar?' vroeg hij. Zijn ogen waren nog niet aan het donker gewend.

'De onderzoeken. De resultaten waren negatief.'

Boldt deed de lamp op het nachtkastje aan. Hij en Liz tuurden in het plotselinge licht. Hij deed het weer uit. 'Je hebt die onderzoeken laten doen?'

'Ze zijn belangrijk voor jou.'

'Maar we hebben erover gepraat. We hadden besloten…'

'Het moet goed zijn voor ons beiden,' zei ze.

'Negatief,' herhaalde hij. Hij voelde zich enorm opgelucht. En toen zat die opluchting hem ook meteen dwars.

'Nu hoef je niet meer te raden,' zei ze.

De kamer begon vorm aan te nemen. Hij rolde zich op zijn zij en kon haar silhouet herkennen. 'Nee,' zei hij. 'Nu hoef ik dat niet meer. Dat geef ik toe.'

'We kunnen ieder met ons eigen geloof leven,' zei ze. 'Daar is niets verkeerds aan.'

'Ik voel me net een verrader.'

'Zo moet je je niet voelen.'

'Toch wel,' zei hij. 'Ik heb zoveel bewondering voor je.' De woorden bleven in zijn keel steken. 'Je zelfvertrouwen. Je overtuiging.' Hij kwam dichter naar haar toe, maar ze bleef op haar rug liggen, haar gezicht naar het plafond gericht.

'Ik kan je niet vragen te veranderen,' zei ze. 'Dat was verkeerd van me, en het spijt me.'

'Ik moet dat van mezelf vragen,' zei hij.

'Ja, en alleen als je er klaar voor bent. Alleen dan.'

Een sprong van geloof, fluisterde hij, terugdenkend aan wat Daphne had gezegd. 'Ik weet niet of ik zo kan veranderen.'

Ze rolde zich van hem weg, maar kwam terug tot haar huid de zijne aanraakte en ze samen warmte maakten. Hij liet zijn arm over haar heen glijden en hield haar dicht tegen zich aan. 'Het is geweldig,' zei hij. Hij bedoelde de onderzoeken, maar plotseling hoopte hij dat ze zou denken dat hij nog veel meer bedoelde.

Ze vond zijn hand en verstrengelde haar vingers met hem.

'Ik wil het begrijpen,' zei hij.

'Het is niet iets wat je begrijpt,' zei ze. 'Het is iets wat je ondergaat. Het is iets waar je je voor openstelt. Het is net zo goed een kwestie van loslaten als van vastpakken.'

'Misschien is dat de reden waarom ik me ertegen verzet.'

'Misschien,' gaf ze toe.

'Ik wil niet loslaten.' Hij kneep haar hand stevig vast.

Zij viel als eerste in slaap, met een steeds langere ademhaling. Haar ribben gingen op en neer tegen zijn arm. Haar lichaam maakte nog wat bewegingen en toen was ze weer stil. Haar gestage ademhaling was het enige geluid in de kamer.

Na een tijdje dommelde Boldt ook in, meegetrokken door zijn zware vermoeidheid. Hij liet los, besefte hij. Dat was de laatste bewuste gedachte voordat de duisternis hem opeiste en hij enkele uren rust vond.